Corinna Wolf
Der Ruf des Königs

CORINNA WOLF

Der Ruf des Königs

SCM
Hänssler

SCM

Stiftung Christliche Medien

SCM Hänssler ist ein Imprint der SCM Verlagsgruppe, die zur Stiftung Christliche Medien gehört, einer gemeinnützigen Stiftung, die sich für die Förderung und Verbreitung christlicher Bücher, Zeitschriften, Filme und Musik einsetzt.

MIX
Papier aus verantwortungsvollen Quellen
FSC® C014496
FSC www.fsc.org

Max-Eyth-Straße 41 · 71088 Holzgerlingen
Internet: www.scm-haenssler.de · E-Mail: info@scm-haenssler.de

Lektorat: Anna Koppri
Umschlaggestaltung: Jan Henkel, www.janhenkel.com
Titelbild: Komposition: © Stephen Mulcahey / Trevillion Images
Autorenfoto: © privat
Satz: Satz & Medien Wieser, Aachen
Druck und Bindung: GGP Media GmbH, Pößneck
Gedruckt in Deutschland
ISBN 978-3-7751-6089-6
Bestell-Nr. 396.089

Für meine Familie, ohne deren tatkräftige Unterstützung und anhaltende Ermutigung ich dieses Buch nicht hätte schreiben können.

Verzeichnis der Figuren

Elouan	König des Kontinents

Die Zeit der Großen Kriege

Ilai	Bauer aus einem Dorf nahe der Berge im Osten
Lukan	Ilais bester Freund
die Solech	Feindliche Krieger aus dem Land des Ostens
Herion	Schmied in Ilais Dorf
Esad	Wanderer, dem Ilai und Lukan auf dem Weg zum Schloss begegnen
Irina	Lukans Schwester
Meli	Lukans Schwager
Lachlan	Jugendlicher im Lager des Königs
Rani	Koch im Lager des Königs
Helen	Soldatin des Königs, führt eine Truppe Soldaten
Armin	Späher in Helens Truppe
Aaron	Kämpfer in Helens Truppe

145 Jahre nach den Großen Kriegen

Yara	Soldatin des Königs, Teilnehmerin der Mission ins Land des Ostens
Nathan	Yaras Bruder, Kommandant der Schlossgarde vor dem Aufbruch in den Osten
Silas	Teilnehmer der Mission ins Land des Ostens
Diana	Teilnehmerin der Mission ins Land des Ostens
Peter	Teilnehmer der Mission ins Land des Ostens
Emmi	Teilnehmerin der 2. Mission ins Land des Ostens
Jakob	Teilnehmer der 2. Mission ins Land des Ostens

655 Jahre nach den Großen Kriegen

Kanan	Bewohner der Stadt der Könige am Fuße des Berges der Könige
Dinah	Freundin von Kanan aus Jugendtagen
Tamir	Dinahs Mann
Ben	Sohn von Dinah und Tamir
Jalis	Kanans Mentor
Rat Clay	Rat im Regierungsrat, später Kanans Freund
Arani	Archivarin im Archiv der Stadt der Könige
Umar	Kanans bester Freund
Nour	Umars Schwester und Kanans Frau
Noah	Umars Vater
Mara	Kanans Mutter
Ron	Kanans Bruder
Simon	Kanans Vater

Prolog

Der Alte brauchte fast zehn Minuten für die kurze Strecke von seinem Esstisch bis zu der Bank vor seiner kleinen Hütte. Dort ließ er sich erleichtert seufzend auf seinen angestammten Platz mit Sicht auf die aufgehende Sonne sinken. Der Anblick war den Weg wert gewesen. Auf dem Gras lag noch der Tau der Nacht, doch die ersten Sonnenstrahlen versprachen bereits die Wärme des Frühlings. Auf den Feldern um das Schloss, das sich unweit der Hütte erhob, sprießten bereits die ersten zarten Halme. Das Hellgrün der Bäume und Büsche leuchtete, wie es nur zu dieser Tageszeit zu sehen war. Er genoss das Gefühl des Friedens, das er in diesen Momenten immer verspürte, und lauschte dem fröhlichen Gezwitscher der Vögel.

Er war nicht überrascht, als er wenige Minuten später Gesellschaft auf seiner Bank bekam. Lächelnd neigte er den Kopf in einer angedeuteten Verbeugung. »Mein König.«

Dieser erwiderte die Geste. »Alter Mann.«

»Wer ist hier alt?«, konterte der Alte.

Sie grinsten beide über den Scherz, mit dem sie sich seit seinem hundertsten Geburtstag immer begrüßten. Sein hundertster Geburtstag … Damals war seine Frau Helen gestorben.

»In letzter Zeit muss ich oft an Helen denken«, sagte er nachdenklich. »Es sind fast vierzig Jahre, seit ich sie nicht mehr bei mir habe. Dabei kommt es mir vor, als wäre es erst gestern gewesen.«

Der König antwortete nicht, aber der Alte wusste, dass er ihm zuhörte. »Naty erinnert mich an sie. So viel Energie in einer Fünfjährigen!«, fuhr er fort. Sie lachten beide, als sie an seine Ururenkelin dachten, deren Neugier keine Grenzen kannte und deren Fragen nie endeten.

Einer der Hunde aus dem Schloss trottete den Weg entlang und wurde von der ausgestreckten Hand des Königs angelockt. Er legte sich auf dessen Füße vor der Bank und genoss die Sonne auf seinem Fell ebenso wie die Streicheleinheiten.

»Heute Nacht habe ich von meinem Heimatdorf geträumt. Zeit ist schon merkwürdig. Ich habe zwanzig Jahre nicht an ihn gedacht, aber nun vermisse ich die Gegenwart meines besten Freundes von damals«, unterbrach der Alte die Stille.

Der König nickte. »Er war immer Teil deines Herzens.«

Der Alte stützte sich auf seinen Stock, um den Hund hinter den Ohren zu kraulen. »Ich habe dir nie gedankt für das, was du damals getan hast.«

Der König schüttelte den Kopf. »Er war einer der Meinen. Und er hat seine eigene Entscheidung getroffen.«

Der Alte nickte nachdenklich. »Ich glaube, meine Zeit hier neigt sich dem Ende zu. Es gibt Momente, da fühle ich mich dem Licht näher als diesem Ort hier. Mir ist, als müsse ich nur loslassen und hinübergleiten.«

Der König musterte ihn. »Ich weiß. Das Licht fließt regelrecht aus dir heraus. Naty hat mich schon gefragt, warum deine Augen so viel heller leuchten als die der anderen.«

Der Alte grinste, als das Mädchen genau in diesem Moment hinter der Hütte hervorgerannt kam. Ihr rotes Kleid war etwas schräg gebunden und ihre Haare noch nicht in den ordentlichen Zopf geflochten, den ihre Mutter ihr immer machte. Vermutlich war sie vor ihrer Familie aufgestanden und so schnell sie konnte den Weg aus dem Dorf zum Schloss hinaufgerannt. Sie breitete ihre Arme aus, flog lachend in die Umarmung ihres Ururgroßvaters und gab ihm einen Kuss auf die Wange. Dann wiederholte sie die Begrüßung beim König, bevor sie die beiden etwas zur Seite schob, um sich zwischen ihnen auf die Bank zu setzen.

»Ich habe zwei Hasen gesehen, direkt am Ortsrand«, begann sie fröhlich ihre Erzählung über alles, was sie seit ihrem letzten Treffen erlebt hatte.

Die Männer sahen sich lächelnd an und der König zwinkerte dem Alten zu.

Er sieht immer aus, als sei er etwa vierzig Jahre alt, aber in diesem Moment erscheint er noch viel jünger, dachte der Alte. Der König war nicht ein bisschen gealtert seit dem Tag vor hundertzwanzig Jahren, als er ihn zum ersten Mal gesehen hatte. So viel Entschlossenheit, so viel Zukunft in seinem Blick.

Er selbst war inzwischen meistens müde und sein Körper war am Ende seiner Kräfte angelangt. Sein Geist sehnte sich nach der Ruhe der Zeitlosigkeit.

Er schloss die Augen und lehnte den Kopf hinter sich an die Hauswand, sein Gesicht den wärmenden Strahlen der Sonne zugewandt. Sobald er sich entspannte, war es jedoch nicht das Licht der Sonne, das seine Aufmerksamkeit auf sich zog. Die Stimme seiner kleinen Nachkommin trat in den Hintergrund, als sich, wie so häufig in diesen Tagen, das Licht tief in ihm auszubreiten begann. Es zog ihn zu sich hin, bis es alles zu sein schien, was er wahrnehmen konnte. Er spürte den Frieden, den es versprach. Die Sehnsucht, mit dieser Urgewalt des Universums und Quelle allen Lebens ganz eins zu werden.

Für einen Moment vergaß der alte Mann alles andere und ließ sich ins Licht sinken. *Nicht mehr lange*, versprach er sich selbst. *Nur noch ein Tag mit Naty, ein Essen mit meiner Familie.*

Als er die Augen wieder öffnete, spürte er den Blick des Königs auf sich ruhen. Ihre Augen trafen sich über dem Kopf des kleinen Mädchens, das gerade in einem seltenen Moment der Stille ebenfalls den Morgen zu genießen schien. Ihre Beine baumelten fröhlich hin und her. Im Blick des Königs sah er überrascht einen Anflug von Bedauern.

»Ich werde unsere Gespräche vermissen«, sagte dieser schließlich mit einem Lächeln.

»Es war mir eine Freude, mein König.« Dieses Mal blieb sein Gesicht ernst, als Ausdruck des tiefen Respekts, den er vor seinem Freund empfand.

»Die Freude war ganz meinerseits, alter Freund«, antwortete der König.

»Wie lange wirst du noch bleiben?«, fragte der Alte. Er wusste, niemand außer ihm hatte genug Einsicht, um diese Frage zu stellen. Er stellte sie selbst zum ersten Mal.

Der König neigte nachdenklich den Kopf. »Das wird sich zeigen. Aber lange genug, um über den Kindern von Naty zu wachen, und über deren Kinder. Sie werden niemals alleine sein.«

Der Alte spürte, wie eine Last von seinen Schultern wich, als der König die letzte Sorge von ihm nahm, die er nicht recht hatte in Worte fassen können.

Auf seinen Stock gestützt erhob er sich mühsam von der Bank. »Komm, kleiner Wirbelwind, wir besuchen deine Mutter«, sagte er an das Mädchen gewandt und streckte ihr eine Hand hin.

Sie sprang von der Bank und musterte besorgt seinen Stock. »Aber kannst du denn so weit laufen?«

Er lachte und winkte mit einem Augenzwinkern ab. »Wenn ich mich auf dich stützen darf, werde ich das schon schaffen!«

Naty nickte eifrig. »Ich helfe dir!«

Sie stellte sich neben ihn, sodass er seine freie Hand vorsichtig auf ihre Schulter legen konnte.

Naty winkte dem König zum Abschied und der Alte nickte ihm noch einmal lächelnd zu. Dann bogen die beiden um die Hausecke.

Der König saß noch eine Weile alleine auf der Bank vor der kleinen Hütte. Er sah dem ungleichen Paar noch lange nach und blickte dann auf das langsam erwachende Land vor ihm. Schließlich erhob auch er sich und wandte sich wieder dem Schloss zu.

Kapitel 1

Ilai – 15 Monate vor den Großen Kriegen

Ilai sah prüfend zum Himmel, bevor er sich wieder dem von Frost bedeckten Boden widmete. Er hatte höchstens noch eine Stunde Zeit, bevor es zu dämmern beginnen würde. Die Tage wurden zwar wieder länger, aber bisher hatte der Frühling noch keine wärmeren Temperaturen gebracht. Es war eine mühselige Arbeit, die Fläche, die er für ein weiteres Getreidefeld vorgesehen hatte, von Steinen zu befreien.

Diesen Winter waren die Nahrungsmittel knapp gewesen. Wenigstens hatten sie auf der Jagd immer wieder Glück gehabt und ihre eintönigen Mahlzeiten mit etwas Fleisch aufbessern können. Schuld an ihrer Situation war weder das Wetter noch schlechte Planung. Im Spätsommer hatten sie so viele Vorräte eingelagert gehabt, dass es für zwei Winter gereicht hätte. Doch dann waren die Solech gekommen.

Seine Hände zitterten, als er sich daran erinnerte, wie er und die anderen Dorfbewohner sich voller Panik in der Schmiede versteckt hatten, während sich die Krieger genommen hatten, was sie wollten. Sie hatten ihren Raubzug durch die Ritzen der Wände hindurch beobachtet, während sie verzweifelt gehofft hatten, dass keiner der Krieger die Tür aufreißen und sein Schwert gegen sie erheben würde. Denn den Solech wurde nachgesagt, dass sie, wo sie hinkämen, nur Tod und Zerstörung zurückließen. Er vermutete, dass die Solech genau gewusst hatten, dass sich die Dorfbewohner in der Schmiede versteckt hielten. Aber nachdem sie ihre Taschen gefüllt und das halbe Dorf zerstört hatten, waren sie einfach davongeritten. Weshalb sie verschont geblieben waren, konnte keiner so recht erklären. So hatten sie ihre Wintervorräte und den

Großteil ihrer Tiere eingebüßt. Wenn die Solech das nächste Mal kämen, würden sie vermutlich alles dem Erdboden gleichmachen. Und sie würden wiederkommen, daran zweifelte niemand.

Wütend stieß Ilai mit dem Fuß mehrere kleine Steine Richtung Waldrand. Es blieb ihnen nichts anderes übrig, als in diesem Jahr noch mehr Vorräte anzulegen und zu hoffen, dass sie genügend davon würden verstecken können. Keiner von ihnen hielt das für eine gute Strategie, doch sie hatten den Angriffen ansonsten schlicht wenig entgegenzusetzen.

Die Solech waren ein Volk von Kriegern, sie selbst waren nur Bauern. Ilai hatte, ebenso wie alle anderen seines Volkes, von Kindesbeinen an gelernt, dass sie einander brauchten, um ein gutes Leben zu führen. Die Solech hingegen ließen ihre Kinder bis auf den Tod gegeneinander kämpfen, damit nur die Stärksten übrig blieben. Zumindest besagten das die Geschichten, die man sich über sie erzählte. Eigentlich hatte niemand so richtig eine Idee, wer sie waren. Man wusste nur, dass sie aus einem Land hinter dem großen Gebirge kamen, das selbst im Sommer kaum passierbar war. Seit Hunderten von Jahren gab es kaum Kontakt zwischen den Solech und dem restlichen Teil des Kontinents. Zum einen war die Reise über das Gebirge zu gefährlich, zum anderen gab es genug Geschichten von wenigen Abenteurern, die nie zurückgekehrt waren. Warum sie seit zwei Jahren immer häufiger in Gruppen von Kriegern über das Gebirge kamen, wusste niemand. Man erzählte sich, dass das Land der Solech, das im östlichen, deutlich kleineren Teil des Kontinents lag, den fruchtbarsten Boden mit einer blühenden Landschaft hatte. Warum sollten sie darauf angewiesen sein, zu stehlen? Noch weniger war nachzuvollziehen, warum sie ganze Landstriche niederbrannten, Dörfer zerstörten und die Einwohner ermordeten. Sie trafen schließlich auf wenig Gegenwehr.

Ilai nahm eine Hacke zur Hand, um seinen Unmut an einem widerspenstigen Stein auszulassen.

Plötzlich traf ihn etwas Hartes an der Schulter. Er ignorierte es und konzentrierte sich auf seinen Widersacher am Boden. Das nächste Geschoss traf ihn am Rücken.

»Heute nicht!«, rief er unwillig, ohne sich umzudrehen.

Ein weiteres Geschoss erwischte ihn am Hinterkopf. Dieses Mal tat es weh genug, um zu reagieren. Ilai griff einen Tannenzapfen vom Boden, drehte sich blitzschnell und schleuderte ihn ins Gebüsch am Waldrand. Ein unterdrückter Schmerzenslaut verriet ihm, dass er sich nicht vertan hatte, als er die Richtung geschätzt hatte, aus der die Geschosse ihn getroffen hatten. Er grinste zufrieden.

»Tannenzapfen? Wie alt bist du eigentlich?«, rief er, nun doch froh, dass er aus seinen dunklen Gedanken gerissen wurde, und rieb sich den Kopf.

Der Busch antwortete nicht. Die wenigen trockenen Blätter, die den Winter über ausgehalten hatten, bewegten sich nur leicht im frostigen Wind, der von den Bergen kam. Ilai musterte das Dickicht nach Anzeichen, die ihm sagten, auf welchem Weg der Übeltäter zu entkommen versuchte. Eine leichte Bewegung der Äste verriet es ihm schließlich und ließ Ilai seine Arme zum Schutz vor das Gesicht nehmen und sich an dieser Stelle in die Büsche fallen.

Ein überraschter Aufschrei und er hatte seinen besten Freund für einen Moment gepackt, bevor dieser sich ihm geschickt entwand. Er riss Ilai seinerseits von den Füßen und hielt ihn auf dem harten Waldboden fest. Ilai versuchte noch einen Moment erfolglos, sich loszumachen, dann gab er auf.

»Schon gut«, sagte er mürrisch und brachte Lukan damit nur noch mehr zum Grinsen.

»Fünf Siege für mich, keiner für dich«, erwiderte dieser.

»Ha, nicht so schnell. Du bist mir noch kein einziges Mal entkommen.«

Lukan nickte beschwichtigend. »Nun gut. Ich bin stärker, du bist schneller.« Sie befreiten sich aus dem Gebüsch und musterten Ilais Acker, während sie sich die braunen Blätter und Tannennadeln aus den Haaren und der Kleidung zupften.

»Wie alt bist du eigentlich?«, wiederholte Ilai seine Frage von zuvor, »mich wie ein Kind mit Tannenzapfen zu bewerfen.«

Lukan zuckte mit den Schultern. »Du hättest dein Gesicht sehen sollen, während du den Stein bearbeitest hast. Du brauchtest dringend etwas Aufmunterung.«

Ilai zuckte mit den Schultern. »Das brauchen wir alle.«

Lukan steckte die Hände in die Taschen und wippte mit den Füßen auf und ab, um die Kälte des herannahenden Abends abzuschütteln. »Mag sein. Komm, lass es gut sein für heute. Du kannst bei uns essen.«

Wenig begeistert blickte Ilai seinen Freund an: »Kohlsuppe, wie immer?«

Lukan seufzte. »Vielleicht haben wir Glück und die Hühner haben noch ein paar Eier gelegt.«

Sie gingen schweigend nebeneinanderher. Auch Lukans Unbeschwertheit war gewichen. Er sah in Richtung des Gebirges, das bei klarem Himmel am Horizont erkennbar war. »Höchstens noch zwei Monate, bis der Schnee so weit geschmolzen ist, dass sie wieder hinüberkönnen.«

Ilai rieb sich das Gesicht. »Wir haben ja kaum mehr etwas, das sie noch stehlen könnten.«

»Nur noch einige Tiere und später den Ertrag unserer Felder, wenn sie uns so lange am Leben lassen.«

Ilai musterte seinen Freund von der Seite. Solch harte Worte war er von Lukan nicht gewohnt. Normalerweise war er derjenige, der immer irgendwie zuversichtlich blieb. Dass selbst er das nicht mehr konnte, zeigte, wie schlimm der Winter ihn getroffen hatte. Erst jetzt fiel ihm auf, wie viel schmaler Lukans Gesicht geworden war. Er selbst sah vermutlich nicht viel besser aus.

»Herion redet dauernd davon, dass wir uns wehren sollen, wenn sie zurückkehren«, sagte Lukan.

Ilai lachte verächtlich. »Und mit was sollen wir ihnen entgegentreten?« Er hob seinen Sack, aus dem der Stiel einer Hacke hinausschaute. »Hiermit? Du hast letzten Herbst genauso wie ich ihre Schwerter gesehen. Sie wissen, wie man damit umgeht. Wir haben keine Chance.«

»Dann willst du lieber kampflos sterben? Oder verhungern?«

Ilai wusste, die Frage war ernst gemeint. »Wie gesagt, wir haben keine Chance«, seufzte er. »Wenn es soweit kommt, sterbe ich lieber, ohne das Leben anderer Menschen auf dem Gewissen zu haben.«

»Stimmt. Du kannst ja nicht einmal das Huhn töten, das du essen willst.«

Ilai warf die Hände in die Luft. »Musst du immer wieder davon anfangen? Ich war damals zwölf und deine Familie wollte sich einen Spaß erlauben.«

Sie mussten beide lachen, als sie daran dachten. Ilai war entsetzt über den Vorschlag gewesen, er solle das Huhn für das Familienessen töten. Die Familien der beiden Freunde waren schon vor ihrer Geburt befreundet gewesen, sie waren praktisch wie Geschwister aufgewachsen. Das war ein Trost für Ilais Eltern gewesen, die sich immer weitere Kinder gewünscht hatten.

»Egal, was wir tun werden, kämpfen oder nicht, lass es uns gemeinsam tun«, sagte Lukan und legte Ilai eine Hand auf die Schulter.

Ilai nickte und erwiderte die Geste. Zumindest hatten sie einander.

Später am Abend wälzte Ilai sich noch lange im Bett hin und her. Er konnte die Unruhe nicht abschütteln, dabei waren es noch einige Wochen, bevor sie wieder mit Angriffen rechnen mussten. Das ganze Leben erschien ihm sinnlos, wenn alles im Leid enden würde, egal, wie sie sich verhielten. Vielleicht steckte zu wenig Heldentum in ihm, doch er sah nichts Glorreiches im Kampf.

Natürlich war es auch nicht besser, sich einfach dem Tod zu ergeben.

Er spürte die Furcht in sein Bett kriechen, genau wie als Kind, wenn er sich nachts geängstigt hatte. Nur dass ihn damals seine Mutter immer hatte beruhigen können. Irgendwie wusste Ilai, dass die Solech erst haltmachen würden, wenn sie den ganzen Kontinent vereinnahmt, sich alles und jeden unterworfen hatten und nichts mehr übrig sein würde.

Im Traum stand Ilai im Dämmerlicht draußen auf seinen Feldern. Alles erschien ihm bekannt und doch anders. Eine unnatürliche Stille lag auf dem Land. Das Gebirge im Osten schien plötzlich nur wenige Tagesmärsche entfernt. Er konnte den Schnee auf den Bergspitzen erkennen. Auf einmal sah er eine dunkle Wolke bedrohlich über die Berge schwappen und sich in seine Richtung ausbreiten. Er wollte zum Dorf laufen und alle warnen, doch er konnte sich nicht bewegen. Seine Füße ließen sich nicht vom Boden lösen. Er wollte schreien, aber seine Stimme versagte. Verzweifelt sah er die Dunkelheit näher kommen und wünschte sich, ihr etwas entgegenhalten zu können.

Plötzlich spürte er eine Veränderung hinter sich und riss den Kopf herum. Am Horizont erschien ein goldener Streifen, wie die aufgehende Sonne, doch tausendmal heller. Innerhalb weniger Herzschläge rollte das Licht wie eine gewaltige Welle so blendend von dort auf ihn zu, dass er die Hände schützend vor seine Augen hielt. Die Macht dieser Lichtwelle machte ihm kaum weniger Angst als die Dunkelheit vor ihm. Er konnte keinen Atemzug mehr tun, als ihm klar wurde, dass sie genau dort, wo er stand, aufeinandertreffen würden.

Im letzten Moment vor dem großen Zusammenprall hörte er eine Stimme. Sie war kaum mehr als ein Flüstern und gleichzeitig so laut, dass sie jede Zelle seines Seins zu durchdringen schien: »Ilai!«

Schweißgebadet schreckte er mit rasendem Herzen im Bett hoch. Er sprang auf und schien genau zu wissen, was er tun musste. Ohne sich um Schuhe zu kümmern, hastete er nach draußen. Erst als er bereits auf der Straße stand, wurde ihm klar, dass er nicht erklären konnte, warum er das gerade tat. Doch damit schien er nicht alleine zu sein. So weit er sehen konnte, waren die Bewohner aus allen Häusern nach draußen gekommen. Sie standen in ihren Nachtgewändern auf der Straße und sahen sich verwundert an. Doch keiner schien so geschockt und außer Atem zu sein wie er. Die meisten wirkten eher verwirrt.

»Was ist passiert? Wer hat mich gerufen?«, fragte er seinen Nachbarn.

»Dich gerufen? Ich bin davon aufgewacht, dass jemand nach mir rief. Ich kam heraus, weil ich nachsehen wollte, wer mitten in der Nacht meinen Namen ruft.«

Ilai hörte noch weitere ähnliche Gespräche von allen Seiten, während er versuchte, seine zitternden Hände zu beruhigen. Alle sprachen von einer Stimme, die ihren Namen gerufen hatte, und von dem unkontrollierbaren Drang, nach draußen zu gehen. Doch niemand erwähnte einen Traum. War er der Einzige gewesen, der geträumt hatte? Ilai wusste nicht, ob er glauben sollte, dass sein Traum etwas mit dieser Stimme zu tun hatte. Noch nie hatte er einen derart realen Traum erlebt, der ihn so mitgenommen hatte.

Er griff nach dem Arm seines Nachbarn, der immer noch neben ihm stand. »Die Dunkelheit, hast du sie gesehen?«

Sein Nachbar sah ihn mit gerunzelter Stirn an. »Junge, beruhige dich. Es wird schon eine Erklärung dafür geben, warum wir hier mitten in der Nacht aus dem Bett geholt werden. Seien wir einfach froh, dass es kein Angriff der Solech ist!« Er tätschelte Ilai den Arm und wandte sich seinem Haus zu.

Ilai hastete zu der kleinen Gruppe, die sich in der Mitte der Straße gesammelt hatte. »Zum Glück sind die Kinder nicht aufgewacht«, hörte er eine der Frauen sagen.

»Habt ihr einen Traum gehabt?«, unterbrach er das Gespräch.

Alle schüttelten den Kopf. »Wieso fragst du?«, erwiederte jemand.

Doch da hob die Frau von zuvor die Hand. »Warte, jetzt wo du es sagst …«

Ilai hielt den Atem an. *Er war nicht alleine!*

»Ich hatte einen Albtraum. Die Solech haben unser Dorf überfallen und ich konnte die Kinder nirgends finden.« Ihr standen Tränen in den Augen. »Diesen Traum hatte ich schon öfter, ich habe einfach solche Angst. Manchmal weiß ich nicht, wie ich es ertragen soll, jeden Tag darauf zu warten, dass sie zurückkommen.«

Ihre Freundin legte ihr tröstend die Hand um die Schultern. »Wir halten zusammen«, flüsterte sie.

Niemand bemerkte, dass Ilai sich daraufhin umdrehte und ging. Er schlug den Weg in Richtung Lukans Hütte ein. Als er diesen schon von Weitem auf sich zukommen sah, beschleunigte die Hoffnung seine Schritte, dass sein bester Freund etwas Ähnliches erlebt haben könnte wie er.

Kapitel 2

Yara – 145 Jahre nach den Großen Kriegen

Yara preschte im Galopp in den Innenhof der Stallungen und brachte ihr Pferd zum Stehen. Mit einem kurzen Blick über die Schulter lenkte sie es zur Seite, um ihrem Verfolger Platz zu machen, der in diesem Moment ebenfalls das Ziel erreichte. Keuchend schüttelte der junge Soldat den Kopf und klopfte seinem Pferd beruhigend auf den Hals.

»Irgendwann schlage ich dich!«, versprach er mit einem gutgelaunten Grinsen.

»Nicht diesen Monat«, zwinkerte ihm Yara zu. Er würde es weiter versuchen. Yara schaffte es immer, die richtige Mischung aus Ehrgeiz und Spaß in ihren Schülern zu wecken. Lachend sprang der junge Mann vom Pferd und streckte die Hände auch nach ihren Zügeln aus, um die Tiere zu versorgen.

Yaras Bruder Nathan kam über den Hof auf sie zu und musterte seine kleine Schwester mit kritischem Blick. Sie war bedeckt vom Staub der Kampfübungen mit den jungen Soldaten. Auch einige Riemen ihrer Uniform waren locker, weil das im vollen Galopp für sie angenehmer war. Niemand holte sie auf dem Pferd ein. Ihre hüftlangen, kastanienbraunen Haare hatte sie am Morgen zu einem straffen Zopf geflochten, doch inzwischen war davon nicht mehr viel übrig. Sie hatte die glatten Haare ihrer Mutter geerbt und ein Zopf hielt nie lange. Damit sie ihr Haar bändigen konnte, wenn es darauf ankam, hatte sie immer einige Stoffstreifen in der Tasche. Mit ihrem goldbraunen Hautton und den dunkelgrünen Augen ähnelte sie ihrem Bruder so wenig, dass wohl kaum jemand auf die Idee käme, sie für Geschwister zu halten.

Nathan war acht Jahre älter als sie und das Ebenbild ihres Vaters. Sein kurz geschnittenes Haar war dunkelblond und seine Augen so blau wie der Teich hinter dem Schloss. Wären da nicht sein durchdringender Blick und der immer ernste Gesichtsausdruck, hätte man ihn eher für den Dorfschwarm als für den Kommandanten der Schlossgarde gehalten. Dennoch rissen sich die jungen Frauen im Schloss darum, jegliche Aufgabe zu übernehmen, die zu einer Begegnung mit ihm führte. Die unweigerlich folgenden Gerüchte im Schloss, wem er wohl als Nächstes seine Aufmerksamkeit schenken würde, waren eine nette Unterhaltung für Yara. Als kleine Schwester wurde sie häufig als Informationsquelle genutzt. Die Bestechungsversuche in Form von besonderen Köstlichkeiten aus der Küche nahm sie gern entgegen, um ein wenig mit den Frauen zu plaudern. Die nahmen es ihr auch nicht übel, dass sie kaum etwas über die Vorlieben ihres Bruders sagen konnte. Der Einzige, der nichts von alledem mitbekam, war Nathan selbst. Bei all seiner sonstigen Wachsamkeit schien ihm völlig zu entgehen, welche Bewunderung er bei den Frauen auslöste, was Yara nur noch mehr erheiterte.

Als der Bruder schließlich bei ihr ankam, deutete er mit einem Nicken auf die Schramme an ihrem freiliegenden Oberarm. »Alles in Ordnung?«

Mit einem nachsichtigen Lächeln stellte sie sich auf die Zehenspitzen, um ihm einen Kuss auf die Wange zu drücken. »Alles in Ordnung, großer Bruder! Eines der Mädchen ist mit dem Speer ausgerutscht.«

Nathan runzelte die Stirn. »Das sollte nicht passieren.«

Nun musste Yara lachen. »Natürlich nicht. Deshalb ja das Training. Damit es nicht passiert, wenn es darauf ankommt.«

Nathans Stirn glättete sich. »Natürlich.« Dennoch hielt er ihren Arm, um die Verletzung genauer zu inspizieren. »Komm mit, ich mache das sauber.«

Yara ließ sich von ihm mitziehen. *Manche Dinge ändern sich eben nicht so schnell*, dachte sie und erinnerte sich an all die Male, bei denen sie als Kind dankbar gewesen war, sich auf seine Hilfe verlassen zu können. Vielleicht hatte sie ihre Abenteuerlust deshalb auch etwas zu sehr genossen. Sie hatte ihn wohl mehr als einmal zur Verzweiflung getrieben. Solange er ihre Fähigkeiten nicht infrage stellte, würde sie ihm daher nicht verwehren, auch jetzt noch für sie da zu sein. Er war eben ihr großer Bruder. Und streng genommen als Kommandeur der Schlossgarde auch ihr Vorgesetzter.

Nachdem Nathan mit dem Zustand der Wunde zufrieden war und sich wieder anderen Pflichten zuwandte, legte Yara in ihrem Zimmer die Uniform ab und band ihre Haare wieder zusammen. Sie hatte nun einige Stunden Zeit bis zu ihrer nächsten Schicht.

Mit einem Brot und einem Apfel in der Hand machte sie sich auf den Weg zu ihrem Lieblingsplatz. Im Wind, der die Hügel hinauf in Richtung des Schlosses zog, breitete sie die Arme aus. Sie liebte den Anblick dieses ehrwürdigen Gebäudes, wenn sie von Weitem darauf zukam. Es verkörperte alles, was ihr wichtig war und ihrem Leben Bedeutung gab. Schließlich setzte sie sich unter die weitausladenden Zweige des Nussbaumes am Rande der Schlossgärten, von wo aus sie die Hügel hinab auf die Felder schauen konnte, die sich bis zum Horizont erstreckten. Jetzt im Sommer stellten sie ihre Früchte in voller Pracht zur Schau. Die dunkelgrünen Blätter des Baumes spendeten ihr angenehmen Schutz vor der Mittagssonne.

Zweimal war sie bisher im Auftrag Elouans, des Königs, als Soldatin davongeritten und mit Erinnerungen an Kampf und Blut zurückgekehrt. Sie hatten nicht gegen feindliche Armeen gekämpft. Die hatte der Kontinent seit den Großen Kriegen, die vor hundertfünfundvierzig Jahren beendet worden waren, nicht mehr gesehen. Aber nicht alle Menschen hatten sich im Anschluss für das Licht entschieden. Einige versuchten weiterhin mithilfe von Gewalt und Furchteinflößung Macht und Reichtum an sich zu reißen. Meist konnten die von Elouan eingesetzten Verwalter vor Ort selbst einschreiten, doch von Zeit zu Zeit baten sie um Unterstützung vom Schloss.

Der Kontinent war so groß, dass es Wochen dauerte, die äußeren Bezirke von Elouans Herrschaftsgebiet zu erreichen. Das Schloss stand im Südwesten, nur wenige Tagesritte von der Küste entfernt. Weiter im Osten waren nicht alle Gebiete von Elouan verwaltet, auch wenn sie streng genommen zu seinem Herrschaftsbereich gehörten. In manchen Landstrichen hatten sich so wenige Menschen dem König angeschlossen, dass er ihnen eine vom Schloss unabhängige Verwaltung gestattete, solange die zu ihm Gehörenden dort in Frieden leben konnten.

Der weiße Fleck auf der Landkarte im Festsaal des Schlosses war das Land hinter den Bergen im Osten. Obwohl es fast ein Viertel des Kontinents ausmachte, war dort nichts eingezeichnet; keine Stadt, keine Wege. Yara hatte immer angenommen, dass der Grund dafür das fast unüberwindbare Gebirge war. Elouan hatte es während der Großen Kriege mit seinen Armeen überschritten, denn von dort waren die Solech immer wieder über das Land hergefallen. Schließlich waren sie von Elouan endgültig geschlagen worden.

Jeder kannte die Geschichten der Siege von Elouan und seiner Armee. Doch erst seit Kurzem konnte Yara nicht aufhören, über das Land im Osten nachzudenken. Wann immer sie Ruhe hatte, kehrten ihre Gedanken zu dem weißen Fleck auf der Karte zurück. Wie es dort wohl aussah? Lebte noch jemand oder war die Gegend in den letzten Jahrzehnten zu einer unberührten Wildnis geworden? Die alten Geschichten besagten, dass dort der fruchtbarste Teil des Kontinents war. Vermutlich hatten die Kriege ihre Spuren hinterlassen, aber die Natur hatte sich im Laufe der Jahre sicherlich alles zurückerobert. Doch was war mit den überlebenden Solech geschehen? Keine der Geschichten behandelte ihr Schicksal. Sie musste Elouan endlich einmal danach fragen.

Yara warf den Rest ihres Apfels ins Gebüsch und wollte gerade aufstehen, um im Schloss nach ihm zu suchen, als sie Schritte hinter sich hörte. Erstaunt sah sie Elouan auf sich zukommen. Sooft sie ihn aufsuchte, wie sie es seit ihren Kindertagen tat, oder seiner Aufforderung folgte, zu ihm zu kommen, so selten war er bisher zu ihr gekommen. Die junge Frau deutete eine leichte Verbeugung mit dem Kopf an. Sie hatte sich diese Begrüßung angewöhnt, seit ihr als Jugendliche aufgegangen war, dass sie sich dem König des Kontinents womöglich etwas zu respektlos gegenüber verhielt. Elouan hatte dies nie kommentiert, doch sie konnte das Gefühl nicht abschütteln, dass er über die Geste amüsiert war. Sie hatte sie trotzdem beibehalten, schließlich konnte sie dem König zur Begrüßung keinen Kuss mehr auf die Wange drücken, wie sie es als Kind getan hatte. Dennoch ging sie immer noch wesentlich vertrauensvoller als die meisten mit ihm um. Doch auch hier wurde sie den Eindruck nicht los, dass Elouan die respektvolle Distanz seiner Bürger eigentlich gar nicht einforderte, sondern eher akzeptierte. Dies bestätigte sich ihr wieder einmal, als er sich ohne Rücksicht auf seinen kunstvoll verzierten Umhang neben sie ins Gras setzte. Er streckte eine Hand nach oben und legte die Handfläche an die raue Rinde des Baumes. Dann erwiderte er Yaras Lächeln von der Seite. Sie schwieg, um ihm Gelegenheit zu geben, erklären zu können, warum er sie aufgesucht hatte. Er wiederum schien darauf zu warten, dass sie sprach.

»Das Land im Osten«, begann sie schließlich und er folgte ihrem Blick zum Horizont. »Ich kann nicht aufhören, darüber nachzudenken. Es ist, als ob das Licht in mir mich immer wieder dazu auffordert.«

Elouan blickte für einige Momente nachdenklich in die Ferne, als lausche er auf etwas. »Es ist das Land, das ruft«, sagte er schließlich. »Du hörst es, aber verstehst es noch nicht. Es ist Zeit.«

»Zeit wofür? Was ist dort?«, fragte Yara. Sie war es gewohnt, dass Elouan bis zu einem gewissen Grad in Rätseln sprach. Er sagte immer, sie müsse nur die richtigen Fragen stellen, dann würde sie auch die Antworten verstehen. Daher hatte sie sich angewöhnt, geduldig so lange nachzufragen, bis ihr Wissensdurst gestillt war. Doch dieses Mal war es anders. Es war nicht nur ihre Neugier, die sie fragen ließ. Etwas zog sie in Richtung der Berge, die das östliche Land vom Rest des Kontinents trennten.

»Zeit, diesen Ort zu befreien und wieder zu einem Teil meines Reiches zu machen«, beantwortete Elouan ihre Frage.

Yara runzelte die Stirn. »Hast du das nicht bereits getan, als du die Großen Kriege mit dem Sieg über die Solech dort beendet hast?«

Elouan blickte sie an und es verschlug ihr für einen Moment die Sprache, als sie die Trauer in seinen Augen sah. Das Licht seiner Gegenwart verband sich mit dem Licht in ihrem Inneren und sie begann zu fühlen, was er fühlte. Für einen Moment gestattete ihr Elouan, den Verlustschmerz und die Trauer zu fühlen, die sie auf seinem Gesicht lesen konnte. Er hatte schon früher tiefe Gedanken und Gefühle mit ihr geteilt, es war allerdings noch nie so intensiv gewesen. Innerhalb von Sekunden schien Yara darin zu ertrinken. Der Schmerz schien noch viel weiter zurückzureichen als zu den Großen Kriegen. Sie spürte Verzweiflung und den tiefen Wunsch, zu ändern, was sie nicht ändern konnte. Bevor sie sich in den Wogen der Gefühle verlor, ebbten sie plötzlich ab und sie erinnerte sich, dass es nicht ihre eigenen waren. Mit Tränen in den Augen sah sie ihren König an. Auf seiner Wange hatte sich eine einzelne Träne ihren Weg gebahnt.

»Was ist dort geschehen?«, flüsterte sie.

Er wandte sich wieder dem Horizont zu. »Was dort passiert ist, was ich tun musste, war nicht Sieg, es war Vernichtung.«

Aus seinen Worten sprach eine Härte, von der Yara nicht gewusst hatte, dass er sie besaß. Die Macht, die in diesem Moment von ihm ausging, machte ihr das Atmen schwer und sie musste sich beherrschen, nicht den Abstand zu ihm zu vergrößern. Sie hatte immer gewusst, dass seine Kraft noch weit über den Kontinent hinausreichte. Jedoch hatte sie es nur noch nie so intensiv gespürt.

»Jeder von euch hat Zugang zum Licht. Auch diejenigen, die ohne das Licht geboren werden, weil ihre Eltern keine Verbindung zum Licht haben, können sich jederzeit dafür entscheiden.« Yara nickte. Auch wenn sie es noch nie so formuliert hatte, war ihr das klar.

»Es braucht sehr viel, um diesen Zugang zum Licht auszulöschen«, fuhr Elouan fort.

»Aber es ist möglich?«, fragte Yara erstaunt.

»Nicht in einer Generation, auch nicht in zwei. Die Entscheidung dafür muss immer und immer wieder getroffen werden, bis es keinen Weg mehr zurück gibt.« Er verschränkte die Arme vor den aufgestellten Knien.

Trotz der lockeren Haltung spürte Yara noch immer die Kraft, die von ihm ausging und ihre Haut zum Kribbeln brachte.

»Als der Krieg begonnen hatte, existierte noch eine Möglichkeit für die Solech«, fuhr er fort. »Doch mit jeder verlorenen Schlacht hatten sie sich weiter in die Dunkelheit bewegt. Nachdem wir die Berge überschritten hatten, war schlicht keine Entscheidung mehr übrig. Kein einziger von ihnen hatte einen anderen Weg eingeschlagen. Ihre Taten hatten ihr eigenes Land vernichtet. Ich löschte diese Dunkelheit schließlich aus und ließ nichts übrig.« Abscheu war auf seinem Gesicht zu lesen.

Dennoch hatte Yara nur wenige Momente zuvor seine Trauer um alle gespürt, die dort vernichtet worden waren. »Auch die Kinder?«, wagte sie zu fragen.

Er schüttelte den Kopf. »Zu diesem Zeitpunkt waren seit Jahrzehnten keine Kinder mehr unter ihnen geboren worden.« Er sah sie an. »Das Licht ist Leben. Jede Verbindung dazu zu zerstören, hat Konsequenzen.«

Yara versuchte mit dem umzugehen, was sie gehört hatte. Sie hatte zwar Kämpfe und den Tod ihrer Gegner durch das Schwert erlebt, dabei war es jedoch immer um Gerechtigkeit und Freiheit für andere gegangen, die nicht für sich selbst hatten kämpfen können. Das hatte es für sie einfacher gemacht. Aber sie konnte sich nicht vorstellen, was ein Volk hatte getan haben müssen, damit es als Ganzes keinen Weg zur Umkehr zum Licht mehr hatte. Ein Volk, das sich bereits selbst zum Aussterben gebracht hatte, weil es keine neue Generation mehr hervorbringen hatte können. »Also gibt es dort niemanden mehr?«

Elouan nickte. »Die Dunkelheit der Taten der Solech hat das Land vergiftet. Aber nun ist es Zeit, dass das Licht dort wieder Wurzeln schlägt und eine neue Zukunft schafft.«

Yaras Augen weiteten sich, als sie verstand, was das bedeutete. »Du wirst jemanden dorthin schicken.« Ihr Herz begann schneller zu schlagen und ohne nachzudenken sagte sie: »Lass mich gehen. Ich spüre, dass es der Ort ist, an den ich gehöre!«

Elouan stand auf und streckte ihr eine Hand entgegen, um sie auf die Füße zu ziehen. »Nimm dir Zeit, um darüber nachzudenken«, sagte er ernst. »Das ist keine Mission für einige Jahre. Es ist eine Lebensaufgabe.«

Er wandte sich dem Schloss zu, während Yara stehen blieb. Um darüber nachzudenken, wollte sie einen Spaziergang machen.

Doch eine Frage musste sie noch stellen. »Wer wird mitkommen? Wissen andere schon von dieser Mission?«, rief sie Elouan hinterher.

Er drehte sich noch einmal um. »Dein Bruder Nathan wartet schon lange darauf«, antwortete er zu ihrer Überraschung. Sie vertagte ihren Spaziergang und machte sich auf die Suche nach Nathan.

Schließlich fand sie ihn in seinem Arbeitsraum im Schloss, wo er mit einem der Truppenführer über die Pläne auf seinem Tisch diskutierte. Sie unterbrach ihn normalerweise nicht bei der Arbeit, da sie sich diese Sonderstellung nicht herausnehmen wollte. Doch dieses Mal klopfte sie an die halb geöffnete Tür und blieb abwartend stehen.

»Yara, können wir später …« Ihr Bruder hob den Kopf. Als er ihr Gesicht sah, beendete er seinen Satz nicht. Er runzelte die Stirn und wandte sich Beran zu. »Tut mir leid, wir müssen unterbrechen.«

Beran erhob sich mit einem Nicken. »Natürlich. Ich bin heute Abend wieder im Schloss.« Im Hinausgehen grüßte er Yara freundlich und schloss die Tür hinter ihnen.

Nathan kam um den Schreibtisch herum, setzte sich mit verschränkten Armen auf die Kante und legte den Kopf schief. »Was habe ich falsch gemacht?«, fragte er mit leicht amüsiertem Unterton.

Erst jetzt wurde Yara bewusst, dass sie wütend auf ihn war. Ihr Bruder kannte sie gut genug, um das vor ihr bemerkt zu haben. Ihre Wut begann sich zu lösen und Verwirrung Platz zu machen. »Du weißt seit Langem, dass es eine Mission gibt, die dich für immer von hier wegführen wird, und hast mir nie etwas gesagt?«

Nathan ließ die Arme fallen. Eine Mischung aus aufgeregter Freude und kontrollierter Zurückhaltung legte sich auf sein Gesicht. »Also ist es so weit«, flüsterte er. Dann kam er auf sie zu, nahm ihr Gesicht in die Hände und sah ihr in die Augen. »Tut mir leid, kleine Schwester. Dich zurückzulassen, war immer der schwierigste Teil, wenn ich an diese Aufgabe gedacht habe. Ich wollte es dir schon lange erzählen.«

Yara ließ sich in seine Umarmung fallen. »Warum hast du es dann nicht getan?«

Er ließ sie los und trat einen Schritt zurück. »Elouan bat mich, es dir nicht zu sagen.«

»Wieso?«, fragte Yara verblüfft.

Nathan zuckte mit den Schultern. »Ich weiß es nicht.«

»Und du hast ihn nicht gefragt? Du musst wirklich noch lernen, etwas neugieriger zu sein.«

Das brachte ihr den Blick aus zusammengekniffenen Augen ein, der sonst für Jungsoldaten bestimmt war, die sich zu viel herausnahmen. »Und du musst lernen, Befehle zu befolgen.«

Sie grinsten sich an und der Frieden zwischen ihnen war wiederhergestellt.

Dann fiel Yara ein, dass sie ihm das Wichtigste noch gar nicht gesagt hatte. »Ich werde ebenfalls gehen.«

Für einen Moment sah Nathan sie mit einem selbst für sie unlesbaren Ausdruck an, dann ließ er sich auf einen der Stühle vor seinem Schreibtisch sinken. »Bist du sicher?«

Bevor sie antworten konnte, hob er abwehrend die Hände. »Versteh mich nicht falsch. Es ist nicht so, dass ich es dir nicht zutraue. Aber du schienst mir hier immer sehr glücklich zu sein. Du gehst in deiner Aufgabe auf. Du hast selbst gesagt, dass diese Mission nicht nur ein paar Jahre dauert. Sie ist für immer.«

Yara setzte sich etwas enttäuscht von seiner zurückhaltenden Reaktion auf einen Stuhl vor dem Schreibtisch. »Das Gleiche kann ich an dich zurückgeben. Du bist der Kommandeur der Schlossgarde! Du hast hart für diese Position gearbeitet und bist sehr gut darin.«

Nathan nickte, das Kompliment schien er gar nicht wahrzunehmen. »Aber ich wusste von Anfang an, dass es nur für eine gewisse Zeit sein würde. So lange, bis die Zeit für meine eigentliche Aufgabe kommen würde.«

Yara atmete tief ein und nahm sich einen Moment Zeit, ihre Gefühle kritisch zu prüfen. Sie musste sich eingestehen, dass sie diese wichtige Lebensentscheidung in einem einzigen Moment getroffen hatte. Um nicht irgendwann aufzuwachen und festzustellen, dass es nur ihre Abenteuerlust gewesen war, die sie getrieben hatte, horchte sie noch einmal tief in sich hinein. Sie berührte das Licht in ihrem Inneren, wodurch sich schließlich aller Zweifel verflüchtigte. »Ich kann es dir nicht erklären. Es ist, als ob ich auch schon seit Jahren darauf gewartet hätte, ohne davon zu wissen. Natürlich habe ich tausend Fragen, aber nichts hat sich jemals richtiger angefühlt als das!«

Etwas an der Art, wie sie es gesagt hatte, musste Nathan überzeugt haben. Sein Gesichtsausdruck wandelte sich. In einer für ihn untypischen Zurschaustellung seiner Gefühle sprang er auf und zog Yara in eine feste Umarmung. »Ich bin sehr froh, das zu hören.«

Yara grinste. Diese förmliche Aussage passte wieder zu ihrem Bruder. Sie war natürlich genauso froh wie er, dass sie ihn auf dieser Reise ins Unbekannte an ihrer Seite haben würde. Nachdem sie sich wieder gesetzt hatte, stützte sie die Ellenbogen auf den Tisch und sah ihren Kommandanten gespannt an. »Erzähl mir alles über diese Mission!«

Kapitel 3

Ilai – 3 Monate später

Ilai stand mit verschränkten Armen gegen seine Hauswand gelehnt und beobachtete das Treiben auf der Straße. Lukan saß neben ihm auf einer umgedrehten Kiste, den Kopf in die Hände gestützt. Mit nachdenklichem Blick sah er zu, wie sich einige Familien voneinander verabschiedeten. Manche lagen sich mit Tränen in den Armen, andere warteten ungeduldig darauf, dass ihre Mitreisenden endlich so weit waren. Die Habseligkeiten, die sie nicht zurücklassen wollten, hatten sie auf Karren geladen. Ihre

Vorräte für den Weg waren unter wasserdichte Wachstücher gestapelt. Keiner von ihnen wusste, wie lange sie unterwegs sein würden, was die Planung schwierig gemacht hatte.

»Ilai, lass los, ich kann deine Anspannung bis hier drüben spüren!«, sagte Lukan, ohne seinen Blick von den Geschehnissen abzuwenden.

»Ich kann nicht. Ich habe das Gefühl, ich sollte ebenfalls gehen. Jede Nacht werde ich aus dem Schlaf gerissen. Ich sitze schweißgebadet im Bett, weil jemand meinen Namen ruft, als ginge es um Leben oder Tod.«

»Warum gehst du dann nicht?« fragte der Freund mit hochgezogenen Augenbrauen. Dieses Gespräch hatten sie schon mindestens zwanzig Mal geführt.

»Ich werde doch keiner Stimme folgen, ohne zu wissen, wer mich ruft und was er von mir will.«

»Obwohl du tief in dir weißt, dass es das Richtige ist?« Lukan stand von seiner Kiste auf, wandte sich seinem besten Freund zu und lehnte seine Schulter ebenfalls an die Hauswand.

Ilai fixierte weiterhin mit gerunzelter Stirn die Wagen, die sich nun zum Aufbruch bereit machten. Auch wenn es nach einer großen Gruppe aussah, waren es doch weniger Familien, als Ilai erwartet hatte. »Würdest du denn mitkommen? In Kombination haben wir bisher immer am besten funktioniert.«

Lukan seufzte und sah zu Boden. »Du weißt, ich kann nicht. Ich höre diese Stimme nicht so wie du, spüre keine Dringlichkeit, ihr zu folgen. Wenn ich das Dorf mit dir verlasse und bei unserer Rückkehr feststelle, dass die Solech hier alles dem Erdboden gleichgemacht haben, könnte ich mir das nie verzeihen. Ich kann meine Familie nicht im Stich lassen. Ein Viertel der kampffähigen Männer ist gerade dabei, uns zu verlassen.« Er nickte zur Straße.

Ilai spürte Unwillen in sich aufsteigen. Er wollte seine Familie ebenso wenig im Stich lassen wie Lukan. Doch da sie den Solech nichts entgegenzusetzen hatten, würde es am Ende sowieso keinerlei Unterschied machen, ob ihnen ein paar Männer mehr oder weniger zum Opfer fallen würden. Er setzte an, sich zu verteidigen, doch seine Wut verblasste, als er seinen eigenen Gedanken folgte. Lukan hatte nicht nur Eltern, er hatte auch eine Schwester und deren Kinder. Er konnte ihm wohl kaum vorwerfen, sie beschützen zu wollen. Wenn er ehrlich war, wusste er selbst nicht, was das Richtige war. Gehen oder bleiben? Das Einzige, was er mit Gewissheit wusste, war, dass er Angst hatte. Angst vor einem Kampf gegen die Solech. Angst vor einem Aufbruch ins Ungewisse und einer möglichen Rückkehr in ein zerstörtes Dorf, dessen Verteidigung seine Freunde das Leben gekostet hätte. Jede Entscheidung würde ihn mit dem Gefühl zurücklassen, einen Fehler zu begehen. Deshalb würde er sich für die Version entscheiden, bei der er wenigstens die Menschen an seiner Seite haben würde, die ihm am meisten bedeuteten.

Er stieß sich von der Hauswand ab. »Lass uns ihnen wenigstens noch einmal helfen.«

Lukan folgte ihm und sie packten mit an, als einige ihre letzten Gepäckstücke aus den Häusern holten. Andere drückten ihnen kurz die Zügel in die Hand, um noch einmal Freunde zu umarmen, von denen sie nicht wussten, wann oder ob sie sie überhaupt wiedersehen würden.

Ilai bemühte sich, freundlich zu lächeln, als er ein kleines Mädchen hochhob, das weinend am Straßenrand stand. Sie war höchstens zwei Jahre alt. Er wischte ihr mit seinem Ärmel die Tränen vom Gesicht. Noch bevor er beruhigende Worte finden konnte, rannte ihm ihre erleichterte Mutter entgegen. Sie nahm das Mädchen auf den Arm, das sich sofort an ihren Hals klammerte und beruhigte. »Du kannst doch nicht einfach davonlaufen!«

»Ich will nicht wegfahren!«, verkündete die Kleine mit erstaunlich nachdrücklicher Stimme.

Ilai unterdrückte ein Lachen. Das Mädchen wusste scheinbar genau, was es wollte.

»Das wird eine tolle Reise, und am Ende werden wir dort ankommen, wo wir jetzt gebraucht werden«, hörte er ihre Mutter sagen, während sie sich beeilte, wieder zu ihrem Wagen zu kommen.

Ilai wünschte, er könnte ein solches Vertrauen in diese Stimme setzen, die ihn immer wieder rief. Er konnte nicht leugnen, dass sie in ihm Hoffnung, Freude und eine Zuversicht weckte, die er in dieser Weise seit Jahren nicht gespürt hatte. Doch es fühlte sich zu gut an, um wahr sein zu können. Er schüttelte den Kopf und entschied sich wieder einmal für die Vernunft. Zu viele unbeantwortete Fragen nagten in ihm. Er würde bleiben und seine Felder bestellen. Und wenn es so weit war, würde er herausfinden, ob er den Mut hatte, an Lukans Seite sein Leben für die Verteidigung des Dorfes einzusetzen. Bis dahin hatten sie noch Zeit, denn bisher waren die Solech noch nicht am Horizont aufgetaucht. Es waren sogar schon Stimmen laut geworden, dass sie vielleicht gar nicht wiederkommen würden. Doch Ilai wusste, dass diese Hoffnung vergebens war. Er hatte immer noch den Traum vor Augen, den er vor zwei Monaten zum ersten Mal gehabt hatte und der seitdem in regelmäßigen Abständen wiederkehrte. Er verspürte eine unangenehme Gewissheit darüber, dass die Dunkelheit über die Berge rollen und das Land unter sich begraben würde.

Yara – ein Jahr später

Der große Ballsaal war geschmückt wie sonst nur an großen Festtagen. Auf den langen Tischen waren eine Menge Köstlichkeiten aufgetürmt. Das halbe Königreich schien anwesend zu sein. Yara strich etwas nervös ihre Uniform glatt und hielt Ausschau nach ihren Eltern. Die Nachricht, dass sich ihre beiden Kinder auf einen Weg ins Ungewisse machen, und sicherlich für lange Zeit fort sein würden, hatte sie hart getroffen. Yara hatte den Eindruck gehabt, dass sie Elouan insgeheim Vorwürfe machten. Sie hatte sich bemüht, ihnen verständlich zu machen, dass der König ihnen die Entscheidung freigestellt hatte. Aber für ihre Eltern war Elouan nun einmal der König. Er befahl und man folgte. Es fiel ihnen schwer, nachzuvollziehen, dass Yara eine andere Beziehung zu ihrem Herrscher hatte. Nathan hatte immer irgendwo dazwischengestanden.

Erst in letzter Zeit war Yara klar geworden, dass ihr Bruder wahrschenlich noch Seiten hatte, die sie kaum kannte. Sie hatte immer geglaubt, er würde bis ins hohe Alter die Schlossgarde kommandieren. Dass er bereit war, seine Heimat hinter sich zu lassen, hatte sie überrascht. Noch mehr, da er ebenso wenig wie sie wusste, was sie im Land des Ostens erwarten würde. Elouan war auch ihm gegenüber in seinen Anweisungen spärlich gewesen. Er hatte ihnen nur deutlich gemacht, dass das Land dort von seinem Volk besiedelt werden sollte.

Yara schnappte sich ein Törtchen vom noch nicht eröffneten Buffet und gesellte sich zur Gruppe derer, die heute Abend offiziell zu ihrer Mission verabschiedet wurden. Inzwischen wusste Yara, wer alles mitkommen würde. Von den insgesamt fünfunddreißig Personen waren nur fünf Soldaten, darunter ihr Bruder und sie. Die anderen waren Handwerker, Lehrer, Bauern und ein Schmied. Auch wenn sie nur einige von ihnen näher kannte, waren sie alle auf die ein oder andere Weise aus Elouans direkter Umgebung und hatten die letzten Jahre schon für das Schloss gearbeitet. Sie hegte den leisen Verdacht, dass Elouan sie, schon von langer Hand geplant, einen nach dem anderen in seiner Nähe versammelt hatte. Sie hatte noch nicht mit jedem von ihnen persönlich sprechen können. Doch hatte sie gehört, dass Elouan einigen, genau wie Nathan, die Aufgabe direkt angeboten hatte, andere hatten sich wie sie selbst plötzlich vom Osten angezogen gefühlt. Als sich die Mission schließlich offiziell herumgesprochen hatte, hatten sie deshalb darum gebeten, mitreisen zu dürfen.

Silas war einer derer, mit denen sie schon zusammengearbeitet hatte, denn er war Aufseher der Waffenkammer gewesen. Sie hatte ihn von Anfang an gemocht und auch er schien ihr immer sehr zugewandt zu sein. Als sie von Nathan erfahren hatte, dass Silas sich ebenfalls der Mission angeschlossen hatte, musste sie sich eingestehen, dass eine freudige Aufregung in ihr aufstieg.

Sie konnte Nathan nirgends finden. Dafür sah sie nun ihre Eltern durch die Tür kommen und ging zu ihnen. Die wenige Zeit, die sie noch miteiander hatten, wollte sie nutzen.

Im Nebenraum des Festsaales beendete Nathan seine Zusammenfassung für den König. Die Übergabe an den neuen Kommandeur war damit abgeschlossen. Derek war schon lange sein Stellvertreter gewesen. Er war fähig und hoch motiviert, seine neue Rolle einzunehmen.

»Danke für deinen Bericht. Hört sich an, als ob du an alles gedacht hättest.« Elouan musterte den Mann, der seit Jahren die Organisation und Führung der Schlossgarde übernommen hatte und dabei nie einen nennenswerten Fehler gemacht hatte. Er hatte sich immer darauf verlassen können, dass Nathan ihm die Angelegenheiten vorbrachte, die seiner Aufmerksamkeit bedurften, und den Rest besonnen und gerecht selbst regelte. Zu wissen, was vor den König gebracht werden musste und was nicht, war eine der wichtigsten Fähigkeiten seiner obersten Stellvertreter. Nicht alle bewältigten sie so souverän wie Nathan, und das in seinem Alter. Aber jetzt war der junge Mann nervös, auch wenn er versuchte, es zu verstecken. Er war es gewohnt, die Kontrolle über alle Aspekte eines Auftrages zu haben. Doch bei dem, was vor ihnen lag, war fast alles offen.

»Bist du bereit?«, fragte Elouan ihn.

Nathan nickte und hielt dem Blick des Königs stand, als dieser ihn abwartend ansah. Wie schon so oft hatte er den Eindruck, dass der König bis in die Tiefen seiner Seele sah. Deshalb entschied er sich, geradeheraus zu fragen, was ihn schon die ganze Zeit beschäftigte. »Gibt es eine Kommandostruktur in der Gruppe? Oder, um es weniger militärisch auszudrücken; gibt es einen Anführer?«

Der König stand von seinem Platz auf der anderen Seite des Schreibtisches auf und ging zu Nathan, der seine stramme Berichtshaltung aufgab und sich auf einen Sessel sinken ließ. Er hatte sich daran gewöhnt, dass es im Kontakt mit Elouan immer fließende Übergänge gab. Zuallererst war er der König, doch manchmal fühlte er sich auch wie ein Bruder oder gar wie ein Vater an. Nathan hatte ihn auch schon als unmissverständlichen Herrscher des Kontinents erlebt, dessen Macht so greifbar und unanfechtbar war, dass ihm eine Gänsehaut über den Rücken gelaufen war. In dem Moment war er froh gewesen, auf seiner Seite zu stehen. Einige Male hatte er sogar wahrgenommen, dass er noch viel mehr war als all das, auch wenn er nicht erklären konnte, was das genau bedeutete. Doch allein die Tatsache, dass er nicht alterte, machte deutlich, dass es einen unvorstellbaren Unterschied zwischen ihm und allen anderen gab. Er hatte ihnen die Verbindung zum Licht geschenkt und ein Leuchten in die Augen gelegt, das sie eindeutig als sein Volk kennzeichnete.

Elouan setzte sich auf die Tischkante und verschränkte nachdenklich die Arme. »Was würdest du für richtig halten?«

Nathan hielt einen Moment inne, um noch einmal die Aufmerksamkeit auf das Licht in seinem Inneren zu lenken, das ihm dieselbe Antwort gab wie schon zuvor, wenn er sich diese Frage gestellt hatte. »Ich denke nicht, dass es einen Anführer in dieser Gruppe geben sollte.«

Der König nickte. »Ich stimme dir zu. Doch wenn du anders entscheiden willst, werde ich dich nicht aufhalten. Wenn du es möchtest, erkläre ich dich offiziell zum Leiter der Gruppe.«

Nathan schüttelte langsam den Kopf. »Nein, ich weiß zwar nicht, wie es funktionieren soll, aber ich spüre, dass es der richtige Weg ist, keinen Anführer zu haben.« In einer für ihn ungewöhnlichen Geste von Unsicherheit fuhr er sich mit einer Hand durch die Haare und zuckte mit den Schultern. »Es wird nicht leicht für mich sein. Ich bin es gewohnt, anzuführen. Wahrscheinlich werde ich mich sehr zusammennehmen müssen, damit ich nicht wieder in diese Rolle rutsche.« Er kannte seine Schwächen und war diesbezüglich immer ehrlich mit sich selbst gewesen.

Doch Elouan hob abwehrend die Hände. »Dass du nicht der Leiter dieser Mission bist, heißt nicht, dass du nicht führen sollst!«

Nathan runzelte die Stirn. »Das verstehe ich nicht.«

Der König setzte sich auf den Sessel neben ihm und beugte sich nach vorne. »Bei diesem Auftrag muss jeder von euch wissen, wer er ist, und dieses Wissen aus einer unerschütterlichen Verbindung zum Licht in sich schöpfen. Sonst gibt es keine Möglichkeit für Erfolg.« Seine Stimme war freundlich und seine Worte waren deutlich.

Nathan dachte einen Moment darüber nach. »Du hast uns wenig Information gegeben«, stellte er dann fest. »Ich war noch nie auf einer Mission mit so unklaren Bedingungen und Zielen.«

»Das ist mehr als eine Mission«, begann Elouan. Nathan sah fasziniert in die Augen des Königs, die plötzlich noch heller zu leuchten schienen. Er war den Anblick von Elouan und seinem Volk gewöhnt, doch das hier war neu. Die ganze Gestalt des Königs war mit einem Mal von einem leichten Schimmer umgeben.

»Ich sende euch an meiner Stelle.« Elouan legte eine seiner Hände auf Nathans Brust und das Licht schien aus seiner Hand in ihn hineinzufließen. Nathan spürte, wie sich langsam Wärme von diesem Punkt aus in seinem Körper ausbreitete. Alles um ihn herum schien zu verblassen. Er hörte Elouans Stimme wie durch einen Schleier, gleichzeitig brannten sich dessen Worte so tief in ihn ein, dass er wusste, er würde sie nie vergessen. »Ich bin Licht, und das Licht ist durch mich. Das Licht ist Leben, alles, was ist, entsteht aus ihm.«

Elouan lehnte sich wieder zurück und der ganze Eindruck verschwand so schnell, dass Nathan sich für einen Moment fragte, ob er es sich nur eingebildet hatte.

»Das Licht ist auch in euch, wir können immer miteinander sprechen«, fuhr der König mit einer Leichtigkeit fort, als würden sie sich abends am Feuer über den Tag austauschen.

Nathan wollte etwas Weiteres fragen, doch sein Verstand schien sich noch immer im Licht zu baden und war nicht gewillt, zusammenhängende Gedanken zu formen. Er blinzelte Elouan an. In diesem Moment schien ihm wieder sein Bruder gegenüberzusitzen, anstatt dem Herrscher des Kontinents.

Dieser streckte Nathan eine Hand entgegen und zog ihn auf die

Füße. »Lass uns etwas essen gehen, bevor deine Schwester das Beste schon aufgegessen hat«, kommentierte er mit einem Augenzwinkern Yaras Angewohnheit, sich schon vor offiziellem Beginn am Buffet zu bedienen.

Yara sah Nathan und Elouan aus einem der Nebenräume in den Festsaal kommen und spürte, wie ihr Herzschlag sich beschleunigte. In wenigen Minuten würden sie von Elouan offiziell zu ihrem Auftrag entsendet werden. Es war nicht unbedingt üblich, so eine riesen Sache aus einer Mission zu machen, doch weil sie nicht wussten, wann sie wieder hier sein würden, hatten sie sich als Gruppe eine große Feier gewünscht. Nathan sah leicht benommen aus, vermutlich war dieses Mal sogar er ein wenig nervös.

Elouan ging die wenigen Stufen zu einem etwas erhöhten Bereich im vorderen Teil des Saales hinauf. Dort stand auch ein Thron, auf dem er so gut wie nie Platz nahm. Das einzige Mal, dass Yara ihn dort hatte sitzen sehen, war, als einer der Ortsverwalter vor ihm erscheinen musste, um Rechenschaft darüber abzulegen, weshalb er in einem neu gebauten Palast wohnte, während die Menschen in seiner Region verhungerten. Elouan ließ den Verwaltern viel Freiheit bei ihrer Aufgabe, doch er ging mit unnachgiebiger Härte vor, wenn einer von ihnen seine Position zum eigenen Vorteil nutzte. Yara hatte ihn selten so wütend erlebt wie an diesem Tag.

Doch heute sah sie auf seinem Gesicht nur Freude und Anerkennung. Er wandt sich der versammelten Menge zu. Ein Schritt hinter ihm stand zu seiner Rechten der neue Kommandeur der Schlossgarde. Yara kannte ihn nur flüchtig, als Nathans Freund und Stellvertreter. Er strahlte die gleiche Autorität und Ernsthaftigkeit aus wie ihr Bruder. Er hielt die mit Siegel und Unterschrift des Königs versehene Schriftrolle in den Händen, die ihnen allen die Regentschaft über das Land hinter den Bergen im Osten übertrug.

Vor dem König standen in zwei Reihen die fünfunddreißig Personen, die in wenigen Tagen alles hinter sich lassen und einer neuen Lebensaufgabe entgegentreten würden. Wenn alles gut ging, würde sie dieser Auftrag zusammenschweißen und zu einer Familie machen, die alles dafür einsetzte, das Land im Osten zu dem werden zu lassen, was es schon immer sein sollte.

Nach all ihrer Aufregung spürte Yara nun, da sie neben ihrem Bruder inmittenm ihrer zukünftigen Familie vor Elouan stand, wie sich eine tiefe Ruhe in ihr ausbreitete. Das Licht leuchtete warm, jede Faser ihres Seins bestätigte ihr, dass sie genau hier sein sollte und nun der Teil ihres Lebens begann, der große Bedeutung haben würde. Sie würde Teil von etwas Großem und Wichtigem sein.

Als sie einen Blick zu Nathan warf, sah sie seine Augen heller strahlen als sonst. Sie konnte spüren, dass es bei ihr ebenso war. Noch nie hatte sie das Licht so stark in sich gespürt wie heute. Es zog sie nach Osten und sie konnte es kaum erwarten, ihm endlich zu folgen.

Doch zuvor würden sie feiern und noch einmal ihre Freunde und Familien genießen. Das nächste Mal, wenn es einen Grund zum Feiern geben würde, wäre das in einem unbekannten Land, unter einer Zeltplane oder einem einfachen, selbst gebauten Haus.

Elouan ließ den Blick über die zwei Menschenreihen vor sich gleiten. »Es gab eine Generation, deren Auftrag es war, an meiner Seite diesen Kontinent zu befreien. Es gab eine Generation, deren Bestimmung es war, unter meiner Führung zu wachsen. Nun steht die Generation vor mir, die das Land im Osten wieder zu einem Teil meines Reiches machen wird. Ich bin stolz auf euch alle.«

Sein Blick wanderte zu den Menschen hinter ihnen; ihren Eltern, Großeltern, Freunden und Familien. »Und ich sehe jetzt schon voll Stolz auf diejenigen, die nach euch kommen und ihrerseits ihren Platz einnehmen werden. Sie werden dieses Volk, diesen Kontinent, zu Größerem führen, als ihr es euch jetzt vorstellen könnt. In euren Augen sehe ich das Licht und im Licht sehe ich den Tag, an dem alles erfüllt sein wird. Dann werdet ihr an meiner Seite anstatt vor mir stehen. Ihr werdet verstehen, dass ihr alle, die,

die vor euch waren, und die, die nach euch kommen werden, eins seid. Ein Volk, mein Volk. Wir sind eins!«

Seine letzten Worte rollten mit so viel Vollmacht über die Menge, dass keiner von ihnen unberührt blieb, jeder konnte die Vision des Königs spüren und ein lauter Jubel brach aus. Yara stimmte mit ein, klatschte und stampfte begeistert, und sogar Nathan ließ sich zu einem Jubelruf hinreißen. Hoffnung lag in der Luft und grub sich wie ein unverrückbarer Fels in ihre Herzen. Das Licht in jedem von ihnen würde ihnen die Richtung weisen.

Elouan teilte ohne weitere Worte die Urkunden aus und legte jedem von ihnen kurz die Hand auf die Schulter.

Als die Urkunden ausgeteilt waren und sie alle erwartungsvoll vor Elouan standen, hob er die Hände und rief ausgelassen: »Und nun lasst uns feiern!«

Yara verstaute ihr Schriftstück vorsichtig in ihrem Mantel und drückte ihren Bruder für einen Moment an sich. »Ich bin sehr froh, dass du hier neben mit stehst und nicht da oben neben Elouan!«

Nathan hielt sie eine Armlänge von sich entfernt an den Schultern und erwiderte ihr Lächeln. »Ich ebenfalls. Und ich bin froh, nun nicht mehr dein Vorgesetzter zu sein!«

Yara sah ihn verblüfft an. »Du bist nicht der Anführer dieser Mission?«

Er schüttelte den Kopf. »Elouan und ich sind uns einig, dass es keine offizielle Rangordnung geben wird. Jede Stimme wird gleich viel Gewicht haben in dieser Gruppe, wir werden alle Entscheidungen gemeinsam treffen.«

Yara musterte ihren großen Bruder mit gerunzelter Stirn und konnte zu ihrer Überraschung nur Erleichterung in seinem Gesicht finden. Sie hatte fast den Eindruck, eine Last war von ihm abgefallen. »Versteh mich nicht falsch, ich stehe sehr gern an deiner Seite und trage meinen Teil der Verantwortung. Doch ich hatte immer das Gefühl, du bist in dieser Position genau richtig. Du bist dafür gemacht, anzuführen. Keiner, der mit dir oder für dich gearbeitet hat, würde das je bezweifeln. Du tust es, ohne es zu bemerken.«

Nathan sah zu Elouan hinüber, der sich gerade mit einigen Gästen unterhielt. »Das bestreite ich nicht. Doch gleichzeitig bin ich erleichtert, diese Rolle nicht mehr erfüllen zu müssen und nicht immer diesen Erwartungen an mich gerecht werden zu müssen.«

Yara harkte sich bei ihm unter, gespannt auf diese neue Seite ihres zielstrebigen großen Bruders, der für sie alle immer ein leuchtendes Beispiel treuer Pflichterfüllung gewesen war. Dieser Auftrag schien noch ganz andere Überraschungen bereitzuhalten, als sie gedacht hatte. »Über all das können wir ja noch auf unserer langen Reise grübeln. Nun lass uns mit unseren Eltern feiern. Nach Elouans Ansprache fällt es ihnen vielleicht leichter, wenigstens für heute Abend ihre Sorge um uns loszulassen und sich mit uns zu freuen. Jetzt können sie uns noch einmal stolz ihren Freunden zeigen.«

Nathan ließ sich lachend von ihr mitziehen. »Stolz ihren Freunden zeigen? Das hört sich nicht nach unseren Eltern an.«

Yara schüttelte mit vielsagendem Blick den Kopf. »Du weißt nicht, wie sie über dich reden, wenn du nicht da bist. Sie loben deinen Fleiß, deine Disziplin und Führungsqualitäten. Es gibt in ihren Augen praktisch nichts, was du nicht kannst.«

»Tatsächlich.« Aus Nathans leuchtenden Augen sprühte Humor. »Na, dann bin ich ja froh, dass meine kleine Schwester mir ab und zu meine Grenzen aufzeigt.«

Yara nickte. »Das tue ich doch gerne. Irgendjemand muss dich ja daran erinnern, dass wir alle fehlbar sind.«

Ihr Bruder lachte laut, und in diesem Moment erreichten sie ihre Eltern, die erstaunt aufsahen. So entspannt hatten sie ihren Sohn schon lange nicht mehr gesehen. Sie freuten sich für ihn. Auch wenn es ihnen schwerfiel, ihre beiden Kinder ziehen zu lassen, so war es ihnen doch ein Trost, dass sie einander haben würden.

Kapitel 4

Ilai – 8 Monater später

»Ilai!«

Ilai schreckte aus dem Schlaf hoch, sein Herz raste und auf seiner Stirn standen Schweißperlen. Seine Hände umschlossen die raue Wolldecke. Es fühlte sich an wie vor einer Ewigkeit, als er diese Stimme zum ersten Mal seinen Namen hatte rufen hören. So vieles hatte sich seitdem verändert.

Er hatte in dieser Nacht kaum geschlafen, zu sehr beschäftigten ihn die gestrigen Ereignisse und das, was er getan hatte. *War es richtig gewesen? Wäre er in der Lage, es wieder zu tun? War er bereit, es wieder zu tun?* Er konnte die Erinnerung nicht abschütteln, immer wieder sah er sie vor seinem inneren Auge.

Eigentlich hatte er nur einen Spaziergang machen wollen. An Lukans Ziegenherde war er mehr aus Gewohnheit vorbeigegangen, um vielleicht einige Worte mit seinem besten Freund zu wechseln. Er hatte den Krieger überrascht, der über einer von Lukans Ziegen kniete, die er offensichtlich gerade getötet hatte. Sein Pferd hatte unbeeindruckt an einigen Grashalmen gezupft.

Ilai hatte zuvor noch nie einen der Solech alleine gesehen. So nah war er ihnen auch noch nie gekommen.

Dieser war in das übliche dunkle Leder gekleidet gewesen. Es hatte seinen ganzen Körper bedeckt und war im Brustbereich durch Metall verstärkt gewesen. Nur die Unterarme und Waden hatten frei gelegen. Sein Kopf sowie Stirn und Wangen waren von einem schwarzen Lederhelm verdeckt gewesen, der an einigen Stellen durch Metall verstärkt war.

Ilai hatte in dem Moment nicht einmal daran gedacht, ihn anzugreifen. Doch bevor er sich hatte davonschleichen können, hatte der Krieger ihn bemerkt. Er hatte sich umgedreht, das Messer fallen lassen, sein Schwert gezogen und war auf ihn zugekommen. Seine Augen waren so dunkel gewesen, dass es ausgesehen hatte, als gingen die Pupille und Iris direkt ineinander über.

Der Krieger hatte ihn mit dem konzentrierten Blick eines Raubtieres fixiert, das seine Beute in die Enge treibt. Ilai hatte nur seinen Wanderstab bei sich gehabt. Zwei Tage zuvor hatte Herion ihm eine geschmiedete Spitze gegeben, die er pflichtschuldig daraufgesteckt hatte, um diesen nicht zu verärgern. Im Vergleich zum Schwert des Solech musste der improvisierte Speer jedoch wie ein Spielzeug gewirkt haben.

Gelähmt vor Angst hatte Ilai dem Solech gegenübergestanden. Nicht einmal ein zusammenhängender Gedanke hatte in seinen Kopf finden wollen. Doch plötzlich war Lukan in sein Sichtsfeld getreten und erst da hatte er gehört, wie dieser panisch seinen Namen schrie. Die Augen des Kriegers waren kurz von Ilai gewichen, der in diesem Moment das Gefühl gehabt hatte, den ersten Atemzug seit Minuten zu tun. Doch dann hatte sich die dunkle Gestalt Lukan zugewandt, der diesem ein winziges Schwert entgegengehalten hatte.

Er wird ihn umbringen, war es Ilai durch den Kopf geschossen, und bevor er weiter darüber hatte nachdenken können, war er nach vorne gesprungen und hatte dem dunklen Krieger mit aller Kraft seinen Speer in die Seite gerammt. Dann hatte er einfach losgelassen.

Der Krieger hatte mit seiner linken Hand nach dem Speer gegriffen und Ilai verblüfft angesehen. Offensichtlich hatte er keinen Angriff erwartet. Er hatte den Speer mit einem Ruck herausgezogen, ohne auch nur einen Laut von sich zu geben, und war auf die Knie gesunken. Für einen kurzen Moment hatte Ilai geglaubt, er würde einfach umfallen.

Doch dann hatte der Krieger zwei Finger in den Mund gesteckt und sein Pferd herangepfiffen, während sein rechter Arm bewegungslos an seiner Seite gehangen hatte und ihm das Schwert aus der Hand geglitten war. Aus der Wunde an seiner Seite war immer mehr Blut geflossen. Mit für seine Größe und seinen Zustand erstaunlicher Wendigkeit hatte er sich mit einem Arm auf das Pferd geschwungen und war davongeprescht.

Für einen Moment hatten die beiden Freunde einfach dagestanden und sich angesehen.

»Du hast ihn in die Flucht geschlagen«, hatte Lukan geflüstert. In seiner Stimme hatte so etwas wie Bewunderung mitgeschwungen, aber auch Unglaube, den Ilai teilte.

Vorsichtig hatte er einen Schritt auf das Schwert des Kriegers zugetan und es zögerlich aufgehoben. Es hatte sich weitaus schwerer angefühlt, als er gedacht hatte. So wie der Krieger es geführt hatte, hatte es federleicht gewirkt.

»Er hätte mich umgebracht. Uns beide. Du hast mein Leben gerettet«, hatte Lukan gesagt und Ilai in eine feste Umarmung gezogen.

Ilai hatte nicht gewusst, was er sagen sollte. Was er getan hatte, hatte sich nicht heldenhaft angefühlt.

Als sie ins Dorf gekommen waren, Ilai mit dem Schwert in der Hand, hatte es nicht lange gedauert, bis sich herumgesprochen hatte, was geschehen war. Die Männer des Dorfes hatten das Schwert herumgereicht, während Herion die ganze Zeit enthusiastisch darüber gesprochen hatte, dass dies der Beweis dafür sei, dass sie eine Chance hätten, wenn sie begännen, sich gegen die Überfälle zu wehren. Er hatte seit Wochen versucht, die Männer des Dorfes davon zu überzeugen, sich gegen die feindlichen Überfälle zur Wehr zu setzen, die sie den Sommer über fast ihre ganze Ernte gekostet hatten. Er war Schmied und da er bisher nur verhaltene Zustimmung erhalten hatte, hatte er vor einigen Tagen begonnen, den Bauern grob geschmiedete Waffen zu übergeben.

»Zur Verteidigung, wenn ihr schon nicht kämpfen wollt«, hatte er gesagt. »Wenn selbst Ilai einen von ihnen verjagen kann, was können wir dann erst ausrichten, wenn wir uns zusammentun und trainieren!«

Ilai hatte ihm diese Bemerkung nicht übel genommen. Er hatte sich selbst ebensowenig zugetraut, eine Waffe gegen eine dieser

Kreaturen zu richten, geschweige denn einen von ihnen zu verletzen. Seinem Blick nach zu urteilen, hatte es der dunkle Krieger genauso eingeschätzt, sonst hätte er ihn wohl nicht aus den Augen gelassen.

Ilai hatte gespürt, dass Herions Worte nun mehr Zustimmung fanden als zuvor. Offenbar hatte sein überraschender Erfolg den anderen Hoffnung gegeben. Aber Hoffnung worauf?

»Ihr habt keine Ahnung, wie es sich anfühlt«, hatte er Herion schließlich unterbrochen. »Es fühlt sich nicht … richtig an!«

Herion hatte für einen Moment geschwiegen und Ilai hatte den Eindruck gehabt, in seinen Augen echtes Verständnis zu sehen. Sie waren alle keine Soldaten, keiner von ihnen konnte sich vorstellen, einen anderen Menschen zu töten. Doch mit seinen nächsten Worten hatte Herion das kurze Zögern fortgewischt.

»Wenn wir eine Wahl hätten, würden wir weiter in Frieden unsere Felder bestellen, unsere Tiere weiden und mit unseren Familien am Tisch sitzen. Aber wir haben keine Wahl. Wir haben nicht genug zu essen für den nächsten Winter. Wenn wir nicht beginnen, uns zu wehren, werden wir dieses Jahr nicht überleben.« Er hatte in zustimmend nickende Gesichter geblickt. »Lasst uns endlich lernen zu kämpfen, denn das ist der einzige Weg, wie wir unsere Familien beschützen können!«

Sogar Lukan hatte zögerlich zugestimmt.

»Vielleicht ist es nicht der einzige Weg. Die Stimme …«, hatte Ilai es noch einmal versucht.

»Niemand weiß, was diese Stimme ist und wer uns da ruft!«, hatte Herion ihn mit Zorn in seiner Stimme unterbrochen. »Niemand von denen, die sich aufgemacht haben, ihr nachzugehen, ist zurückgekehrt. Du kennst meine Meinung. Wenn es etwas gibt, wozu die Stimme uns ruft, dann muss es der Kampf sein!«

Darauf hatte Ilai nichts zu erwidern gewusst.

Als er nun alleine in seiner Hütte saß, fiel ihm noch immer nichts ein, was er Herion entgegenzusetzen hätte. Nur ein Gefühl, das ihn nicht losließ. In dieser Nacht hatte er Albträume, in denen er immer wieder den Speer ausgestreckt und gespürte hatte, wie die Spitze durch das Fleisch des Kriegers drang.

Doch noch etwas anderes ließ ihn immer wieder aufschrecken. Nacht für Nacht hörte er diese Stimme seinen Namen rufen. Es war fast zur Gewohnheit geworden. Immer häufiger hörte er sie inzwischen auch tagsüber. Einige Male hatte er auf dem Feld gearbeitet oder in seinem Haus am Tisch gesessen, als er den Ruf gehört hatte.

Er ließ den Kopf in die Hände sinken und fragte sich zum tausendsten Mal, was er tun sollte.

Der Sonnenaufgang zeichnete sich bereits am Horizont ab, als er dem ausgetretenen Pfad zum Aussichtspunkt folgte. In den letzten Wochen hatten Lukan und er sich immer vor Tagesbeginn hier getroffen. Der restliche Alltag war mit so viel Arbeit gefüllt, dass dies die einzige Zeit war, in der sie einfach ein wenig im Gras sitzen und nichts tun konnten.

Lukan schien erleichtert, als er ihn sah. »Du bist spät dran.«

Ilai ließ sich neben ihm ins Gras sinken und sie schwiegen für eine Weile.

»Ich dachte schon, du kommst vor lauter Grübeln gar nicht mehr aus dem Haus.«

Ilai zuckte mit den Schultern. Lukan kannte ihn manchmal etwas zu gut. »Kampf kann einfach nicht der richtige Weg sein. Sie töten uns, wir töten sie, und wer wird am Ende übrig sein?« Ilai schüttelte den Kopf.

Lukan ließ sich mit einer Antwort Zeit. »Schau dir das an«, sagte er schließlich und wies ins Tal.

Ilai sah zum ersten Mal auf und nahm die Schönheit des Morgens wahr. Jetzt, im Herbst, lag noch leichter Nebel über dem

Wald und den Feldern. Die aufgehende Sonne brachte ihn zum Leuchten. Sie schien das Grün der Bäume und der Wiesen noch intensiver werden zu lassen und brachte den dünnen Fluss zum Glitzern. Er führte gerade wenig Wasser, würde aber bald von den Herbststürmen angefüllt werden.

»Ich kann dir nicht sagen, was richtig und was falsch ist. Ich kann mir vermutlich auch nicht vorstellen, wie es sich anfühlt, einen anderen Menschen mit einer Waffe zu verletzen. Alles, was ich weiß, ist, dass das hier unsere Heimat ist, unser Land. Und wenn kein Wunder geschieht, werden wir es verlieren. Sie werden uns nicht nur vertreiben, sie werden die Wälder und Wiesen niederbrennen. Das ist es, was sie weiter im Osten bereits getan haben. Ich habe die Geschichten von denen gehört, die von dort geflüchtet sind. Es ist nichts mehr übrig, Ilai. Sie haben alles zerstört. Sie nehmen, was sie brauchen können, und wenn es nichts mehr zu holen gibt, sorgen sie dafür, dass niemand mehr von diesem Land leben kann.«

In seiner Stimme lag die gleiche ratlose Verzweiflung, die auch Ilai plagte. »Es gibt niemanden, der uns zu Hilfe kommen wird. Wir sind alleine gegen einen übermächtigen Feind. Wir kämpfen oder wir gehen zugrunde. Es gefällt mir nicht, Herion nach dem Mund zu reden, aber hast du eine andere Idee, Ilai?«

Wieder hing jeder von ihnen eine Weile seinen Gedanken nach.

»Es ist nicht nur die Stimme, die mich ruft«, versuchte Ilai schließlich sein inneres Drängen in Worte zu fassen. »Es ist dieses Gefühl von … Bestimmung. Als verpasste ich mit jedem Tag, den ich hierbleibe, etwas Wichtiges. Als warte das, was ich eigentlich tun soll, irgendwo auf mich.«

Lukan musterte ihn nachdenklich von der Seite. »Bestimmung, mh?« Er sah wieder ins Tal. »Du warst immer so zufrieden, so vernünftig. Ich hätte gedacht, wenn einer von uns beiden einmal etwas Ungewöhnliches tun würde, wäre ich es.« Er lächelte dabei und Ilai konnte durchaus nachvollziehen, dass sein bester Freund etwas überrascht von der Leidenschaft war, die in seiner Stimme lag, wenn er von diesem inneren Drang sprach.

»Weißt du noch, als ich dich überzeugte, Herions Kuh nachts aus dem Verschlag zu lassen und zum Misthaufen zu führen? Sie hat sich darin gewälzt wie ein Hund, so etwas habe ich noch nie gesehen«, fuhr Lukan fort.

Ilai lachte. »Herion war so wütend, ich habe vor Angst gezittert, dass er rausfinden könnte, wer es gewesen ist. Sie war voller Dung und er konnte nicht arbeiten, bevor er sie gesäubert hatte, um sie in die Mühle der Schmiede einzuspannen.«

»Wir wussten ja nicht, dass sie Wasser hasst.«

Ilai grinste. »Wir hätten es trotzdem gemacht, du hättest mich schon überredet. Das hast du immer.«

Wenn es um verrückte Ideen ging, war Lukan derjenige von ihnen, der nie enttäuschte.

Als die Sonne ganz aufgegangen war, machten sie sich wieder zurück auf den Weg ins Dorf.

Ilai zeigte auf das kleine, leichte Schwert, das Lukan sich mit einer Schlaufe am Gürtel befestigt hatte. »Hat Herion dir das gegeben?«

Lukan nickte. »Gestern Morgen. Ich habe es nur genommen, um Diskussionen aus dem Weg zu gehen. Ich hatte keine Ahnung, was ich damit tun soll, als ich gestern aus dem Wald kam und dich und den Krieger dort stehen gesehen habe. Ich habe es nicht mal aus der blöden Schlaufe herausbekommen.«

Er zerrte erfolglos am Knauf des Schwertes und konnte es erst nach einigen Versuchen befreien.

Trotz seiner Abneigung gegen die Waffe musste Ilai lachen. Es sah einfach zu seltsam aus, wie die schmale Gestalt seines Freundes an dem Schwert herumhantierte. Mit seinen hellbraunen Haaren und freundlichen Augen in einem von der Sonne gegerbten Gesicht konnte man sich kaum einen harmloseren Gegner vorstellen.

»Wir könnten es als Partner im Kampf versuchen. Du bringst sie zum Lachen und ich schleiche mich mit meinem Speer von hinten an«, feixte Ilai.

»Pffh, bevor du mit dem Stöckchen noch jemanden in die

Flucht schlägst, bricht die Spitze ab«, entgegnete Lukan und reichte Ilai sein Schwert.

Der wog es in der Hand. »Ich glaube, es ist zu leicht.«

»Aha. Kaum hat er ein feindliches Schwert erbeutet, ist er der Waffenexperte des Dorfes, was?«

»Pass bloß auf, ich habe schon furchterregendere Männer als dich in die Flucht geschlagen!« Ilai schwang das Schwert.

Nun war es an Lukan, seinen Freund auszulachen. »Das sieht nicht sehr gekonnt aus.«

Er nahm sich einen Stock vom Boden und sie kämpften gegeneinander, wie sie es als Kinder getan hatten. Natürlich kam ihnen genau in diesem Moment Herion auf dem Weg entgegen. Ilai ließ das Schwert sinken und fühlte sich wie früher, wenn Herion sie bei einem ihrer Streiche ertappt hatte.

Aber Herion zog nur die Augenbrauen nach oben. »Ich hatte dich wohl falsch eingeschätzt, Ilai. Ich schmiede dir gerne auch ein Schwert.«

»Er meint, es ist zu leicht«, kommentierte Lukan das Angebot und Ilai stieß ihn mit gespielt verärgertem Blick an.

Zu seiner Überraschung wirkte Herion amüsiert. »Ihr habt euch kaum geändert. In Anbetracht der aktuellen Geschehnisse ist das fast beruhigend.« Mit diesen Worten nickte er ihnen zu und ging weiter.

Ilai reichte Lukan sein Schwert und sie wandten sich wieder in Richtung des Dorfes.

»Bestimmung ist ein großes Wort«, sagte Lukan schließlich.

Vor Lukan brachte Ilai den Mut auf, auszusprechen, was ihn schon seit Tagen und Wochen bewegte. »Ich glaube, ich kann nicht länger warten oder mich Herions Aufruf zu den Waffen anschließen, ohne diesem Drängen in mir gefolgt zu sein.« Seine unausgesprochene Frage hing in der Luft.

Lukan seufzte und blieb stehen. Sie hatten den Rand des Dorfes erreicht und hoben grüßend die Hand, als Lukans Schwager ihnen zuwinkte. Er half gerade seinem Sohn auf, der bei seinen ersten Gehversuchen noch recht wacklig auf den Füßen stand.

»Ich kann sie nicht zurücklassen, Ilai. Ich habe die Stimme zwar auch gehört und das Drängen gespürt, doch scheinbar weit weniger stark als du. Sollte ich dieser unbestimmten Hoffnung folgen und riskieren, dass ihnen bei meiner Rückkehr etwas zugestoßen ist …?« Er schüttelte den Kopf und blickte zu Boden. »Ich kann nicht.« Er sah die Straße hinunter zum Haus seiner Eltern. »Ich hätte das Gefühl, sie alle im Stich zu lassen.«

Ilai dachte an seine Eltern. »Ich verstehe dich. Ich hoffe, ich bereue es nicht irgendwann, aber mittlerweile ist dieses Ziehen in mir stärker als meine Sorge um sie. Ich kann es nicht erklären, aber ich bin überzeugt, ihnen mehr zu helfen, wenn ich dem folge.« Ihm war, als ob eine Last von seinen Schultern fiel, als er es zum ersten Mal laut aussprach. Und in diesem Moment wusste er, dass er sich bereits entschieden hatte.

»Was wirst du tun?«, fragte Lukan.

»Ich werde der Stimme folgen und so lange fortbleiben, bis ich Antworten gefunden habe.«

Kapitel 5

Kanan – 655 Jahre nach den Großen Kriegen

Kanan ließ seinen Kopf gelangweilt auf die Faust seiner rechten Hand sinken und versuchte, sich auf die Diskussion des Regiesarungsrates zu konzentrieren. Die fünfundzwanzig Mitglieder saßen um einen ovalen Tisch und diskutierten über die Details irgendeines Bauwerkes. Die Ränge für die Zuhörer waren ringsherum im Kreis aufsteigend angeordnet. Es war sehr unwahrscheinlich, dass seine Mutter, die unten am Tisch saß, bemerken würde, wenn er die Augen schloss. Er könnte sich auch einfach seine dunkelbraunen, fast schwarzen Locken ins Gesicht fallen lassen, die ihm schon gutmütige Sticheleien seines Vaters eingebracht hatten.

Genauso wunderbare Haare wie deine Mutter. Damit beeindruckst du jedes Mädchen. Wenn du sie noch etwas weiterwachsen lässt, kannst du dir einen Zopf flechten! Er hatte das gut gelaunte Lachen seines Vaters im Ohr und musste grinsen. Immerhin hatte dieser ihm dafür seine hellblauen Augen vererbt. Er war an die ungewöhnliche Kombination gewöhnt, doch wenn er jemandem zum ersten Mal gegenüberstand, erntete er meist faszinierte Blicke.

Er ließ seine Augen zufallen. Einen Moment später kniff ihn jemand in die Seite.

»Aua!«, sagte er etwas zu laut und zog damit nun doch die Aufmerksamkeit seiner Mutter auf sich, die ihm zulächelte, bevor sie sich wieder auf die Diskussion konzentrierte. Er rieb sich seinen schmerzenden Oberarm.

»Wir sind wegen dir hier, also schlaf nicht!«, zischte ihm Dinah von der Seite zu.

Seine Freundin aus Kindertagen hielt einen Würfel in der Hand und ein Blick auf die Steinhäufchen zwischen ihr und ihrem Spielpartner Tamin verriet Kanan, dass sie dabei war, zu gewinnen. Wieder einmal.

»Du bist doch nur mitgekommen, weil du einen unverfänglichen Grund brauchtest, Tamin einzuladen«, zischte er zurück, leise genug, dass dieser es nicht hören konnte. Der hatte sowieso nur Augen für Dinah und verlor vermutlich absichtlich, um sie glücklich zu machen.

Kanan beobachtete amüsiert, wie Dinahs Wangen rot wurden. Er freute sich, dass die beiden endlich anfingen, etwas miteinander zu unternehmen, und wollte Dinah nicht entmutigen.

»Lasst uns gehen«, flüsterte er etwas lauter.

Dinah und Tamin steckten sich die Steine und Würfel in die Taschen und folgten ihm nach draußen. Auf der großen Treppe, die zum Versammlungspalast hinaufführte, atmete Dinah tief durch. Tamin schien ebenfalls froh, wieder draußen zu sein.

»Macht ihr das öfter?«, fragte er mit gerunzelter Stirn. »Ist es immer so langweilig?«

Es machte ihn in Kanans Augen sympathisch, dass er so offen sagte, was er dachte.

»Kanan hört oft zu, ich gehe nur ab und zu mit, wenn mir nichts Besseres einfällt«, erklärt Dinah. »Wir sind echt zu jung für diese trockenen Diskussionen.«

»Na wenn das alle in unserem Alter so sehen, gibt es wohl wenig Chancen, dass mal jemand Jüngeres im Regierungsrat sitzt«, entgegnete Kanan und steckte die Hände in die Hosentaschen.

Dinah blieb stehen. »Ich dachte immer, du gehst dahin, um deiner Mutter einen Gefallen zu tun.«

Kanan schüttelte den Kopf. »Nein, eigentlich nicht. Ich weiß auch nicht. Wahrschenlich warte ich immer darauf, dass sie endlich über die wichtigen Sachen sprechen. Wie es in Zukunft mit unserem Volk weitergehen soll oder so etwas.«

»Na, alles geht weiter wie bisher. Wir achten Elouans Gesetze, bis er wiederkommt, oder?«, fragte Tamin.

Sie waren am Rande der Gärten angekommen, die die Stadt umgaben. Kanan versuchte, ein Lachen zu unterdrücken, als Dinah ihm mit Gesten hinter ihrem Rücken klarzumachen versuchte, dass er verschwinden und Tamin und sie alleine in die Gärten spazieren lassen sollte.

»Ja, vermutlich«, beantwortete er Tamins Frage.

Dinah stellte sich neben Tamin und fixierte ihn mit zusammengekniffenen Augen, während sie ungeduldig mit dem Fuß auf den Boden tippte. Kanan konnte das Grinsen nicht verhindern, dass sich auf seinem Gesicht ausbreitete, während er sie noch einen Moment zappeln ließ. Tamin schaute zwischen den beiden hin und her.

»Ich denke, ich gehe nach Hause«, verkündete Kanan schließlich und erlöste Dinah, bevor Tamin noch zu viel in ihre wortlose Kommunikation hineindeutete.

Dinah hakte sich bei Tamin ein. »Na dann, bis bald.« Die beiden bogen in die Gärten ab.

In Gedanken versunken sah Kanan ihnen hinterher, bis sie hinter den Hecken verschwunden waren.

Vielleicht bin ich wirklich zu jung, um dauernd über die Zukunft unseres Volkes nachzugrübeln, dachte er und betrat dann ebenfalls die Gärten auf der Suche nach dem Einzigen, mit dem er seine Gedanken diskutierte.

Mit achtzehn Jahren wussten die meisten schon, welche Aufgabe sie später übernehmen würden. Nur er hatte keine Idee. Normalerweise ließ das Licht die Angehörigen seines Volkes schon als Jugendliche wissen, welche Begabung in ihnen besonders stark war. Entsprechend schlossen sie sich den Wächtern, den Zeugen, den Gärtnern oder einer der anderen Gruppen an. Wenn sie dem Licht folgten, waren sie gut in dem, was sie taten, und ihre Aufgabe erfüllte sie. Kanan hatte den Frieden, der normalerweise das Wissen um die richtige Aufgabe begleitete, noch nicht erlebt. Zwar verband ihn eine eher ungewöhnliche Freundschaft mit einem der ältesten und geachtetsten der Zeugen, Jalis, doch er hatte nicht das Gefühl, selbst einer der Zeugen zu sein.

Kanan zweifelte jedoch nicht an seiner Verbindung zum Licht. Wenn er mit seinen Freunden redete, hatte er sogar den Eindruck, dass er es intensiver erlebte als die meisten von ihnen. Aber ihm gab das Bewusstsein für das Licht nicht die Zufriedenheit, die die anderen offensichtlich erlebten. Stattdessen wuchs mit jedem Jahr seine Sehnsucht nach … mehr. Auch seine Mutter, die Mitglied des Regierungsrates war, so wie es seit Elouans Weggang in jeder Generation ein Mitglied ihrer Familie gewesen war, wirkte nicht so getrieben, wie er sich fühlte. Seine Besuche der Sitzungen des Rates hinterließen bei ihm allerdings auch den Eindruck, dass sie nicht das taten, was er eigentlich für die Aufgabe des Rates gehalten hatte, nämlich ihr Volk in die Zukunft zu führen. Er seufzte.

Jalis sah den Jungen schon von Weitem auf sich zukommen. Noch schien Kanan ihn nicht entdeckt zu haben, auch wenn er vermutlich auf der Suche nach ihm war. Er saß auf der Bank unter einem Obstbaum. Hier saßen sie oft zusammen und genossen ihre Gespräche. Die Spaziergänger und Hüter des Gartens hatten sich daran gewöhnt, den hochgewachsenen grauhaarigen Zeugen mit dem Gehstock und den Jungen mit den dunklen Locken dort sitzen zu sehen. Meist waren die beiden so ins Gespräch vertieft, dass sie alles um sich herum vergaßen.

Lächelnd beobachtete Jalis die hochgezogenen Schultern, die gerunzelte Stirn und den zu Boden gerichteten Blick der Gestalt, die einen Stein auf dem Schotterweg vor sich her kickte. Kein Wunder, dass er ihn nicht sah, er war wieder einmal völlig in seine Grübeleien versunken. Jalis hatte miterlebt, wie Kanan erwachsen und das Licht in ihm stärker geworden war. Er hatte sich bemüht, ihm ein guter Gesprächspartner zu sein. Für die Frustration des Jungen hatte er Verständnis. Das Licht zog ihn und wollte ihm etwas offenbaren. Doch noch verstand er es nicht. Es gab auch niemanden, der es ihm hätte erklären oder ihn anleiten können, denn bisher hatte keiner diesen Weg beschritten. Jalis konnte nicht sagen, woher er das wusste, so war das eben bei den Zeugen. Er lebte schon lange genug, um diesen Eingebungen des Lichtes Vertrauen zu schenken. Er hatte Respekt davor, dass Kanan nicht aufgab, sondern an dem festhielt, was er spürte. Er würde sich bemühen, ihn zu unterstützen.

Das Licht wählte genau diesen Zeitpunkt, um Jalis erneut zu zeigen, was er schon so oft gesehen hatte, seit ihm Kanan als Kind zum ersten Mal aufgefallen war. Für einen Moment schien die Gestalt des Jungen umgeben von Licht, dann öffneten sich hinter ihm mehrere Pfade in die Zukunft. Unabhängig von Kanans Entscheidungen, führten alle zum selben Ergebnis. Zu einer fundamentalen Neuausrichtung ihres Volkes. Das Leben dieses Jungen hatte das Potenzial, sie alle zu verändern.

Endlich hob Kanan den Kopf und entdeckte Jalis auf seiner Bank. Zum Gruß streckte er eine Hand aus, was Jalis lächelnd erwiderte. Zu Beginn hatte er sich vor allem aufgrund der Vision um ihn gekümmert, inzwischen genoss er aber jedes ihrer Treffen. Er versuchte nicht, ihn in irgendeine Richtung zu führen. Trotz all seiner Jahre Erfahrung als Zeuge und seiner engen Beziehung mit Elouan und dem Licht, konnte er immer noch nicht wirklich sagen, was nun eigentlich Entscheidung und Bestimmung voneinander trennte.

Denke außerhalb der Zeit, flüsterte die Stimme Elouans in ihm.

Das fällt dir leicht zu sagen, du existierst außerhalb der Zeit, antwortete er in dem Moment, als Kanan ihn erreichte und sich neben ihm auf die Bank sinken ließ.

»Nun, wenn man einzelne Entscheidungen außerhalb von Zeit betrachten würde, könnte man argumentieren, dass sie tatsächlich frei gewesen sind, das Licht nur bereits ihr Ergebnis kannte«, sagte er ohne Einleitung. Manchmal vergaß er, dass die anderen sein vorangegangenes Gespräch mit Elouan nicht gehört hatten. Manchmal war es ihm auch schlicht egal.

Kanan seufzte. »Hilf mir ein bisschen auf die Sprünge, alter Mann. Du hattest mindestens acht Jahrzehnte Vorsprung beim Nachdenken und machst es mir nicht leicht, das aufzuholen.«

Jalis grinste. »Was ist freier Wille, wenn alles vorherbestimmt ist? Kann es ihn überhaupt geben, wenn Elouan bereits weiß, was wir tun werden? Möglicherweise ja, denn unser König lebt außerhalb von Zeit. Er weiß, wie wir uns entscheiden werden, das heißt aber nicht, dass unsere Entscheidungen nicht frei getroffen werden.«

Kanan ließ sich zu Jalis Freude auf den Gedanken ein. Er liebte es, mit dem Jungen zu diskutieren. Der machte sich für sein Alter wirklich interessante Gedanken. »Ja, das ergibt Sinn. Gleichzeitig habe ich das Gefühl, dass es ein Ziel gibt, zu dem Elouan uns führen will. Das Licht erschafft alles Leben. Ich denke, es schafft uns so, dass wir die Begabungen in uns tragen, die wir für die Aufgaben brauchen, die Elouan uns geben möchte.«

Jalis nickte nachdenklich. »Aber schlägst du immer den Weg ein, der sich richtig anfühlt oder Sinn ergibt? Tun wir nicht oft auch das, was weniger anstrengend erscheint, uns weniger Angst macht oder schlicht mehr Spaß verspricht?«

Kanan verschränkte die Arme, ließ den Kopf hinter sich auf die Lehne der Bank sinken und sah nach oben zu den Wolken. Er atmete tief ein und schien erleichtert. »Wie üblich beantworten die rätselhaften Gespräche mit dir auf unergründliche Weise meine Fragen.«

Jalis klopfte ihm väterlich auf das Knie. »Na Junge, erklär mir mal, was in deinem zarten Alter solch ein griesgrämiges Grübelgesicht von vorhin rechtfertigt.«

»Ich bin durchaus alt genug, um …« Kanan hob den Kopf und sah Jalis belustigtes Grinsen. Er hob beschwichtigend die Hände und beendete seinen Satz nicht. Dann musterte er den Zeugen neugierig. »Wie alt bist du eigentlich wirklich?«

»Das ist eine sehr unhöfliche Frage, junger Mann.«

Kanan grinste. »Du hast ja bloß Spaß daran, dich selbst geheimnisvoll erscheinen zu lassen.«

»Mag sein. Umso mehr Grund, es dir nicht zu sagen«, entgegnete Jalis etwas amüsiert über sich selbst. Der Junge hatte den Nagel auf den Kopf getroffen.

»Also, was geht dir durch den Kopf?« fragte er noch einmal.

Die Runzeln auf Kanans Stirn kehrten zurück. »Ich versteh es selbst nicht einmal.«

»Vielleicht kann ich dir dabei helfen?« Zufrieden spürte er, wie die Schwere ein Stück weit von Kanan wich.

»Bald muss ich wie jeder in unserem Volk die Entscheidung treffen, welche Aufgabe ich übernehmen will«, begann Kanan schließlich. »Ich soll das tun, was ich als meine Bestimmung in unserem Volk empfinde. Aber ich fühle mich zu keiner der Gruppen hingezogen. Manchmal habe ich das Gefühl, das Licht will mich auf einen ganz neuen Weg führen. Aber wie soll ich das herausfinden?«

»Was ist das für ein Weg?«, fragte der Alte.

Kanan sah zu Boden. »Ich weiß es nicht.« Sie saßen einen Moment schweigend nebeneinander.

»Was wirst du tun, bis du es weißt?«, fragte Jalis schließlich.

»Irgendwelche Vorschläge?«, brummte Kanan.

»Etwas zu tun, ist besser, als nichts zu tun. Das mag nicht immer zutreffen, aber in deinem Fall scheint es mir doch die bessere Wahl.«

»Weil ich sonst nur faul herumsitze?«

»Nein, weil du deine Zeit ansonsten ausschließlich mit Nachdenken verbringst. Lass dich etwas herausfordern, und, wer weiß, vielleicht bringt es dich auch bei dem weiter, was dich so sehr beschäftigt.«

Kanan richtete sich auf. »Vermutlich hast du recht. Vielleicht muss ich noch gar nicht die richtige Entscheidung treffen. Ich brauche mehr Zeit, um herauszufinden, was ich tun will. Aber das heißt nicht, dass ich bis dahin nichts tun sollte!« Er sah Jalis dankbar an.

»Solange du dich nicht den Zeugen anschließt. Du würdest alle anderen aufhalten«, scherzte der.

Kanan lachte laut. »Keine Sorge, alter Mann. Deine Gesellschaft genügt mir vollauf. Ich wäre den ganzen Tag damit beschäftigt, den Sinn eurer Worte zu entschlüsseln. Auch wenn ich recht sicher bin, dass du diesbezüglich der Schlimmste von ihnen bist.«

»Wie du vorhin sagtest, das sind die Jahrzehnte des Vorsprungs, mein Lieber.« Jalis lehnte sich zufrieden zurück.

»Nun, dann lass mich noch an ein paar deiner weisen Gedanken teilhaben!« Kanan drehte sich gespannt zu ihm um. Für den Moment ließ er die Entscheidung ruhen, die er zu treffen hatte.

Kapitel 6

Ilai – einige Tage später

Ilai legte sich seinen Umhang um, bevor er den Rucksack aufsetzte. Die Sonne war noch nicht aufgegangen. Die Nächte waren bereits recht kalt. Nicht mehr lange und es würde den ersten Frost geben. Er hoffte, dass mehrere Lagen Kleidung und eine dicke Decke ausreichen würden, um ihn zu schützen. Mehr als er tragen konnte, konnte er nicht mitnehmen. Er besaß kein Pferd und wollte auch niemanden dieser wichtigen Unterstützung im Alltag berauben. Zudem hatte er nur Lukan anvertraut, was er vorhatte.

Es war nicht Feigheit, die ihn davon abgehalten hatte. Vielmehr war es die Befürchtung, dass er sich zum Bleiben würde überreden lassen, wenn er den anderen Gelegenheit dazu gab. Von Lukan hatte er sich am Nachmittag verabschiedet und noch einige Stunden mit dessen Schwester und ihrer Familie verbracht. Auch wenn sie wie Familie für ihn waren, hatte er nicht die richtigen Worte gefunden, es ihnen zu sagen. Doch er wusste, sie würde es verstehen. Er hatte in den letzten Monaten oft bei ihnen gesessen und sich durch die Kinder von seiner inneren Unruhe ablenken lassen. Nach dem Abendessen bei seinen Eltern hatte er gepackt und sich dann für ein paar Stunden hingelegt.

Noch ein letztes Mal sah er sich in seinem kleinen Haus um. Er wusste nicht, wann er wiederkommen würde. Deshalb hinterließ er es in einem Zustand, in dem es jemand anderes würde nutzen können. Auch wenn dieser Ort sein Zuhause war, spürte er mittlerweile die Gewissheit, dass es richtig war, zu gehen. Endlich diese Entscheidung getroffen zu haben, erleichterte ihn.

Als er nach draußen trat, stolperte er über Lukans ausgestreckte Beine. Der saß neben dem Eingang an die Hütte gelehnt und hatte geschlafen. Nun schreckte er mit einem Schmerzenslaut auf und hielt sich das Bein.

»Tut mir leid. Was tust du hier?« Ilai packte Lukans Hand und half ihm auf.

Lukan klopfte sich den Staub vom Umhang. Erst jetzt bemerkte Ilai das Gepäck, das neben ihm an der Wand lehnte. Lukan folgte seinem Blick. »Nachdem wir uns verabschiedet hatten, habe ich stundenlang gegrübelt. Als ich bei meinen Eltern am Tisch saß, wurde mir klar, dass ich vermutlich aus den falschen Gründen zurückbleiben wollte. Also habe ich abends meine Sachen gepackt. Ich wollte hier stehen und dich überraschen, wenn du herauskommst. Ich hatte geplant, etwas Bedeutsames über unsere Freundschaft zu sagen. Dass ich dir genug vertraue, um mich dir auf dieser Reise anzuschließen, oder so etwas.«

»Tja, jetzt werde ich mich daran erinnern, dass du meine Reise fast vereitelt hättest, indem du mir ein Bein gestellt hast«, lachte Ilai. Er wusste, dass Lukan ihm die Erleichterung darüber, dass er sich nun doch nicht alleine auf den Weg machen musste, im Gesicht ablesen konnte.

Lukan wandte sich grummelnd seiner Tasche zu, auf die eine Decke gebunden war. »Als du sagtest, du würdest in der Nacht losgehen, hatte ich angenommen, du meintest, wenn alle schlafen gegangen sind. Wie hätte ich ahnen können, dass du dir noch die halbe Nacht im Bett gönnst? Die habe ich nun auf dem Boden verbracht, anstatt auf meiner Matratze!«

Ilai stieß ihn scheinbar versehentlich an, als er sich zum Gehen wandte.

»Nicht so laut«, flüsterte er, als Lukan lachte. »Du weckst das halbe Dorf!«

»Was das angeht …«, begann Lukan, nun wieder ernst. »Ich weiß, du willst keine Diskussion führen, doch ich denke, wir sollten Herion in unsere Pläne einweihen. Es kommt mir nicht richtig vor, einfach zu verschwinden, nachdem wir die letzten Wochen die Verteidigung des Dorfes geplant haben und er mit uns rechnet. Wir brauchen keine Erlaubnis, aber er kommt einem Anführer hier inzwischen am nächsten.«

Ilai seufzte. Erfahrungsgemäß würde er Lukan nicht umstimmen, weshalb er es gar nicht erst versuchte. Vielleicht gab er ihm sogar insgeheim recht. Herion schien, trotz all seiner Schwächen, immer nur das Wohl des Dorfes im Blick zu haben und inzwischen schauten alle zu ihm, wenn es darum ging, Entscheidungen für die Zukunft zu treffen. »Willst du ihn mitten in der Nacht aus dem Bett werfen?«

»Ha, mitten in der Nacht. Du hast praktisch ausgeschlafen. Aber ja, ich glaube, er wird lieber geweckt, als sich später den Kopf darüber zerbrechen zu müssen, weshalb wir wortlos verschwunden sind.«

Das Gespräch mit Herion verlief anders, als Ilai erwartet hatte. Herion stand zwar mit verschränkten Armen in seiner Tür und hörte sich die Gründe für ihre Entscheidung an, doch auf seinem Gesicht lag fast so etwas wie Respekt. Schließlich nickte er. »Ich hatte mir gedacht, dass du der Stimme früher oder später nachgeben würdest«, sagte er an Ilai gewandt. »Alle anderen, auf die die Stimme einen solchen Eindruck gemacht hatte, sind schon vor Monaten aufgebrochen. Und da ihr beiden noch nie zu trennen wart … Ich teile eure Überzeugung nicht, aber ich respektiere, dass ihr euch treu seid.«

Herion sah in der Morgendämmerung die Straße hinab und schien in Gedanken plötzlich weit weg zu sein. »Vermutlich hat jeder von uns tief in sich eine Idee, wofür er gemacht ist. Letztlich stellt sich die Frage, ob wir den Mut aufbringen, alles dafür zu riskieren, dieser Idee zu folgen.«

Sein Blick kehrte wieder zu ihnen zurück. »Wie auch immer. Im Kampf, der sicherlich kommen wird, werdet ihr uns fehlen. Aber ich hoffe, dass euer Weg euch zu dem führt, was eurem Leben Bedeutung gibt.« Mit diesen Worten nickte er ihnen noch einmal zu, drehte sich um und warf die Tür mit Schwung hinter sich zu. Durch diesen plötzlichen Abschied wurde seinen überraschend nachdenklichen Worten ein wenig die Bedeutungsschwere geraubt.

Sie hatten das Dorf bereits eine Weile hinter sich gelassen, bevor einer von ihnen etwas sagte.

»Ich weiß nicht, ob seine Worte mich nun ermutigen oder entmutigen«, stellte Ilai schließlich fest.

»Ich wusste nicht, dass Herion sich solche Gedanken über den Sinn des Lebens macht«, antwortete Lukan. »Offenbar kenne ich ihn noch weniger, als ich dachte.«

Die Sonne schob sich langsam über den Horizont. Es versprach, ein angenehmer Herbsttag zu werden. Ein guter Anfang für ihre Reise.

»Du weißt hoffentlich, wo es langgeht?« fragte Lukan.

Ilai zuckte etwas zögerlich mit den Schultern. »Nicht direkt. Aber ich spüre diesen Sog in mir so deutlich, dass ich einfach gehofft habe, mich davon leiten lassen zu können.«

»Mh.« Lukan schien nicht ganz überzeugt. »Dann hoffe ich, dass diese Anziehung stärker wird, je näher wir unserem Ziel kommen, und dass sie nicht mit der Zeit verblasst.«

»Tja, ich entscheide mich einfach, daran zu glauben, dass es funktionieren wird«, sagte Ilai und führte sie ohne zu zögern an der Weggabelung nach Westen. »Wer weiß. Nun, da du dich auch entschieden hast, ihr zu folgen, wird die Stimme in dir vielleicht auch stärker.« Er hielt inne und blieb stehen, als ihm ein Gedanke kam. »Du folgst doch auch der Stimme, die du gehört hast? Oder ist es nur aus Loyalität zu mir?«

Lukan zog nachdenklich die Augenbrauchen hoch. »Ein wenig von beidem würde ich sagen. Für den Moment muss das reichen.«

Das hoffe ich, dachte Ilai und schob die Bedenken weg, dass Lukan ihm irgendwann diese Entscheidung vorwerfen würde.

Die Sonne war endgültig aufgegangen und spendete eine angenehme Temperatur. Sie hatten noch einige Wochen, bevor der

Winter ernsthaft anbrechen würde. Es war nicht die Zeit für Angst, sondern für Hoffnung und Zuversicht. Seit Monaten sehnte er sich danach, nun waren sie endlich auf dem Weg, herauszufinden, wer sie rief. *Und zu was.*

Kanan – 5 Jahre später

Die Sitzung war bereits in vollem Gange, als Kanan in den Versammlungssaal eilte, während er erfolglos versuchte, mit einer Hand die Knöpfe seines Umhangs zu schließen. In der anderen Hand trug er das Schwert der Wächter und die Mappe mit den Unterlagen zur heutigen Sitzung.

Kanan erwiderte die freundlichen Grußgesten der Anwesenden und das lächelnde Nicken seiner Mutter, bevor er sich auf seinen Stuhl fallen ließ. Wie sonst auch, wenn er zwischen seinen Schichten als Wächter und den Verpflichtungen als Stellvertreter seiner Mutter keine Zeit fand, nach Hause zu gehen, schob er das Schwert einfach unter den Stuhl.

Es war eine merkwürdige Kombination. Ein Wächter im Regierungsrat, wenn auch nur als Stellvertreter. Aber niemand hatte seine Entscheidung kritisiert. Da er sich weiterhin nicht für eine Aufgabe hatte entscheiden können, hatte er beide Ämter gewählt. Seine Entscheidung begründete er damit, den Eindruck zu haben, dass die Wächter in dieser Generation unterbesetzt seien. Alle gingen davon aus, dass er sowieso in die Fußstapfen seiner Mutter treten und sie in einigen Jahren im Regierungsrat ablösen würde. Trotzdem hatte die Wächtergemeinschaft fünf Jahre in seine Ausbildung investiert.

In Wirklichkeit hatte sich Kanan jedoch für die Wächter entschieden, weil das, was sie taten, dem am nächsten kam, was er in seinem Herzen spürte. Er verspürte den unbändigen Drang, sein Volk zu beschützen. Jedoch nicht gegen Angriffe von außen. Das war der andere Teil, und der Grund, weshalb er das Angebot seiner Mutter akzeptiert hatte, ihre rechte Hand zu werden. Mit Fünfundzwanzig war er außerordentlich jung für diese Position. Dennoch hatte niemand Einwände erhoben, da er offensichtlich schon seit seiner Kindheit Interesse an Politik gezeigt hatte. Seine Mutter war glücklich gewesen, dass die Tradition ihrer Familie fortgesetzt wurde, und sein Vater war stolz auf ihn.

Umso schwerer fiel es dem jungen Mann, in Worte zu fassen, was in seinem Inneren immer mehr Durcheinander verursachte. Er wusste, dass er nicht am richtigen Platz war. Am Anfang hatte er noch gehofft, das Gefühl würde sich legen. Er hatte sich bemüht, sich bei den alltäglichen Aufgaben des Rates einzubringen, so gut er konnte. Aber schon vor Monaten hatte er sich eingestehen müssen, dass das Ergebnis nur eine wachsende innere Unruhe und Frustration war.

Bei jeder Sitzung wollte er aufspringen und herausrufen, dass sie über die wirklich bedeutsamen Dinge sprechen sollten. Spürten sie denn nicht die Dringlichkeit? Sein Herz sagte ihm, dass die Zukunft seines Volkes auf der Kippe stand, auch wenn er es nicht erklären konnte. Doch offensichtlich teilte niemand diesen Eindruck. Alle schienen zufrieden damit zu sein, Entscheidungen über die Verwendung von Geldern zu treffen und kleine Uneinigkeiten zu bereinigen. Ihre Zukunftsgedanken beschränkten sich darauf, auf Elouans Rückkehr zu warten.

Kanan hatte einiges dazu zu sagen, aber er hatte es noch nie laut ausgesprochen.

Als er mit sechzehn die alten Schriften aus der Zeit von Elouans Weggang gelesen hatte, hatte er nicht fassen können, wie sehr sie sich von den Geschichten unterschieden, die sie alle als Kinder gelernt hatten. Diese alten Schriften waren jedem zugänglich. Es machte sich nur niemand die Mühe, sie zu lesen, schließlich meinten sie zu wissen, was damals passiert war:

Elouan hatte seine engsten Vertrauten um sich versammelt, sich von ihnen verabschiedet und ihnen gesagt, dass er wiederkommen würde und sie bis dahin seine Gesetze halten sollten. Er hatte sein ganzes Volk wissen lassen, dass sie auf ihn warten sollten. Dann war er auf den Berg der Könige gegangen und verschwunden. Seit diesem Tag gab es dort auf dem Berg eine unsichtbare Grenze, die niemand überschreiten konnte. Oberhalb dieser Grenze war der Berg in immerwährende Wolken gehüllt.

So in etwa hatte er es als Kind gelernt.

In einigen alten Schriften, die Kanan im Archiv gefunden hatte, stand jedoch etwas anderes. Dort war zu lesen, dass Elouan sich von niemandem verabschiedet hatte. Er hatte nur davon gesprochen, alleine auf den Berg der Könige gehen zu wollen. Eines Tages war er einfach fort gewesen. Einige hatten ihn später auf dem Berg der Könige gesucht. Dort waren sie auf die Grenze gestoßen und bei dem Versuch, sie zu überschreiten, fast gestorben.

Es war die Verbindung zum Licht, die dafür gesorgt hatte, dass ihr Volk daraufhin nicht auseinandergebrochen war. Schließlich konnten sie alle durch diese Verbindung zu Elouan mit ihm reden. Dennoch hatte niemand eine Erklärung dafür, warum er gegangen war, und wohin. Sie brauchten Führung, deshalb bildete sich der Rat aus den respektiertesten Menschen aus Elouans Umfeld. Sie versuchten ihm nachzueifern, indem sie den Kontinent von der Stadt der Könige aus regierten, so gut sie konnten. Dennoch hatte ihr Einfluss seit Elouans Weggang deutlich abgenommen. Viele Regionen des Kontinents wurden inzwischen von lokalen Räten regiert. In den weiter entfernten Regionen lebten und regierten außerdem viele Nachfahren derer, die sich nach den Großen Kriegen nicht dafür entschieden hatten, Elouan zu folgen. Dennoch behielt der zentrale Rat einen großen Einfluss. Mehrheitlich folgten die Provinzen seinem Vorbild.

Im Laufe der Jahrhunderte hatte es einige Male lokale Räte gegeben, die das Wohl des Volkes nicht an vorderste Stelle gestellt hatten. Jedes Mal war es den angrenzenden Regionen mithilfe des zentralen Rates gelungen, rechtzeitig einzugreifen. Es war sicherlich kein perfektes System und das Licht in ihnen machte sie nicht zu fehlerlosen Menschen, die nur Gutes taten. Doch selbst nach all den Jahrhunderten war das, was während der Großen Kriege passiert war, und der Preis, den der Kontinent für die Untaten der Solech bezahlt hatte, wie eine unlöschbare Erinnerung in ihren Herzen. Auch bei denjenigen, die sich nach den Kriegen nicht Elouan angeschlossen hatten, und deren Nachfahren keine leuchtenden Augen hatten.

In den vergangenen Jahren hatte Kanan viel darüber nachgedacht, weshalb Elouan auf diese Weise gegangen war und seinem Volk nicht mehr Anweisungen hinterlassen hatte. Er konnte nachvollziehen, weshalb sie sich in diese Richtung entwickelt hatten und warum ihre Gesellschaft ohne Elouans Führung so klaren Strukturen folgte. Er musste anerkennen, dass das System funktionierte. Der Kontinent lebte mehrheitlich in Wohlstand, jeder hatte seinen Platz und seine Aufgabe. Dennoch konnte er nicht glauben, dass dies der Plan Elouans gewesen war. Da musste mehr sein! Etwas, das er noch nicht ganz greifen konnte, nagte an ihm. Er fühlte, dass sie sich immer weiter vom Licht entfernten. Nicht in großen Schritten, sondern in kleinen, unwesentlichen Punkten, die kaum auffielen.

Doch er wusste nicht, wie er all das ausdrücken sollte, deshalb schwieg er. Denn bei jedem Versuch, auch nur mit seiner Mutter über seine Unzufriedenheit zu reden, fühlte er sich unverstanden. Sie interpretierte seinen Frust wohl als Anpassungsschwierigkeit des jugendlichen Elans an die Realität echter Politik. Am vorigen Abend hatte sie ihn allerdings auf sein anhaltendes Schweigen im Rat angesprochen.

»Ich verstehe, dass du den Eindruck hast, es ginge alles zu langsam und es gebe Bedeutenderes als das, was wir alltäglich zu entscheiden haben. Auf der einen Seite muss auch das getan werden, auf der anderen Seite hast du die Möglichkeit, etwas frischen Wind in die Runde zu bringen, indem du einbringst, was du auf dem Herzen hast. Möglicherweise zeigt es dem Rat ja neue Sichtweisen und

Wege auf. Uns ist bewusst, dass wir die Belange der jungen Generation oftmals wenig vor Augen haben, weil die meisten Mitglieder des Rates schon so viele Jahrzehnte diese Arbeit tun.«

Kanan war sich sicher, dass seine Mutter keine Idee davon hatte, wie tief der Graben zwischen dem war, was er in sich spürte, und dem, was der Rat als seine Aufgabe sah. Aber er war dankbar für ihre Ermutigung. Und in einer Sache hatte sie recht. Wenn er nicht den Mut aufbrachte, zu sagen, was er dachte, gab er den anderen nicht einmal die Gelegenheit, sich dafür zu öffnen. Wenn er ehrlich zu sich war, war er der Überzeugung, dass dieser innere Drang, die Zukunft ihrer Gesellschaft zu verändern, aus dem Licht geboren sein musste. Anders ergab es keinen Sinn.

Kanan ließ seinen Blick um den ovalen Tisch wandern. Er sah das sanfte Leuchten in den Augen aller Ratsmitglieder und konnte es selbst von Weitem bei den wenigen Zuschauern in den aufsteigenden Rängen erkennen. Es ist dasselbe Licht. Wenn das, was ich spüre, die Wahrheit ist, müssen sie es auch spüren können, ermutigte er sich selbst.

Als eine kurze Gesprächspause entstand und alle nach dem nächsten Tagesordnungspunkt in den Unterlagen suchten, nickte seine Mutter ihm ermutigend zu. Sie hatte ihn gestern überzeugt, heute das Wort zu ergreifen, und ihm versichert, dafür zu sorgen, dass er gehört werden würde.

»Mein Sohn und Stellvertreter würde gern einige Gedanken an den Rat richten«, sagte sie laut.

Kanan stand auf und spürte nur wohlwollende Blicke auf sich ruhen. Obwohl jedem klar war, dass er nur aufgrund der Position seiner Mutter in diesem jungen Alter hier saß, hatte er bisher nur Unterstützung erlebt.

»Das wird auch Zeit, Junge. Jeder hier weiß, dass du mehr zu sagen hast. Man kann ja während der Sitzungen buchstäblich auf deinem Gesicht lesen, wie deine Gedanken arbeiten.« Rätin Sonja war eine der engsten Freundinnen seiner Mutter und zwinkerte ihm ermutigend zu.

Ein Teil von Kanan wollte einfach ein paar nette Worte sagen, sich wieder setzen und damit von niemandem die Erwartungen enttäuschen. *Gib ihnen eine Chance*, ermahnte er sich selbst und atmete tief ein, um seinen Herzschlag zu beruhigen. *Ich hoffe, diese Gedanken kommen tatsächlich von dir*, flüsterte er ins Licht und spürte Elouans sanfte Bestätigung. *Und falls nicht, lass es mich wissen, lass mich nicht in die falsche Richtung rennen.* Er hatte den Eindruck, dass Elouan ihm aufmuntetrnd zulachte. Mit einem inneren Lächeln atmete er aus und wandte sich an den Rat. Absichtlich hatte er sich keine detaillierten Gedanken darüber gemacht, was er sagen wollte. Er wollte dem Licht vertrauen, dass es ihm die richtigen Worte zuflüstern würde.

»Seit ich ein Kind war, spüre ich diesen Drang in mir, zu sehen, wie unser Volk den nächsten Schritt geht. Damals habe ich immer darauf gewartet, dass etwas passieren und die Erwachsenen mir erklären würden, dass sich nun alles grundlegend ändere. Ich habe nicht verstanden, worauf genau ich wartete, und ich verstehe es bis heute nicht wirklich, doch dieses Drängen in mir ist mit jedem Jahr gewachsen. Wir warten seit Jahrhunderten darauf, dass Elouan zurückkehrt, doch ich habe nicht den Eindruck, dass wir uns weiterentwickeln wie zu der Zeit, als er hier war. Wir gehen eher rückwärts!«

Er merkte, dass er sich bereits in Rage redete und nicht mehr aufhören konnte. Es schien, als ob ein innerer Damm gebrochen war. Zu lange hatte er geschwiegen. Nachdem er seine Gedanken preisgegeben hatte, würden sie ihm vermutlich nie wieder zuhören. Deshalb wollte er jetzt gleich alles in die Waagschale werfen und den Rest dem Licht überlassen.

»Ich kann nicht glauben, dass unsere Gesellschaft das ist, was Elouan sich erhoffte, als er uns verließ. Er wollte, dass wir weitergehen, dass wir wachsen und das Licht in uns wächst. Wie können wir an seiner Seite stehen, wenn wir ihm nicht im Geringsten ebenbürtig sind? Was hätten wir vorzuweisen, wenn er morgen zurückkommen würde? Wir haben mit Mühe seine Strukturen und Gesetze für unsere Gesellschaft bewahrt. Doch wir sind in ihnen erstarrt und hindern uns selbst daran, zu entdecken, was es im Licht noch für uns gibt. Ich bin gewiss, dass es etwas gibt, das all unsere Vorstellungskraft übersteigt! Ihr seid der Regierungsrat, wenn nicht ihr unserem Volk vorangeht und es in all das hineinführt, wer dann? Ich habe den größten Respekt davor, wie ihr dafür sorgt, dass hier alles funktioniert. Doch sollte die Aufgabe des Rates nicht mehr sein?«

Er sah in die Gesichter der Ratsmitglieder. In den meisten konnte er Erstaunen lesen, doch manche schienen auch Unwillen zu empfinden. Als Letzte sah er seine Mutter an. Als ihm die leichte Verwirrung in ihren Augen auffiel, verließ ihn mit einem Mal alle Energie und das altbekannte Empfinden, sich unverstanden zu fühlen, machte sich in ihm Raum. Er ließ sich auf seinen Stuhl fallen und unterdrückte den Impuls, sich zu entschuldigen. Zurücknehmen würde er das Gesagte nicht.

Für einen Moment herrschte Schweigen. »Wie könnten wir meinen, Elouan jemals ebenbürtig sein zu können?«, fragte Clay schließlich. Er war einer der jüngsten vollwertigen Räte unter ihnen. »Wir werden niemals sein wie er.«

Zu seiner eigenen Überraschung fiel es Kanan nicht schwer, Clays Blick standzuhalten. »Elouan ist das Licht und sein Licht lebt in uns. Vielleicht können wir niemals mit ihm auf Augenhöhe stehen. Doch er hat uns das Licht geschenkt und damit die Möglichkeit, mit ihm eins zu sein. Vielleicht sogar wie er zu werden.«

Clay schwieg und Kanan hatte das Gefühl, von ihm wenig Unterstützung erwarten zu können. Fast schien es ihm, als ob so etwas wie Verachtung in Clays Blick lag.

Für die nächste halbe Stunde diskutierte der Rat seine Worte. Die Diskussion bestand jedoch hauptsächlich darin, empfundene Anschuldigungen zurückzuweisen. Kanan versuchte klarzustellen, dass er niemanden persönlich hatte angreifen oder kritisieren wollen. Dabei verstrickte er sich so sehr in seine eigenen Worte, dass er am Ende kaum mehr zu hoffen wagte, irgendjemand habe verstanden, was er eigentlich hatte sagen wollen.

Seine Mutter schlug schließlich vor, die Diskussion vorerst zu beenden. Kanan warf ihr einen dankbaren Blick zu. Auch wenn er nicht wusste, was sie von seiner Ansprache hielt, sah er in ihren Augen nachdenkliches Mitgefühl. Er würde ihr Rede und Antwort stehen müssen, weshalb er seine Gedanken nie mit ihr besprochen hatte. Doch in diesem Moment fühlte er sich dazu nicht in der Lage.

Nachdem er seine Mappe und seine Waffe genommen hatte, eilte er aus einem Nebeneingang, bevor ihn jemand ansprechen konnte. Normalerweise beeilte er sich immer, seinen Ratsumhang auszuziehen, bevor ihn außerhalb des Gebäudes jemand darin sah. Irgendwie kam er sich darin wie ein Hochstapler vor, auch wenn Jalis das ganz anderes sah.

»Er ist ein Zeichen von Verantwortung für unser Volk. Du solltest ihn mit Stolz tragen, und nicht zulassen, dass dein Selbstwertproblem ihn entehrt«, hatte Jalis ihn gemahnt.

Trotzdem war es Kanan immer unangenehm gewesen, den Umhang in der Öffentlichkeit zu tragen, doch heute war es ihm egal. Bestimmt gab er ein merkwürdiges Bild ab, wie er in dem Umhang und mit der Waffe in den Händen durch die Straßen eilte.

Das Archiv stach mit seiner Architektur zwischen den Häusern in der Stadtmitte heraus. Die Kuppel aus Metallstreben und Glas ging in Ziegeldächer über, die von schlichten Säulen getragen wurden. Ein Balkon umrundete das kreisförmige Gebäude. Das Besondere waren allerdings die fünf Kellerstockwerke des Archives, die alle vom Tageslicht erleuchtet wurden, das durch die gläserne Kuppel in das Gewölbe fiel. Wenn die Sonne schien, war der Effekt atemberaubend.

Die endlosen Reihen von Büchern und Schriftrollen in den Regalen waren ein stiller Rückzugsort, den Kanan schon seit seiner Kindheit aufsuchte. Stundenlang hatte er dort gesessen und die Tafeln in der Mitte des Gebäudes angesehen. Direkt unter der Kuppel reichte ein kreisförmiger Bereich schraubenartig bis zum untersten Stockwerk. Hier standen die mahagonifarbenen Generationentafeln aus Holz, auf welchen die Stammbäume ihres Volkes aufgemalt waren. Sie begannen mit der letzten Generation, die Elouan noch gekannt hatte, und wurden nach unten hin immer breiter, da die Schar der Nachkommen größer wurde. Von jeder Höhe aus konnten andere Generationen betrachtet werden.

Kanan hatte sich vor Jahren selbst gesucht und die Namen seiner Vorfahren hinauf verfolgt. Schon seit einigen Monaten war er nicht mehr hier gewesen, doch heute verspürte er den Drang, in der Ruhe dieser Umgebung nachzudenken.

Er legte seinen Umhang, das Schwert und die Mappe in einem der Seitenräume am Eingang ab, die für die Archivare reserviert waren. Vor Jahren, als er fast jeden Tag hier gewesen war, hatten sie ihm lachend angeboten, die Räume mitzunutzen. Der Raum war leer.

Doch als er den nach unten abfallenden, kreisförmigen Balkon um die Generationentafeln betrat, sah er etwas weiter unten Arani. Sie war kaum älter als er und erst seit einigen Jahren Archivarin. Kanan erschien sie wie für diese Position gemacht. Sie strahlte die Weisheit mehrerer Generationen aus, anders konnte er es nicht ausdrücken. In ihrer Gegenwart spürte er Ruhe und ein inneres Gleichgewicht, was ein angenehmer Ausgleich zu seiner ewigen Rastlosigkeit war. Eigentlich hatte er heute keine Lust auf Gesellschaft, doch als Arani plötzlich neben ihm stand, konnte er sich zum ersten Mal an diesem Tag entspannen.

Sie setzte sich wortlos zu ihm auf den Boden am Rand des Balkons und ließ, wie er, die Beine über die Kante baumeln. Die Balkone waren ohne Geländer gebaut, um den Blick auf die Tafeln nicht zu verdecken, was das Archiv nicht gerade zu einer sicheren Umgebung für Kinder machte. Zum Glück hatte seine Mutter erst später herausgefunden, dass er schon als Kind hier gesessen hatte, während die Archivare ihn unauffällig im Blick behalten hatten.

Ihnen gegenüber stand Kanans Name auf der Tafel. Eine Weile saßen sie schweigend nebeneinander, während die Stille sie wie eine angenehm warme Decke einhüllte. Kanans Gedanken konnten sich ein wenig ordnen. Er bereute nicht, dass er heute in der Versammlung gesprochen hatte. Er hätte sich vermutlich besser vorbereiten sollen, aber das konnte er sich verzeihen. Schließlich war seine jahrelange Sorge berechtigt gewesen. Die Räte und Stellvertreter hatten in etwa so reagiert, wie er es immer erwartet hatte.

Nach einer Weile musterte ihn Arani nachdenklich. Als Kanan ihren Blick erwiderte, sog er überrascht die Luft ein. Ihre Augen waren nicht nur erfüllt von dem üblichen, sanften Leuchten. Sie strahlten heller, als er es jemals bei irgendjemandem gesehen hatte. Im Weiß um ihre Iris schien sich das Licht leicht zu bewegen, wie Nebel, der vom Wind aufgewirbelt wurde. Sie sah ihn an, schien aber durch ihn hindurchzublicken, als sehe sie etwas anderes. Kanan konnte den Eindruck nicht abschüttelt, dass sie direkt ins Licht hineinsah, das im Grunde seiner Seele wohnte. Dann blinzelte Arani und das Leuchten ihrer Augen ließ nach. Sie lächelte, als sei nichts Besonderes passiert, und richtete ihre Aufmerksamkeit wieder auf die Ahnentafeln.

»Du bist deiner Vorfahrin sehr ähnlich«, sagte sie.

Mit gerunzelter Stirn sah Kanan die Tafel hinauf. »Welcher von ihnen?«

»Komm!« Arani sprang auf und bedeutete ihm, ihr zu folgen.

Sie führte ihn zwei Stockwerke tiefer in die Regalreihen hinein und lief zielstrebig in einen der hinteren Bereiche, in dem die ältesten Bücher standen, die vor dem Sonnenlicht geschützt werden mussten. Sie ließ die Hand an den Regalen entlanggleiten, als könnten diese ihr sagen, wo sie finden würde, was sie suchte. Schließlich standen sie vor einem einfachen, schmalen Holzregal, in dem auf Augenhöhe hübsch gebundene Bücher in handlichem Format aufgereiht waren. Arani nahm vorsichtig das erste und klappte es auf. Es war eng beschrieben mit der runden Handschrift einer Frau. Die Buchstaben sahen ein wenig anders aus, als er es kannte. Sie reichte ihm das Buch.

»Es sind Tagebücher. Ihr Name war Yara. Sie war eine der ersten Generation, die das Land im Osten nach den Großen Kriegen zurückbrachte«, verriet sie ihm.

Erstaunt nahm Kanan das Notizbuch entgegen. Eine gewisse Ehrfurcht und Respekt erfüllten ihn. Jeder kannte die Geschichten von den ersten Missionen in den Osten. Schon als Kindern wurden sie ihnen als Beispiele für Mut, Vertrauen und die Weisheit Elouans, selbst in den widrigsten Umständen, erzählt. Auch die Macht des inneren Lichtes kam darin zur Geltung. Ihm war nicht klar gewesen, dass es im Archiv persönliche Schriftstücke aus dieser Zeit gab. Schon gar nicht hatte er mit einem Bericht von einer seiner direkten Vorfahrinnen gerechnet.

»Das ist mehr als fünfhundert Jahre her«, sagte er verblüfft. »Wie kannst du wissen, dass ich von ihr abstamme? Das war lange vor Beginn der Aufzeichnung von Ahnentafeln!«

Arani legte den Kopf schief und zuckte mit den Schultern. »Ich kann es nicht wirklich erklären. Manchmal sehe ich Menschen an und weiß einfach, wo sie herkommen und welches Blut in ihren Adern fließt. Ich sehe die, die vor ihnen waren, wie eine Linie durch die Zeit. Ich kenne ihre Namen und weiß, was sie bedeutungsvoll gemacht hat, in der Geschichte von Elouans Reich.«

Kanans Neugier regte sich, er hatte noch nie davon gehört, dass die Archivare diese Fähigkeit besaßen. »Können das alle von euch?«

Arani schien etwas verlegen. »Nein, aber Jalis erinnert sich, dass einige der Archivare in seiner Kindheit auch wussten, wer zu welcher Blutslinie gehört, indem sie sie einfach ansahen. Damals war das anscheinend nichts Besonderes.«

Jalis war so alt, dass diese Gabe von den meisten anderen vermutlich vergessen worden war. Die Archivare wurden als Untergruppe der Zeugen behandelt. Kanan ahnte nun zum ersten Mal, weshalb. »Siehst du nur die Vergangenheit?«

Arani zog die Augenbrauen nach oben. »Was meinst du?«

»Offensichtlich kannst du Generationen außerhalb der Zeit sehen. All unsere Fähigkeiten sind aus dem Licht geboren und das Licht ist zeitlos. Wenn du also in eine Richtung schauen kannst, kannst du dann vielleicht auch in die andere sehen?«

Arani legte den Kopf schief, so wie sie es immer tat, wenn sie nachdachte. »Du meinst die Zukunft? Das habe ich noch nie versucht.«

Kanan freute sich, dass sie die Idee nicht direkt ablehnte. Etwas, das sie nicht kannten, grundsätzlich auszuschließen, war die Haltung, die ihn bei vielen Mitgliedern seines Volkes so frustrierte. Er schlug das Buch in seiner Hand vorsichtig auf der ersten Seite auf. »Kann ich das ausleihen?«

Arani nickte zögernd. »Streng genommen gehört es dir und allen anderen ihrer Nachkommen. Das Archiv ist nur der Ort, an dem es aufbewahrt wird.«

Auch das war Kanan neu, aber er hatte Angst, die fünfhundert Jahre alten Tagebücher zu beschädigen. Sie wirkten zerbrechlich in seinen Händen. »Ich werde sie lieber hier lesen. Kannst du mich anleiten, wie ich sie behandeln muss, um sie zu schonen?«

Arani nickte erleichtert. »Natürlich. Ich bringe sie dir in einen der Räume der Archivare und hole dir Handschuhe.«

Kanan folgte ihr nach oben und wusste schon, dass er vermutlich zu wenig schlafen und seine Freunde ein wenig vernachlässigen würde, bis er jedes dieser Bücher gelesen hatte. Neben seinen Verpflichtungen als Wächter und Stellvertreter seiner Mutter blieb oft nur wenig Zeit übrig. Er konnte es kaum erwarten, Yaras Gedanken zu folgen, die ihm die alten Geschichten aus erster Hand erzählen würde.

Seine engsten Freunde, Dinah und Tamir, kannten seine Art, ab und an fast schon zwanghaft über einer Sache zu brüten und wochenlang kaum ansprechbar zu sein. Sie würden es ihm nicht übel nehmen. Zudem waren sie gerade mit ihrem kleinen Sohn beschäftigt, der sie mit seinen eineinhalb Jahren sehr auf Trab hielt. Etwas sagte ihm, dass diese Frau ihm mit ihren Zeilen etwas sagen würde, das ihm sonst niemand erklären konnte. Er würde so lange lesen, bis er es verstanden hätte.

Kapitel 7

Yara – Sechs Wochen später

Yara zog den Mantel enger, obwohl sie die Kälte schon seit einigen Tagen kaum noch spürte. Sie wusste nicht recht, ob sie sich inzwischen an die Temperaturen gewöhnt hatte oder ihr Körper bereits seinen Dienst versagte. Es spielte auch keine Rolle. Umzukehren war keine Möglichkeit mehr.

Nach fast sechs Wochen Reise über den Kontinent hatten sie schließlich das Gebirge erreicht, das den Osten vom Rest des Kontinents trennte. Bereits seit über einer Woche waren sie nun schon in den Bergen unterwegs. Zuerst durch karge Wälder und über spärlich grasbedeckte Wiesen, dann war alles Grün in das Grau des Gerölls und scharfkantiger Berghänge übergegangen. Mit jedem Schritt, den sie weiter in die Berge gestiegen waren, war es kälter geworden. Die Sonne hatte sie schon lange nicht mehr gewärmt und der Himmel war von bedrohlichen Wolken verhangen, die sich über Nacht als dichter Nebel über alles legten. Am Morgen war es deshalb fast unmöglich, einen Weg zu erkennen.

Zwei ihrer Wagen mit Vorräten und Habseligkeiten hatten schon einen Achsenbruch erlitten, den sie nicht mehr hatten reparieren können. Sie hatten aussortiert, was nicht unbedingt nötig gewesen war, und den Rest auf ihre Taschen und Säcke verteilt. Die vier Pferde, die vor die Wagen gespannt gewesen waren, dienten nun als Lastenträger. Zwei Wagen, die hauptsächlich mit Saatgut für den Neuanfang beladen waren, waren noch übrig. Außerdem war ihr restliches Feuerholz darauf, ohne das sie hier oben erfrieren würden.

Beruhigend klopfte Yara dem Pferd neben sich auf den Hals, besorgt, dass die folgsame Stute nicht mehr lange durchhalten würde. Sie reagierte kaum auf Yaras Zuwendung, da sie mit ihrer schweren Last alle Kraft für das Laufen aufbringen musste. Yara fühlte sich nicht viel besser. Die Gurte ihrer Taschen hatten ihre Schultern schon wundgescheuert und nachts konnte sie trotz ihrer Erschöpfung kaum schlafen, so sehr schmerzte ihr Rücken.

Nathan blickte besorgt zum Himmel. »Wir haben noch etwa zwei Stunden bis es dunkel wird. Ich glaube, wir sollten das Lager aufschlagen, bevor wir im Schnee keine passende Stelle mehr finden.«

Yara nickte nur. Schon seit Tagen redeten sie nicht mehr viel. Sie alle hatten das Gefühl, jedes Quäntchen Energie für das Weiterlaufen zu benötigen. Der Boden war von einer festgefrorenen Schicht Schnee bedeckt, die sich abgesehen von den Spuren, die sie und die wenigen Tiere hinterließen, unberührt die steilen Berghänge hinaufzog. Wären nicht alle paar Meter am Wegesrand Steinhaufen als Markierung aufgehäuft gewesen, hätten sie sich vermutlich schon längst in den kleinen Nebentälern und endlosen Klippen verloren, die immer wieder plötzlich jäh abfielen.

Yara war sich sicher, dass sie sich entschieden hätten, den Hochsommer abzuwarten, wenn sie vorher gewusst hätten, was sie erwartete. Doch nun waren sie hier. Sie waren jeden Tag in der Hoffnung weitergegangen, doch irgendwann den Pass überquert zu haben und endlich wieder bergab gehen zu können. Doch hinter jeder Bergspitze war nur die nächste erschienen und der Schnee war immer tiefer geworden.

Seit es vor einigen Minuten zu schneien begonnen hatte, waren sie kaum noch vorangekommen. Die Welt war schon vorher still gewesen. Doch nun war es, als wären sie von einer Decke der Lautlosigkeit umhüllt. Yara hatte für einen Moment das panische Gefühl, völlig alleine zu sein.

Nathan begann den anderen Anweisungen für den Aufbau des Lagers zuzurufen, während er auf eine Stelle zwischen einigen höheren Felsen deutete, die fast einen Halbkreis bildeten. Ihr Bruder übernahm meistens die Führung, wenn alle anderen überfordert waren. Er sagte ihnen, was zu tun war, wenn sie es selbst nicht mehr wussten. Vermutlich hörte niemand außer Yara die Anspannung in seiner Stimme und sah die Besorgnis in seinem Blick, als er zum Berg hinaufschaute.

Yara ging zu ihm und folgte seinem Blick. »Was ist los?«

Nathan schüttelte den Kopf und griff nach den hölzernen Stangen des einfachen Zeltes, das er getragen hatte. »Vermutlich nichts. Es ist ja nicht so, dass ich mich in den Bergen auskennen würde.«

Frustration war das Einzige, was in Nathan diese Art von Ironie hervorbrachte. Sonst war er von Natur aus sehr dankbar, sah immer die positiven Seiten einer Situation und verlor nie die Hoffnung. Doch obwohl er selbst entschieden hatte, nicht Anführer dieser Gruppe zu sein, wusste Yara, dass er sich für alle verantwortlich fühlte. Er konnte nicht anders. Sie bewunderte das an ihrem Bruder. Gleichzeitig hatte sie ihn schon manchmal auf dieser Reise schütteln und ihm sagen wollen, dass jeder auch für sich selbst verantwortlich war und er nicht die Last aller zu tragen hatte.

Nathan legte die Stangen in den Schnee, dann starrte er wieder mit Unentschlossenheit auf dem Gesicht den Berg hinauf.

»Ich weiß auch nicht«, sagte er so leise, dass nur Yara ihn hören konnte. »Ich habe kein gutes Gefühl an dieser Stelle. Der Berghang ist zu steil, ich sehe keine Felsen, nichts, was den Schnee aufhalten würde, sollte er sich lösen …«

Yara sah in die erschöpften Gesichter ihrer Freunde, die so schnell wie möglich im Schatten der Felsen die Zelte aufschlugen, dann in die Richtung, in die ihr Weg weiterführte. »Ich sehe keine andere Möglichkeit, Nathan. Wir können alle nicht mehr und wissen nicht, ob wir in der nächsten Stunde noch eine bessere Stelle finden werden. Wenn der Schnee stärker wird, wissen wir gar nicht mehr, wo wir hinlaufen sollen.«

Nathan atmete tief ein und schloss die Augen. Für einen Moment stand er regungslos da und schien in sich hineinzuhorchen. Yara kannte diesen Ausdruck. Sie wusste, dass er versuchte, Elouans Stimme in sich zu hören, um seine Weisheit und seinen Rat zu suchen. Schließlich glätteten sich die Falten auf seiner Stirn und er schien sich zu entspannen. Mit zwei Schritten war er bei Diana und half ihr, Holz von einem der Wagen abzuladen.

Yara blieb stehen. *Sind wir noch auf dem richtigen Weg?*, flüsterte sie. Die Verbindung zum Licht war da und wärmte sie tief in ihrem Inneren. Aber ihre Frage blieb unbeantwortet. Die innere Stille war wie ein Spiegelbild der Welt um sie herum, die in der weichen Hülle des Schnees versank. Für einen Moment stand sie reglos da, während sie immer weiter vom kalten Weiß zugedeckt wurde. Sie war so müde. Am liebsten wollte sie sich einfach auf den Boden legen und die Augen schließen. Es würde nur wenige Minuten dauern, bis sie selbst Teil dieses Ortes sein würde, eine kleine Erhebung in der weißen Endlosigkeit.

Nathans Stimme ließ sie zusammenzucken. Dadurch stoben lose Flocken von ihren Haaren und ihrer Kleidung. »Sehen wir, dass wir die Zelte aufgebaut kriegen, vielleicht bringen wir sogar ein Feuer in Gang«, rief er der Gruppe zu.

Zusammen fanden sie trotz des immer dichter fallenden Schnees noch genug Energie, um die acht Zelte und den kleinen Unterstand für die Pferde im Schutz der Felsen aufzubauen. Die Wagen schoben sie ebenfalls so nah wie möglich an die Felsen.

Auf Silas Vorschlag hin spannten sie eine ihrer Planen so über den engsten Teil der Felsvorsprünge über ihnen, dass sie etwas geschützt vom Schnee ein kleines Feuer in Gang bringen konnten. Die Pferde brachten sie ebenfalls mit genug Heu für die Nacht unter der Plane ins Trockene. Schließlich saßen sie im Schein des Feuers und freuten sich an den warmen Getränken in ihren Händen. Für ein warmes Essen hatten sie keine Energie mehr aufbringen können. Ihre Vorräte waren inzwischen so geschrumpft, dass sie sich mit etwas Trockenfleisch und getrocknetem Brot begnügten, das sie in ihren Tee tunkten. Niemand von ihnen wollte darüber nachdenken, was sie tun würden, wenn ihnen das Essen ganz ausgehen würde. Oder das Feuerholz, das noch für wenige abendliche Feuer ausreichen würde. Immerhin gab es genug Schnee, aus dem sie Trinkwasser gewinnen konnten.

Umgeben von der endlosen Weite der Berge, ohne zu wissen, ob ihr Weg sie letztlich ans Ziel führen würde, hätte Yara sich nicht gewundert, wenn die Stimmung in ihrer Runde gedrückt und verzweifelt gewesen wäre. Es hatte genügend solcher Abende gegeben. Zu ihrer Überraschung konnten sie an diesem Abend sogar zusammen lachen und sich so entspannt wie schon lange nicht mehr unterhalten. Vielleicht war es Elouans Werk, vielleicht die Dankbarkeit darüber, in dieser rauen Landschaft wenigstens noch einander zu haben. Vielleicht war es auch das unbestimmte Gefühl, dass es nicht mehr weit bis zum Pass sein konnte, der sie auf den Weg hinab zum Land des Ostens führen würde. Es lag so etwas wie Hoffnung in der Luft, was sicherlich nicht auf die momentanen Umstände zurückzuführen war.

»Ich glaube, wir schaffen es!«, sagte sie schließlich in die Runde, als alle mit ihren Tassen in der Hand ins Feuer starrten und eine angenehme Stille entstanden war.

Viele der anderen nickten zustimmend. Ihre Freundin Diana legte ihr den Arm um die Schulter. »Ja, das werden wir.«

Der Schneefall hatte etwas abgenommen, als sie sich in ihre Zelte legten. Yara teilte sich ihres mit Diana, die ihr noch zuflüsterte. »Morgen werden wir bestimmt den Pass erreichen«, und ihre Hand drückte, bevor sie sich in ihrem Schlafsack aus Fellen umdrehte und die Decke bis zur Nase hochzog. In ihrer Stimme lag echte Zuversicht, anstatt der verzweifelten Weigerung aufzugeben, die sie alle inzwischen so gut kannten. Yara lächelte im Dunkeln und spürte erneut Dankbarkeit darüber, mit ihren Freunden unterwegs zu sein. Wie jeden Abend war ihr letzter Gedanke, dass dies der Weg war, den sie gewählt hatte.

Yara schreckte im Schlaf hoch und wusste für einen Moment nicht, wo sie sich befand. Es fühlte sich an, als sei sie eben erst eingeschlafen. Trotz des Steins von der erloschenen Feuerstelle, den sie mit in ihren Schlafsack genommen hatte, hatte es lange gedauert, bis ihr warm genug zum Schlafen gewesen war. Sie horchte in die Dunkelheit, konnte aber nicht ausmachen, was sie geweckt hatte.

Plötzlich hörte sie ein Donnern wie bei den seltenen Gewittern in ihrer Heimat. Erst vermutete sie, dass ein schweres Unwetter heraufgezogen war. Doch der Donner endete nicht, wie sie es gewohnt war. Im Gegenteil, das Geräusch wurde immer lauter. Panisch befreite sie sich aus ihrem Schlafsack und von der Decke. Sie trat aus dem Zelt, dicht gefolgt von Diana, die ebenfalls wach geworden war.

»Was ist …?«, hörte sie jemanden rufen. Doch bei dem Anblick, der sich ihr bot, blieb ihr jede Antwort im Hals stecken. Die anderen waren auch aus den Zelten gekommen und sahen erstarrt in dieselbe Richtung.

Es hatte aufgehört zu schneien, selbst die Wolken hatten sich verzogen und erlaubten einer seltenen Mondsichel, die Landschaft in ein bläuliches Dämmerlicht zu tauchen. Der Anblick wäre atemberaubend schön gewesen, wäre nicht das Einzige, auf das sie alle blickten, eine gewaltige Wolke aus Schnee, die unter lautem Donnern den Hang hinab auf sie zuraste. Sie hatten nur noch Sekunden, bis sie unter dem Schnee begraben werden würden.

Yaras erster Impuls war es, sich umzudrehen und zu rennen. Sie machte Anstalten, genau das zu tun, doch Nathan packte sie an ihrer Jacke und zerrte sie erbarmungslos in die entgegengesetzte Richtung.

»Nein!«, schrie er den anderen zu, die sich ebenfalls umgewandt hatten, »hierher!«

Er packte Silas, der sich vor Entsetzen noch gar nicht bewegt hatte, mit seiner freien Hand und zog beide die wenigen Schritte bis unter die Felsen. Sie drückten sich unter den kleinen Felsvorsprung, über den sie am Abend zuvor die Plane gespannt hatten. Er bildete das äußerste Ende der runden Felsanordnung, in der sie Schutz gesucht hatten.

Alle vertrauten Nathan, denn seine Worte ließen niemanden zögern, ihm zu folgen. Kaum hatten sie sich verzweifelt in die Felsspalte gedrückt, fegte die Druckwelle, die der Schneelawine voranging über sie hinweg. Der Donner, der darauf folgte, blendete alles andere aus. Dann wurde es dunkel. Von einem Moment auf den anderen herrschte wieder Totenstille.

Das Erste, was Yara wahrnahm, war ihr eigenes hektisches Atmen. Dann wurde ihr klar, dass sie sich in Dianas Arm gekrallt hatte. Langsam zwang sie sich, ihre Umklammerung zu lösen. Etwas Warmes lief ihr die Stirn herab. Sie musste sich am Felsen gestoßen haben, doch sie spürte keinen Schmerz.

Dicht an sie gepresst spürte Yara die warmen Körper von Silas und Diana und hörte die anderen atmen. Die ganze Gruppe stand so dicht gedrängt im hintersten Winkel der Felsen, dass sie sich kaum rühren konnte. Es gelang ihr, von einigen die Augen auszumachen, doch das zarte Leuchten hatte keine Chance, die Dunkelheit zu durchdringen, die sie umgab.

»Was ist passiert?«, flüsterte sie und fragte sich, warum sie so leise redete.

»Ich weiß es nicht«, antwortete Nathan von weiter vorne. Er klang, als habe er gerade einen ihrer früheren Trainingskämpfe hinter sich.

Er tastete um sich herum. »Über uns ist Eis«, sagte er verblüfft. »Aber direkt vor mir ist eine Wand aus Schnee. Die Lawine muss uns unter sich begraben haben. Aber es gibt eine Art Dach aus Eis.«

Yara hörte ein Pferd schnauben.

»Unter der Schneemasse muss sich eine Eisplatte vom Berg gelöst haben, die mitgerissen wurde und an den Felsen hängen geblieben ist. Vielleicht ein Teil der gefrorenen Oberfläche eines Sees. Sie hat uns gerettet. Ich glaube nicht, dass wir sonst unter dieser Schneelawine eine Chance gehabt hätten«, fuhr ihr Bruder fort.

»Uns wird hier drinnen schon bald die Luft knapp werden. Es ist ein Wunder, dass die Pferde noch nicht in Panik geraten sind«, sagte Silas. »Wir haben nicht viel Zeit. Sollten wir versuchen, uns nach oben zu graben? Oder bricht dann das Eis über uns zusammen?«

»Du hast recht«, pflichtete Nathan ihm bei. »Wir müssen versuchen, uns hier vorne durchzugraben, und hoffen, dass kein Schnee von oben nachrutscht.«

Yara lauschte den Geräuschen von denen, die ganz vorne standen und gemeinsam versuchten, sich nach draußen zu graben. Sie versuchte, ihre eiskalten Hände unter ihren Achseln zu wärmen. Plötzlich war das Geräusch von rutschendem Schnee zu hören. Bevor Yara sich Sorgen machen konnte, dass nun endlose Mengen in die Höhle hineindrängen und sie doch noch begraben würden, fiel plötzlich dämmriges Mondlicht durch eine kleine Öffnung.

»Es liegt viel weniger Schnee über uns, als ich erwartet hatte«, sagte Nathan. Trotz der Kälte stand ihnen der Schweiß auf der Stirn. Sie gruben weiter, bis das Loch groß genug war, dass sie hindurchkriechen konnten.

Einige krochen nach draußen und vergrößerten eilig die Öffnung, bis sie weit genug war, um auch die beiden Pferde nach draußen zu führen. Gefolgt von den anderen, noch in der Höhle Verbliebenen. Yara sah sich um und zählte die Gestalten im verwaschenen Mondlicht. Es waren alle da.

Um sie herum breitete sich ungebrochen in alle Richtungen in sanften Schwüngen die Schneelandschaft aus. Trotz der gewaltigen Massen, die über alles hinweggerollt waren, sah es nicht viel anders aus als am Abend zuvor. Nur die Steinhügel, die den Weg markierten, waren nicht mehr zu sehen.

»Der Weg ist fort«, stellte Diana fest.

»Die Zelte und die Wagen!«, rief Nathan plötzlich.

Zum ersten Mal hörte Yara Panik in seiner Stimme. Eine Gänsehaut, die nichts mit der Kälte zu tun hatte, überzog sie, als sie sich umsah.

Einige Meter vor ihnen ragte etwas aus dem Schnee, das zu einem der Wagen zu gehören schien. Nathan ging darauf zu, versank aber bei jedem Schritt bis zur Hüfte. Mit Silas und Peters Hilfe begann er, nach den Überresten ihrer Vorräte zu graben. Währenddessen kämpfte sich Yara mit einigen anderen bis zu der Stelle vor, an der die Zelte gestanden hatten. Hier und da ragten Stangen aus dem Schnee. Sie bemühten sich auf Knien darum, in den weißen Massen noch etwas von ihrer Ausrüstung zu bergen.

Einige Stunden später saßen sie im Kreis um die wenigen Dinge versammelt, die sie hatten retten können. Unter dem Wagen hatten sie noch Feuerholz und einiges Werkzeug entdeckt, der Wagen selbst war aber nicht zu reparieren. Etwa die Hälfte der Zelte war noch soweit vollständig, dass sie sie weiter benutzen konnten, ebenso ihr Inhalt. Die restlichen Zelte waren mit allem, was darin gewesen war, ins Tal gerissen worden. Vom zweiten Wagen gab es ebenfalls keine Spur.

Yara kam der Abschied von Elouan in den Sinn. Wie er noch lange am Tor gestanden hatte, bis sie außer Sichtweite gewesen waren. Sie erinnerte sich an das Gefühl, das sie in diesem Moment begleitet hatte. Das Gefühl, dass sie das Richtige taten und in seinem Namen unterwegs waren. Sie war sich damals sicher gewesen, dass nichts und niemand verhindern würde können, dass sie ihr Ziel erreichen würden.

Keiner wusste etwas zu sagen, bis Peter schließlich ihre Situation zusammenfasste. »Wir haben keine Saat für einen Neuanfang. Das Baumaterial und das meiste Werkzeug für die ersten Unterkünfte sind ebenfalls fort. Uns bleiben nur das wenige Brennholz und die paar Vorräte aus den Taschen, die wir bergen konnten. Immerhin, ohne die wären wir erledigt. Ach, und das Heu für die Pferde war in den Säcken, die wir an die Felsen gelehnt hatten. Das haben wir auch ausgraben können.« Er klang weniger hoffnungslos, als Yara erwartet hatte.

Es war ein Wunder, dass sie alle am Leben waren. Die Bedeutung ihres Verlustes würde ihnen wahrscheinlich erst in den nächsten Tagen wirklich bewusst werden.

»Was machen wir jetzt?« fragte Yara.

Nathan deutete hinter sich auf die kleine Fläche unter der auf den Felsen festhängenden Eisplatte. »Darunter sind wir wenigstens etwas geschützt. Es wird eng, aber wir können dort ein wenig schlafen und Kräfte sammeln. Und dann sehen wir, dass wir weiterkommen. Wenn wir in wenigen Tagen wenigstens den Schnee hinter uns lassen können, haben wir eine Chance.«

Er musste nicht laut aussprechen, dass sie keine Alternative hatten.

Peter stand auf und trat auf den Haufen Gegenstände in ihrer Mitte zu. »Lasst uns so gut wie möglich aufteilen, was von den Decken und unserer Kleidung übrig geblieben ist. Notfalls teilen wir uns Kleidungsstücke im Wechsel.«

Langsam brach die Morgendämmerung an. Zum ersten Mal seit Tagen sahen sie die Sonne aufgehen. Nur wenige Wolken standen am Himmel. Es war schön, sich etwas in der Sonne zu wärmen. Doch die Aufregung und die anschließende Anstrengung hatten die zuvor schon erschöpfte Gruppe völlig ausgelaugt. Nach wenigen Minuten lagen die meisten dicht an dicht unter der Eisplatte. Die Sonne wurde vom Schnee inzwischen so intensiv reflektiert, dass sie fast dankbar für den Schatten waren, den sie spendete.

Yara stand noch einen Moment lang neben Diana und blickte auf die eisige Schönheit, die sie umgab.

»Erinnerst du dich an die Geschichten derer, die dem ersten Ruf Elouans damals gefolgt sind?«, fragte Yara.

Diana nickte. »Natürlich. Das waren die Abenteuergeschichten unserer Kindheit.«

»Unsere Reise ist sehr viel herausfordernder, als ich erwartet hatte. Aber wir wissen, warum wir unterwegs sind und was unser Auftrag ist. Wir kennen Elouan schon unser ganzes Leben lang und haben diese unauslöschliche Verbindung zu ihm. Wie muss es für die gewesen sein, die damals ins Unbekannte gezogen sind? Die alles hinter sich gelassen haben und nicht einmal wussten, wessen Stimme sie folgten? Wie viel Mut muss es sie gekostet haben«, staunte Yara.

Diana nickte zustimmend. »Ohne sie wären wir heute nicht hier.«

Sie standen noch eine Weile mit geschlossenen Augen in der Sonne. Dann folgten sie den anderen, um die dringend notwendige Erholung zu suchen.

Kaum hatte Yara ihren Kopf auf ihre Tasche mit Kleidung gelegt, die ihr als Kissen diente, fiel sie auch schon in den tiefen Schlaf der körperlichen Erschöpfung. Ihr Schlaf war traumlos und so ungestört, wie schon seit Langem nicht mehr.

Kapitel 8

Kanan – eine Woche später

Ein Klopfen an seiner Tür riss Kanan aus dem Schlaf und er setzte sich auf. Obwohl er nur auf dem Sofa geschlafen hatte, war er in den Tiefschlaf gefallen, sobald er die Augen geschlossen hatte. Etwas orientierungslos schaute er sich um. Wie lange hatte er geschlafen? Als er gegen Mittag vom Wächterdienst gekommen war, hatte er kaum noch die Augen offen halten können. Das kam wohl davon, dass er gerade seine Abende und Nächte im Archiv verbrachte.

Erst jetzt erinnerte er sich an das Klopfen und beeilte sich, zur Haustür seiner kleinen Wohnung zu kommen. Bevor er die Tür öffnete, fiel ihm ein, dass er wahrscheinlich kein sehr sortiertes Bild abgab. Mit beiden Händen versuchte er, seine Haare glatt zu streichen, die sich seinen Bemühungen wie üblich widersetzten. Als er schließlich öffnete, stand seine Mutter geduldig wartend an den Türrahmen gelehnt.

»Ach, du bist es nur«, sagte er erleichtert und trat einen Schritt zurück, um sie hereinzulassen.

»Nur?«, fragte sie mit einer hochgezogenen Augenbraue und einem angedeuteten Lächeln.

Im Hereingehen musterte sie ihn von oben bis unten, wie nur sie es konnte. Eine Mischung aus tiefer Liebe und Tadel für seinen zerknitterten Aufzug lag auf ihrem Gesicht. Dazu kam noch so etwas wie neugierige Sorge.

Nachdem er sich so lange nicht bei ihr gemeldet hatte, hatte er ihren Besuch früher erwartet. Er schuldete ihr eine Erklärung für seine Ansprache im Rat. Doch je mehr er in den Tagebüchern seiner Vorfahrin gelesen hatte, umso mehr hatte er das Gefühl gehabt, einer Erkenntnis auf der Spur zu sein. Irgendwie hatte er nicht mit seiner Mutter sprechen wollen, bevor er verstanden hatte, was er suchte und ihr eine sinnvolle Erklärung geben konnte.

Heute Nacht hatte sich das Bild in ihm vervollständigt. Und als hätte sie genau gewusst, wann er so weit war, stand sie nun vor ihm. Vielleicht lag es aber auch daran, dass heute wieder eine Sitzung des Rates stattfand und sie dafür sorgen wollte, dass er auftauchte. Sie kannte ihn eben zu gut. Das war der Preis dafür, Stellvertreter der eigenen Mutter zu sein.

Sie setzte sich auf einen der zwei Stühle am Tisch neben dem kleinen Herd. Kanan benutzte ihn selten. Die Wächter hatten eine zentrale Küche, wo immer etwas zu essen für sie bereitstand, da sie in Schichten arbeiteten. Meist aß er dort.

»Hast du geschlafen?«, fragte sie schließlich.

Er nickte, während er einen Holzscheit in den noch warmen Herd warf und den Wasserkessel daraufstellte, um einen Tee zu kochen.

»Ich war die letzten Nächte etwas abgelenkt und musste Schlaf nachholen.« Er lehnte sich mit dem Rücken gegen die Küchenzeile und begegnete etwas verlegen ihrem Blick. »Tut mir leid, dass ich nach der letzten Ratssitzung nicht zu dir gekommen bin.«

Unter ihrem durchdringenden Blick fiel es ihm genauso schwer wie in seiner Kindheit, nicht herumzuzappeln. Er konnte ein Lachen nicht unterdrücken, als er an all die Male dachte, wenn er mit seiner Freundin Dinah etwas ausgeheckt hatte. Wenn seine Mutter ihn daraufhin mit diesem Blick angesehen hatte, hatte er sich redlich darum bemühen müssen, nicht alles auszuplaudern. »So hast du mich immer angesehen, wenn ich mich als Kind mit Dinah danebenbenommen habe.«

Sie musste ebenfalls grinsen und die Schärfe verschwand aus ihrem Blick. »Du bist kein Kind mehr. Aber immer noch jung genug für mütterliche Fürsorge.«

Kanan ließ sich auf den Stuhl ihr gegenüber sinken. »Alt genug, dein Stellvertreter im Rat zu sein und mich um mich selbst zu kümmern.«

Seine Mutter runzelte die Stirn. »Weshalb versteckst du dich seit Tagen im Archiv? Und warum bin ich mir recht sicher, dass du heute nicht zur Sitzung erschienen wärst?«

Kanan gab seine ruhige Fassade auf und ging zum Herd, um den Tee einzugießen. Nachdem er die zwei Tassen auf den Tisch gestellt und sich wieder gesetzt hatte, lehnte er sich mit den Ellenbogen auf den Tisch und umschloss seine Tasse mit den Händen. »Wusstest du, dass im Archiv Tagebücher einer unserer Vorfahrinnen aufbewahrt werden? Sie war eine der Ersten, die nach den Großen Kriegen in das Land im Osten gingen.«

Seine Mutter schüttelte verblüfft den Kopf. »Nein, das war mir nicht bewusst. Woher weißt du, dass sie unsere Vorfahrin ist? Die Stammbäume reichen nur bis zur Zeit von Elouans Weggang.«

Kanan drehte die Tasse in den Händen. »Arani hat es mir gesagt. Sie ist in meinem Alter und eine der Archivare. Sie kann die Vergangenheit von Personen sehen.« Er runzelte die Stirn. »Oder besser gesagt, ihre Blutslinie.«

»Wirklich? Es gab seit zwei Generationen keine Archivare mit dieser Begabung mehr!«, sagte sie beeindruckt.

Kanans Herz begann, schneller zu schlagen. »Du weißt davon? Woher?«

»Es gibt Aufzeichnungen aller aus dem Licht geborenen Fähigkeiten. Sie reichen zurück bis in die Zeit der Besiedlung des Ostens.«

»Warum hast du mir das nie erzählt?« Kanan konnte seine Aufregung kaum unter Kontrolle halten, am liebsten wäre er sofort aufgesprungen, um diese Aufzeichnungen zu suchen.

Seine Mutter sah ihn etwas verwirrt an. »Ich wusste nicht, dass dich das interessiert. Worum geht es überhaupt? Und was ist mit den Tagebüchern dieser Vorfahrin?«

Kanan atmete tief durch und versuchte, in Worte zu fassen, was ihm letzte Nacht klar geworden war. »Ihr Name war Yara. Sie war in der ersten Gruppe, die Elouan in den Osten schickte. Wir kennen die Geschichten dieser Zeit ja alle. Doch als ich die letzten Tage ihre Aufzeichnungen gelesen habe, habe ich einige Unterschiede zwischen den Geschichten und ihren Berichten gefunden. Auf den ersten Blick erscheinen sie nicht so wichtig, aber inzwischen denke ich, dass sie vielem eine ganz andere Bedeutung geben.«

Seine Mutter nahm einen Schluck Tee und folgte seinen Worten so konzentriert, wie sie sonst den Diskussionen im Rat zuhörte. »Inwiefern?«

»Sie beschreibt ihren Alltag als Wächterin am Hof von Elouan. Sie nannten es damals nicht so, aber es waren die gleichen Aufgaben. In unseren Geschichten von der Zeit vor Elouans Weggang ist er immer dieser Herrscher, der Befehle erteilt. Er sagt allen, was sie zu tun haben, und bringt ihnen alles Nötige bei. Aber Yara schreibt immer wieder darüber, wie viel Entscheidungsfreiheit er denen gab, die ihm dienten, und wie er ihre Begabungen nutzte.« Er stand auf und ging im Raum auf und ab. »Die Entscheidung, sich der Mission in den Osten anzuschließen, wie Yara es nennt, war ihre eigene. Es war kein Befehl des Königs. Und er hat ihnen praktisch keine Anweisungen mit auf den Weg gegeben und ihnen kaum erklärt, was sie zu tun hätten. Du weißt ja, was sie dort erwartet hat und was sie geben mussten, um das Land wieder einzunehmen. Sie haben alles verloren, bevor sie verstanden haben, was ihre eigentliche Aufgabe war. Jahrelang haben sie um ihr Überleben gekämpft, bis sie lernten, das Licht zu sein! Warum, denkst du, hat Elouan ihnen nicht einfach erklärt, was sie tun mussten?«

Seine Mutter sah ihn fragend an.

»Weil es nicht funktioniert hätte!« Kanan ließ vor Aufregung die Handflächen auf die Tischplatte fallen. »Wir sagen immer, dass Elouan der Lehrer und Herrscher war, der unserem Volk alles beibrachte und es ins Licht führte. Seit er weg ist, versuchen wir, das alles beizubehalten. Aber mit jeder Generation verlieren wir etwas von der Verbindung zum Licht. Die Begabungen unter uns nehmen ab oder verschwinden ganz. Im Gegensatz zu Yara und ihren Freunden wissen wir um unsere Fähigkeiten durch das Licht. Aber wann haben wir sie zuletzt so genutzt, wie sie es taten? Wir begründen das mit Elouans Abwesenheit: Weil er nicht da ist, um uns Anweisungen zu geben, können wir uns nicht weiterentwickeln. Aber das ergibt keinen Sinn. Das hat er damals auch nicht getan!«

Kanan setzte sich wieder an den Tisch und nahm einen Schluck Tee. »Auch damals, zu Yaras Zeiten, haben sie sich nicht durch die Anweisungen des Königs weiterentwickelt, sondern dadurch, dass sie aus dem Licht lebten! Aus ihrer Verbindung zum Licht kam die Erkenntnis, zu was sie durch Elouan fähig waren. Und danach wurden diese Fähigkeiten und die Nähe zum Licht mit jeder Generation stärker, obwohl sie damals im Osten genauso wenig in Elouans direktem Umfeld lebten wie wir heute! Elouans Abwesenheit kann nicht der Grund dafür sein, warum unsere Gaben mit jeder Generation schwächer werden. Wir sollten wachsen, wir sollten aus dem Licht leben und mehr so werden wie er. Stattdessen entfernen wir uns immer weiter von ihm.«

Er machte eine Pause. Es tat gut, diese Dinge laut auszusprechen. Doch während er redete, wurde ihm klar, wie viele unbeantwortete Fragen er noch hatte. Aber er wusste, dass er auf dem richtigen Weg war. »Seit Elouan weg ist, versuchen wir, ihm treu zu sein, indem wir alle Traditionen festhalten, die er uns hinterlassen hat. Aber vielleicht ist das gar nicht sein Wunsch. Sein Weg führte ihn ins Licht, auf den Berg der Könige. Vielleicht ist unsere Aufgabe vielmehr, ihm dorthin zu folgen! Wenn wir dort weitergemacht hätten, wo wir als Volk standen, als er ging, hätte dann nicht jede Generation dem Licht näher sein müssen, hätten unsere Begabungen nicht wachsen müssen, hätten wir ihm nicht ähnlicher werden müssen?«

Seine Mutter musterte ihn nachdenklich. »Du meinst also, er will, dass wir ihm auf den Berg der Könige folgen? Warum hat er dann eine Grenze gezogen, die uns das unmöglich macht?«

Kanan hob hilflos die Hände. »Ich weiß, das ergibt nicht so recht einen Sinn. Ich kann nicht erklären, warum ich den Eindruck nicht abschütteln kann, dass wir ihm dorthin folgen sollen. Ich weiß nur, dass wir vergessen haben, wie viel Macht das Licht hat. Yaras Geschichte ist für uns wie ein Märchen, das wir uns zur Ermutigung erzählen. Aber es ist echt, sie war dabei, als sie die Geschichte des Landes veränderten!«

Für eine Weile schwiegen sie nachdenklich, obwohl Kanan kaum erwarten konnte, zu hören, was seine Mutter zu all dem dachte. Sie und Jalis waren die Einzigen, deren Meinung ihn wirklich noch von seinen Überzeugungen würde abbringen können.

»Nun, was du sagst, ergibt irgendwie Sinn«, sagte sie nachdenklich und kaute in einer für sie völlig untypischen Geste auf ihrer Unterlippe. Dann stand sie auf und sah aus dem Fenster.

Kanan beobachtete sie verblüfft. Er hatte seine Mutter bisher selten nervös oder ratlos gesehen. Sie war der Fels in ihrer Familie, sagte sein Vater oft. Er ruhte seinerseits auf eine tiefe Art im Licht, die Kanan von wenigen anderen Menschen kannte. Außer von Jalis, doch der war eine Kategorie für sich.

Schließlich drehte sie sich um und sah Kanan für einige Momente mit einem nicht lesbaren Ausdruck an. »Du weißt, dass seit Elouans Weggang in jeder Generation unserer Familie ein Ratsmitglied war. Wenn unser Volk einen falschen Kurs eingeschlagen hat, tragen wir dafür mehr Verantwortung als die meisten anderen Familien. Und das nehme ich ernst.«

Kanan hob erschrocken die Hände und stand auf. »Mir geht es doch nicht um Schuld, Mutter. Ich will nur …« Er suchte nach Worten.

»Wie ich dem Rat gesagt habe. Seit meiner Kindheit habe ich das Gefühl, dass unser Volk für mehr bestimmt ist, für Größeres. Ich will nur meinen Teil tun, damit wir zu dem werden, was Elouan in uns gesehen hat. Etwas fehlt, spürst du das nicht auch? Wenn ich Yaras Tagebücher lese, entsteht in mir dieses Gefühl, dass etwas Großartiges in greifbarer Nähe ist. Dass sie Teil von etwas waren und noch sind, das weit über ihr Leben hinausgeht und außerhalb von Zeit und Raum existiert. Ich bin überzeugt, dass das auch für uns gilt! Aber wir müssen uns dafür entscheiden. Genau wie die ersten unseres Volkes, die vor den großen Kriegen Elouans Stimme gefolgt sind. Und wie Yara und ihre Freunde, die dem Ruf des Lichtes ins Land des Ostens gefolgt sind. Jeder von ihnen musste etwas zurücklassen. Und ich kann den Gedanken nicht abschütteln, dass das, was wir loslassen müssen, unsere Traditionen sind. Sie geben uns Halt und Sinn und sie schweißen uns zusammen, das weiß ich. Aber sollte all das nicht das Licht in uns tun?«

Seine Mutter lächelte sanft und legte ihm eine Hand auf die Schulter. »Ich kann dir nicht sagen, ob das, was du sagst, der richtige Weg für uns ist. Ich weiß im Moment nur, dass ich Frieden spüre, wenn ich dich reden höre. Aber wenn du wirklich etwas bewegen willst, musst du aufstehen, Kanan. Mach da weiter, wo du in der letzten Ratssitzung begonnen hast. Was du mir eben gesagt hast, sind die Worte eines Anführers, nicht eines stillen Zuhörers.«

Kanan trat erschrocken einen Schritt zurück. »Was? Nein, ich will niemanden anführen! Ich spreche doch nur meine Gedanken aus!«

Seine Mutter steckte die Hände in ihren Ratsumhang und lächelte ihn fast mitfühlen an. »Tja, Sohn, wenn ich dir zuhöre, bekomme ich immer mehr das Gefühl, das Licht könnte noch andere Pläne mit dir haben. Du bist jung und hast noch Zeit. Verschwende sie nur nicht. Ein Leben geht schneller vorbei, als du denkst. Und am Ende zählt doch nur, ob wir den Mut hatten, den Weg zu gehen, den das Licht uns gewiesen hat.«

Sie schwieg einen Moment nachdenklich und fügte mit einem Lächeln hinzu: »Gut, möglicherweise ist es auch bedeutsam, zu wissen, dass man geliebt hat, geliebt wurde und seinen Kindern das Richtige mitgegeben hat …«

Kanan lachte und die Bedeutungsschwere des Momentes begann zu weichen. Er würde sich die Worte seiner Mutter zu Herzen nehmen und versuchen, Mut zu fassen, auszusprechen, was in ihm vorging. Aus Angst vor Ablehnung hatte er noch nicht einmal seinen engsten Freunden von all den Fragen erzählt, die ihn beschäftigten. Er nahm sich vor, Dinah und Tamir noch an diesem Abend, nach der Ratssitzung, seine Gedanken zu offenbaren. Kein Verstecken mehr, es war Zeit, sein Inneres offenzulegen und auf die Weisungen des Lichtes zu hoffen.

Kapitel 9

Ilai – 3 Wochen später

Ilai stocherte mit einem Stock im Feuer, um die Glut aufzulockern, bevor er das Brot für das Frühstück auf einen Metallteller legte. Vor ein paar Tagen hatten sie ihre Vorräte in einem Dorf auffüllen können. Lukan schlief noch. In der Nacht hatte es ein wenig geregnet, doch sie hatten ihr Lager im Schutz einiger dicker Bäume aufgeschlagen. Obwohl es inzwischen nachts deutlich kühler war, hatte es noch keinen Frost gegeben.

In den letzten zweieinhalb Wochen waren sie durch viele Dörfer gekommen. Überall sagte man ihnen, dass einige der Bewohner aufgebrochen waren, um sich auf die Suche nach der Stimme zu machen. Bisher hatten sie von keinem einzigen Rückkehrer gehört. Während der Wanderungen hatten sie viel darüber gesprochen, was sie wohl am Ziel ihrer Reise erwartete. Ihr innerer Drang war wie ein Kompass. Noch nie waren sie sich unsicher gewesen, in welche Richtung sie gehen mussten.

Umso länger sie unterwegs waren, umso stärker spürte auch Lukan den Sog der Stimme. In einigen Nächten waren sie sogar gleichzeitig hochgeschreckt, da ihre Träume wieder so intensiv wie vor Monaten waren. Doch es blieb ihnen ein Rätsel, warum niemand zurückkam. Sie hatten alle Möglichkeiten mehr als einmal diskutiert. Konnten sie nicht? Durften sie nicht? Oder war ihnen ihre Heimat einfach nicht mehr wichtig, nachdem sie dort angekommen waren, wo auch immer das war?

Die Sonne schob sich langsam über den Horizont und Ilai rückte fröstelnd noch etwas näher ans Feuer. Er überlegte gerade, Lukan mit dem Stock in seiner Hand zum Aufstehen zu motivieren, als er in der Ferne Schritte hörte. Er legte eine Hand an den Knauf von Lukans kurzem Schwert, das sie mitgenommen hatten, um im Zweifel entsprechende Fertigkeiten vorzutäuschen. Angespannt wartete Ilai, wer aus den Bäumen heraustreten würde.

»Lukan«, zischte er. Zu seiner Erleichterung streckte dieser eine Sekunde später den Kopf aus seiner Decke und blickte ebenfalls in Richtung des Weges.

Ilai hatte auf ihrer Reise schon mehrmals gedacht, dass Lukan sich wesentlich besser als Krieger eignete, als er selbst. Die entscheidenden Eigenschaften besaß er bereits, ihm fehlte nur das Training. Innerhalb von Sekunden konnte er aus dem Tiefschlaf erwachen und sofort präsent sein. Ilai brauchte allein mehrere Minuten, um darüber nachzudecken, wo er sich befand. In diesem Moment war Ilai froh über den wachen Geist seines Freundes.

Die beiden entspannten sich jedoch sofort, als sie den Wanderer aus dem Wald hervortreten sahen. Er schien keine Bedrohung darzustellen. Wahrscheinlich war er etwas älter als sie, ansonsten aber ähnlich gekleidet. Er hatte einen Stab in der Hand und einen Rucksack auf dem Rücken, auf dem oben eine Decke befestigt war. Doch als er die beiden bemerkte, mit einem freundlichen Lächeln in ihre Richtung blickte und die Hand zum Gruß hob, sah Ilai, was ihn deutlich von ihnen unterschied. Vor Überraschung reagierte er gar nicht auf den Gruß. Erst, als Lukan ihn von hinten anstupste, ließ er das Schwert wieder los und erhob sich mit Lukan, um den Fremden zu begrüßen.

»Hallo, ich bin Esad«, rief dieser schon von Weitem.

Lukan nickte freundlich und ließ ihn herantreten. »Ich bin Lukan, das ist Ilai. Willst du mit uns frühstücken?« Er wies auf das heruntergebrannte Feuer. Das Brot lag immer noch auf dem Teller daneben. Ilai zog ihn auf die Kohlen und stellte auch die Teekanne darauf.

»Ja, vielen Dank«, seufzte Esad und ließ sich neben sie auf die Matte vor dem Feuer sinken. »Ich hätte heute Nacht auch länger Pause machen sollen, aber ich kann es nicht erwarten, in mein Dorf zurückzukehren.«

Ilai konnte nicht mehr länger an sich halten. »Was ist mit deinen Augen?« Er starrte Esad an, doch das schien diesem nichts auszumachen.

Er grinste nur. »Das ist das Zeichen des Königs.«

Lukan spürte Aufregung in sich aufsteigen. Endlich schienen Antworten zum Greifen nah. »Von welchem König?«

Esads Grinsen wurde noch breiter. Ilai war sich nicht sicher, ob er sich über das freute, was er erzählte, oder ihre Neugier genoss. Eigentlich war es ihm auch egal, solange er endlich erfahren würde, was hier passierte. Wer oder was hatte ihn auf diese Reise geschickt und seit Monaten nicht mehr schlafen lassen?

»Der König …«, begann Esad und beugte sich nach vorne, wie um ein Geheimnis zu erzählen.

Lukan und Ilai taten ihm den Gefallen, es ihm gleich zu tun. Ilai wusste, dass Lukan darüber amüsiert war und nur mit Mühe ein Lachen unterdrücken konnte.

Esad deutete auf ihr Gepäck. »Ich nehme an, ihr folgt dem Ruf?«

Ilai und Lukan nickten.

»Das tat ich vor einigen Wochen ebenso, zusammen mit meiner Familie. Wir kommen aus einem Dorf, das etwa eine Woche von hier entfernt liegt. Und ihr?«

»Wir sind schon seit mehr als zwei Wochen unterwegs«, erklärte Lukan. »Von unserem Dorf aus kann man an guten Tagen am Horizont die Berge des Ostens sehen.«

Esad wurde ernst. »Dann seid ihr schon von den Solech überfallen worden?«

Ilai nickte wieder. »Mehr als einmal. Die Männer in unserem Dorf bereiten sich gerade darauf vor, sich ihnen im Kampf entgegenzustellen. Auch wenn sie wohl kaum eine Chance haben werden.«

»Und ihr wurdet von eurem Dorf geschickt, um der Stimme zu folgen?«

»So in etwa«, sagte Lukan und schien nun langsam die Geduld zu verlieren.

Esad war mit dieser Erklärung zufrieden und fuhr fort. »Meine Brüder und ich folgten der Stimme, nachdem diejenigen, die vor uns gegangen waren, nicht zurückgekehrt waren. Hier gab es noch keine Überfälle der Solech, aber die Geschichten ihrer Gräueltaten sind schon bis zu uns gelangt. Uns war klar, dass es nur eine Frage der Zeit sein würde, bis sie auch bei uns einfallen.« Er zuckte mit den Schultern. »Außerdem waren wir neugierig zu erfahren, wer uns rief.« Er riss sich ein Stück Brot ab und biss herzhaft hinein.

Ilai wollte ihn schütteln. »Und?«

Esad spülte das Brot mit einem Schluck Tee hinunter. »Kennt ihr die alten Geschichten über den König?«

Ilai und Lukan schüttelten erstaunt den Kopf.

»Mh, vermutlich weil ihr so weit vom Schloss entfernt wohnt. Wir erzählen unseren Kindern diese Geschichten über die Schlossruine. Es ist eine riesige Anlage unten im Südwesten. Die Legenden besagen, dass dort vor Hunderten von Jahren ein König den Kontinent regierte. Ich erspare euch die Details, aber laut dieser Geschichten war er ein großartiger König, der dem ganzen Kontinent

Wohlstand und Zufriedenheit brachte. Als wir dem Ruf gefolgt sind, führte er uns direkt zur Schlossruine. Nur dass es keine Ruine mehr ist. Und …« Er machte eine Kunstpause.

Die ließ ihn in Ilais Augen endgültig unsympathisch erscheinen. Damit Esad sein Augenrollen nicht bemerkte, sah er schnell zu Boden.

»… der König ist zurückgekehrt.« Esad sah sie triumphierend an.

Die Freunde sahen sich verwirrt an. »Derselbe König von damals?«, fragte Ilai.

Esad runzelte die Stirn. »Das weiß ich nicht so genau.«

»Woher ist er gekommen?«, versuchte Ilai, ihm auf die Sprünge zu helfen.

Esad zuckte mit den Schulten. »Das weiß ich auch nicht.«

»Wieso ruft er uns? Was hat er vor?«, versuchte es Lukan.

Esad Gesicht erhellte sich. »Das sind die richtigen Fragen.« Er deutete auf Pfeil und Bogen, die aus seinem Rucksack herausschauten. »Er stellt eine Armee auf, um die Solech zu besiegen. Er ruft uns, damit wir uns ihm im Kampf anschließen.«

Ilai starrte auf die Waffe im Rucksack. Diese Antwort nahm ihm alle Luft aus den Segeln. Sie war naheliegend und sogar das, was sie sich erhofft hatten. Doch insgeheim hatte er sich gewünscht, der Ruf habe einen anderen Grund als den Krieg mit den Solech. Tiefe Enttäuschung, die er nicht recht deuten konnte, machte sich in ihm Raum. Herion würde vor Freude gleich sein Schwert schärfen, wenn sie ihm diese Nachricht überbrachten. Und Ilai machte ihm noch nicht einmal einen Vorwurf dafür. Er hatte die ganze Zeit recht gehabt. Sie würden kämpfen, und auch die Stimme war wohl genau das: ein Aufruf zum Kampf.

»Warum haben wir außer dir bisher niemanden getroffen, der vom Schloss zurückgekehrt ist?«, fragte er Esad.

Dieser schien plötzlich etwas verlegen. »Der König trainiert seine Soldaten am Schloss und gab den Befehl, dortzubleiben, bis die Armee bereit sei, gemeinsam in Richtung Osten zu ziehen. Aber ich kann nicht einfach dort sein und mein Dorf ungeschützt im

Stich lassen. Meine Brüder vertrauen darauf, dass die Armee rechtzeitig zu seiner Verteidigung kommen wird. Doch ich wollte zurück, um ihnen die Botschaft vom Krieg gegen die Solech zu überbringen. König Elouan hat es mir erlaubt. Dann können wir uns auch darauf vorbereiten, uns der Armee anzuschließen, wenn sie das Dorf erreicht.«

»Was ist mit deinen Augen?«, wiederholte Ilai seine erste Frage.

Esad sah ihn an und Ilai konnte das merkwürdige Leuchten aus der Nähe betrachten. Seine Augen strahlten von innen, was die Farben seiner Iris zum Leuchten brachte. Es war kein sehr helles, aber ein deutliches Licht. Selbst die Pupille wirkte ein wenig heller.

»Das passiert, wenn man sich dem König anschließt. Elouans Augen leuchten so hell, dass man ihn kaum ansehen kann«, erklärte er.

»Das heißt, bei allen, die sich jetzt beim Schloss befinden, leuchten die Augen so wie deine?«, fragte Lukan.

»Nein, nicht bei allen. Und sie leuchten nicht bei allen gleich stark. Bei manchen ist es heller, bei manchen nur ein leichter Schimmer.«

»Warum? Was bedeutet das Leuchten?« Ilai hatte so viele Fragen, dass er sich bemühte, sie in seinem Kopf zu sortieren, bevor er Esad völlig überforderte.

Dieser schien schon jetzt am Ende seiner Weisheit zu sein. »Das kann ich dir auch nicht erklären. Ich habe mich entschieden, mich der Armee des Königs anzuschließen und ihm zu vertrauen. Einen Moment später sagte mein Bruder, meine Augen würden leuchten. Ich habe es selbst nicht einmal bemerkt.«

»Und König Elouan hat es nicht erklärt?«, bohrte Ilai weiter.

»Nun ja …« Esad rutschte sichtlich unwohl auf der Matte hin und her. »Ich habe den König eigentlich nur einmal von Nahem gesehen und gesprochen. Das war, als ich ihn bat, schon jetzt ins Dorf zurückkehren zu dürfen. Am Schloss sind inzwischen so viele Menschen, dass man den Überblick verliert. Es ist nicht so, dass man ihn nicht sprechen darf, er ist immer irgendwo im Lager und jeder darf zu ihm gehen. Ich wusste nur nicht recht, was ich mit ihm besprechen sollte. Er ist dieser mächtige König und Anführer. Was soll ich schon zu ihm sagen?«

Das ließ Ilai verstummen. Ein Teil in ihm schüttelte fassungslos den Kopf darüber, dass Esad die Möglichkeit nicht genutzt hatte, Antworten vom König persönlich zu erhalten. Andererseits konnte er nachvollziehen, dass Esad sich nicht wichtig genug gefühlt hatte, dessen Zeit zu beanspruchen. Er bereitete eine Armee von Bauern auf einen Krieg gegen die Solech vor und hatte sicherlich Wichtigeres zu tun, als die Neugier eines Einzelnen zu befriedigen. Aber wie konnten sich ihm all diese Menschen anschließen, ohne wenigstens ein paar Erklärungen zu erhalten? Was wussten sie schon von diesem König?

»Denkst du, er hat eine Chance, die Solech zu besiegen?«, wollte Lukan nun wissen.

Esad nickte nachdrücklich. »Auf jeden Fall. Ich kann es euch nicht erklären, aber wenn er in der Nähe ist, gibt es keinen Zweifel, dass er der Herrscher des Kontinents ist. Er strahlt eine Macht aus, wie ich es noch nie erlebt habe. Und auch wenn ich nicht recht weiß, wie er aus der Menschenansammlung vor seinem Schloss eine geordnete Armee machen will, bin ich mir sicher, dass er siegen wird. In seiner Gegenwart hatte ich manchmal den Eindruck, er könnte sich der Armee der Solech auch alleine entgegenstellen. Ich glaube, er bräuchte die Armee gar nicht, um zu siegen. Doch aus unerfindlichen Gründen trainiert er sie trotzdem.«

Ilais Versuche, sich König Elouan vorzustellen, scheiterten. Von allen Menschen, die Ilai kannte, strahlte Herion die meiste Autorität aus. Doch er rief in Ilai keineswegs dieses Bild hervor, das Esad beschrieb.

»Was meinst du damit?«, hakte er nach.

»Ich werde das Gefühl nicht los, dass er die Solech alleine vernichten könnte, wenn er es wollte. Aber erklären kann ich das nicht.« Esad zuckte mit den Schultern und schien erneut etwas verlegen. »Vielleicht bin ich auch nur so beeindruckt von ihm.«

Er stand auf und schüttelte sich die Krümel vom Umhang. »Wie auch immer, es war schön, euch kennenzulernen. Ich werde mich jetzt wieder auf den Weg zu meinem Dorf machen.« Er nahm seinen Rucksack auf. »Was werdet ihr tun? Geht ihr zum Schloss?«

Lukan und Ilai sahen sich an. »Wir müssen noch überlegen, was wir tun. Vielen Dank für deinen Bericht«, antwortete Lukan schließlich und sie erhoben sich ebenfalls. »Wie weit ist es noch bis zum Schloss?«

»Je nach Wetterlage fünf bis sieben Tagesmärsche. Die Richtung kennt ihr ja«, antwortete Esad grinsend. Er winkte ihnen noch einmal zu, bevor er seinen Weg fortsetzte.

Ilai und Lukan verbrachten den ganzen Tag an ihrem Rastplatz, um zu überlegen, was sie tun sollten. Nachdem sie schon fast drei Wochen unterwegs waren, erschienen ihnen die wenigen Tage bis zum Ziel nicht mehr weit. Andererseits würden dann mindestens vier Wochen vergehen, bis sie zurück in ihrem Dorf sein könnten. Etwas anderes, als nach ihrer Ankunft beim Schloss so bald wie möglich zurückzukehren, konnten sie sich im Moment nicht vorstellen. Die Situation dort war noch viel kritischer als in Esads Heimatdorf. Wer weiß, ob in vier Wochen überhaupt noch jemand am Leben war, zu dem sie zurückkehren konnten.

Außerdem wussten sie nun, dass der König sie gerufen hatte. Das Rätsel war gelöst. Auch wenn es sich für Ilai so anfühlte, als habe er gar keine Antworten erhalten, sondern nur noch viel mehr Fragen. Doch er musste Lukan auch beipflichten, dass Esad von nichts berichtet hatte, das rechtfertigen würde, noch bis zum Schloss zu wandern. Nur seine leuchtenden Augen hinterließen Neugier bei den Freunden.

Der König bereitete die Armee vor und würde anschließend in Richtung der Berge im Osten vorrücken. Wenn er so mächtig war, wie Esad sagte, dann würde er den Sieg davontragen. Das machte ihnen zumindest Hoffnung. Aber was war bis dahin? Für einen König war es vielleicht nicht wichtig, was mit einem einzelnen Dorf passierte. Ilai nahm an, dass für ihn vermutlich das große

Bild zählte: der endgültige Sieg über die Solech. Aber für sie zählten die Leben ihrer Freunde und ihrer Familie. Wenn sie dazu beitragen könnten, dass mehr Menschen im Dorf überlebten, bis die Armee des Königs ankam, wie konnten sie dann noch zögern, zurückzukehren?

Schließlich trafen sie ihre Entscheidung. Morgen würden sie umkehren. Was sie in Erfahrung gebracht hatten, würde den Dorfbewohnern Mut machen. Sie hatten kein Recht, ihnen das vorzuenthalten.

Ilai lag die ganze Nacht wach. Eine tiefe Traurigkeit, die er nicht recht erklären konnte, erfüllte ihn. Natürlich war er ein wenig frustriert, dass er die Quelle des Rufes nach der langen Reise nicht mit eigenen Augen zu Gesicht bekommen würde. Seine Sehnsucht, den Weg zu Ende zu gehen, wurde immer stärker. Trotzdem wollte er zuerst für sein Dorf kämpfen. Sollte er sich nicht freuen, dass ihre Situation nun nicht mehr hoffnungslos war? Aber was, wenn es keine wenigen Wochen, sondern Monate oder gar Jahre dauern würde, bis die Armee käme? Der König trainierte Bauern für den Kampf. Esad hatte keine weiteren Generäle oder Kämpfer erwähnt. Es lag demnach an einer einzelnen Person, alle zu unterweisen. War das überhaupt möglich? Wer war dieser König und woher war er plötzlich gekommen? Wie konnte er alle Einwohner des Kontinents auf diese Weise rufen und was hatte es mit den leuchtenden Augen auf sich?

Je länger er grübelte, umso mehr musste sich Ilai eingestehen, dass sein Drang, der Stimme zu folgen, kein bisschen nachgelassen hatte. Es erschien ihm falsch, nun umzukehren. Doch außer einem inneren Gefühl hatte er keine Erklärung dafür. Kurz überlegte er, Lukan zu bitten, ohne ihn ins Dorf zurückzukehren. Er würde noch bis zum Schloss weiterreisen und das Dorf wäre nur eines Kämpfers beraubt. Doch schnell verwarf er den Gedanken wieder. Sein bester Freund war bis hierher treu an seiner Seite gewesen.

Nun musste er ihm treu sein und mit ihm für ihr Dorf kämpfen, bis der König kommen würde. Er würde seine Zweifel und seine Unruhe ertragen. Es gab keinen anderen Weg, ohne sich selbst zu verachten.

Kapitel 10

Yara – fünf Tage später

Sie waren noch volle fünf Tage durch das Gebirge gewandert, bis ihr Weg sie langsam, aber deutlich wieder abwärts führte. Die Lawine hatte sie so viel von ihrem Gepäck und ihren Vorräten gekostet, dass das Gehen leichter fiel. Auch durch den Verlust der zwei Wagen kamen sie schneller voran. Doch ihnen gingen das Essen und das Heu für die Pferde aus. Sie hatten das Feuerholz rationiert und es nur noch sparsam zum Schmelzen von Wasser eingesetzt. Seit sie den Schnee hinter sich gelassen hatten, waren sie so gut wie möglich einem Fluss gefolgt, der Schmelzwasser aus dem Eis des Gebirges ins Land des Ostens zu bringen schien.

Um ihre gute Stimmung aufrechtzuerhalten, erzählten sie sich Geschichten vom Land ihrer Zukunft. Sie malten sich aus, wie sie dort in der üppigen Vegetation auf dem fruchtbaren Boden, trotz des Verlustes ihrer Saat, schnell weite Felder anlegen würden. Den Überlieferungen zufolge war das Klima im Osten milder als im Südwesten des Kontinents, wo das Schloss Elouans stand.

Yara war viel neben Silas gelaufen. Im Schloss hatten sie wenig miteinander zu tun gehabt, doch jetzt schien zwischen ihnen eine starke Anziehung zu bestehen. Yara genoss es sehr, ihn immer wieder an ihrer Seite zu haben. Er hatte so viel Hoffnung für ihre Zukunft und sprach voller Elan von dem, was sie aufbauen würden.

Nathan war seit einigen Tagen noch stärker in sich gekehrt als zuvor. Er schien sich sehr zu Herzen zu nehmen, was passiert war.

Yara hatte beschlossen, ihm etwas Zeit zu geben. Jeder von ihnen ging anders damit um, dass diese Mission bisher wesentlich schwieriger verlaufen war, als sie es sich vorgestellt hatten.

Es war bereits später Nachmittag, doch keiner von ihnen wollte rasten, um das Lager aufzubauen. Weil ihnen nicht mehr viele Vorräte blieben, wollten sie lieber weitergehen. Sie hofften, hinter jeder Kurve den ersten Blick auf ihr Land zu erhaschen.

Auf einmal hörten Yara und Silas begeisterte Rufe von denen, die weiter vorne bereits eine Felsgruppe umrundet hatten. Sie hatten vereinbart, dass diejenigen, die als Erste den Ausblick auf das Land hinter den Bergen erlebten, nicht weitergehen würden, bis der Rest der Gruppe aufgeschlossen hatte. Den ersten Schritt in ihre Zukunft wollten sie gemeinsam tun.

Ein erleichtertes Grinsen breitete sich auf ihren Gesichtern aus. Sie verfielen in einen Spurt und erreichten endlich die Gruppe. Vor ihnen lag noch nicht der erhoffte Ausblick, sondern ein kleines, leicht aufsteigendes Felsplateau. Es war offensichtlich, dass dahinter das Gebirge steil abfiel, denn es waren keine weiteren Bergspitzen zu sehen. Die Luft war kalt, doch Yara konnte sich jetzt bildlich vorstellen, wie sie weiter unten im Tal im Schatten eines Baumes liegen und eine Pause mit Blick auf ihre neue Heimat machen würden.

Für einen Moment standen sie zusammen und sahen einander an, ohne ein Wort zu sagen. Früher hätte Yara zu ihrem Bruder geschaut, aber das hier war anders. Einer begann zu jubeln und die anderen stimmten mit ein, dann wandten sie sich in Richtung der Klippe. Sie ließen ihr Gepäck und die Pferde etwas unterhalb zurück, um das letzte steile Stück schneller zu bewältigen.

Vor Yara erreichten schon einige andere die Felskante und verstummten. Sie nahm an, dass sie von dem Ausblick überwältigt waren. Schnell beeilte sie sich, die letzten Meter mit Händen und Füßen hinaufzuklettern. Ihr Herz schlug schneller, als sie endlich hinübersehen konnte. Doch was vor ihnen lag, wischte jedes Lachen von ihrem Gesicht und der Jubel erstarb in ihrer Kehle, genauso wie bei ihren Freunden.

»Nein«, sagte sie. »Das kann es nicht … Wir müssen falsch gelaufen sein!«

Niemand antwortete. Vor ihnen lag das Land des Ostens, ein Irrtum war nicht möglich.

Zu ihren Füßen fiel das Gebirge in einer jähen Klippe ab, es waren sicherlich noch mehr als tausend Höhenmeter bis zu dem flachen Land unter ihnen. Unwillkürlich drückte sie sich an den Boden, auf dem sie lag, und klammerte sich mit den Händen an die Felskante. Einen Weg konnte Yara nicht erkennen. Vermutlich gab es irgendwo eine weniger steile Stelle. Sie würden ihre Vorräte noch einmal ausdehnen müssen, bis sie sie gefunden hätten. Der Fluss, dem sie gefolgt waren, wurde wenige Hundert Meter entfernt zu einem Wasserfall, der in atemberaubender Schönheit in die Tiefe stürzte. Doch so breit er hier oben war, schienen sich seine Wassermassen auf dem Weg nach unten in Luft aufzulösen.

In der Landschaft unten fehlte das Blau eines Flusses. Es fehlte auch jede weitere Farbe. Kein Grün und keine bunten Wiesen, Wälder oder Büsche durchbrachen das glitzernde Gelbgrau bis zum Horizont. Ein warmer Wind zerrte an Yaras Haaren und sie wusste intuitiv, dass er niemals nachlassen würde. Zu groß war der Temperaturunterschied zwischen der Ebene unter ihnen und den steil ansteigenden Bergen.

Eine Wüste. Ihr Land war eine flache Wüste aus Steinen und Sand bis zum Horizont, die unter einem wolkenlosen Himmel flimmerte und nichts versprach als Trockenheit und Entbehrung.

Ilai – einige Tage später

Nachdem sie ihre Entscheidung getroffen hatten, machten Ilai und Lukan auf dem Rückweg zum Dorf so wenig Pausen wie möglich und schliefen nachts nur so viel, wie unbedingt nötig. Sie wollten so schnell es ging zurück sein, um an der Seite der anderen zu kämpfen.

Die Freunde sprachen wenig. Zum Teil, weil sie ihre Kraft für die Wanderung brauchten, aber auch, weil Ilai fürchtete, dass Lukan sich Vorwürfe machte, das Dorf überhaupt verlassen zu haben. Mehrmals versuchte er, seinen Freund darauf anzusprechen, doch jedes Mal verließ ihn der Mut. Lukan war wochenlang mit ihm durch das Land gewandert, nur weil Ilai unbedingt wissen wollte, was es mit diesem Ruf auf sich hatte. Je länger sie schwiegen, umso mehr war er der Überzeugung, dass Lukan ihm nicht würde verzeihen können.

Nur noch wenige Tage vom Dorf entfernt, saßen sie abends erschöpft am Feuer und starrten in die Flammen. Sie hatten kaum noch Vorräte, wollten so kurz vor dem Ziel aber keine Zeit damit verschwenden, in einem Dorf haltzumachen. Ilai fielen die Augen schon fast im Sitzen zu, als Lukan ihn mit seinen Worten wieder hellwach machte. »Ich muss mich bei dir entschuldigen.«

Ilai sah ihn entgeistert an. »Du? Bei mir? Sollte nicht ich mich dafür entschuldigen, dass ich dich den ganzen Weg quer über den Kontinent geschleppt habe? Außer einer wagen Erklärung für den Ruf hat die ganze Reise nicht viele Ergebnisse gebracht.«

»Und das ist meine Schuld.«

Ilai schüttelte den Kopf und wollte zu einer Entgegnung ansetzen.

Doch Lukan unterbrach ihn mit einer erhobenen Hand. »Lass mich erst ausreden. Ich weiß, dass wir umgekehrt sind, weil ich unbedingt zurück ins Dorf wollte. Ich kenne dich. Ich wusste, dass du weitergehen wolltest. Aber die Angst, meine Familie nicht wiederzusehen, hat mich so gelähmt, dass ich ihr nachgeben musste.«

Er seufzte und rieb sich mit beiden Händen über das Gesicht. »Seit Tagen grüble ich darüber nach, ob wir einen Fehler gemacht haben. Wenn ich ehrlich bin, wächst in mir die Überzeugung, dass wir hätten weitergehen und den König selbst treffen sollen. Dieser Esad schien mir nicht die beste Informationsquelle zu sein. Vermutlich gibt es einen Grund dafür, dass er als Einziger zurückgekehrt ist. Wir können uns kaum auf das verlassen, was er uns erzählt hat, und viel war es ja auch nicht. Letztlich hat meine Angst uns davon abgehalten, das zu tun, wofür wir überhaupt losgezogen sind. Und nun haben wir fünf Wochen verschenkt.« Er ließ niedergeschlagen den Kopf hängen.

»Sie sind nicht verschenkt, wir haben zumindest eine Idee, was der Ruf bedeutet. Und wir können darauf hoffen, dass die Armee des Königs kommt«, korrigierte ihn Ilai. »Du weißt, wie viel es mir bedeutet, dass du mich begleitet hast. Es war selbstsüchtig von mir, dich nicht davon abzubringen. Ich wusste ja, wie schwer es dir fiel.«

Lukan sah ihn mit einem etwas verkniffenen Lächeln an. »Weißt du, was das Schlimmste ist? Bevor ich mich dir angeschlossen hatte, war der Ruf in mir eine leise Stimme, die ich leicht ausblenden konnte. Aber während unserer Reise habe ich zugelassen, dass sie das wurde, was mich leitet. Und jetzt kann ich sie nicht mehr zum Schweigen bringen.« Er wies in Richtung des Weges. »Wir sind fast wieder zu Hause und ich habe immer noch genauso viel Angst, meine Familie zu verlieren. Aber nun kann ich auch die Stimme nicht mehr ignorieren, die mir sagt, dass ich eigentlich woanders sein sollte.« Lukan ließ mutlos den Kopf hängen. »Es scheint, ganz egal, was ich tue, es ist das Falsche.«

Ilai suchte nach Worten, um seinen Freund aufzumuntern und ihm klarzumachen, dass es niemandem half, wenn er sich solche Vorwürfe machte. Er wollte eine Hand ausstrecken und sie Lukan ermutigend auf die Schulter legen, als die Vision zum ersten Mal außerhalb eines Traumes über ihn hinwegrollte.

Plötzlich stand er auf der Ebene nahe dem Gebirge und sah das Licht und die Dunkelheit auf sich zurollen. Die Gewaltigkeit dieser Mächte und die Unvermeidbarkeit, mit der sie aufeinanderstoßen und alles auslöschen würden, ließ ihn erschaudern. Er wollte sich vor ihnen verbergen, aber es gab kein Entkommen, keinen Schutz und er war zu klein und schwach, um irgendetwas auszurichten.

Im nächsten Moment saß er wieder mit einer ausgestreckten Hand am Feuer.

Lukan starrte ihn erschrocken an. »Was war das?«

»Ich weiß es nicht«, antwortete Ilai und ließ die Hand sinken. »Der Traum, den ich immer wieder habe, von den Wellen der Dunkelheit und des Lichtes, die nahe der Berge aufeinanderzurollen. Eben war ich wieder dort. Das ist noch nie passiert, während ich wach war.«

Lukan musterte ihn mit einem merkwürdigen Gesichtsausdruck. »Deine Augen haben kurz geleuchtet.«

»Was? So wie bei Esad? Das ergibt keinen Sinn. Er sagte, es sei das Zeichen des Königs. Warum sollten meine Augen leuchten? Ich kenne diesen König überhaupt nicht.«

»Wie ich eben sagte, ich denke nicht, dass Esad eine verlässliche Quelle ist.« Lukan machte eine nachdenkliche Pause. »Dieser Traum, wenn er dich jetzt schon als Vision heimsucht, während du wach bist, hat er vielleicht doch mehr Bedeutung, als wir dachten? Vielleicht hat er etwas mit diesem Licht des Königs zu tun?«

Ilai zuckte mit den Schultern. Es war ihm nicht gleichgültig, im Gegenteil. Aber er hatte sich schon so viel darüber den Kopf zerbrochen, dass er nicht wusste, welche neuen Gedanken ihm dazu noch kommen könnten. »Ich weiß es nicht. Ich hoffe nur, so etwas wie eben passiert nicht wieder. Vor allem nicht, während ich gerade etwas Wichtiges tue.«

Lukan grinste und malte sich offensichtlich aus, in welchen unangenehmen Situationen Ilai plötzlich leuchtende Augen bekommen und nicht mehr ansprechbar sein könnte.

»Sprich es lieber nicht aus«, mahnte Ilai lachend, und war froh, dass das merkwürdige Schweigen zwischen ihnen gebrochen war. Noch viel erleichterter war er jedoch darüber, dass Lukan ihm keine Vorwürfe machte. »Was du vorhin gesagt hast, darüber, dass es deine Schuld ist, dass wir nicht weitergegangen sind: Das ist nicht wahr. Ich habe darüber nachgegrübelt, ob ich ohne dich weitergehen sollte. Doch ich hatte genauso viel Angst wie du, irgendwann mit leeren Händen in ein zerstörtes Dorf zurückzukehren.«

Er blickte zu Boden. »Um ehrlich zu sein, war ich mir sicher, dass du mir vorwerfen würdest, dich überhaupt zu dieser Suche mitgenommen zu haben. Ich hätte dich damals überzeugen sollen, im Dorf zu bleiben.«

Lukan lächelte schief. »Wir haben beide unsere eigenen Entscheidungen getroffen. Ich saß in dieser Nacht aus freien Stücken vor deiner Tür. Während du in deinem Bett gelegen hast.«

Ilai nickte zustimmend. »Das ist wahr. Ich kann ja nichts dafür, dass du nicht geklopft hast.«

Eine Weile saßen sie schweigend nebeneinander am Feuer. Doch es war nicht mehr das düstere Schweigen der letzten Tage, sondern wieder die vertraute Stille einer langen Freundschaft.

»Wir sollten schlafen. Wenn wir weiter so schnell vorwärtskommen, sollten wir in zwei oder drei Tagen zurück im Dorf sein«, durchbrach Lukan schließlich die Stille.

Sie rollten ihre Decken nah am Feuer aus, die Rucksäcke und Lukans Schwert griffbereit neben ihren Köpfen. Das war tatsächlich eine der guten Seiten ihrer Wanderung gewesen: glücklicherweise hatten sie die Waffe nie gebraucht.

Ilai sah zu den Sternen hinauf. »Was, denkst du, werden wir im Dorf vorfinden?« Sie hatten nie laut über die Möglichkeiten gesprochen, dass im Dorf bereits passiert war, was sie befürchteten.

»Alle am Leben, hoffe ich. Ich weiß nicht, was ich tun soll, wenn ich falsch liege«, antwortete Lukan.

Obwohl ihm unendlich viele Fragen durch den Kopf gingen, forderte die Wanderung ihren Tribut und Ilai war nach wenigen Minuten eingeschlafen.

Immer schneller liefen sie den altbekannten Weg von den Feldern zum Dorf hinunter. Trotz aller Zweifel war Ilai erleichtert, wieder zu Hause zu sein. Bisher hatten sie nichts Besorgniserregendes beobachtet. Die Felder waren der Jahreszeit entsprechend abgeerntet und kahl, aber nicht niedergebrannt. Sie waren an keiner Tierherde vorbeigekommen. Wahrscheinlich hatten die Bauern die Tiere schon näher ans Dorf geholt. Als sie aus dem kleinen Waldstück zwischen Feldern und Dorf traten, erwarteten sie, von den gewohnten Geräuschen empfangen zu werden und den Rauch der Kamine aufsteigen zu sehen.

Stattdessen lag das Dorf verlassen vor ihnen. Weder von Menschen noch von Tieren waren Lebenszeichen erkennbar. Als sie die ersten Häuser passierten, stellten sie fest, dass es nicht danach aussah, als sei das Dorf in Eile und auf der Flucht verlassen worden. Die Fensterläden waren geschlossen, die Bänke fortgeräumt und die Türen verriegelt. Die Ställe waren ausgekehrt und in Herions Schmiede waren alle Werkzeuge sorgfältig an ihren Ort geräumt worden.

»Sie sind fort«, stellte Lukan fest. »Sie haben das Dorf verlassen. Was muss passiert sein, damit ihnen das als die einzige Möglichkeit erschien? Herion war doch so entschlossen zu kämpfen. Sie alle wollten das Dorf verteidigen!«

Ilai war ebenso erstaunt. Nirgends waren Kampfspuren zu sehen. Solange es etwas zu holen gab, ließen die Solech ihre zerstörerische Wut normalerweise noch nicht an den Dörfern aus. Sie wollten ja bei ihrem nächsten Raubzug neue Vorräte vorfinden. Erst, wenn sie einen Landstrich so beraubt hatten, dass die Menschen dort keine Chance mehr hatten, weiter zu überleben, machten sie alles dem Erdboden gleich und rückten weiter vor. Waren ihre Freunde und ihre Familien weiter nach Westen gezogen, um diesem Schicksal zu entgehen? Und warum waren sie ihnen dann nicht begegnet?

Ilai und Lukan standen auf dem Dorfplatz und wussten nicht, was sie nun tun sollten, als sie plötzlich Schritte hinter sich hörten. Erschrocken drehten sie sich um und Lukan griff nach seinem Schwert.

Doch zwischen den Häusern trat kein Solech hervor, sondern Lukans Schwager Meli. »Lukan, Ilai, wie schön euch zu sehen!« Er schloss sie kurz in die Arme.

»Ich bin so froh, dich zu sehen, Meli. Wo sind alle? Geht es euch gut? Was ist passiert? Warum ist das Dorf verlassen?«, fragte Lukan.

Meli drehte sich wieder um und erst jetzt bemerkte Ilai, wie angespannt er wirkte. »Kommt mit, schnell!«, rief er ihnen über die Schulter zu.

Ilai und Lukan folgten ihm, ohne weitere Fragen zu stellen. Meli führte sie eiligen Schrittes in den Wald. Erst, als sie tief im Dickicht waren, schien er sich zu entspannen und wurde langsamer. Er folgte einem kaum sichtbaren Pfad durch das kahle Gestrüpp. Ohne seine Führung hätten Ilai und Lukan diesen Weg sicherlich nicht finden können.

Schließlich betraten sie eine große Lichtung. An ihrem Rand waren behelfsmäßige Unterstände gezimmert worden und auf der Lichtung waren Baumstämme verteilt, die als Bänke dienten. Das ganze Dorf war dort versammelt. Sie saßen in Gruppen zusammen und überall lagen Gepäckstücke und Decken. Zwischen ihnen wuselten die Kinder umher, spielten Fangen und hatten auch ein paar Bälle dabei. Auf einer Seite der Lichtung waren die wenigen Pferde angebunden, die das Dorf noch besaß. In der Mitte brannten mehrere kleine Feuer. Einige Männer und Frauen schienen damit beschäftigt zu sein, etwas zu essen zuzubereiten.

Lukan und Ilai standen verblüfft am Rand der Lichtung, als Irina, Lukans Schwester, auf sie zugerannt kam. Sie drückte im Vorbeigehen kurz die Hand ihres Mannes, dann zog sie erst Lukan in eine feste Umarmung, danach Ilai. »Ihr seid zurück. Ich bin so froh, dass es euch gut geht!«

»Du glaubst gar nicht, wie froh ich bin, euch zu sehen«, sagte Lukan. »Was ist das hier?«

Meli wollte gerade zu einer Erklärung ansetzen, als Herion zu der kleinen Gruppe trat. Er musterte Ilai und Lukan. »Ihr seht nicht aus, als ob ihr gefunden hättet, wonach ihr gesucht habt«, stellte er fest und gab beiden die Hand. Dann kniff er die Augen zusammen. »Bleibt ihr?«

Ilai und Lukan nickten ohne zu zögern. Welche Zweifel auch immer an ihnen nagten, sie hatten sich entschieden, ins Dorf zurückzukehren und würden es an der Seite der restlichen Dorfbewohner verteidigen.

Herion nickte zufrieden. »Dann kommt, ich werde euch auf den neuesten Stand bringen.«

Sie folgten ihm zu einem der kleinen Feuer und setzten sich auf zwei gegenüberliegende Holzstämme. Für einen Moment fühlte Ilai sich wie früher, wenn Herion ihnen wieder einmal die Leviten gelesen hatte. Doch er schob den Eindruck bewusst beiseite. Auch Meli gesellte sich zu ihnen.

»Nachdem ihr weg wart, kamen die Solech innerhalb von wenigen Tagen gleich zwei Mal. Sie haben die Hälfte des Viehs mitgenommen, bevor wir überhaupt reagieren konnten«, begann Herion.

»Zumindest haben sie dadurch keinen Anlass gehabt, ins Dorf zu kommen«, warf Meli ein.

Herion nickte und fuhr fort. »Wir hatten zu wenig Vorbereitungszeit, um uns zu wehren. Zuerst müssen wir mehr Waffen bauen und zumindest ein wenig damit trainieren ... Außerdem können wir nicht im Dorf gegen sie kämpfen, sonst werden sie am Ende die Kinder und die Alten töten, wenn wir sie nicht in die Flucht schlagen können. Wir brauchten mehr Zeit.«

Er sah zu Ilais Überraschung Meli an, der weiter berichtete. »Wir haben uns mit den Dörfern in der Region zusammengetan. Ihnen geht es genauso wie uns. Wenn wir zusammenarbeiten, haben wir die beste Chance.«

»Es war Melis Idee«, erklärte Herion.

»Aber Herion hat sie von unserem Plan überzeugt«, sagte Meli.

Herion deutete auf die Lichtung. »Im Wald haben wir mehrere Tage nach einem Platz wie diesem gesucht. Gruben für die Vorräte auszuheben und Unterstände zu bauen, hat noch einmal zwei kostbare Tage gedauert. Zum Glück sind die Solech in dieser Zeit nicht aufgetaucht. Wir haben alles gepackt, was noch übrig war.

Das Dorf haben wir so hinterlassen, dass die Solech glauben müssen, wir seien vor ihnen geflüchtet. Wir hoffen, dass sie dem Dorf deshalb keinen Schaden zufügen.«

»Was habt ihr mit den übrigen Tieren gemacht?«, fragte Lukan mit einem Stirnrunzeln. Er dachte vermutlich an seine Herde. Sie war nicht groß gewesen, doch er hatte sich in den letzten Jahren gut um sie gekümmert und die Tiere lagen ihm am Herzen. Es war ihm nicht leichtgefallen, sie einfach zurückzulassen.

Meli sah ihn traurig an. »Wir haben alle übrigen Tiere geschlachtet. Es tut mir leid, Lukan. Ansonsten wären sie den Solech in die Hände gefallen. Wir konnten sie ja nicht hierher mitnehmen. So wird ihr Fleisch uns nun hoffentlich über den Winter retten.«

Lukan ließ den Kopf hängen, nickte aber. »Natürlich. Ich hätte ebenso entschieden, wenn ich da gewesen wäre.«

Ilai sah sich noch einmal auf der Lichtung um. »Das ist ein guter Plan«, stellte er fest. »Dennoch wird es schwierig, den Winter hier draußen zu überstehen. Selbst wenn wir die Unterstände zu Hütten ausbauen können, werden wir nicht monatelang hier aushalten können.«

Herion nickte. »Wir sind nicht die ganze Zeit hier draußen. Die fünf anderen Dörfer in der Gegend haben sich ähnliche Rückzugsorte im Wald geschaffen. Wir nehmen immer nur das Nötigste mit zurück ins Dorf und halten uns bereit, jederzeit wieder zu verschwinden. Mit den anderen Dörfern zusammen haben wir eine Spähtruppe gebildet. In Schichten beobachten sie mit unseren schnellsten Pferden die Wege von den Bergen bis hierher. Wenn einer von ihnen die Solech bemerkt, benachrichtigt er die anderen, und die warnen ihre Dörfer. Dann ziehen sich alle in den Wald zurück.«

»So haben wir inzwischen drei Besuche der Solech ohne Verluste überstanden. Sie haben nichts vorgefunden und sind weitergezogen. Wir haben ein paar Tage hier ausgehalten, dann sind wir ins Dorf zurückgekehrt.« Meli wirkte zu Recht stolz auf das, was sie geschafft hatten.

Ilai konnte spüren, dass die Menschen auf der Lichtung nicht mehr so sehr in Angst lebten. Sie hatten wieder Hoffnung, weil sie einen Weg gefunden hatten, sich vor den Solech zu schützen. Dennoch ahnte er, dass dies nur eine Zeit lang gut gehen würde.

Lukan schien die gleichen Gedanken zu haben. »Ich bin beeindruckt. Als wir gegangen sind, hatten wir keine Idee, was wir tun sollen. Innerhalb weniger Wochen habt ihr dafür gesorgt, dass wir genug Vorräte haben, um den Winter zu überleben. Aber ihr habt auch Glück gehabt. Irgendwann wird eine Gruppe Solech an den Spähern vorbeikommen, oder wir werden das Dorf nicht schnell genug verlassen können. Und wenn sie uns einmal an diesen Ort hier gefolgt sind, werden sie uns vernichten.«

Herion nickte. »Außerdem haben wir das Problem nur an die nächste Region weitergegeben. Wenn sie hier nichts mehr finden, werden sie weiter ins Landesinnere ziehen und die Dörfer dort überfallen. Das dürfen wir nicht zulassen.«

Ilai und Lukan sahen Herion gespannt an. Ilai ahnte, dass ihm seine folgenden Worte nicht gefallen würden.

»Wir planen einen Hinterhalt«, verriet der.

Für einen Moment herrschte Schweigen. Herion wartete offenbar auf eine Reaktion. Ilai bemühte sich, seine Angst nicht zu sehr durchscheinen zu lassen. Was hatte er denn erwartet? Er hatte die ganze Zeit gewusst, dass er würde kämpfen müssen. Vielleicht hatte er kurz gehofft, dass sie sich einfach auf dieser Lichtung würden verstecken können, bis der König mit seiner Armee eintraf.

»Ihr glaubt, ihr könnt sie im Kampf besiegen?«, fragte Lukan. Er hörte sich nicht ängstlich an, doch in seinen Worten klang Zweifel mit.

»Nicht im direkten Kampf«, gab Herion zu. »Wir müssen sie überraschen, in kleinen Gruppen zuschlagen, und uns dann so schnell wie möglich wieder zurückziehen. Wir kennen die Wälder besser als sie und ich bezweifle, dass sie überhaupt die Notwendigkeit sehen, sich zu verstecken. Sie verlassen sich auf ihre Überlegenheit im Kampf. Das ist unsere einzige Chance.«

Ilai akzeptierte resigniert, dass es darauf hinauslaufen würde, gegen die Solech zu kämpfen. Allein beim Gedanken daran wurde ihm schlecht.

»Aber nun zu euch«, sagte Herion und lehnte sich etwas zurück. »Habt ihr etwas über den Ruf in Erfahrung bringen können? Wohin sind alle gegangen, die ihm gefolgt sind?« Er runzelte die Stirn. »Und warum seid ihr wieder hier, während von den anderen kein Einziger zurückgekehrt ist?«

Ilai überließ Lukan die Berichterstattung. Herion wirkte erleichtert, als Lukan von der Armee des Königs sprach. Letztlich war auch ihm klar, dass sie ohne Unterstützung keine Chance hätten, die Solech endgültig zu besiegen. Sie würden ihr Ende nur hinauszögern.

»Da ist also ein König, der eine Armee bereitmacht, um die Solech zu besiegen? Das hört sich zwar etwas verrückt an, aber verrückt ist genauso diese Stimme, die uns in der Nacht ruft. Wann wird er hier sein?«, fragte Herion.

Lukan zuckte etwas hilflos mit den Schultern. »Wir wissen es nicht. Ehrlich gesagt wissen wir ziemlich wenig, dafür, dass wir fast fünf Wochen unterwegs waren. Wir haben keine Erklärung für den Ruf, keine Idee, welche Strategie der König verfolgt, oder wann er plant, in den Kampf zu ziehen. Zudem sind wir nicht sicher, wie sehr wir uns auf Esads Bericht verlassen können. Vielleicht hätten wir nicht umkehren, sondern den König selbst aufsuchen sollen. Aber wir konnten den Gedanken nicht aushalten, dass bis dahin vielleicht keiner mehr von euch am Leben wäre.«

»So wie die Dinge gerade stehen, bin ich froh, dass ihr hier seid. Jeder zusätzliche Kämpfer wird uns helfen.« Er zwinkerte ihnen zu. »Vielleicht verleiht euer König uns am Ende einen Orden für die Verteidigung dieser Region. Kommt, ich zeige euch die bisherigen Pläne für den Hinterhalt und die Waffen, die wir hergestellt haben.«

Sie standen auf. Ilai und Meli folgten Herion und Lukan zu einem der Unterstände. Im Gehen legte Herion Lukan eine Hand auf die Schulter. »Ich will deine Meinung dazu hören, Lukan. Ich hatte immer das Gefühl, dass du ein guter Stratege bist.«

Ilai blieb verblüfft stehen. »Irgendwie hätte ich nicht erwartete, dass Herion …«

»Ein so guter Anführer ist?«, beendete Meli seinen Satz. Er steckte die Hände in die Hosentaschen und sah Lukan und Herion hinterher. »Er hat ein gutes Gespür dafür, wer für welche Aufgaben geeignet ist. Und er hat kein Problem damit, ihnen diese Aufgaben zu überlassen. Im Gegenteil, ich hatte bisher noch kein einziges Mal den Eindruck, dass er es genießen würde, anderen zu sagen, was sie zu tun hätten. Er hört gut zu und macht sinnvolle Vorschläge. Auf diese Weise hat er sogar die anderen Dörfer überzeugt, bei dem geplanten Hinterhalt mitzumachen.«

»Aber ihr habt nie darüber gesprochen, ob er der offizielle Anführer ist?«, fragte Ilai.

Meli schüttelte den Kopf. »Nein. Auch mit den anderen Dörfern haben wir nicht darüber gesprochen, wer im Zweifelsfall die Entscheidungen trifft und die Verantwortung übernimmt.«

Ilai kratzte sich am Kopf. »Ich bin vielleicht nicht der Richtige, um mich da einzumischen, aber ich denke, das sollten wir klären. Auch wenn ich der Letzte bin, der in den Kampf ziehen will, müssen wir wissen, wessen Befehlen wir folgen, wenn es darauf ankommt.«

Meli musterte ihn von der Seite. »Vielleicht bist du ja genau der Richtige, das vorzuschlagen. Jeder weiß, dass Herion und du immer eher … unterschiedlicher Meinung wart. Niemand wird meinen, dass er dich geschickt hätte.«

Meli wurde von seinem Sohn gerufen, der gerade mit anderen Kindern versuchte, aus einigen Holzscheiten eine Wippe zu bauen. Ilai gesellte sich zu Herion und Lukan, die mittlerweile an einem Holztisch über eine Karte gebeugt standen.

Gerade, als es darum ging, wo der Hinterhalt geplant war, brach die Vision erneut mit voller Wucht hervor und riss Ilai mit sich. Ein kleiner Teil von ihm blieb sich dieses Mal bewusst, wo er sich gerade befand. Doch er konnte sich nicht dagegen wehren, sich erneut dort auf der Ebene zu finden, während Licht und Dunkelheit auf ihn zurollten. Die rohe Gewalt eines unaufhaltsamen Zusammenstoßes nahm ihm die Luft zum Atmen. Kurz bevor er von den Wellen verschlungen wurde, endete die Vision genauso plötzlich, wie sie begonnen hatte.

Schwer atmend stützte Ilai sich auf dem Tisch ab. Als er wieder aufsah, starrte Herion ihn an, während Lukan ihn nachdenklich musterte.

»Was war das denn?«, fragte Herion. »Was ist da eben mit deinen Augen passiert?«

Ilai rieb sich mit einer Hand die Augen. »In dieser Nacht vor Monaten, als der Ruf zum ersten Mal alle weckte, hatte ich einen merkwürdigen Traum, in dem Dunkelheit und Licht aufeinanderprallten. Der Traum hat sich seitdem mehrmals wiederholt. Seit ein paar Tagen sehe ich die Bilder auch, wenn ich wach bin. Ich kann es nicht beeinflussen, es passiert einfach. Offenbar leuchten währenddessen meine Augen. Ich habe keine Erklärung dafür. Und es ist ehrlich gesagt nicht sehr angenehm. Es fühlt sich jedes Mal an, als stünde ich kurz davor, durch den Zusammenstoß von Licht und Dunkelheit vernichtet zu werden. Weil ich das seit Monaten erlebe, habe ich mich ein wenig daran gewöhnt.«

Herion musterte ihn für einen Moment nachdenklich. »Ist da irgendetwas in dem Traum, das uns helfen könnte?«

Ilai zuckte hilflos mit den Schulten. »Ich weiß nicht, was er bedeutet.«

In diesem Moment brach ein Späher durch das Gebüsch am Rande der Lichtung. »Sie sind im Dorf«, rief er.

Sofort löschten einige die noch brennenden Feuer und Stille fiel über die Lichtung. Selbst die Kinder rannten sofort zu ihren Eltern und schienen zu verstehen, dass sie still sein mussten.

Herion nahm das Schwert, das auf dem Tisch lag, und nickte Meli und zwei weiteren Männern wortlos zu. Diese nahmen sich jeder einen Speer und folgten ihm ins Gebüsch.

Es fühlte sich für Ilai wie eine Ewigkeit an, war aber vermutlich weniger als eine Stunde, bis sie zurückkehrten. Schon als sie aus dem Wald traten, sah Ilai ihren erleichterten Gesichtern an, dass der Plan erneut aufgegangen war.

»Sie sind fort!«, rief Herion über die Lichtung.

Alle erhoben sich erleichtert und brachen in Jubel aus.

Ilai und Lukan saßen noch immer im Unterstand bei der Karte, als Herion und die anderen Männer dort hinkamen und ihre Waffen ablegten. Bei näherem Hinsehen sah Herion jedoch sehr angespannt aus.

»Was ist los?«, fragte Ilai.

Herion kratzte sich an der Stirn und starrte auf die Karte. »Ich kann es nicht erklären, aber ich glaube, sie haben unseren Plan durchschaut.«

»Wie kommst du darauf?«, fragte Meli und setzte sich an den Tisch.

Herion setzte sich ebenfalls. »Es war die Art, wie sie sich Zeit genommen haben, als sie durch das Dorf gegangen sind. Sie haben nicht nach Lebensmitteln gesucht. Wahrscheinlich haben sie nach Hinweisen gesucht, dass wir seit ihrem letzten Besuch im Dorf waren. Ich glaube, uns bleibt nicht mehr viel Zeit. Wenn wir den Hinterhalt erfolgreich umsetzten wollen, müssen wir es sofort tun.«

Meli nickte langsam. »Vielleicht sollten wir davor besser nicht mehr ins Dorf zurückkehren. Wenn du recht hast, und sie ahnen, dass wir uns verstecken, haben sie vielleicht Männer zurückgelassen.«

Herion nickte. »Trotzdem müssen wir noch einmal mit den anderen Dörfern die Details besprechen.«

»Wir brauchen einen Anführer«, sagte Ilai in die darauffolgende nachdenkliche Stille. Herion sah ihn überrascht an. Ilai erwiderte seinen Blick. »Wir können uns nicht auf einen Kampf mit diesen Kriegern einlassen, ohne zu wissen, wer im Zweifelsfall die Anweisungen gibt. Du hast ganz offensichtlich schon bewiesen, dass du der richtige Mann für diese Aufgabe bist. Oder kommt jemand aus den anderen Dörfern infrage? Denkt ihr, sie würden es akzeptieren, wenn Herion sie anführt?«

Meli nickte. »Ich denke, sie werden es ebenso sehen. Es geht ja nicht darum, Herion zu unserem Fürsten zu machen. Er ist jemand, der den Mut hat, Anweisungen zu geben.«

Herion zog ungewohnt verlegen den Kopf zwischen die Schultern. »Wir sind immer ohne einen Anführer ausgekommen«, sagte er.

Meli erwiderte. »Wir sind noch nie in den Krieg gezogen.« Er klopfte Herion aufmunternd auf die Schulter. »Keine Sorge, wenn das alles hier vorbei ist, werden wir dich schon daran erinnern, dass du uns nichts zu sagen hast.«

Alle am Tisch lachten und Ilai spürte Erleichterung darüber, dass diese Frage anscheinend geklärt war.

Er selbst war verunsichert, und sein inzwischen allgegenwärtiges Gefühl, am falschen Ort zu sein, wurde immer bestimmender. Doch erneut verdrängte er es. Wenn er innerhalb weniger Tage lernen wollte, mit einer Waffe umzugehen, würde er seine volle Konzentration brauchen. Er fragte sich lieber nicht, wie realistisch es war, dass überhaupt einer von ihnen diesen Hinterhalt überleben würde. Doch trotz seiner Furcht wollte auch er lieber im Kampf sterben, als von den Solech in ihrem eigenen Dorf niedergestreckt zu werden, während ihre Häuser niederbrannten.

Kapitel 11

Kanan – 4 Jahre später

Kanan verließ mit gesenktem Kopf die Ratshalle. Er wollte mit niemandem sprechen, nicht immer und immer wieder die gleiche Diskussion führen. Egal, was er bei den Ratsversammlungen vorschlug, schien es ihm immer in irgendeiner Weise als Unzufriedenheit und Kritik am Rat ausgelegt zu werden.

Es war nicht so, dass niemand im Rat seine Ideen interessant fand. Er hatte in den letzten vier Jahren auch immer wieder Mehrheiten dafür gewinnen können. Der Unterricht der Wächter und Zeugen war verändert worden, was seit Jahrhunderten nicht passiert war. Die Jugendlichen hatten nun wesentlich mehr Möglichkeiten, mitzubestimmen, in welche Richtung sie sich spezialisieren wollten. Die Lehrer hatten von erfahrenen Zeugen und Wächtern Unterstützung bei der Anleitung der älteren Klassen bekommen. Sie hatten das Archiv weiter geöffnet und die Menschen ermutigt, dort selbst zu forschen. Die Archivare berichteten nur Gutes über das, was sich dadurch verändert hatte.

Trotzdem spürte Kanan seit einiger Zeit, dass er zunehmend auf Unwillen im Rat stieß. Wenn er sich zu Wort meldete, schienen einige schon entschlossen, seine Vorschläge abzuweisen, bevor er sie ausgesprochen hatte. Eindeutiger Anführer dieser Fraktion war Clay. Er war auch der Einzige, der seine Abneigung gegen Kanan offen zeigte. Clay war ein ausgezeichneter Redner, und es gelang ihm, jede Argumentation Kanans so zu verdrehen, dass letztlich wieder die grundlegende Frage diskutiert werden musste: *Sollte ihr Volk die Regeln befolgen und auf Elouan warten, oder sollten sie versuchen, sich in irgendeiner Form auf den Weg zu machen, ihm entgegenzugehen?*

Clay war das jüngste vollwertige Ratsmitglied, aber trotzdem sehr tief in ihren Traditionen verhaftet. Dennoch verstand Kanan nicht, warum Clay ihn mit solcher Leidenschaft aus dem Rat verdrängen wollte. Ganz offensichtlich war sein erklärtes Ziel, dafür zu sorgen, dass Kanan niemals auch ein vollwertiges Ratsmitglied wurde.

Clays Worte aus der Versammlung hallten in Kanans Kopf nach. »Du wirst mit deinen Ideen unser Volk spalten und uns jede Chance nehmen, das zu tun, was unser König sich für uns wünscht!« Der Graben zwischen Clays Ansichten und seinen eigenen schien unüberwindbar zu sein.

Kanan seufzte frustriert und bog um die Ecke, den Blick noch immer zu Boden gerichtet. Plötzlich stieß er mit jemandem zusammen, der erschrocken ausrief und einen Stapel Papiere fallen ließ. Kanan ging in die Knie und bemühte sich, die Seiten einzusammeln, bevor der Wind sie wegtrug.

»Tut mir leid, ich war in Gedanken«, wandte er sich an die Person, die ebenfalls die Seiten einzufangen versuchte. Erst da bemerkte er, dass er mit Clay selbst zusammengestoßen war. Er stöhnte innerlich, setzte aber mit Mühe ein freundliches Lächeln auf.

»Schon gut«, Clay zuckte mit den Schultern und nahm ihm den Stapel Papiere aus der Hand. Kanan bemerkte erstaunt, dass sich auf Clays Gesicht nicht, wie sonst üblich, Abneigung abzeichnete, als er Kanans Blick erwiderte. Ihm wurde dann klar, dass sie noch nie außerhalb einer Ratsversammlung miteinander gesprochen hatten.

»Du magst mich nicht sonderlich«, rutschte es Kanan heraus. Er verdrehte innerlich die Augen. Das war vermutlich der schlechteste Zeitpunkt für eine solche Frage.

Clay war wohl ebenso erstaunt über Kanans Ehrlichkeit. Fast schien ein Lächeln über sein Gesicht zu huschen. Er zuckte mit den Schultern. »Wenn wir schon offen sind … Es geht mir nicht um deine Person, sondern um das, was du repräsentierst.«

»Und was ist das?«

»Du denkst, du hättest etwas zu sagen, meinst, du kannst mal eben unser komplettes Volk verändern, weil du unzufrieden bist. Wäre deine Mutter nicht Ratsmitglied, würde dir niemand zuhören. Deine privilegierte Familie sorgt dafür, dass immer einer von ihnen im Rat sitzt. Deine Mutter glaubt, sie könne ihren Sitz einfach an dich übergeben. Aber unser Volk braucht keinen wie dich, der alles nur kritisiert. Es braucht Ermutigung und Bestätigung für den Weg, den wir schon seit Jahrhunderten gehen und der uns an die Seite unseres Königs führen wird. Ich werde dafür sorgen, dass es diese Bestätigung bekommt. Einen unzufriedenen Jungen, der nicht weiß, wer er ist, können wir im obersten Führungsgremium nicht brauchen.« Er sagte all das in einem neutralen Tonfall, als spräche er über das Wetter.

Kanan war für einen Moment sprachlos. »Das war ehrlich«, brachte er schließlich heraus. »Ein unzufriedener Junge, der nicht weiß, wer er ist?«

Clay musterte ihn. »Jeder weiß, dass du die Ausbildung der Wächter nur gemacht hast, um etwas vorweisen zu können. Du hast keine Ahnung, was du für eine Begabung hast. Die Hälfte der Zeit wirkt es so, als wolltest du den Ratssitzungen gar nicht beiwohnen. Trotzdem wirst du von deiner Mutter immer schon als ihr Nachfolger gehandhabt. Du weißt weder, wer du bist, noch was du willst. Trotzdem meinst du, du hättest das Recht, die Zukunft unseres Volkes zu lenken.«

Kanan fiel nichts ein, was er darauf erwidern konnte. Clay hatte auf eine Weise mit allem recht, was er gesagt hatte. *Aber zog er nicht die falschen Schlüsse?* Die Verunsicherung musste sich auf seinem Gesicht widergespiegelt haben, denn Clay nickte nur, als fühle er sich bestätigt, wandte sich um und ging.

Kanan stand noch lange Zeit auf der Straße und sah ihm nach. Ein Teil von ihm wollte aufgeben, sich für alles entschuldigen und den Rest seines Lebens als Wächter arbeiten. Er könnte versuchen, einfach zufrieden zu sein. Der größere Teil seines Herzens wusste aber, dass das nicht möglich war. Vielleicht hatte Clay sogar mit einigem recht. Es machte ihm zu schaffen, dass er seine Begabungen nicht auf die gleiche Weise spüren konnte wie die meisten anderen. Er konnte auch nicht genau in Worte fassen, was er im Rat zu erreichen versuchte. Aber dennoch war seine innere Sicherheit darüber, dass er sich auf dem richtigen Weg befand, in den letzten Jahren gewachsen. Er tat das, was sein König in ihn hineingelegt hatte. Selbst Clays Worte würden diese Überzeugung nicht zerstören. Und in einem hatte Clay mit Sicherheit unrecht: Seine Mutter unterstützte ihn nicht, weil sie unbedingt eine weitere Generation in ihrer Familie im Rat sehen wollte. Sie war ehrlich überzeugt, dass Kanan dort hingehörte, und zwar lieber früher als später.

Als Kanan sich später auf den Nachhauseweg machte, war sein Kopf nicht mehr gesenkt. Unbeabsichtigt hatte Clay ihn dazu gezwungen, sich zu entscheiden: aufgeben oder weitermachen? Kanan war von Clays Worten verletzt, doch es gab nur einen Weg, ihm das Gegenteil seiner Überzeugungen zu beweisen: Er musste weitermachen und seine Unsicherheit aufgeben. Clay hatte ihm deutlich gemacht, dass es nicht richtig war, sich das Hintertürchen eines Wächteramtes offenzuhalten, falls sich irgendwann herausstellen sollte, dass er im Rat doch falsch war. Er musste alles riskieren, wenn er wirklich glaubte, dass er eine Veränderung in die richtige Richtung bewirken konnte.

Eine Last wich von seinen Schultern. *Es gibt keinen anderen Weg für mich*, flüsterte er und wandte sich dem Archiv zu, als ein neuer Enthusiasmus in ihm aufflammte. *Danke*, sagte er ins Licht.

Verblüfft blieb er kurz darauf stehen. Auf einmal hatte er das Gefühl, ins Licht hineinzugleiten. Alles um ihn herum verblasste. Er vergaß, wo er sich befand, und blickte in gleißendes Licht, während ihn ein Gefühl der Schwerelosigkeit erfasste.

Einen Moment später stand er wieder auf der Straße zwischen den Häusern, in der Nähe des Archives. *Was war das?* Seine Frage hallte in ihm wider. Auch die Antwort war dort, er konnte sie nur nicht verstehen. Merkwürdigerweise konnte seine sonst so drängende Neugier damit leben. Was eben passiert war, fühlte sich so richtig an. *Warum hatte er es erst jetzt erlebt?*

Du hast es zurückgehalten.

Kanan hörte die Stimme Elouans im Licht nachhallen. Ein Lächeln breitete sich auf seinem Gesicht aus.

Dann werde ich das jetzt nicht mehr tun, sagte er halb zu sich, halb an Elouan gerichtet. Dann rannte er den restlichen Weg bis zum Archiv. Etwas sagte ihm, dass er dort, mit dieser neuen Tür ins Licht, noch ganz andere Dinge entdecken würde.

Yara – 2 Jahre später

Yara formte einen Schutzwall aus sandiger Erde um das kleine Kartoffelpflänzchen. Seine Blätter waren von Staub bedeckt, aber noch trotzte es den widrigen Bedingungen. Wenn sie ihm später Wasser bringen würde, würde der Schutzwall dafür sorgen, dass es die Wurzeln der Pflanze erreichte und nicht wirkungslos davonlief. Obwohl die Temperatur gar nicht so hoch war, hatte sich durch den warmen Wind aus der Wüste bereits wieder ein Schweißfilm auf ihrer Stirn gebildet. Sand und Staub legten sich auf ihre Haut und die Haare. Sie strich sich die Strähnen aus dem Gesicht und ignorierte es.

Sehnsüchtig sah die junge Frau zu den Bergen mit ihren schneebedeckten Spitzen, die kaum einen Kilometer entfernt emporragten. Von hier aus wirkte es immer, als sei es unmöglich, die steilen Hänge zu erklimmen. Doch Yara war bereits so oft hinaufgestiegen, um zu wissen, dass es immer einen Pfad gab. Zu Beginn hatten sie keine andere Wahl gehabt. Sie mussten dort oben nach essbaren Pflanzen und Beeren suchen und kleine Tiere jagen, während sie darauf warteten, dass ihre ersten spärlichen Felder am Rande der Wüste Früchte trugen. Später war sie gegangen, um der Wüste wenigsten für einige Stunden zu entfliehen.

Meist waren Silas und sie gemeinsam aufgebrochen und hatten nach etwa fünf Stunden beschwerlichen Weges die ersten Wiesen erreicht. Dort hatten sie gesessen und auf die in der Sonne glitzernde, goldene Ebene gestarrt. Manchmal hatte sie die Erinnerung an den Tag eingeholt, als sich ihnen dieser Anblick das erste Mal geboten hatte. Yara erinnerte sich nur zu gut an ihre verzweifelte innere Verweigerung, zu akzeptieren, dass die vor ihnen liegende Wüste das Land sein sollte, das sie erreichen wollten. Ihre neue Heimat. Wenn sie ehrlich zu sich selbst sein wollte, war es eher Resignation als Akzeptanz, die sich im Laufe der vergangenen Monate und Jahre langsam in ihr Raum gemacht hatte.

Sie hatte schon vor einigen Monaten aufgehört, in die Berge hinaufzusteigen. Ihr war klar geworden, dass sie es sich damit nur schwerer machte, an diesem Ort anzukommen. Umkehren kam nicht infrage. Zu deutlich spürte sie mit jeder Faser ihres Seins, trotz aller widrigen Umstände, dass dies das Land war, in dem sie sein sollte. Auch wenn es nicht im Entferntesten so aussah, wie sie es sich erträumt hatte. Sie wusste, dass Silas immer noch regelmäßige Wanderungen in die Berge unternahm, hatte ihn aber nie darauf angesprochen. Ebenso, wie er nie kommentiert hatte, dass sie ihn nicht mehr begleitete.

Seufzend wandte sie den Blick wieder ihrer Pflanze zu und strich ihr sanft über die Blätter. Sie vermisste das Gefühl von Gras unter ihren Händen. Das sanfte Streicheln der Halme, wenn sie früher in den Hügeln ihrer alten Heimat auf dem Rücken gelegen und zu den Wolken hinaufgesehen hatte. Hier gab es keine Wolken, nur den unerbittlich blauen Himmel.

Als sie die Stimmen von Nathan und Peter hörte, die gerade um einen Felsvorsprung bogen, erhob sie sich. Die beiden trugen Lederrucksäcke mit Werkzeug und sahen so erschöpft aus, wie sie sich fühlte. Das Einzige, was den müden Ausdruck ihrer Gesichter überstrahlte, war das Leuchten ihrer Augen. Wie immer, wenn sie ihnen ins Gesicht sah, erinnerte es Yara daran, dass sie nicht alleine waren. Elouan war mit ihnen, sie waren in seinem Auftrag unterwegs. Ohne diese Gewissheit hätten sie schon lange aufgegeben.

Doch die Erinnerung an Elouan und das Leben im Schloss verblasste mit der Zeit. Yara versuchte, möglichst wenig darüber nachzudenken, wie leicht das Leben damals gewesen war.

»Die Rinne ist schon wieder verstopft.« Nathan deutete auf das Wasserversorgungssystem aus halben Baumstämmen, auf das sie so stolz waren. Ohne dieses hätten sie keine Chance gehabt, auch nur eine einzige Pflanze bis zur Frucht zu bringen.

Yara nickte. Es war ihr bereits vor einigen Stunden aufgefallen, dass kein Wasser mehr floss, doch sie hatte nichts unternommen. *Die Rinne führt bis zum Dorf, die anderen werden es schon bemerken*, hatte sie gedacht. Die Wasserversorgung war nicht ihre Aufgabe, sondern dieses Feld. Sie ließ sich wieder auf den Boden sinken, konnte sich aber nicht entschließen, weiterzuarbeiten.

Schließlich setzte sie sich unter einen der wenigen niedrigen und knorrigen Bäume, die, so nah an den Bergen, der eintönigen Wüste trotzten.

Sie starrte auf ihr Feld. Es war eine Knochenarbeit gewesen, die Flächen für den Anbau von Steinen zu befreien, die hier am Rande der Wüste zuhauf lagen. Sie hatten sie genutzt, um kleine Mauern in Richtung der Wüste zu errichten. Die hielten den sandigen Wind, der niemals ganz aufhörte, zumindest ein wenig ab. Damals waren sie so stolz auf ihre Leistung gewesen. Nun, zwei Jahre später, schien es eher wie ein weiterer hilfloser Versuch, etwas an einem Ort anzubauen, an dem nichts Bestand hatte. Alles wurde hier früher oder später unter dem Wüstensand begraben, wenn man nicht täglich dagegen ankämpfte.

Ihre mittlerweile stets gegenwärtige Resignation war wie ein innerer See, der sich immer weiter ausbreitete. Sie saß gefühlt in einem winzigen Boot ohne Ruder oder Segel. Doch es gab sowieso keinen Wind, nur Stillstand. Es gab nur Leere unter einem trüben Himmel, in völliger Stille. Sie konnte das Bild nicht abschütteln, hatte manchmal das Gefühl, einfach in Bedeutungslosigkeit dahinzutreiben. Und sie hatte keine Idee, was sie dagegen tun sollte. Zwei Jahre voller harter, körperlicher Arbeit brachten ihnen geradeso genug, um zu überleben. Es gab keine Pause. Die Tage reihten sich aneinander und unterschieden sich kaum. Da war nichts, was den Trott dieser trägen Wiederholungen unterbrach und ihnen Hoffnung geben konnte.

Sie blickte hinüber zu Silas, der hundertfünfzig Meter weiter sein Pferd ermutigte, einen einfachen Pflug durch das Feld zu ziehen. Er war in den letzten beiden Jahren gealtert. Sein dunkles, dichtes Haar ließ an den Schläfen erste graue Strähnen aufblitzen. Die Haut war von der täglichen Arbeit in der Sonne gegerbt. Seine Lachfältchen an Augen und Mundwinkeln, die sie so mochte, waren tiefer geworden. *Wann hatte sie ihn zum letzten Mal lachen gehört?* Sie konnte sich nicht erinnern. In den vergangenen Monaten hatten sie nur noch über Belanglosigkeiten miteinander gesprochen.

Die stundenlangen Gespräche über ihre Träume und Pläne für die Zukunft lagen schon lange zurück. Nathan hatte seine Schwester eine Weile lang damit aufgezogen, wie unzertrennlich die beiden gewesen waren. Noch immer verbrachten sie die meiste Zeit des Tages zusammen. Doch ihr wurde bewusst, dass sie inzwischen keine Ahnung mehr hatte, was in Silas Kopf vorging. *Hatte er sich zurückgezogen? War sie es gewesen, die abends keine Worte mehr übriggehabt hatte?* Vor Monaten hatten sie darüber gesprochen, eine Familie gründen zu wollen. Später, wenn sie einen Ort aufgebaut hätten, an dem man sich um eine Familie kümmern konnte und nicht jede Minute des Tages damit gefüllt war, ums Überleben zu kämpfen. *Aber wann würde das sein?* Sie blickte zu den kümmerlichen Pflanzen ihres Feldes. *Wollten sie wirklich darauf warten?*

Zum ersten Mal seit Langem verspürte sie den Drang, sich nach dem Licht in ihrem Inneren auszustrecken. Früher war diese Verbindung für sie so automatisch wie das Atmen gewesen. Es war für sie immer selbstverständlich gewesen, auf diese Art mit Elouan in Kontakt zu sein und seine Stimme zu hören. Doch nun waren Tage und Wochen vergangen, seit sie zum letzten Mal die Kraft gespürt hatte, die sie durchströmte, wenn sie das Licht berührte. Als diese sie jetzt wieder erreichte, schloss sie erleichtert die Augen und ließ den Kopf gegen den knorrigen Stamm des Baumes sinken, an dem sie saß. Endlich atmete sie wieder freier. Ein Teil der Last fiel von ihren Schultern.

Tut mir leid, dass es so lange gedauert hat, flüsterte sie in das Licht.

Ich bin da, kam Elouans Antwort. Er hatte keinen Vorwurf oder Ärger in seiner Stimme.

Danke, sagte Yara schlicht und spürte, wie ein Teil ihrer Resignation wich. *Nächstes Mal warte ich nicht so lange!*

Sie spürte Elouans Hand auf ihrer Schulter, sein Nicken. *Gut.*

Und mit diesen wenigen Worten war die Distanz zwischen ihnen wieder weggewischt. Sie spürte seine Gegenwart, als säße er direkt neben ihr. So war es mit Elouan immer gewesen. Wenn sie sich an ihn wandte, war er da.

Unwillkürlich kam ihr die Erinnerung an ihren Urgroßvater, der noch gelebt hatte, bis sie fünf oder sechs gewesen war. Streng genommen war er ihr Ururururgroßvater, aber da ihre Urgroßeltern schon gestorben waren, als sie geboren war, hatte er diesen Platz eingenommen. Der alte Mann hatte die gleiche bedingungslose Annahme wie Elouan ausgestrahlt. Als kleines Mädchen war sie fast täglich zu seinem Sitzplatz auf einer Bank vor seiner kleinen Hütte am Rande der Palastgärten gelaufen und hatte sich auf seinen Schoß ziehen lassen. Damals musste er deutlich über Hundert gewesen sein.

Er hatte ihr immer spannende Geschichten aus der Zeit erzählt, in der Elouan mit seiner Armee den Kontinent befreit hatte. Einmal hatte sie ihre Eltern belauscht, die sich Sorgen gemacht hatten, ob diese Geschichten vom Krieg das richtige für ein Kind waren, doch ihr hatten sie nie Angst gemacht. Sie waren angefüllt von Urgroßvater Ilais Vertrauen in Elouan gewesen. Mehr als einmal war sie zu seiner Bank gelaufen und hatte die beiden dort lachend nebeneinandersitzend angetroffen. Sie hatte sich einfach zwischen sie gesetzt und ihren Gesprächen gelauscht. Diese Momente waren einige der schönsten ihrer Kindheit gewesen. Sicherlich hatten sie ihre unbeschwerte Beziehung zu Elouan sehr beeinflusst.

Eines Tages hatten ihre Eltern ihr mitgeteilt, dass ihr Urgroßvater Ilai gestorben sei und Elouan selbst ihn begraben hätte. Sie war traurig gewesen, hatte seine Gesellschaft und seine Geschichten vermisst, aber irgendwie hatte sie gewusst, dass es ihm gut ging und er glücklich war, dort, wo er war.

Die wenigen Worte mit Elouan und die Erinnerung an den Frieden, den ihr Urgroßvater immer ausgestrahlt hatte, halfen ihr, sich etwas von der inneren Gleichgültigkeit zu befreien. Zum ersten Mal seit Längerem spürte sie so etwas wie Hoffnung. Und mit der Hoffnung keimte ein klein wenig ihrer alten Entschlossenheit wieder auf. So konnte es doch nicht weitergehen.

Sie stand auf und ging in Silas Richtung. Plötzlich sehnte sie sich danach, ein echtes Gespräch mit ihm zu führen. Wie früher seine Gedanken zu hören und ihm von ihren zu erzählen. Völlig unvermittelt regte sich auch wieder der Wunsch, in ihrer Beziehung endlich einen Schritt weiterzugehen, anstatt noch länger auf etwas Unbestimmtes zu warten. Wenn sie Veränderung wollten, mussten sie Entscheidungen treffen. Sie klammerte sich an diese innere Regung und wollte sie mit ihm teilen, bevor sie wieder von der Realität des Alltags verschluckt würde.

Silas blickte erst auf, als sie das Pferd mit einer Hand auf dem Hals zum Stehen brachte. Er hatte abwesend den Boden nach Steinen abgesucht, die den Pflug beschädigen könnten, und sie gar nicht bemerkt. Abwartend sah er sie an, erwiderte ihr Lächeln mit kaum mehr als dem Zucken eines Mundwinkels, auch wenn er dankbar für die Unterbrechung schien.

Für einen Moment musterte sie sein Gesicht. Sie kannte jeden Fleck, jede Furche, jede Falte, die in den letzten Jahren hinzugekommen war. Sie kannte seine Augen, das helle Braun, das in der Mitte von goldenen Schattierungen durchzogen war, die durch das sanfte Leuchten noch mehr zur Geltung kamen. Sie spiegelten die gleiche Resignation, die auch Yara so gut kannte. In diesem Moment wünschte sie sich nichts sehnlicher, als sie aus seinem Blick verschwinden zu sehen und das alte Feuer wieder zu entdecken, von dem sie wusste, dass es ein Teil von ihm war.

»Wir müssen reden«, sagte sie schließlich.

Silas wirkte nicht überrascht, nickte nur, als habe er schon länger auf diesen Moment gewartet. Er ließ die Zügel des Pferdes fallen, um danach die Schlingen zu lösen, die es mit dem Pflug verbanden. Sie mussten sich keine Sorgen machen, dass es davonlaufen würde. Es gab nichts, wohin sie gehen konnten, das wussten auch die Pferde.

In stillem Einverständnis legten sie die wenigen Minuten Weg bis zum Rand der Felder zurück und ließen sich dort auf einem Stein mit Blick auf die Wüste nieder. Die wenigen gedrungenen Bäume und zähen Büsche wurden immer niedriger, bis auch sie schließlich aufhörten. Den Boden überließen sie der Wüste und den wenigen, winzigen Lebewesen, die dort überlebten. Für das seltene Fleisch, das ihre Mahlzeiten ergänzte, jagten sie Kaninchen und ähnliche Kleintiere, die am Fuß der Berge in den Felsen lebten.

Silas ließ Yara Zeit, ihre Gedanken zu sammeln. Er war schon immer geduldig gewesen. Die Jahre an diesem Ort hatte diese Eigenschaft nur verstärkt. Es war eine der Fähigkeiten, die Yara so an ihm schätzte.

»Das haben wir schon lange nicht mehr gemacht«, sagte sie schließlich.

»Ich weiß.«

Yara sah Silas überrascht an. »Du bist mir absichtlich aus dem Weg gegangen?«

Silas drehte sich ihr zu und nahm ihre Hand. »Ich bin dir nicht aus dem Weg gegangen. Ich wollte dich nur nicht mit meinen Gedanken belasten. Du schienst mit deinen eigenen genug zu tun zu haben.«

Yara sah etwas beschämt zu Boden. »Tut mir leid. Das habe ich gar nicht bemerkt. Ich war einfach nur so frustriert.«

Silas stieß mit seiner Schulter sanft gegen ihre. »Ich hätte dich ja fragen können. Mir tut es auch leid.«

Yara legte ihren Kopf auf seine Schulter. Gemeinsam sahen sie zur Wüste hinaus.

»Was hat dich die letzten Wochen über beschäftigt?«, fragte sie.

Silas seufzte, als könne er sich nicht recht entschließen, es auszusprechen. »Ich grüble die ganze Zeit darüber nach, was das hier soll. Warum hat uns Elouan hierhergeschickt? Was versuchen wir hier zu erreichen? Das führt doch nirgends hin.« Er deutete hinter sich zu den Feldern. »Wir hängen doch alle in der Sinnlosigkeit dieser Aufgabe fest. Nichts geht vorwärts. Ein schlimmer Sandsturm, der unsere Ernte vernichtet, und wir stehen wieder am Anfang. So kann es doch nicht weitergehen.«

Yara nickte. »Das denke ich auch. Wir können nicht länger darauf warten, dass alles besser wird. Wir müssen Entscheidungen treffen!«

Silas schien erleichtert über ihre Antwort und etwas von seiner alten Lebhaftigkeit schien zurückzukehren. »Du kannst dir nicht vorstellen, wie froh ich bin, dass du das auch so siehst! Ich hatte immer das Gefühl, du bist Elouan so treu ergeben, dass ich mich nicht traute, etwas zu sagen.«

Yara hob irritiert den Kopf. »Wie meinst du das? Was hat das damit zu tun?«

Silas legte ihr beschwichtigend eine Hand auf die Schulter. »Das sollte keine Kritik sein. Ich bin nur überrascht, dass du bereit bist, seinen Auftrag anzuzweifeln.«

Yara rutschte unwillkürlich ein wenig von ihm weg. Das Gespräch lief in eine völlig andere Richtung, als sie gewollt hatte. »Wovon redest du?«, fragte sie vorsichtig und versuchte, nicht zu ablehnend zu klingen. Sie wollte doch nur wieder die alte Vertrautheit zwischen ihnen spüren.

Silas stand auf und ging beim Sprechen auf und ab, als habe ihn eine plötzliche Unruhe erfasst. »Ich muss aus dieser Eintönigkeit raus, ich ertrage das nicht länger. Ich weiß schon lange nicht mehr, was ich hier eigentlich tue. Weshalb arbeite ich mich in einer Wüste zu Tode, die nicht dafür gemacht ist, dass hier Menschen überleben? Und alles nur, um einem Befehl zu folgen, der noch nie wirklich Sinn gemacht hat.«

Er blieb stehen und warf die Hände in Richtung der sandigen Ebene. »Was sollen wir hier? Für wen sollen wir hier Botschafter sein? Hier ist nichts. Das Land ist fruchtlos und leer. Jenseits der Berge gibt es genug fruchtbare Gebiete, in denen wir uns niederlassen und ein Leben führen könnten, das auch Freude beinhalten würde. Dort müssten wir nicht ständig um unser Leben bangen!«

Yara lauschte seinen Worten mit zunehmendem Erschrecken. Ja, sie hatte in der letzten Zeit auch immer mehr resigniert, aber Silas schien die Dinge wesentlich grundsätzlicher infrage zu stellen. Wann war das geschehen? Seit wann teilten sie nicht mehr die gleichen Überzeugungen und Visionen, die sie die lange Reise hierher vorangetrieben und als Gruppe zusammengeschweißt hatten?

»Was meinst du damit, dass du nicht weißt, was du hier tust?«, fragte sie. »Es ist doch nicht nur ein Befehl, der uns hierhergeführt hat, sondern unsere eigene Überzeugung. Wir waren uns sicher, dass das hier das Land ist, das uns gegeben werden soll. Spürst du denn nicht mehr jeden Tag, wie das Licht in deinem Inneren dir bestätigt, dass du am richtigen Ort bist und hierhergehörst?« Sie hörte selbst die leichte Verzweiflung, die in ihren Worten mitschwang, doch es war ihr egal.

Silas wandte sich ihr zu und verschränkte die Arme. Sein Gesicht war plötzlich völlig verschlossen und für einen Moment hatte Yara den seltsamen Gedanken, dass sie ihn doch nicht so gut kannte, wie sie gedacht hatte. Die Idee erschütterte sie und sie sagte schnell, was sie sich vorgenommen hatte, bevor sie es sich anders überlegen würde. »Was ich vorhin meinte, ist, dass es nicht Elouans Wunsch gewesen sein kann, dass wir hier Jahre damit verbringen, darauf zu warten, dass alles besser wird. Wir müssen nach vorne sehen! Ich …«

Nun zögerte sie doch, es auszusprechen. Aber vermutlich war es besser, als noch einmal monatelang in diesem Zwischenzustand auszuharren. »Ich dachte, wir sollten nicht länger warten. Wir haben schon vor so langer Zeit darüber gesprochen, dass wir zusammengehören, dass wir eine Familie sein wollen. Vielleicht ist es genau das, was wir brauchen. Vielleicht ist es das, was alle brauchen! Ein klares Zeichen dafür zu setzen, dass wir hier angekommen sind und uns ein Leben aufbauen wollen. Egal, wie die Umstände sind.«

Silas sah sie entsetzt an. »Du willst hier eine Familie gründen? Du willst Kinder in diese Trostlosigkeit setzen? Niemals könnte ich meinen Kindern antun, hier aufwachsen zu müssen!« Seine Stimme war immer lauter geworden. »Wie kannst du nach all den Monaten hier immer noch an Elouans Befehl hängen und daran glauben, dass er alles gut machen wird?«

Wut und Enttäuschung waren aus seiner Stimme herauszuhören. Yara war sich nicht sicher, ob sie Elouan oder ihr galten.

»Schau dich doch um!«, rief er »Hier gibt es nichts außer Sand für uns. Wir werden jämmerlich zugrunde gehen, wenn wir nicht den Mut haben, umzukehren!«

Yara konnte nicht glauben, was sie hörte. »Du willst aufgeben und mit leeren Händen zu Elouan zurückkehren? Gerade du? Dir war es doch immer so wichtig, was alle von dir halten!« Sie wusste, dass sie unfair war, doch nun war auch ihre Wut geschürt.

»Ach, und dir ist das egal? Bist du sicher, dass deine einzige Motivation hier auszuhalten, deine Treue und dein Glaube sind? Oder ist es die Angst davor, als Versagerin wieder vor ihm zu stehen?«, gab er zurück.

Yara wusste nicht, was sie sagen sollte. Hatte er recht? Mit einem Mal war all ihr Ärger verpufft. Was zurückblieb, war Verzweiflung. Seit wann sah Silas ihre Nähe zu Elouan als etwas Naives an, dass er belächelte?

Silas bemerkte die Tränen in ihren Augen nicht. Er hatte sich zur Seite gedreht und starrte in die Wüste. Doch sein Zorn schien sich ebenfalls gelegt zu haben und etwas anderem Platz zu machen. »Ich würde niemals zu ihm zurückkehren!«

Die Entschlossenheit in seiner Stimme ließ Yaras Herz erschrocken schneller schlagen.

»Nur um seinen Tadel abzuholen und dann? Dann leben wir wieder im Schloss als diejenigen, die den Auftrag nicht erfüllt haben? Oder er gibt uns einen neuen Auftrag und wir landen im nächsten Albtraum? Nein, ich werde meinen eigenen Weg finden.«

Yara wollte ihn packen und schütteln, doch sie wagte nur, ihn am Arm zu fassen. Verzweifelt versuchte sie, den Frieden und die vertraute Verbindung zum Licht wieder zu ergreifen, die sie noch vor wenigen Minuten wie ein Fels unter ihren Füßen gespürt hatte.

Von dort wollte sie erfahren, was sie sagen sollte und wie sie Silas an all das erinnern konnte, was sie hierhergeführt hatte. Doch obwohl sie die Gegenwart des Lichtes spüren konnte, gab es ihr keinen Hinweis, was sie tun sollte.

»Du willst ein Leben ohne Elouan führen? Aber er ist ein Teil von uns. Wir sind sein Volk, seine Familie. Wenn ich dir in die Augen sehe, kann ich ihn dort sehen. Wer bist du ohne ihn?«, brachte sie schließlich hervor.

Silas drehte sich plötzlich zu ihr, packte sie an den Armen und sah ihr in die Augen. Yara erstarrte. »Ich habe keine Ahnung, wer ich bin. Und an diesem Ort werde ich es auch nicht herausfinden. Noch weniger, wenn ich mich blind darauf verlasse, dass Elouan meine Welt schon richten wird. Er ist nicht hier, ich bin auf mich alleine gestellt!«, schrie er sie beinahe an.

»Natürlich ist er hier!«, entgegnete Yara. »Ich sehe das Licht, das uns verbindet, in deinen Augen!«

Silas sah sie nur an, und was als Nächstes geschah, ließ ihre Beine unter ihr zusammensacken. Das Licht in seinen Augen erlosch. Er packte sie fester an den Armen und hielt sie mühelos aufrecht, bis ihre Beine sie wieder trugen. Die ganze Zeit über starrte er sie wortlos an. Sie konnte ihren Blick nicht von ihm abwenden, obwohl Tränen über ihre Wangen flossen.

»Was hast du getan?«, flüsterte sie.

»Ich habe meine Entscheidung getroffen.«

In seinen Worten konnte sie keinerlei Reue hören, eher die Entschlossenheit und das Feuer, das sie von ihm kannte und das in diesem Moment wie eine undurchdringliche Wand zwischen ihnen stand. Weder durch Worte noch durch Taten schien diese überwindbar zu sein. Er ließ sie los und wand sich um.

»Nein, das kannst du nicht tun!« Yara lief hinter ihm her und packte ihn an der Schulter.

Doch Silas schüttelte sie ab. »Doch, das kann ich. Ich habe es bereits getan.«

»Bitte, du kannst mich doch nicht alleine hier zurücklassen!«, flehte sie.

Silas blieb stehen, drehte sich um und zog sie in seine Arme. Seine Gesichtszüge wurden weicher. »Glaubst du, das will ich?«, flüsterte er, ohne sie loszulassen. »Du bist der Grund, weshalb ich so lange gewartet habe. Ich konnte den Gedanken nicht ertragen, ohne dich zu gehen.«

Yara war zu durcheinander, um seine Umarmung zu erwidern. Er schob sie etwas von sich, die Hände auf ihren Schultern und sah ihr in die Augen. Wieder kamen Yara die Tränen. Er sah völlig verändert aus, ohne das sanfte Leuchten, mit dem sie ihn seit Jahren kannte.

»Komm mit mir« flüsterte er und sah sie hoffnungsvoll an. »Wir finden einen Ort, an dem wir uns ein Leben aufbauen und eine Familie gründen können. Ich verspreche dir, ich werde dafür sorgen, dass es uns gut geht!«

Für einen Moment zog Yara in Erwägung, ihrer inneren Sehnsucht nach einem Ausweg einfach nachzugeben und mit ihm zu gehen. An einen Ort, an dem alles leichter sein würde. Aber ohne die Verbindung zu Elouan, ohne das Licht in ihr? Sie konnte sich nicht vorstellen, diese Entscheidung zu treffen.

»Ich kann nicht.« Ihre Stimme war nicht mehr als ein Flüstern. »Ich kann mich nicht von Elouan abwenden, ich kann nicht ohne das Licht leben. Und solange ich mit ihm verbunden bin, wird mein Herz mir jeden Tag sagen, dass das hier der Ort ist, an den ich gehöre.«

Silas ließ sie los und trat zurück. Ein verletzter Ausdruck trat in seine Augen. »Genau das hatte ich erwartet. Er war dir schon immer wichtiger als alles andere. Wichtiger als ich.«

Yara antwortete verwirrt. »Natürlich, Silas. Das Licht ist das, was meinem Leben Sinn gibt. Und Elouan, er ist das Zentrum des Lichtes, sein Ursprung! Ich dachte immer, du empfindest genauso.«

In Silas Augen loderte wieder Zorn auf, sogar so etwas wie Hass konnte sie darin erkennen. Als ob sie körperlich von etwas getroffen worden wäre, trat Yara einen Schritt nach hinten.

»Er hat mir nicht nur mein normales Leben genommen und

mich in diese Hölle hier geschickt. Er hat mir auch dich genommen!«, zischte Silas.

Yara schüttelte nur den Kopf. Diese Sichtweise war so verdreht, dass sie nicht wusste, was sie darauf antworten sollte. Für einen Moment standen sie einfach dort und sahen sich an. Dann drehte Silas sich um und ging.

Yara ließ sich auf den Boden sinken und gab ihren Tränen freien Lauf. Währenddessen sah sie immer wieder den Moment vor sich, als das Licht in Silas Augen erlosch. Wie hatte das Gespräch nur derart aus dem Ruder laufen können? Was hätte sie anderes sagen können, wie hätte sie ihn von diesem Entschluss abbringen können? Hatte sie überhaupt eine Chance gehabt? Und wer war der Mann, der all diese Gedanken mit sich herumgetragen hatte und sich von allem abwenden konnte. Von allem, was die Grundlage ihres Lebens war, während sie darüber nachdachte, sich für immer an ihn zu binden? Ihre Gedanken drehten sich im Kreis und selbst der verzweifelte Hilferuf an Elouan brachte das Karussell nicht zum Stehen, auch wenn sie seine vertraute Gegenwart tröstlich in sich spürte. Doch in diesem Moment wollte sie keinen Trost, sie wollte das Gespräch rückgängig machen und Silas umstimmen!

Schließlich lief sie zurück zum Feld, schwang sich auf das Pferd, das sich gerade an den wertvollen Pflanzen ihres Feldes satt aß, und ritt zu ihrem Bruder. Sie traf ihn auf dem Rückweg zum Dorf. Er sah ihr Gesicht schon von Weitem und begann schneller zu laufen. Sie schwang sich vom Pferd und suchte nach Worten, während er sie besorgt musterte, als suche er nach einer Verletzung. »Was ist passiert?«

»Silas, er …« Sie wusste nicht einmal, wie sie es nennen sollte. »Er hat sich gegen das Licht entschieden, gegen Elouan. Ich habe gesehen, wie es in seinen Augen erloschen ist!«

Für einen Moment starrte Nathan sie schockiert an. »Das ist möglich?«, flüsterte er schließlich.

»Glaubst du, er kann das wieder rückgängig machen?« Panisch hielt Yara an dieser Idee fest.

Nathan legte nachdenklich den Kopf schief, aber die Art, wie seine Hände die Gurte seines Rucksackes umschlossen, bis die Knöchel weiß hervorstanden, verriet ihr, wie entsetzt er war.

»Ich wusste noch nicht einmal, dass es möglich ist, die Verbindung zwischen uns zu zerstören«, stotterte er. »Wir werden mit dieser Verbindung geboren. Ich weiß von keinem, der sich später dagegen entschieden hat.« Nathan schwieg einen Moment, als fiele ihm etwas ein. »Wir sind alle in unmittelbarer Umgebung von Elouan aufgewachsen. Doch es gab immer wieder Geschichten von Menschen aus unserem Volk, die in anderen Teilen des Kontinents lebten und sich von ihm entfernt hatten. Ich habe nie darüber nachgedacht, was das für die Verbindung zum Licht in ihnen bedeutet. Selbst diejenigen, die ihre Macht und Stellung missbraucht hatten und von ihm bestraft wurden, behielten doch ihre Verbindung zum Licht …«

Yara wischte seine Worte mit einer Handbewegung fort. Über die Details konnten sie sich später Gedanken machen. Für sie war in diesem Moment nur eine Frage wichtig. »Denkst du, er kann die Verbindung zum Licht wiederherstellen?«

Nathan zuckte ratlos mit den Schultern. Er sah sie mit dem Blick an, der immer auf seinem Gesicht lag, wenn er seiner kleinen Schwester gern etwas ersparen wollte, aber nicht wusste, wie. »So wie ich Elouan kenne, kann ich mir vorstellen, dass er diese Möglichkeit geben würde. Ich bin mir nur nicht sicher, ob Silas das will …« Es hörte sich an, als spräche er nicht nur von den Ereignissen heute.

»Was meinst du damit? Willst du sagen, er hat mit dir schon über seine Zweifel geredet und mir nichts gesagt?«, fragte sie empört.

Nathan hob beschwichtigend die Hände. »Ich würde nicht sagen, dass er mit mir darüber geredet hat. Aber er hat abends am Feuer einige Male Bemerkungen fallen lassen … Ich wusste, dass er zu einem gewissen Grad Elouan die Schuld daran gibt, dass wir hier so ein hartes Leben führen.«

»Und du hast ihn nicht darauf angesprochen?« Sie wusste, es

war unfair, nun wütend auf Nathan zu sein. Eigentlich konnte sie nicht fassen, dass sie selbst nicht früher bemerkt hatte, was in Silas vorging.

»Ich wusste nicht, was ich ihm sagen sollte. Ist dir der Gedanke nie gekommen?« Er klang nicht verärgert, eher etwas verzweifelt und auch resigniert.

»Du meinst aufzugeben? Doch, natürlich, aber …«

»Nein, das meine ich nicht«, unterbrach Nathan sie. »Die Frage, wie Elouan uns ohne Vorwarnung und ohne Anweisungen in dieses Ödland schicken konnte. Warum er uns das angetan hat?«

Es war wie ein Schlag in die Magengrube, diese Worte aus dem Mund ihres Bruders zu hören.

Als Nathan ins Gesicht seiner Schwester blickte, wurde er milder. »Schon gut, tut mir leid. Ich weiß, dass dein Glaube an ihn unerschütterlich ist. Ich vertraue ihm ja auch. Nur manchmal, wenn alles hier so aussichtslos erscheint, frage ich mich, was er mit diesem Auftrag bezweckt hat.«

»Silas hat etwas Ähnliches gesagt. Er meinte, ich sei Elouan so treu ergeben, dass er mir gegenüber keinen Zweifel an ihm äußern konnte. Aber ist das etwas Schlechtes? Ich bin mir einfach sicher, dass er am Ende nur Gutes für uns im Sinn hat.«

Nathan schüttelte den Kopf. »Nein, dieser Glaube ist deine Stärke. Er macht mir oft Mut und gibt den anderen Hoffnung.« Mit einem Seufzen sah er in Richtung des Dorfes. »Ich werde mit Silas reden. Wir sollten zurückgehen, bevor er seine Sachen packt. Nach dem, was du erzählt hast, und meinen letzten kurzen Gesprächen mit ihm, habe ich so ein Gefühl, dass dieses Gespräch mit dir möglicherweise das letzte Hindernis beseitigt hat, das ihn noch davon abgehalten hat, wirklich alles hinter sich zu lassen.«

»Ich kann doch nicht meinen großen Bruder schicken, wann immer ich mit einer Situation nicht zurechtkomme«, entgegnete Yara schwach, obwohl sie vermutlich genau aus diesem Grund als Erstes zu ihm gekommen war.

Nathan lächelte zum ersten Mal. »Wann immer du mit einer Situation nicht zurechtkommst? Und wann wäre das zuletzt gewesen? Ich kann mich nicht daran erinnern. Abgesehen davon tue ich es nicht für dich. Silas ist auch mein Freund. Und auch wenn ich von Zeit zu Zeit Zweifel habe, heißt das nicht, dass ich nicht weiterhin glaube, dass die Verbindung zum Licht unabdinglich zu uns gehört. Elouan ist unser König, er ist der Herrscher. Daran wird sich nichts ändern.«

Kapitel 12

Ilai – 4 Monate später

Ilai kauerte sich in das dunkle, nasse Gebüsch. Er versuchte, eine Position zu finden, in der er für längere Zeit aushalten konnte, ohne sich bewegen zu müssen. Die Kälte, die von unten durch seine Kleidung kroch, ignorierte er so gut es ging. Er lehnte den Kopf an den dünnen Baumstamm neben sich und schloss die Augen. Der Schmerz in seiner Hüfte pochte, aber er hatte gelernt, ihn nicht zu beachten. Seit er bei einem Überfall dort von einem Solech verletzt worden war, spürte er die Verletzung immer, wenn es kalt war, oder er zu lange stehen oder laufen musste. Bisher hatte ihn der Schmerz jedoch nicht eingeschränkt, wenn es darauf ankam. Mit einer Hand umklammerte er sein Schwert.

Er wusste, dass Lukan einige Meter weiter hinten im Dickicht lag, aber er fühlte sich trotzdem jedes Mal alleine. Immerhin war seine Angst ein wenig gewichen. Doch sein Herz begann immer wieder zu rasen, sobald er die Solech herannahen hörte, kurz bevor sie im richtigen Moment einen Angriff durchführten.

Die Solech hatten schnell durchschaut, dass die Dorfbewohner sich in den Wäldern versteckten. Sie hatten sich in kleine Gruppen aufgeteilt, die seitdem systematisch nach den Verstecken suchten. Erstaunlicherweise waren sie bisher auf keine der fünf Lichtungen gestoßen. Doch es war nur eine Frage der Zeit, bis sie ihre Verstecke fänden, und damit auch alle Vorräte und die Dorfbewohner, die nicht kämpfen konnten.

Ilai hatte sich in den letzten Wochen oft gefragt, ob sie nicht bei ihrer Rückkehr hätten versuchen sollen, alle davon zu überzeugen, ihre Sachen zu packen und zum König zu ziehen. Doch vermutlich wären die meisten sowieso nicht mitgekommen. Inzwischen waren die Solech überall und zu wachsam, als dass sie es noch mit den Alten, den Kindern und dem Gepäck an ihnen vorbei schaffen würden. Sie konnten nur kämpfen und auf die Armee des Königs warten. Zu Beginn hatte Ilai gehofft, dass sie einfach von ihnen ablassen und die nächste Region plündern würden, doch da hatte er den Stolz der Solech offenbar unterschätzt.

Inzwischen hatte Ilai festgestellt, dass seine Vision meistens dann kam, wenn die Solech sich näherten. Dadurch waren sie schon einige Male rechtzeitig gewarnt worden. Bis zu einem gewissen Grad konnte Ilai inzwischen sogar verhindern, dass die Vision ihn überfiel. Doch es kostete ihn zusätzliche Energie, sie in Gegenwart der Solech in Schach zu halten. Zusammen mit den kurzen Nächten und der permanenten Anspannung konnte er sich kaum noch auf den Beinen halten. Er hatte schon darüber nachgedacht, sich für einige Tage von den Kämpfen zurückzuziehen. Aber dann würde er auf der Lichtung sitzen, und darüber nachgrübeln, wer sterben würde, weil er nicht an seinem Platz gewesen war. Die anderen waren genauso müde wie er.

Außerdem machte ihm die Gefahr des Todes schon lange nicht mehr so viel Angst wie zu Beginn. Vielleicht hatte er einfach keine Kraft mehr für Panik übrig, vielleicht hatte er sich auch daran gewöhnt. Nachdem er in seinem ganzen Leben noch nie erlebt hatte, dass ein junger Mensch gestorben war, hatte er dies nun schon bei mehreren Männern aus dem Dorf miterlebt. Einer seiner Nachbarn war sogar in seinen Armen gestorben. Seitdem hatten sie dazugelernt, sowohl was das Kämpfen als auch ihre Strategie anging, und den Solech empfindlichen Schaden zugefügt. Doch würde sie das letztlich nicht retten. Heute Morgen hatte einer der Späher berichtet, dass eine neue Gruppe von Solech über die Berge gekommen war. Es würden immer neue kommen, egal, wie viele sie besiegten.

Irgendwann musste er wohl kurz eingenickt sein, denn als das Signal ihn weckte, dämmerte es bereit. Der Ruf eines Grünspechtes ertönte drei Mal hintereinander. Damit teilte Herion ihnen mit, dass eine Gruppe von Solech sich ihnen näherte. Kurz darauf zählte Ilai fünf Rufe, die Krieger waren in einer kleinen Gruppe unterwegs.

Ilai hörte keine Geräusche um sich herum, wusste jedoch, dass die anderen sich auch für den Kampf bereit machten. Er spürte das Herannahen dieses drückenden Gefühls der Dunkelheit, das er inzwischen mit den Solech verband. Für einen Moment nahm es ihm den Atem, dann gewann er die Kontrolle und drängte die Vision zurück.

Kurz darauf hörte er die Hufe ihrer Pferde. Schnell nahm er sein Schwert fest in die Hand und lauschte konzentriert. Er hatte sich angewöhnt, immer zuerst ein Pferd anzugreifen, auch wenn es ihm um die Tiere sehr leidtat. Indem er sein Schwert an der richtigen Stelle in das riesige Tier rammte, sorgte er für einen schnellen Tod. Wenn sie zusammenbrachen, wand er sich im Getümmel den Solech zu. Blitzschnell griffen sie an, und genausoschnell verschwanden sie wieder im Unterholz.

Das Schlagen der Hufe kam näher. Einen Moment später konnte er durch das Dickicht fünf Reiter erkennen. Diese Stelle des Weges lag zu beiden Seiten an einem Hang, der steil nach oben führte.

Ilai presste sich einen Handballen gegen die Stirn. Irgendetwas war heute anders. Die Dunkelheit, die die Solech immer umgab, war bei dieser Gruppe noch dichter. Ilai hatte fast das Gefühl, sie berühren zu können. Er war sich nicht sicher, ob er die Vision würde kontrollieren können, wenn er diesen Kriegern gegenüberstand. Doch er hatte keine Wahl. Sie waren nur noch wenige Meter entfernt, er kauerte ganz vorne, direkt oberhalb des Weges. Wenn er sitzen blieb, würde er die Kämpfer hinter sich blockieren und alle in Gefahr bringen.

Er holte tief Luft, dann erreichten die Krieger die Stelle, an der sie sich versteckt hielten, und er sprang auf.

In dem Moment, als er aus den Büschen herausbrach, wusste er bereits, dass er einen Fehler begangen hatte. Er hatte das vorderste Pferd angreifen wollen, doch schaffte er es noch nicht einmal bis zu dem Tier. Der Solech auf seinem Rücken riss den Kopf herum und ihre Augen trafen sich. Ilai registrierte, dass er anders gekleidet war als die Solech, die er bisher gesehen hatte. Er trug einen Umhang, und oben auf seinem Helm war neben dem üblichen Schmuck eine Art roter Schweif befestigt, der bis zwischen seine Schulterblätter fiel. Der Blick des Solech bohrte sich tief in ihn und die Dunkelheit schien nach ihm zu greifen. Er erstarrte, ließ sein Schwert fallen und ging in die Knie, während er den Blick nicht von den Augen des Kriegers lösen konnte.

Dann war der Wald um ihn herum verschwunden. Wie bei seinen Visionen üblich, stand er auf der Ebene. Er sah zu den Bergen, von woaus die Dunkelheit auf ihn zurollte. Schnell drehte er sich um und spürte die Druckwelle des Lichtes, dass ebenfalls auf ihn zukam. Schützend hob er die Arme über seinen Kopf. Auch wenn er diese Vision nun schon unzählige Male gesehen hatte, konnte er nicht anders, als zu versuchen, sich zu schützen.

Auf einmal verblasste die Vision, die so deutlich gewesen war wie seit Wochen nicht mehr. Er spürte den Waldboden unter seinen Knien, eine Hand umschloss seine Kehle. Verzweifelt versuchte er, mit seinen Händen an den Fingern zu ziehen, die ihm das Atmen unmöglich machten. Die Hand zog ihn mit einem Ruck nach oben auf die Füße. Dann hob sie ihn noch weiter an, bis nur noch seine Zehenspitzen den Boden berührten.

Der Solech musterte ihn. Wut und Verachtung lagen in seinen Augen und ließen Ilai nur noch panischer kämpfen. Doch die Hand war wie Stahl an seinem Hals, es gelang ihm nicht einmal, den kleinen Finger zu lösen. An den Rändern seines Sichtfeldes kroch bereits die Schwärze der Bewusstlosigkeit langsam nach innen, als der Solech sein Gesicht ganz nah an das seine brachte.

»Du kennst das Licht«, sagte dieser mit rauer Stimme und einem merkwürdigen Akzent. Er sprach nicht laut, doch die Worte drangen wie Schreie in Ilais Kopf. »Sag mir, wie ich seine Macht benutzen kann.« Er löste seinen Griff so weit, dass Ilai wieder etwas Luft bekam.

Mit Mühe antwortete er. »Ich weiß nicht …« Weiter kam er nicht, bevor die Hand sich wieder um seinen Hals schloss.

Der Solech legte seine Wange an Ilais Gesicht. Ilai spürte das Kratzen seines Bartes auf der Haut. Die merkwürdige Nähe ließ ihn erstarren. »Du kannst mir dein Wissen freiwillig geben, oder ich werde mir das Licht mit Gewalt nehmen und seine Macht bekommen, egal, was es kostet.«

Erneut ließ er gerade so weit los, dass Ilai genug Luft bekam, um nicht das Bewusstsein zu verlieren, und einige Worte herauszupressen. »Ich kenne das Licht nicht, ich kann dir nicht …«

Der Krieger drückte zu und schob Ilai von sich. »Dann stirb.«

Ilai dachte noch, dass er nicht mit der letzten Erinnerung des hasserfüllten Gesichtes eines Solech sterben wollte, dann schloss er die Augen. Er hatte aufgehört, sich dagegen zu wehren, und spürte, wie eine merkwürdige Leichtigkeit von ihm Besitz ergriff, als sein Körper begann, seinen Dienst zu versagen. Er erinnerte sich an die Runde am Feuer vor einigen Tagen, als Lukan ihn zum Lachen gebracht hatte, und er für einen Moment vergessen hatte, was sie am nächsten Tag wieder tun würden. Es war eine gute Erinnerung und er hielt sie fest, als er auf dem Boden aufprallte. Sein Kopf schlug hart auf. Er fühlte nichts mehr und in diesem Moment fand er Gefallen daran. Die Müdigkeit, die Erschöpfung, alles war verschwunden.

Wie durch einen Nebel hörte er Lukan, der seinen Namen rief und fühlte dessen Rütteln an seinen Schultern. Mit einem Ruck war er wieder ganz bei Bewusstsein. Die Schmerzen an seinem Hinterkopf ließen ihn aufstöhnen. Als Nächstes erinnerte ihn das Brennen in der Brust bei jedem Atemzug an die Hand des Solech an seinem Hals.

Lukan hockte vor ihm und musterte ihn besorgt. »Alles in Ordnung?«

Ilai nickte und nahm Lukans ausgestreckte Hand, um sich von ihm aufhelfen zu lassen. Er sah hinter sich, wo Herion über der regungslosen Gestalt des Kriegers kniete, der ihn fast umgebracht hatte. Er wollte fragen, was passiert war, brachte aber nur ein Krächzen heraus.

Herion hob den Kopf und sah ihn an. Ein Grinsen breitete sich auf seinem Gesicht aus. »Freut mich, dass du nicht tot bist.«

Ilai schüttelte nur den Kopf. Er wusste nicht recht, was er von der Art von Humor halten sollte, die Herion in den letzten Wochen entwickelt hatte. Langsam ging er auf den Krieger zu, dessen Taschen Herion gerade durchsuchte. In seiner linken Seite steckte unter dem Arm, der Ilai in die Luft gehoben hatte, Herions Schwert. Seine Augen waren offen und zum Himmel gerichtet. Die Dunkelheit um ihn herum war verschwunden. Auf dem Weg lag einfach ein Mann, der nun tot war.

Ilai ging in die Hocke, streckte zögerlich die Hand aus und schloss die Augen des Kriegers. Merkwürdigerweise konnte er ihn nicht mehr mit der furchterregenden Gestalt, die ihn ohne sichtbare Anstrengung mit einer Hand in die Luft gehalten hatte, in Zusammenhang bringen.

»Danke für die Ablenkung«, sagte Herion, ohne aufzusehen. »Er war so konzentriert auf dich, dass er mich nicht bemerkt hat, als ich auf ihn zurannte. So etwas habe ich noch nie erlebt. Normalerweise sind sie so schnell. Er hätte mich nur mit seiner freien Hand aufhalten müssen, dann wäre ich mit meinem Schwert nicht in seine Nähe gekommen. Aber er stand einfach nur da und hat dich angestarrt.« Herion erhob sich. Offenbar hatte er in den Taschen nichts gefunden. »Das muss ihr Anführer gewesen sein. Als er zu Boden ging, schwangen sich die anderen auf die verbliebenen drei Pferde und galoppierten einfach davon.« Wieder grinste er triumphierend. »Das ist das erste Mal, dass wir sie in die Flucht geschlagen haben.«

Sein Blick fiel auf Ilais Hals, wo sich noch immer der Handabdruck des Solech abzeichnete. Ilai konnte kaum schlucken und seine Brust brannte beim Atmen.

»Was wollte er von dir?«, fragte Herion mit gerunzelter Stirn.

»Ich konnte die Vision nicht zurückhalten. Er muss meine Augen gesehen haben. Er wollte wissen, wie er die Macht des Lichtes nutzen kann.« Ilais Stimme war nur ein raues Flüstern.

»Die Macht des Lichtes?«

Ilai zuckte ratlos mit den Schultern. »Esad sagte nur, seine leuchtenden Augen seien das Zeichen des Königs. Er hat nichts von irgendeiner Macht des Lichtes berichtet.«

»Wir sollten gehen«, sagte einer der anderen, der den Weg beobachtete. »Sie werden wiederkommen, um ihn abzuholen, das tun sie immer.«

Herion nickte. Lukan streckte Ilai sein Schwert hin, das er vom Boden aufgehoben hatte. Ilai wollte es nehmen, doch dann hatte er wieder den Moment vor Augen, als der Solech ihm verkündete, er werde sterben. Ihm wurde schwindelig und er ließ die Hand sinken. »Kannst du es für mich tragen?«

Lukan nickte, als sei es völlig normal, dass sein Freund seine Waffe nicht mehr anfassen konnte. »Natürlich.«

Ilai löste seinen Gürtel mit der Scheide von der Hüfte und reichte ihn Lukan, der ihn über seinem eigenen befestigte.

»Auf geht's«, sagte Herion im Vorbeigehen und verlor kein Wort darüber, dass Lukan Ilais Schwert trug.

* * *

Der größte Teil des Dorfes saß in der Mitte der Lichtung. Ihre Stimmen klangen zu Ilai hinüber. Anstatt eines großen Feuers waren kleinere Feuer in Schalen verteilt, die schnell gelöscht werden konnten.

Ilai saß am Rande der Lichtung etwas versteckt an einen Baum gelehnt. Seine Arme hatte er locker um die aufgestellten Beine geschlungen. Absichtlich bemühte er sich, entspannt zu wirken und seine inneren Kämpfe nach außen hin nicht sichtbar werden zu lassen. Er sollte schlafen und die Pause nutzen, um zu Kräften zu kommen. Doch ihm war klar, dass er kein Auge würde zutun können. Wenn er es versuchte, spürte er sofort wieder die Hand an seinem Hals. Panik stieg in ihm auf und er hatte das Gefühl, keine Luft zu bekommen. Er konnte nicht darüber reden, deshalb saß er hier alleine und versuchte, seine Gedanken zu sortieren.

Als er ein Knacken hinter sich hörte, ließ sich kurz darauf Lukan neben ihm ins Moos fallen, wo er begann, mit einem Grashalm in den Händen zu spielen.

»Ich kann es nicht mehr länger tun, Lukan«, sagte Ilai schließlich. Er war überrascht, wie fest seine Stimme klang. Erst jetzt, wo er es aussprach, wusste er, dass es die Wahrheit war.

Lukan seufzte und warf den Grashalm fort. »Ich weiß.«

Dann saßen sie lange im Dunkeln nebeneinander und beobachteten die Dorfbewohner auf der Lichtung. Die Stille war wie eine warme Decke, die sie umhüllte. Alles andere schien in den Hintergrund zu treten. Sie waren einfach zwei Freunde, die die gegenseitige Gesellschaft genossen und sich gut genug kannten, um nichts sagen zu müssen. Zeit spielte keine Rolle.

»Ich kann nicht mit dir kommen«, sagte Lukan irgendwann leise.

»Ich weiß«, antwortete Ilai.

Als die Feuer erloschen waren und auch die letzten Dorfbwohner sich auf ihre Lager gelegt hatten, saßen sie noch immer dort. Ilai wusste, er würde noch oft an diese wertvollen Stunden ihrer Freundschaft zurückdenken.

Im Morgengrauen packte Ilai seine wenigen Habseligkeiten in den Rucksack, rollte seine Decke zusammen und legte sich seinen Umhang um. Lukan hatte ihm auch seinen mitgeben wollen, weil es inzwischen nachts deutlich kälter war als bei ihrem letzten Aufbruch. Doch Ilai hatte abgelehnt. Hier würde es genauso kalt sein und niemand konnte irgendetwas entbehren.

Er suchte mit den Augen die schlafenden Menschen auf dem Boden ab, konnte Herion jedoch nicht ausmachen. Schließlich entdeckte er ihn am Eingang zu dem Pfad ins Unterholz. Er stand mit verschränkten Armen an einen Baum gelehnt. Ilai nahm seinen Rucksack auf die Schultern und ging zu ihm.

Bei Herion angekommen, hob er entschuldigend die Hände mit nach oben geöffneten Handflächen und sah zu Boden. »Es tut mir leid.«

»Dass du gehst oder dass du erneut gehst, ohne dich von allen zu verabschieden?«

Ilai zuckte nur mit den Schultern. »Was soll ich ihnen sagen? Dass ich zu viel Angst habe, um weiterzukämpfen?«

»Nein. Die Wahrheit.«

»Und was ist die Wahrheit?« Ilai hob den Blick und sah Herion in die Augen.

Dessen immer kontrollierten Gesichtszüge wurden weicher. Zum ersten Mal bemerkte Ilai die Ringe unter seinen Augen und die tiefen Furchen auf seiner Stirn. Zum ersten Mal lag so etwas wie Hoffnungslosigkeit in Herions Blick.

»Die Wahrheit ist, wir werden verlieren«, sagte Herion und ließ den Kopf hängen. »Es spielt keine Rolle, ob ein paar mehr oder weniger Männer kämpfen, es ist nur eine Frage der Zeit. Sie werden nicht aufgeben, und wir können sie nicht alle töten.«

Bisher war Herion für Ilai immer der unbeirrbare Krieger gewesen, der allen anderen Zuversicht gab und wusste, was zu tun war. Er hätte sich denken können, dass Herion ebenso wie er wusste, dass sie letztlich nicht gewinnen konnten. Ilai verstand seine Entscheidung, normalerweise nichts davon durchblicken zu lassen.

»Es gibt nichts, wofür du dich schämen musst«, sagte Herion zu seiner Überraschung.

Ilai musterte ihn verblüfft. »Du stellst mir frei, zu gehen?«

»Ich weiß, dass wir hier nur das Unausweichliche hinauszögern.

Eine andere Möglichkeit haben wir nicht. Geh und finde diesen König. Vielleicht kannst du ihn überzeugen, seine Armee hierher zu führen, solange noch etwas zu retten ist.«

Er überraschte Ilai erneut, als er ihm einen Arm hinstreckte. Ilai erwiderte den Gruß. Er hob seine Hand, und sie packten sich beide am Unterarm. Es war eine Geste zwischen zwei Männern auf Augenhöhe, nicht zwischen Anführer und Untergebenem. Ilai war dankbar, dass er mit Herions Segen gehen konnte. Gleichzeitig spürte er die Last auf seinen Schultern, sich nun um die Rettung für sie alle kümmern zu sollen. Was, wenn er es nicht schaffte? Was, wenn er den König nicht überzeugen konnte oder ihn gar nicht erst erreichen würde?

Herion nickte ihm noch einmal zu und ging dann in Richtung der Holzverschläge auf der Lichtung. Ilai sah ihm nach. Keiner konnte sagen, ob sie sich jemals wiedersehen würden.

Yara – einen Monat später

Yara und Nathan saßen abends nebeneinander am Feuer. Der Platz auf Yaras anderer Seite, wo Silas immer gesessen hatte, blieb frei. Diese Leere empfand sie wie einen körperlichen Schmerz. Dabei ging es nicht nur darum, wer Silas für sie gewesen war, es war auch die Tatsache, dass einer von ihnen fehlte. Einer, der mit ihnen aufgebrochen war und mit ihnen die Herausforderungen der letzten Jahre überstanden hatte.

Er war noch einmal zu ihr gekommen und hatte sich verabschiedet. Sie hatten sich in den Armen gelegen und sie hatte auch in seinen Augen Tränen gesehen. Der Abschied von ihr war ihm schwergefallen, aber seine Entscheidung war endgültig. Yara wusste zu schätzen, dass er ihr noch einmal versichert hatte, wie wichtig sie ihm war und wie viel ihm die Zeit mit ihr bedeutet hatte.

Yara war den anderen in den letzten Tagen aus dem Weg gegangen. Vermutlich dachten alle, das hinge noch immer mit ihrer

Traurigkeit über Silas Weggang zusammen. Die Wahrheit war, dass die Resignation die Trauer bereits Tage nach Silas Abschied verschlungen hatte. Sie hatte die letzten Wochen damit verbracht, den Kampf gegen die Gleichgültigkeit in sich zu führen. Sie wollte ihre alte Zuversicht zurück, die Begeisterung, die sie beim Aufbruch in dieses Land gespürt hatte. Silas Entscheidung hatte sie zu einer eigenen Entscheidung gedrängt, und sie traf sie mit allem, was sie zu geben hatte. So hatte sie es immer getan. Sie wollte sich wieder fühlen wie damals, als sie der Garde beigetreten war. Oder wie an dem Tag, als sie dem König gesagt hatte, dass sie hierherkommen wolle. Voller Energie und Zuversicht darauf, dass das Licht sie dahin führen würde, wo ihr Platz war.

Schritt für Schritt hatte sie den Nebel der Resignation zurückgedrängt. Jede Nacht hatte sie sich darauf konzentriert, dass das Licht das Letzte war, was sie vor dem Einschlafen spürte. Die Quelle ihrer Kraft.

Doch nachdem sie wieder die Helligkeit der Zuversicht in sich gespürt hatte, wenn sie tagsüber auf den Feldern gearbeitet hatte, war sie einem nächsten Feind begegnet, der die zarte Pflanze der Hoffnung in ihr unter sich begraben wollte: Angst. Angst um ihre kleine Gruppe am Rande der endlosen Wüste. Angst davor, dass nun alles auseinanderbrechen würde und sich weitere Gruppenmitglieder Silas anschließen würden. Wenn sie ganz ehrlich war, hatte sie auch Angst vor ihren eigenen Zweifeln, die in ihr aufgekeimt waren, seit sie Silas Augen hatte erlöschen sehen. Sie wusste nicht, was passieren würde, wenn sie noch weitere Freunden verlieren würde. Sie hatte sich zurückgezogen, um zu verhindern, dass ihr noch jemand anvertrauen konnte, dass er Silas verstehen könne und ähnliche Gedanken habe.

Nathan schien seinen eigenen Gedanken nachzuhängen. Es wurde hier früh dunkel, und sie hatten es sich trotz des knappen Holzes angewöhnt, abends im Zentrum des Dorfes um ein kleines Feuer zu sitzen. Nicht alle waren immer dabei, jeder kam und ging, doch es waren die Momente, in denen Yara sich am meisten an diesem Ort zu Hause fühlte. Das Dorf schmiegte sich an einen besonders steilen Abschnitt der Berghänge, in dessen Schutz die Vegetation eine bessere Überlebenschance hatte. Zu Beginn hatte Yara die steilen Wände manchmal etwas bedrohlich empfunden, besonders nachts am Feuer, wenn sich das Flackern der Flammen auf ihnen widerspiegelte. Inzwischen hatte sich bei diesem Anblick ein vertrautes Gefühl der Geborgenheit eingestellt. Sie hatten sich diesen Platz erkämpft, ihn der rauen Natur abgerungen und sich damit ein kleines Stückchen dieses Landes zu eigen gemacht. An diesem Abend konnte sie ihre Gedanken nicht zur Ruhe bringen. Sie musste ihre Zweifel laut aussprechen und hoffen, dass sie damit ihre Kraft verlieren würden. »Silas sagte, er weiß nicht, wer er ist.«

Nathan nickte, ohne vom Feuer aufzusehen. Er hielt einen dürren Stock in der Hand, von dem er jeweils ein kleines Stück abbrach, das er durch die Finger gleiten ließ, bis er es schließlich ins Feuer warf. »Ja, das hat er mir auch gesagt.« Sie schwiegen eine Weile.

»Ich dachte, ich wüsste, wer ich bin. Aber jetzt frage ich mich … Vielleicht habe ich mir diese Frage einfach nie gestellt. Es schien immer alles klar zu sein. Wir sind an Elouans Hof aufgewachsen und wussten immer, was als Nächstes kommt. Er war da, und wenn er es nicht war, war das Licht in mir so stark, dass ich immer wusste, was er sagen würde. Das Licht ist immer noch da, ich kann Elouan spüren, aber die letzten Monate … habe ich zugelassen, dass Hoffnungslosigkeit sich zwischen uns drängt. Ich will das nicht mehr. Ich werde nicht aufhören zu glauben, dass wir hier richtig sind und unser König uns hierher geschickt hat. Aber was ist, wenn wir nicht fähig sind, seinen Auftrag zu erfüllen? Wenn ich ehrlich bin, habe ich keine Ahnung, was meine Aufgabe hier sein soll. Was, wenn ich zu schwach bin, um zu tun, was er mir aufgetragen hat? Ich habe nicht einmal bemerkt, was in Silas vorgegangen ist, so sehr war ich mit mir selbst beschäftigt.« Den letzten Satz sagte sie leise, mehr zu sich selbst.

Nathan schaute auf und schüttelte den Kopf. »Schwach? Du? Du bist die stärkste Person, die ich kenne. Es ist dir vielleicht nicht klar, aber du gibst uns allen Halt. Was Silas getan hat, hättest du nicht verhindern können. Wir müssen alle die Konsequenzen unserer Entscheidungen tragen, aber wir können nicht die Verantwortung für die Entscheidungen anderer übernehmen.«

Yara musterte ihren Bruder überrascht und ein wenig amüsiert. »Und das aus deinem Mund? Versteh mich nicht falsch, aber Kontrolle ist dein zweiter Vorname. Früher als Kommandeur der Schlossgarde, und seit wir vom Palast aufgebrochen sind, hast du dich immer ein wenig für uns alle verantwortlich gefühlt.«

Nathan seufzte, kratzte sich am Kopf und wirkte etwas zerknirscht. »Na ja, vielleicht habe ich in den letzten Jahren auch etwas dazugelernt. Am Anfang, als wir hierherkamen, habe ich mich schuldig gefühlt.«

Yara runzelte erstaunt die Stirn. »Schuldig? Wofür?«

»Auf eine Weise habe ich mich dafür verantwortlich gefühlt, dass wir hier gelandet sind.«

»Aber warum? Jeder von uns ist aus freien Stücken hier! Das zumindest hat Silas noch einmal bewiesen.«

Nathan zuckte mit den Schultern. »Ich weiß. Inzwischen kann ich es auch akzeptieren. Im ersten Jahr habe ich viel Zeit damit verbracht, das Licht und seine Weisheit in mir zu suchen. Ich habe so mit unserer Situation gehadert und hatte das Gefühl, ich sei der Einzige. Ihr wart alle so entschlossen, das Beste daraus zu machen. Mittlerweile komme ich besser damit zurecht, als damals.«

Wieder saßen sie eine Weile schweigend nebeneinander. »Denkst du, es wird sich jemand Silas Entscheidung anschließen?« Yara ließ den Kopf hängen. »Ich weiß nicht, ob ich es ertragen könnte, noch jemanden zu verlieren.«

»Ich weiß es nicht. Aber in einem hat Silas recht. Irgendetwas muss sich verändern. So können wir nicht weitermachen.«

Wieder schwiegen sie, aber es war eine angenehme Stille voller Vertrautheit, die Yara unwillkürlich an ihren Urgroßvater erinnerte und die Art, wie er und Elouan nebeneinander auf der Bank gesessen und so offensichtlich die Gesellschaft des anderen genossen hatten.

»Erinnerst du dich an Ilai, unseren Ur-ur-ich-weiß-nicht-wieviel-ur-Großvater?«, fragte sie laut.

Nathan schien über ihren Themenwechsel nicht verwundert, vielleicht war er auch froh, von den Gedanken an Silas abgelenkt zu werden. »Natürlich. Ich habe als Kind viel Zeit bei ihm verbracht. Er konnte gut Geschichten erzählen.«

»Er war immer so von Frieden erfüllt. Ich habe nie jemanden getroffen, der dem Licht so nah war wie er. Bei ihm waren es nicht nur die Augen. Irgendwie schien sein ganzer Körper das Licht auszustrahlen. Bis heute werde ich ruhig, wenn ich mich an die Stunden erinnere, die ich neben ihm auf der Bank vor seiner Hütte gesessen und ihm zugehört habe.«

Nathan nickte lächelnd. »Ja, das ging mir auch so. Später, während des Trainings, habe ich oft an ihn gedacht. Er war mein Ansporn, ich wollte immer der Krieger werden, der er einmal an Elouans Seite gewesen war.«

Yara sah zum Sternenhimmel hinauf, der zu Beginn so ein tiefes Gefühl des Staunens in ihr ausgelöst hatte. Eine unzählbare Anzahl von kleinen Lichtpunkten glitzerte bis zum Horizont, ungestört von Lichtquellen oder Wolken. »Kannst du dir vorstellen, wie es damals gewesen sein muss? Wir hatten Elouan immer um uns. Und selbst diejenigen, die nicht in der Nähe des Palastes leben, wuchsen von Anfang an mit dem Wissen auf, dass er da ist. Sie hören seine Stimme und kennen die Geschichten über ihn. Aber Urgroßvater wusste nichts von alledem. Er hörte nur eine unbekannte Stimme, die ihn rief. Es muss ihn viel gekostet haben, diesem Ruf zu folgen und alles hinter sich zu lassen, ohne zu wissen, wer oder was auf ihn warten würde.«

Nathan sah nachdenklich ins Feuer. »Vielleicht hatte er deshalb diese besondere Beziehung zu Elouan. Sie schienen mir immer wie …« Er suchte nach dem richtigen Wort.

»Freunde«, ergänzte Yara.

Nathan nickte zustimmend und warf wieder ein Holzstückchen ins Feuer. »Er war natürlich auch immer respektvoll Elouan gegenüber, doch er konnte dabei er selbst sein und wirkte überhaupt nicht von der Macht und Autorität Elounas eingeschüchtert.«

»Vermutlich habe ich mir das bei ihm abgeschaut.«

Nathan musste lachen. »Ich weiß noch, wie schockiert unsere Eltern immer waren, wenn du ohne Hemmungen zu ihm gegangen bist und ihn mit Fragen bombardiert hast. Wie haben Großvater und er dich immer genannt?«

»Naty. Niemand sonst hat meinen mittleren Namen benutzt, aber Urgroßvater fand Natalie immer schön. Er meinte, das erinnere ihn an seine Frau Helen, die auch diesen zweiten Namen trug. Elouan hat mich noch jahrelang so genannt.«

Nathan nickte lächelnd. »An diesem einen Bankett bist du einfach nicht von Elouans Seite gewichen, obwohl so viele Menschen da waren, die mit ihm sprechen wollten.«

Die Erinnerungen an diese Zeit hinterließen bei Yara ein warmes Gefühl in der Brust, das sie dankbar einlud und festhielt. »Ich habe Urgroßvater sehr vermisst, nachdem er gestorben war«, fuhr sie fort. »Ich musste vor einigen Tagen daran denken, dass Elouan ihn begraben hat, wir aber nicht dabei waren. Hast du ihn mal gefragt, wo es war?«

Es war nicht unbedingt üblich, die Gräber von Verstorbenen zu besuchen, sie waren oft gar nicht gekennzeichnet. Aber meistens war ein kleiner Kreis von Angehörigen dabei, wenn sie zur letzten Ruhe gelegt wurden.

Nathan hielt inne. »Nun ja, er hat ihn eigentlich nicht begraben.«

Yara runzelte die Stirn. »Was meinst du damit?«

»Du hast es vermutlich nicht mitbekommen, weil du noch so jung warst. Mutter und Vater haben dir nichts erklärt, weil sie es selbst nicht verstanden. Eines Tages kam Mutter von einem Besuch von Urgroßvater zurück und war sehr aufgeregt, weil er einfach verschwunden war. Sie hatte ihn nirgends finden können, keiner hatte ihn gesehen. Sie und Vater wollten schon losgehen und ihn suchen, da stand plötzlich Elouan vor unserer Tür. Er sagte ihnen, sie sollten sich keine Sorgen machen, Ilai sei ins Licht gegangen.«

Yara nickte. Dieser Ausdruck war eine verbreitete Umschreibung für den Tod.

»Sie fragten ihn nach der Bestattung, aber er sagte ihnen, es sei nicht nötig. Einige Tage später hörte ich, wie sie sich abends darüber unterhielten, wie merkwürdig sie es fanden, dass Elouan sie nicht hatte dabeihaben wollen.«

»Er wollte sie nicht dabeihaben?«, hakte Yara verwundert nach und ließ etwas Sand von der einen Hand in die andere rieseln und wieder zurück, während sie gespannt der Geschichte ihres Bruders lauschte.

»Na ja, ich denke, aus Respekt haben sie es dem König einfach überlassen. Elouan und Urgroßvater hatten sein Leben lang eine engere Verbindung, als er es je mit Mutter hatte. Irgendwie ergab es für sie wohl Sinn. Einige Jahre später habe ich Elouan darauf angesprochen und wollte wissen, wo er ihn begraben hatte. Er antwortete, das habe er nicht. Ilai sei ins Licht gegangen und habe nichts zurückgelassen.«

Yara erstarrte verblüfft und sah Nathan an. »Was soll das heißen? Er hat seinen Körper … mit ins Licht genommen? Oder ist sein Körper einfach verschwunden, als er gestorben ist?«

Nathan zuckte mit den Schultern. »Ich weiß es nicht.«

»Und du hast nicht nachgefragt?«

Nathan zog die Augenbrauen hoch. »Du weißt doch, wie es mit Elouan ist. Er sagt etwas und in seiner Gegenwart erscheint das völlig sinnvoll. Erst wenn du später alleine darüber nachdenkst, wird dir klar, dass du eigentlich gar nicht verstanden hast, was er gesagt hat. Ich wollte ihn immer noch einmal danach fragen, habe aber irgendwie nicht den richtigen Moment gefunden.« Er lächelte. »Vermutlich wäre es mir mit der Antwort auf diese Frage sowieso ähnlich ergangen wie mit seiner ersten Erklärung.«

Yara musste ebenfalls lächeln und ihm recht geben. So hatte sie es auch mehr als einmal mit Elouan erlebt. Häufig erging es ihr heute noch so, wenn sie mit den Fragen ihres Alltags zu ihm kam. Er war immer da und ließ sie nie mit ihren Sorgen alleine. Doch sie erwartete schon lange keine Anweisungen und Erklärungen wie von Menschen mehr. Elouan war eben Elouan. Oft wurde ihr erst viel später klar, was er gemeint hatte.

Und es gab einen Teil in ihr, der Teil, der die Verbindung zum Licht hatte, der schon lange vor ihrem Verstand fähig war, Dinge zu begreifen. Wenn sie den Impulsen dieses Teils in sich gefolgt war, war noch nie etwas Schlechtes passiert. Und genau diese innere Stimme wusste ganz genau, dass sie hier am richtigen Platz war. Dass sie noch nicht am Ende waren. Es würde einen Durchbruch geben, der ihnen etwas bringen würde, für das all die Mühe und der Schweiß es wert gewesen waren. Egal, wie leise die Stimme in den letzten Monaten geworden war, sie war noch da. Yara war entschlossen, ihr wieder mehr Raum zu geben und die Resignation zurückzudrängen. Sie hatte sich ihr schon viel zu lange kampflos ergeben.

»Denkst du, es ist möglich, so sehr eins mit dem Licht zu werden, dass … ich weiß auch nicht, unser Körper selbst zu Licht wird?«, fragte sie nachdenklich und war unwillkürlich fasziniert von dieser Idee. Gleichzeitig spürte sie Furcht. Was würde aus dem werden, was ihre Person einzigartig machte, wenn sie sich so völlig dem Licht ergeben würde? Würde sie sich nicht in seinen unglaublichen Weiten verlieren?

»Ich weiß es nicht«, antwortete Nathan und warf das letzte Stück Holz ins Feuer. »Aber wenn das möglich ist, sind wir hier sicherlich meilenweit von diesem Zustand entfernt.«

Dem konnte Yara nicht widersprechen.

Kapitel 13

Kanan – ein Jahr später

Kanan lag auf dem Rücken im Gras und sah den Berg hinauf. Die Kühle des Erdbodens arbeitete sich so spät im Jahr bereits durch seinen Mantel hindurch. Bald würde der erste Schnee fallen. *Schon wieder ein Jahr vorbei.* Das Bild der im Nebel liegenden Bergspitze hatte sich in sein Gedächtnis gebrannt, als er die Augen schloss. Er lauschte dem Wind in den Bäumen um sich herum und streckte seine Hand aus, bis seine Finger durch die unmittelbare Nähe der Grenze zu kribbeln begannen. Seufzend richtete er sich auf und legte die Arme um die angewinkelten Beine. Er saß so weit oben auf dem Berg, dass er bis zur Stadt im Tal sehen konnte. Erneut fragte er sich, warum er immer wieder zur Grenze kam, obwohl die Nähe zu ihr die Unruhe in ihm nur verschlimmerte. Das Einzige, was dagegen half, war, wenn er durch seine innere Tür ins Licht trat. Dort konnte er loslassen und fühlte Frieden. Aber er konnte nicht andauernd ins Licht flüchten, er hatte auch noch einen Alltag zu bestreiten. Zudem konnte er so schlecht in Worte fassen, was er erlebte, wenn er an diesen Ort ging, das er bisher noch niemandem davon erzählt hatte. Vermutlich war es einfach eine merkwürdige Art der Meditation. Das war die Erklärung, mit der er sich momentan zufriedengeben musste.

Auf einmal hörte er Schritte hinter sich. Er musste sich nicht umdrehen, um zu wissen, wer sich kurz darauf neben ihn setzte. Seit er Umar zum ersten Mal hier oben getroffen hatte, musste schon ein halbes Jahr vergangen sein. Sie hatten oft gemeinsam hier gesessen. Inzwischen wusste Umar wesentlich mehr von dem, was ihn beschäftigte, als jeder andere. Umar war nicht die gesprächigste Gesellschaft, doch Kanan hatte seinen trockenen Humor und seine Sicht der Dinge zu schätzen gelernt. Immer wieder konnte er damit für eine Weile Kanans niedergeschlagene Stimmung vertreiben, die ihn die letzten Monate begleitet hatte. Die

Eigenheiten der Zeugen kannte er ja bereits von Jalis. Der sprach auch oft in Rätseln und schien Gefallen daran zu finden, dass er einen damit häufig nur noch mehr verwirrte. Nicht selten war daraus bei Kanan später doch noch ein Gedanke entstanden, der ihn weitergebracht hatte. Umar erinnerte ihn in dieser Hinsicht an Jalis. Zudem konnte Umar zuhören, was er in den letzten Monaten am meisten gebraucht hatte.

Umar musterte ihn von der Seite, das sanfte Leuchten seiner Augen erinnerte immer daran, zu wem er gehörte. »Du siehst nicht ganz so deprimiert aus wie letztes Mal.«

Kanan musste grinsen. »Danke. Das ist wirklich … nett von dir. Du siehst ausgeglichen aus wie immer.«

Umar zuckte mit den Schultern. »Genug Schlaf, Spaziergänge an der frischen Luft und nette Gesellschaft. Solltest du auch mal versuchen.«

»Ich gebe mir Mühe. Irgendwie scheint das bei mir aber nicht die gleichen Auswirkungen zu haben. Vermutlich grüble ich zu viel.«

Umar nickte mit gerunzelter Stirn. »Ja, das könnte eine Rolle spielen. Auf der anderen Seite kann es vermutlich auch keine Veränderung, keinen Fortschritt geben, wenn sich nicht ein paar von uns die Zeit zum Grübeln nähmen.«

Kanan sah ihn überrascht an. »Das sind ja ganz neue Töne!«

Umar zwinkerte ihm zu. »Ich dachte, du könntest etwas Zuspruch gebrauchen. Sonst hörst du am Ende noch damit auf. Das wäre schade um deine Gedanken, die ab und an doch ganz inspirierend sein können.«

Kanan wickelte sich einen Grashalm um den Finger. »Tja, zurzeit habe ich den Eindruck, dass du mit dieser Ansicht recht alleine dastehst.«

»Mh«, Umar wartete, dass er weitersprach.

Kanans Anflüge von Selbstmitleid wurden von ihm meist wenig befeuert. Kanan konnte sie selbst nicht leiden, aber es fiel ihm zunehmend schwer, sie abzuschütteln. Erst kürzlich hatte ihn Jalis ermahnt, der ihm offenbar das Selbstmitleid vom Gesicht abgelesen hatte. Diese Fähigkeit gehörte zu denen, die Kanan mehr als einmal dazu veranlasst hatte, Jalis aus dem Weg zu gehen. »Selbstmitleid wird dir nur den Zugang zum Licht verwehren. Was bleibt von dem, was du zu sagen hast, wenn du Elouan nicht mehr hörst?«, hatte er Kanan ohne Umschweife auf den Kopf zugesagt.

Vermutlich hatte Jalis recht. Immer wieder fragte Kanan sich, ob es nicht besser sei, wenn er einfach schwieg. Aber jeden Mal, wenn er sich das vornahm, konnte er doch nicht an sich halten. Immer wieder hatte er mit seinen kritischen Worten die gute Stimmung bei Treffen mit Freunden zerstört. Im besten Fall erntete er nur ratloses Schweigen. Auch in den Ratsversammlungen wurden seine Ansprachen noch immer gefürchtet. Seit er dort vor fünf Jahren zum ersten Mal offen gesprochen hatte, hatte er noch häufig das Wort ergriffen. Inzwischen war er sich sicher, dass sie jedes Mal aufatmeten, wenn er zu einer Sitzung nicht erschien. In den letzten Monaten war er den Versammlungen tatsächlich zunehmend ferngeblieben. Das konnte auf Dauer natürlich keine Lösung sein, doch er hatte den Eindruck, sie brauchten eine Pause von ihm.

»Selbst meine Mutter hat mich schon ab und zu aufgefordert, meine Unzufriedenheit für mich zu behalten«, nahm Kanan das Gespräch wieder auf.

»Tatsächlich? Ich dachte, sie hat dich immer darin unterstützt, Dinge zu hinterfragen?«

Kanan nickte. Er war sehr überrascht gewesen, gerade von ihr in die Schranken gewiesen zu werden. »Sie war immer dafür, dass wir uns gegenseitig korrigieren. Schon oft hatte sie den Mut, Dinge anzusprechen, wenn sie das Gefühl hatte, sie stünden nicht im Einklang mit dem Licht. Sie meint, ich triebe einen Keil in unser Volk, der uns entzweien könnte. Sie fürchtet um unsere Einheit, die uns durch die Verbindung zu Elouan als Volk so besonders macht.«

Kanan stand auf, steckte die Hände in die Hosentaschen und wippte auf den Fußsolen. Wie immer, wenn er über das sprach, was ihn bewegte, konnte er nicht ruhig sitzen bleiben. »Natürlich will ich unsere Einheit nicht gefährden. Ich weiß, wie wichtig die Verbindung ist, die wir miteinander haben.«

Er rieb sich mit einer Hand an der Stelle seines Herzens über die Brust und sah zur Stadt hinab. Er konnte sein Volk dort spüren und wusste, dass es den anderen genauso ging. Was auch immer geschehen würde, sie waren ein Volk. Und dennoch …

»Aber wie kann beides wahr sein? Dieser Drang, den ich in mir spüre, wird ebenso aus dem Licht in mir geboren. Auch wenn ich es nicht erklären kann, weiß ich, dass es der richtige Weg für unser Volk ist. Wir müssen anfangen, uns zu erlauben, darüber nachzudenken, dass wir manche Anweisungen Elouans einfach falsch verstanden haben!«

Umar nickte. »Du bist nicht alleine mit deinen Gedanken«, stellte er fest und traf damit wieder einmal den Kern von Kanans Dilemma.

Kanan sah ihn zweifelnd an. »Woher willst du das wissen?«

Umars Mundwinkel zuckten. »Vorausgesetzt, deine Überlegungen sind tatsächlich aus dem Licht Elouans geboren, wäre es ziemlich anmaßend, davon auszugehen, dass du der Einzige bist, der das erkennt, oder nicht? Oder hast du selbst Zweifel daran?«

Kanan schloss für einen Moment die Augen und konzentrierte sich auf das Licht. Es erschien ihm wie ein dünner Vorhang in seinem Inneren, durch den er treten konnte. Anschließend war er vollkommen vom Licht umgeben und tauchte hinein, bis alles andere in den Hintergrund trat. So war es schon immer gewesen. An diesem Ort umschloss Elouans Gegenwart ihn vollständig und die Zweifel verschwanden. Nun durchströmten ihn wieder die Gewissheit und die Hoffnung, dass es einen Weg geben würde.

»Nein«, schüttelte er den Kopf. »Ich kann nicht anders, ich muss dieser Überzeugung folgen.«

Umar nickte. »Dann bist du nicht alleine. Du wirst die anderen finden. Oder sie werden dich finden. Und bis dahin wird dir das Licht Weisheit geben, wie du deiner Überzeugung treu sein kannst, ohne deine Freunde und deine Familie gegen dich aufzubringen.«

Sie saßen noch eine Weile nebeneinander im Gras, bis Umar aufstand. »Ich muss los.«

Kanan stand ebenfalls auf. »Ich habe dich das nie so direkt gefragt, aber teilst du meine Überzeugung? Oder hast du zumindest den Eindruck, dass ich mich damit auf dem richtigen Weg befinde?«

Umar sah ihn verblüfft an. »Natürlich. Du hattest mich schon bei unserem ersten Gespräch vor Monaten überzeugt.« Für einen Moment schien sich das Licht in seinen Augen auf eine Art zu intensivieren, die Kanan noch nie beobachtet hatte. Dann nickte Umar ihm lächelnd zu und verschwand zwischen den Bäumen.

Erst als er außer Sichtweiter war, fiel Kanan auf, dass er schon wieder vergessen hatte, ihn zu fragen, wo er wohnte und was seine Aufgaben bei den Zeugen waren. Ihre Gespräche schienen sich immer hauptsächlich um ihn zu drehen. Kanan schämte sich dafür, nicht mehr Interesse daran gezeigt zu habe, was Umar beschäftigte, was seinen Alltag schwierig machte oder ihm Freude bereitete. Aber ihre Freundschaft war ja erst am Anfang. Auf eine Weise genoss Kanan, dass sie bisher von seinem sonstigen Umfeld getrennt war. Ein kleiner Teil in ihm befürchtete, auch noch Umars Verständnis zu verlieren, wenn sich das änderte. Auf der anderen Seite wollte er ihn gern seinen Freunden vorstellen, denen er schon viel von ihm erzählt hatte. Dinah, seine Freundin aus Kindertagen, hatte ihn vor Kurzem lachend aufgezogen, dass sie langsam begann zu glauben, er habe sich Umar nur ausgedacht, wenn er ihn nicht bald mal zum Abendessen mitbrächte. Vielleicht war sie auch ein wenig eifersüchtig, weil ihm Umars Gesellschaft und die Gespräche mit ihm inzwischen sehr viel bedeuteten.

Sogar von Dinah und ihrem Mann Tamir hatte sich Kanan in letzter Zeit zurückgezogen. Er hatte immer den Eindruck, abwägen zu müssen, was er sagte. Es war, als sei eine unsichtbare Barriere zwischen ihnen, die die beiden vermutlich genauso spürten.

Auf dem Weg zurück in die Stadt beeilte er sich nicht. So stand die Sonne schon tief am Himmel, als er etwa zwei Stunden später in seine Straße einbog. Schon von Weitem sah Kanan seine Mutter auf sich zukommen. Unter normalen Umständen hätte er sich gefreut, sie zu treffen und auf dem letzten Stück des Weges ihre Gesellschaft zu haben. Heute war er sich nicht ganz sicher. Nach ihrem Streit vor zwei Tagen waren sie ohne Versöhnung auseinandergegangen. So etwas war noch nie zuvor geschehen. Aber er war zu wütend und enttäuscht gewesen, als dass sie noch Frieden hätten schließen können. Seitdem hatte Kanan noch keinen Versuch unternommen, sie aufzusuchen. Nun war sie ihm offenbar zuvorgekommen, denn sie kam zielstrebig auf Kanan zu.

Als sie schließlich voreinanderstanden und Kanan das Bedauern und die Zuneigung in ihren Augen sah, wusste er ohne Nachzudenken, was er sagen wollte. »Es tut mir leid, Mutter. Deine Meinung bedeutet mir viel. Ich war nur … überrascht.«

Sie nickte erleichtert. »Mir tut es auch leid, Kanan. Ich habe immer daran geglaubt, dass die Art, wie du dir über die Dinge Gedanken machst, etwas Besonderes ist. Ich sorge mich nur um unser Volk.«

Sie umarmten sich und etwas von der Last auf seinen Schultern fiel von Kanan ab. Dennoch war ihm klar, dass die gegenseitige, ehrliche Entschuldigung nicht bedeutete, dass ihre Meinungsverschiedenheit sich aufgelöst hatte. Für einen Moment hatte er das Bedürfnis, mit seiner Mutter einfach gar nicht mehr über dieses Thema zu reden, um nicht ihre Beziehung zu gefährden. Aber würde er ihr damit nicht zeigen, dass sie recht hatte? Dass seine Gedanken einen Graben in ihrem Volk verursachten, mitten in seiner eigenen Familie? Nein, er musste mit ihr darüber sprechen können! Sie liefen nebeneinanderher und zwischen ihnen war die Vertrautheit wiederhergestellt, die Kanan gewohnt war.

»Du denkst also, ich erwarte zu viel von unserem Volk«, stellte er fest.

Seine Mutter seufzte. »Ich teile ja deine Ansicht, dass sich Dinge ändern müssen. Aber du bist einfach zu ungeduldig. Was du sagst, rüttelt derartig an den Grundfesten dessen, was unser Volk über Jahrhunderte bestimmt und unser Handeln gestützt hat. Ich sehe noch nicht, wie unsere Gesellschaft einen solchen Wandel vollziehen kann.«

Kanan spürte, wie sehr ihn das verunsicherte. Doch was konnte er anderes tun, als seinem Herzen und dem Licht in seinem Inneren zu folgen und zu hoffen, dass Elouan ihn korrigieren würde, wenn er den falschen Weg einschlug? »Ich höre, was du sagst, Mutter, und ich nehme es nicht auf die leichte Schulter, das verspreche ich dir.«

Sie zog ihn erneut in eine Umarmung. »Das ist alles, was ich erwarten kann. Wir werden sehen, was die Zukunft bringt. Besuche uns doch in den nächsten Tagen zum Essen. Dein Vater vermisst dich.«

Kanan nickte lächelnd. »Ich werde vorbeikommen, versprochen!«

Trotz seiner Erleichterung über das klärende Gespräch war Kanan danach noch verwirrter. Es fühlte sich an, als müsse er sich zwischen seiner Familie, seinen Freunden und seinen Überzeugungen entscheiden.

Inzwischen war es dunkel und er überlegte einen Moment, ob er Jalis jetzt noch stören konnte. Dann entschied er sich, ihn am nächsten Tag in den Gärten zu suchen, wo er sich meistens vormittags aufhielt.

Als er am Abend im Bett lag, gingen ihm noch einmal einige der Gespräche mit Umar durch den Kopf. Wieder fiel ihm auf, wie wenig er über ihn wusste, trotz der vielen Stunden, die sie schon gemeinsam verbracht hatten. Er musste Jalis unbedingt nach ihm fragen. Der kannte vermutlich alle Zeugen. Und so sehr, wie Umar ihn manchmal an Jalis erinnerte, hatten die beiden sicherlich einiges gemeinsam.

Am nächsten Morgen machte er sich auf den Weg zu den Gärten vor den Toren der Stadt, wo er Jalis bereits am Eingang begegnete. Sein Mentor war allerdings mit einem der Stadträte ins Gespräch vertieft. Kanan grüßten sie nur kurz. Er verabredete sich deshalb für später mit Jalis auf dessen bevorzugter Bank im Zentrum der Gärten.

Als Kanan dort mit Blick auf den Berg der Könige saß, erfasste ihn wieder die altbekannte Unruhe. Etwas nagte an ihm, ein Gedanke, den er weder abschütteln noch in Worte fassen konnte. Ihm war, als übersehe er etwas Offensichtliches. Als Jalis sich schließlich neben ihn auf die Bank sinken ließ und erleichtert seufzte, konnte er noch immer nicht sagen, was es war.

Kanan grinste. »Na, alter Mann. Als ich dich zuletzt gesehen habe, warst du aber noch flinker auf den Füßen.«

Jalis sah ihn gespielt tadelnd an. »Warte nur Junge, du wirst schon noch herausfinden, was es bedeutet, älter zu werden. Abgesehen davon liegt es nicht an mir, dass wir uns lange nicht getroffen haben.« Er musterte Kanan mit dem durchdringenden Blick, der ihm schon seit seiner Jugend verständlich gemacht hatte, dass es keinen Sinn hatte, etwas vor ihm zu verbergen.

Um ihm nicht ins Gesicht zu sehen, sah Kanan zum Berg hinüber. »Ich wollte nicht auch noch von dir Kritik ernten«, antwortete er ohne Umschweife. »Es reicht schon, dass mir alle anderen zu verstehen geben, was sie von mir halten.«

»Aha. Nun, woher willst du wissen, was ich zu sagen habe, wenn du nicht fragst? Womöglich gilt das für alle anderen ebenso.«

Kanan zuckte mit den Schultern. »Beim einzigen Gespräch, das wir in den letzten Wochen geführt haben, sagtest du mir, mein Selbstmitleid würde mich nur vom Licht trennen. Alle anderen reden kaum noch mit mir, sondern nur über mich, wenn ich nicht da bin. «

Jalis zog einen Apfel aus der Tasche seines Umhangs und biss herzhaft hinein. »Es ist nun mal so.«

»Was?«, fragte Kanan irritiert und gleichzeitig gegen seinen Willen amüsiert.

»Selbstmitleid. Es trennt vom Licht.«

»Ja, schon gut. Du hast ja recht. Aber ich könnte etwas Unterstützung gebrauchen!«

Vielleicht war es die Tatsache, dass Jalis für ihn wie ein zweiter Vater war, die dazu führte, dass er in seiner Gegenwart keinerlei Fassade aufrechterhalten konnte. Er bemühte sich gar nicht erst darum. Es war erholsam, einfach er selbst zu sein und nicht abwägen zu müssen, was er sagte. Jalis legte ihm einen Arm auf die Schultern. »Ich habe dich immer unterstützt, das weißt du.«

Kanan nickte und wurde nachdenklich. »Ich habe Zweifel, Jalis. Nicht an meiner Überzeugung, dass wir unsere Traditionen hinterfragen müssen. Sondern daran, dass diese Idee es wert ist, meine Freundschaften aufs Spiel zu setzen. Versteh mich nicht falsch, ich bin bereit, Opfer für die Wahrheit zu bringen, an die ich glaube. Aber wenn so viele sich von dem, was ich vorschlage, nur verunsichert und angegriffen fühlen, ist es dann vielleicht einfach … der falsche Zeitpunkt? Sollte ich schweigen und es Elouan überlassen, die notwendigen Veränderungen zum richtigen Zeitpunkt bei uns allen zu erwirken?«

Jalis sah ihn eindringlich an. »Die Wahrheit ist nicht unbedingt im Glauben der Mehrheit zu finden. Dennoch ist es weise, sich zu hinterfragen, wenn es niemanden gibt, der eine Sichtweise teilt. Gibt es keinen einzigen?«

»Nun ja …«, Kanan dachte eine Weile darüber nach, warum er sich so alleine fühlte. »Sicher gibt es einige, die meine Gedanken bis zu einem gewissen Grad teilen. Tamin sehnt sich ebenfalls nach Veränderung, bei Dinah bin ich mir allerdings nicht sicher, was sie von all dem hält. Umar scheint zumindest interessant zu finden, was ich erzähle. Aber da ist niemand, den es ebenso wie mich in die Verzweiflung zu treiben scheint, dass sich einfach nichts ändert und alles so langsam geht!«

»Es ist also weniger das Problem, dass niemand nachvollziehen kann, was dich beschäftigt, sondern, dass es niemandem so wichtig ist wie dir?«

»Vermutlich.« Kanan verschränkte die Arme und ließ sich auf der Bank nach hinten sinken, bis er seinen Kopf ablegen und zum fast wolkenlos blauen Himmel hinaufsehen konnte. Nur der Berg der Könige war wie immer wolkenverhangen.

»Wer ist Umar?«, fragte Jalis.

Kanan drehte ihm den Kopf zu. »Du müsstest ihn kennen, er ist einer der Zeugen. Ich glaube, wenn er die letzten Monate nicht gewesen wäre, hätte ich aufgegeben. Ich hätte meine Gedanken verworfen und versucht, damit zu leben, dass ein Teil von mir sich immer nach mehr sehnen wird …«

Jalis legte nachdenklich die Stirn in Falten. »Seit ich nicht mehr unterrichte, kenne ich nicht mehr alle Zeugen persönlich. Aber ich bin mir sicher, dass es keinen Umar unter ihnen gibt.«

Kanan richtete sich auf. Da war wieder dieser nagende Gedanke, zum Greifen nah. »Er ist etwas größer als ich, dunklere Haut, braune Haare und braune Augen. Er spricht nicht viel, und wenn doch, sagt er meist etwas, das mich zum Nachdenken bringt. Was das angeht, erinnert er mich an dich.«

»In welchem Dorf wohnt er? Oder hier in der Stadt?«, fragte Jalis.

»Tja, ehrlich gesagt, ich weiß es nicht.«

»Mit welchen Aufgaben ist er betraut?«

Kanan runzelte die Stirn. »Das weiß ich auch nicht. Und bevor du weiterfragst, ich weiß auch nichts über seine Familie oder was er sonst tut.«

Jalis bückte sich und grub mit der Hand eine kleine Kuhle in den lockeren Boden neben der Bank, legte das Apfelgehäuse hinein und bedeckte es wieder mit Erde. »Das ist recht wenig. Wie lange trefft ihr euch schon?«

Kanan kannte Jalis Gesichtsausdruck, wenn dieser etwas gefunden hatte, mit dem er ihn aufziehen konnte. Er hob abwehrend die Hände. »Ich weiß, das hört sich an, als würde bei diesen Treffen nur ich sprechen und Umar nicht zu Wort kommen lassen. So ist es nicht! Aber meist sagt er einfach interessante Dinge zu meinen Überlegungen. Damit hat er schon mehr als einmal neue Gedanken angestoßen, die mir weitergeholfen haben. Er ist …«

In diesem Moment wurde ihm klar, was die ganze Zeit am Rande seines Bewusstseins darauf gewartet hatte, verstanden zu werden. Für einen Moment schien es ihm selbst vor Jalis zu weit hergeholt, als dass er es laut aussprechen wollte.

»Er ist was?«, hakte dieser nach.

Kanan drehte sich ihm aufgeregt zu. »Denkst du, es ist möglich, dass Elouan uns erscheint? Nicht als die Stimme im Licht, sondern als Person?«

Jalis musterte ihn nachdenklich. »Ja, grundsätzlich halte ich das für möglich.«

Kanan sprang auf. »Tut mir leid, Jalis, aber ich muss gehen!«

Jalis sah ihm gedankenversunken nach, bis er ihn zwischen den Bäumen und Büschen auf dem Weg zum Berg der Könige aus den Augen verlor. Dann schloss er die Augen und konzentrierte sich auf das Licht in seinem Inneren. Nach einigen Momenten war er so tief darin versunken, dass er vergessen hatte, wo er sich befand und dass ihn sein Rücken und seine Knie schmerzten. Das Licht durchdrang ihn und war ein Teil von ihm, ebenso wie er ein Teil des Lichtes war. Dort, mitten in dieser Weite, spürte er Elouans Gegenwart und sein Wohlwollen.

Wenn du es bist, der dem Jungen begegnet, flüsterte er, *dann zeig ihm den Weg, wie er unserem Volk mit dem, was du in ihn gelegt hast, dienen kann. Und falls du es nicht bist, hab Gnade mit ihm und schenke ihm Geduld. Ich weiß, du hast etwas mit ihm vor. Gib ihm und uns allen Weisheit, wie wir damit umgehen können, ohne dass die Woge, die er auslösen wird, uns zerstört.*

Kanan war außer Atem und seine Lunge schmerzte bei jedem Atemzug, als er endlich auf der Lichtung ankam, wo er gestern mit Umar gesessen hatte. Er hatte die Strecke in fast der Hälfte der Zeit zurückgelegt, die er sonst benötigte, und den ganzen Weg über gegrübelt.

Jetzt, wo der Gedanke ihm einmal gekommen war, schien alles Sinn zu ergeben. Umar war aufgetaucht, als er praktisch keine Hoffnung mehr gehabt hatte. Sie hatten sich immer hier getroffen, ohne sich zu verabreden. Umar schien ihn immer zu verstehen und gab ihm das Gefühl, auf dem richtigen Weg zu sein, doch er erzählte nie etwas von sich selbst. Ungeduldig ging er auf und ab, während er darauf wartete, dass Umar durch die Bäume trat. Doch auch gegen Mittag war er noch alleine. Natürlich hatten sie sich nicht verabredet und normalerweise trafen sie sich nie mehrere Tage in Folge. Aber wenn er wirklich recht hatte, spielte das wohl keine Rolle.

»Oh, komm schon!«, rief er schließlich in Richtung des Berges der Könige und trat bis direkt an die Grenze. Er spürte die Macht, die von ihr ausging. »Jetzt, wo ich es herausgefunden habe, tauchst du nicht mehr auf?«

Jemand trat neben ihn und folgte seinem Blick. »Mit wem redest du?«, fragte Umar.

Etwas aus dem Konzept gebracht, trat Kanan einen Schritt zurück. Wenn das wirklich Elouan war, schien er nicht geneigt, es ihm leicht zu machen. Umar musterte ihn mit schiefgelegtem Kopf und gerunzelter Stirn. Offenbar machte Kanan nicht gerade einen aufgeräumten Eindruck. In diesem Fall kam es wohl auch nicht mehr darauf an und er konnte seine Frage einfach stellen, bevor ihn der Mut verließ und er sich selbst für verrückt erklärte. »Bist du Elouan?«

Kapitel 14

Ilai – zwei Wochen später

Der kalte Wind riss an Ilais Umhang. Er war deutlich schneller vorangekommen als beim letzten Mal, weil er weniger geschlafen und kaum Pausen gemacht hatte. Das hatte mehrere Gründe, nicht zuletzt die Kälte, die nachts in seine Knochen zog und den Schmerz in seiner verletzten Hüfte fast unerträglich machte. Inzwischen war der Boden jeden Morgen von Frost bedeckt. Er konnte froh sein, dass es noch nicht geschneit hatte. Zudem war ihm ständig bewusst, dass seine Freunde und Familie in Gefahr waren, von den Solech entdeckt und getötet zu werden.

Auch wenn er es sich lieber nicht eingestehen wollte, war der Hauptgrund für seine Eile, dass er nicht zur Ruhe kommen oder seine Augen schließen konnte, ohne die Kämpfe vor sich zu sehen, die er geführt hatte. Kaum war er eingeschlafen, träumte er davon und spürte regelrecht die Hand des Kriegers an seinem Hals. Oder ihm war als hielte er seinen sterbenden Nachbarn in den Armen. Wenn er alleine vor dem Feuer saß, grübelte er über das Erlebte nach oder fragte sich immer wieder, ob er rechtzeitig mit der Armee zurück sein würde, um die anderen zu retten, und ob er den König überhaupt überzeugen können würde, ihnen zu helfen.

Er schlief erst, wenn er es nicht mehr vermeiden konnte. Zumindest überfiel ihn seine Vision immer seltener, je weiter er sich von den Solech entfernte.

Sein innerer Kompass sagte ihm, dass es nicht mehr weit war. Er hoffte schon seit zwei Tagen, hinter jedem Hügel das Schloss des Königs zu entdecken. Die letzten beiden Dörfer, die er passiert hatte, waren ausgestorben gewesen. So nah am Schloss hatte sich sicherlich kaum einer dem Ruf entziehen können. Dennoch war es bezeichnend, dass sie offenbar alle dortgeblieben waren.

In seine Grübeleien vertieft, bemerkte Ilai erst spät die Ziegen und Schafe, die auf den Wiesen grasten, die er gerade überquerte. Sie standen in Gruppen zusammen, um sich gegenseitig zu wärmen, und schenkten ihm keine Beachtung. Er blieb stehen und sah sich um. Etwas wehmütig musste er an Lukans Herde denken. Endlich entdeckte er den Schäfer, der bereits auf ihn zukam und freundlich winkte. Ilai erwiderte den Gruß und bemühte sich zu lächeln.

Der Schäfer kam einige Schritte vor ihm zum Stehen, lehnte sich auf seinen Stock und musterte Ilai immer noch freundlich. Ilai schätzte, dass sie etwa im selben Alter waren, auch wenn sich im Gesicht des Mannes schon tiefe Furchen eingegraben hatten. Vermutlich verbrachte er fast sein ganzes Leben draußen. Das Interessanteste an ihm war jedoch das leichte Leuchten seiner Augen.

Von Weitem war es Ilai gar nicht aufgefallen, doch nun konnte er es nicht mehr übersehen.

»Hallo, ich bin Thomas«, stellte er sich vor.

»Mein Name ist Ilai.«

»Du folgst dem Ruf?«

Ilai nickte. »Ist es noch weit bis zum Schloss?«

Thomas schüttelte den Kopf. »Über die Anhöhe dort und durch den Waldabschnitt, dann stehst du mitten im Lager.«

Ilai deutete auf seine Augen. »Du gehörst zum König?«

Thomas lachte. »So könnte man es sagen, ja.«

»Weshalb bist du dann hier?«

Ilai war bewusst, dass er etwas unhöflich war, aber nach Wochen des Wanderns ohne Gesellschaft schaffte er es einfach nicht, Zeit mit Belanglosigkeiten zu verschwenden.

Thomas schien ihm das nicht übel zu nehmen. Er zuckte mit den Schultern. »Ziegen hüten ist, was ich am besten kann.«

Die Antwort kam Ilai merkwürdig vor, wenn man bedachte, dass sich hinter dem nächsten Hügel eine Armee auf den Krieg vorbereitete, aber er beließ es dabei. Es hatte sie auch nicht gerade weitergebracht, Esad auszufragen. Zudem hatte er nicht mehr viel Weg vor sich, bevor er hoffentlich auf Menschen treffen würde, die ihm echte Antworten geben konnten. Vielleicht konnte er den König sogar persönlich sprechen.

Thomas griff in seine Tasche und hielt Ilai etwas Fleisch und Käse hin. »Du siehst aus, als könntest du es gebrauchen«, sagte er mit einem Augenzwinkern. Dann deutete er zum Feuer. »Du kannst auch einen warmen Tee haben.«

Ilai lag schon auf der Zunge, sowohl den Tee als auch das Essen abzulehnen, aber dann überlegte er es sich anders. »Ich möchte so schnell wie möglich weiter zum Schloss, daher hoffe ich, du verzeihst mir, dass ich keine Pause machen will. Aber den Käse und das Fleisch nehme ich gerne. So etwas Gutes hatte ich seit Wochen nicht mehr.«

Thomas nickte verständnisvoll. »Wenn du schon so lange unterwegs bist, musst du fast den ganzen Kontinent überquert haben. Nur noch zwei Stunden, dann bist du am Ziel.«

Ilai schaffte es in einer Stunde. Er hatte sich das Schloss oft vorgestellt, doch als er nun auf der Anhöhe den ersten Blick darauf werfen konnte, war er so beeindruckt, dass er für einen Moment stehen blieb. Es war eher schlicht und auch gar nicht so groß, aber aus massiven, hellen Steinen gebaut, wie sie Ilai noch nie auf dem Kontinent gesehen hatte. Es stand auf einem kleinen Hügel, der durch leicht abfallende Wiesen vom Lager getrennt war. An jeder Ecke des Gebäudes gab es einen Turm, auf dem eine Fahnenstange ragte. Die langen Fahnen in Weiß, Gold und Lila hingen fast bis zum Boden und bewegten sich im Wind. Nur noch ein kleines Waldstück am Fuße des Berges trennte Ilai von den Ausläufern des Lagers. Es mussten Tausende Menschen sein, die dort lebten, und der Wind trug ihre Geräusche zu Ilai hinauf. Sie erinnerten ihn an zu Hause, an sein Dorf, das jetzt gerade leer stand und nie wieder so sein würde wie früher. Zu viel hatten sie verloren. Er schob den Gedanken zur Seite. Fast hatte er es geschafft, nun musste er nur noch dafür sorgen, dass diese Armee in seine Heimat kam. Das Lager sah allerdings nicht danach aus, als wenn sie planen würden, demnächst aufzubrechen. Es bestand nicht nur aus Zelten, sondern auch aus einfach gezimmerten Unterkünften. Viele der Menschen lebten ja schon seit Monaten hier. Die Zelte und Hütten standen in Gruppen. Die Wege zwischen den einzelnen Abschnitten waren ebenso breit und ausgetreten, wie in Ilais Heimatdorf.

Das hier war ein Dorf, korrigierte Ilai sich selbst, auch wenn es deutlich größer war als das, aus dem er kam. Er fragte sich, ob er bekannte Gesichter sehen würde. Immerhin war fast ein Viertel der Menschen seines Dorfes dem Ruf gefolgt. Bei der Größe des Lagers musste er sich wahrscheinlich gedulden, bis er sie gefunden hatte oder ihnen zufällig über den Weg lief. Sie waren vor zehn Monaten aufgebrochen, doch für Ilai fühlte es sich an, als seien in der Zwischenzeit Jahre vergangen.

Schließlich holte er tief Luft und folgte dem Pfad hinunter in Richtung Lager. Noch heute würde er alles daransetzen, mit jemandem zu sprechen, der Einfluss hatte. Er wollte darum bitten, zumindest mit einem Teil der Armee so bald wie möglich Richtung Osten aufzubrechen.

Zu seiner Überraschung war das Lager nicht von Wachen geschützt. Er legte den kurzen Weg vom Waldrand bis zu den ersten Unterkünften unbehelligt zurück. Auch als er einen der Wege entlangging, wurde er nur freundlich gegrüßt. Das Nächste, was ihn überraschte, war, dass nicht alle Menschen das Zeichen des Königs, wie Esad es genannt hatte, trugen. Einige hatten kein Leuchten in den Augen. Ilai schien nicht weiter aufzufallen, obwohl er schmutzig und abgerissen war und sich offensichtlich nicht im Lager auskannte. Vielleicht kamen doch noch regelmäßig Neuankömmlinge zum Schloss? Doch die meisten, die ihm ohne Leuchten in den Augen entgegenkamen, wirkten, als wohnten sie hier. Er hatte erwartet, dass der König nur die an seinem Schloss duldete, die ihm die Treue schworen, oder was auch immer es brauchte, um das Zeichen zu erhalten.

Nachdem er eine Weile umherspaziert war, kam er an einer Art Trainingsplatz vorbei. Etwa dreißig Männer und Frauen standen dort in Reihen und hielten kurze Schwerter in den Händen, die denen von Herion gar nicht so unähnlich waren. Unter Anleitung einer jungen Frau übten sie die Handhabung der Waffen. Zu Ilais Enttäuschung führte er selbst sein Schwert inzwischen besser als die Soldaten. Doch er konnte ja nicht wissen, welchen Platz sie in der Armee einnehmen würden. Vielleicht erhielten sie nur die Grundausbildung, um sich im Zweifelsfall verteidigen zu können, hatten aber eigentlich eine andere Aufgabe. Er hoffte es. Zudem gab es wahrscheinlich keine schnellere Art, den Umgang mit einer Waffe zu lernen, als wenn das eigene und das Leben der Freunde auf dem Spiel stand.

Er wollte gerade weitergehen, als die Leiterin der Übung sich umdrehte und in seine Richtung sah. Ihre Blicke trafen sich für einen Moment und Ilai hielt überrascht inne. Ihre Augen leuchteten weitaus heller als bei allen anderen, die er hier bisher gesehen hatte. Ilai erkannte auch, dass sie kaum älter sein konnte als er selbst. Dennoch schien sie einen hohen Rang zu bekleiden. Sie strahlte eine Mischung aus Selbstbewusstsein, Wachsamkeit und Interesse aus, sodass Ilai sich ohne Weiteres vorstellen konnte, ihr in den Kampf zu folgen.

Allein der Gedanke an Kampf nahm ihm jedoch alle Energie und erinnerte ihn daran, warum er hier war. Da er keine bessere Idee hatte, beschloss er, einfach in Richtung des Schlosses zu gehen. Es waren noch einige Stunden, bevor es dunkel werden würde, genug Zeit, um herauszufinden, was sie mit einem Neuankömmling wie ihm vorhatten. Er hoffte auf ein Bett, etwas zu essen und Antworten auf seine Fragen.

Nach einigen Minuten überquerte er einen größeren Platz zwischen den Zelten und Hütten, der offenbar als zentrale Küche genutzt wurde. Auf mehreren Tischen wurde um ein großes Feuer Gemüse geschnitten und Teig geknetet. Hier schienen hauptsächlich Jugendliche zu arbeiten, die sich während des Kochens scherzend unterhielten. Ein Mann mittleren Alters und eine ältere Frau riefen den Jüngeren Anweisungen zu und kümmerten sich am Feuer um die Töpfe und Pfannen. Ihr Gesichtsausdruck war entspannt und sie stimmten immer wieder in das Lachen um sich herum mit ein. Offensichtlich genossen sie die Gesellschaft der jungen Menschen. Aus irgendeinem Grund konnte Ilai den Blick nicht von der Szene abwenden. Vielleicht war es die Unbeschwertheit, den die Gruppe ausstrahlte. Auch in seinem Dorf hatte es früher Anlässe gegeben, bei denen Jung und Alt nebeneinander arbeiteten. Als Kind hatte er diese Zeiten geliebt und auch heute noch ließ er sich gern von der Ausgelassenheit der Kinder anstecken und von den eigenen Sorgen ablenken. Selbst auf der Waldlichtung hatte es diese Momente noch ab und zu gegeben.

Er hatte vermutlich länger dort gestanden, als ihm bewusst gewesen war, denn der Koch winkte ihm schließlich zu und kam ihm entgegen.

»Tut mir leid, wir sind mit dem Abendessen noch nicht fertig, aber wenn du schon Hunger hast, finde ich bestimmt etwas, das ich dir geben kann.« Er lächelte freundlich und deutete auf einen der leeren Tische, die auf dem Platz verteilt standen, als wollte er Ilai einladen, sich hinzusetzen.

Ilai hob abwehrend die Hände. »Das ist sehr freundlich, aber ich bin gar nicht sicher, ob ich überhaupt … Ich meine, ich gehöre nicht zur Armee. Jedenfalls noch nicht.«

Das Gesicht des Kochs erhellte sich. »Ach, du bist neu hier?«

Er drehte sich um, und winkte einem der Jungen, die gerade begonnen hatten, sich gegenseitig mit Kartoffelschalen zu bewerfen. »Lachlan, komm doch kurz herüber. Ich glaube, hier braucht jemanden eine Lagerführung!«

Der etwa Fünfzehnjährige ließ erleichtert sein Messer fallen und kam zu ihnen. »Nichts lieber als das. Ich kann keine Kartoffeln mehr sehen.«

»Mein Name ist Rani, das hier ist Lachlan«, stellte der Koch sie vor.

»Ich bin Ilai.«

»Bist du hungrig?«, fragte Rani. »Oder möchtest du erst einen Platz zum Schlafen suchen und später wiederkommen, wenn wir hier fertig sind? Dann wirst du auch genug Gesellschaft finden. Bei nichts kann man sich besser unterhalten und kennenlernen als beim Essen.«

Ilai packte die Riemen seines Rucksacks. »Ich wäre froh, mich erst mal ein wenig umzusehen.«

Rani nickte und deutete auf Lachlan. »Der Junge kann dir alles zeigen, sag ihm einfach, was du suchst. Es gibt ein größeres Zelt für Neuankömmlinge, in dem du vorerst unterkommen kannst. Dort werden dir auch alle Fragen beantwortet. Oben am Schloss ist der Waffenmeister dafür zuständig, diejenigen auszustatten, die am Kampftraining teilnehmen wollen. Aber das hat ja noch Zeit, finde dich erst mal zurecht!«

Ilai schüttelte Rani dankbar die Hand. »Dann bis später.«

Lachlan sah Ilai fragend an. »Wohin möchtest du zuerst?«

Ilai zögerte einen Moment, beschloss dann aber, es einfach zu versuchen. »Was muss ich tun, um mit dem König sprechen zu dürfen?«

Lachlan zuckte mit den Schultern, als sei das eine alltägliche Frage. »Du musst ihn finden. Wenn du möchtest, kann ich dir den kürzesten Weg zum Schloss zeigen, vielleicht triffst du dort auf ihn. Wenn er irgendwo im Lager unterwegs ist, musst du schon Glück haben, ihm über den Weg zu laufen.«

Ilai nickte. »Dann möchte ich gerne zum Schloss.«

Lachlan führte ihn zwischen den Unterkünften hindurch in Richtung des kleinen Hügels in der Mitte. Da das Schloss erhöht stand, war es von überall im Lager sichtbar. Auf dem Weg kamen sie am Zelt für die Neuankömmlinge vorbei und Ilai legte seinen Rucksack dort ab.

»Gibt es keine Regeln, wer wann mit dem König sprechen darf?«, fragte Ilai.

Lachlan schüttelte den Kopf. »Es gibt keine offiziellen Termine dafür. Meistens taucht der König einfach irgendwo im Lager auf, und diejenigen, die mit ihm sprechen wollen, gehen zu ihm. Oben am Schloss sieht man ihn eher mit den Generälen und den anderen Anführern.«

Das weckte Ilais Neugier. »Wer sind die Generäle? Woher wisst ihr, wer welchen Rang innehat? Ich habe noch keine Uniformen oder Abzeichen gesehen.«

Lachlan deutete auf seine sanft leuchtenden Augen. »Ich kann es dir nicht erklären, wir wissen es einfach. Wenn ich jemanden ansehe, weiß ich, ob es jemand ist, dessen Befehl ich zu befolgen habe. Manchmal verändert sich das auch. Rani hat bis vor einigen Wochen noch geholfen, die Kämpfer zu trainieren. Ich war einmal in einer Gruppe, die er angeführt hat. Ich habe keinen Moment daran gezweifelt, wer das Sagen hatte. Dann hat er die Aufgabe gewechselt und ist jetzt für das Essen im ganzen südlichen Lager zuständig. Es fühlt sich seitdem anders in seiner Gegenwart an.« Er zog etwas verlegen die Schultern hoch. »Auch wenn ich immer noch nicht versuchen würde, mich seinen Anweisungen zu widersetzen.«

Ilai lachte. »Warum hat er die Aufgaben gewechselt?«

»Ich glaube, er wollte es so.«

Ilai dachte einen Moment darüber nach und wollte gerade fragen, was mit denen im Lager war, die keine leuchtenden Augen hatten. Woher wussten sie, wem sie zu folgen hatten? Aber in diesem Moment verließen sie die letzte Reihe der Zelte und betraten den Hügel, der zum Schloss führte.

Lachlan ging einfach weiter vor ihm her, aber Ilai blieb stehen und sah hinauf. Von Nahem sah das Schloss doch beeindruckend aus verglichen mit den einstöckigen Häusern aus Holz und Lehm, die auf dem Kontinent vorherrschten. Einige wenige Häuser bei ihnen im Dorf waren auch aus Stein gebaut, doch keins war annähernd so groß und majestätisch. Die Steine waren glatt gehauen, die Fahnen auf dem Turm, den er von seiner Position aus sehen konnte, mussten so groß wie zwei Männer sein. Ilai hörte sie trotz der Entfernung im Wind flattern. Das Tor stand offen und er konnte erkennen, dass die Flügeltüren aus massivem Holz so dick wie sein Unterarm sein mussten.

Er war von dem Gebäude fast ein wenig eingeschüchtert. Plötzlich fragte er sich, wie er die Idee gehabt haben konnte, er könne einfach herkommen, sich vor den König stellen und ihm erklären, dass er seine Armee bewegen müsse. Für einen Moment überlegte er, umzukehren und zum Zelt der Neuankömmlinge zu gehen. Er könnte ja ein paar Tage im Lager verbringen und sich von den anderen erzählen lassen, wer der König war und was seine Pläne waren.

Dann spürte er wieder die Verantwortung für sein Dorf und hatte all die Kämpfe vor Augen, die sie nur mit Glück überlebt hatten. Seine Furcht vor dem König schwand der Verzweiflung, die ihn die ganzen letzten Wochen über angetrieben hatte. Die Dorfbewohner hatten keine Zeit, darauf zu warten, dass er unten im Lager Mut fassen würde.

Er holte tief Luft und schloss zu Lachlan auf. Der Junge führte ihn zielstrebig auf das große Tor zum Schlosshof zu und ging ohne zu zögern hindurch. Es war weder bewacht, noch schien der Junge Scheu zu empfinden, hindurchzugehen. Im Hof deutete er direkt auf eine Gruppe von Menschen, die in einer Ecke um einen riesigen Holztisch versammelt waren und angeregt diskutierten.

»Das ist er«, erklärte Lachlan. Auch wenn er nur auf die Gruppe deutete, wusste Ilai sofort, wer der König war. Er stand mit dem Rücken zu ihnen über den Tisch gebeugt und lauschte gerade den Ausführungen des Mannes ihm gegenüber. Er hatte kurze, dunkelbraune Haare, war etwas größer als Ilai und trug die gleiche einfache Kleidung wie die anderen. Über einer Hose aus Leinenstoff, die ähnlich war wie die, die Ilai anhatte, trug er ein Hemd und eine warme Weste. Seinen Umhang hatte er an einer Seite über die Schulter geschoben, wie es Ilai mit seinem auch tat, wenn er ihn aus dem Weg haben wollte, um seine Hände nicht zu behindern.

Es war nicht die Kleidung oder sein Aussehen, das ihn von den anderen unterschied. Es war die Autorität, die er ausstrahlte. Gleichzeitig hatte Ilai das Gefühl, ihn von irgendwoher zu kennen, obwohl er noch nicht einmal sein Gesicht sehen konnte.

Unsicher sah er zu Lachlan hinüber. »Was soll ich nun tun? Warte ich einfach?«

Lachlan schien nun doch etwas beeindruckt von der Gruppe und hob ratlos die Hände. »Ich weiß es nicht. Aber ich bin schon mehrmals hierhergekommen, weil ich wissen wollte, wie das Schloss von innen aussieht. Und beide Male war Elouan auf einmal da und hat sich mit mir unterhalten. Ich glaube nicht, dass du viel falsch machen kannst.«

Er sah über die Schulter zum Tor. »Ist es in Ordnung, wenn ich gehe? Das Essen wird bald fertig sein. Du kannst später ja jemanden nach dem Weg zum Zelt für die Neuankömmlinge fragen, wenn du es nicht wiederfindest, alle hier sind sehr freundlich.«

»Natürlich. Vielen Dank für deine Hilfe, Lachlan.« Er streckte dem Jungen eine Hand hin, die dieser eifrig schüttelte.

»Kein Problem. Wir sehen uns bestimmt.« Er rannte los, nun doch darauf bedacht, so schnell wie möglich zu seinen Freunden zurückzukehren. *Und zum Essen*, dachte Ilai und musste grinsen.

Als er sich wieder dem Tisch zudrehte, fragte er sich zögernd, ob er es wagen konnte, einfach dorthin zu gehen. In diesem Moment unterbrachen die Frauen und Männer ihre Diskussion, richteten sich auf und nickten zustimmend, als der König etwas sagte. Dann wandten sich einige zum Gehen, während die restlichen sich in kleineren Gruppen zu unterhalten begannen. Ilai fürchtete schon, seine Gelegenheit verpasst zu haben, als der König sich umdrehte. Seine Augen leuchteten sogar noch heller als bei der jungen Kampftrainerin, die Ilai gesehen hatte. Der König sah ihn direkt an und kam schließlich auf ihn zu.

Vor Überraschung blieb Ilai einfach stehen. Es war weniger die Erscheinung des Königs, die Ilai einschüchterte, vielmehr war es sein konzentrierter Blick, der ihm das Gefühl gab, mit einem Mal seine volle Aufmerksamkeit zu genießen. Seine Begrüßung verstärkte diesen Eindruck noch.

»Ilai«, sagte der König freundlich lächelnd, und schien sich ehrlich zu freuen, ihn zu sehen.

»Du kennst mich?«, fragte Ilai verblüfft.

Das Lächeln des Königs wurde breiter, obwohl Ilai in dem Moment bewusst wurde, dass dies vermutlich nicht die richtige Anrede für den König des Kontinents war. »Natürlich. Ich habe dich gerufen. Komm, geh ein Stück mit mir.«

Der König deutete auf das Tor. Nebeneinander gingen sie in diese Richtung. Ilai hatte sich tausendmal so viele Fragen für den König zurechtgelegt. Nun ging er neben ihm und keine davon fiel ihm ein.

Vor dem Tor schlugen sie einen schmalen Pfad ein, der Aussicht über das Lager bot. Nach einigen Minuten kamen sie zu einem liegenden, behauenen Baumstamm. Der König nahm darauf Platz und Ilai setzte sich nach kurzem Zögern neben ihn. Dieses Treffen verlief deutlich anders, als er es sich ausgemalt hatte.

Der König schien keine Eile zu haben, er sah zum Lager und wartete offenbar darauf, dass Ilai zu sprechen begann.

Ilai gab den Versuch auf, eine überzeugende Rede in seinem Kopf vorzubereiten. »Wie lange noch, bis deine Armee gegen die Solech in den Kampf zieht?«, fragte er.

»Das hängt von ihnen ab.« Der König machte eine Bewegung in Richtung Lager.

Ilai sah ihn von der Seite an. »Die Menschen in meinem Dorf und in den anderen Dörfern am Rande der Berge des Ostens sterben schon.«

Der König erwiderte seinen Blick ernst. »Ich weiß.«

»Kannst du nicht jetzt schon einige schicken? Ihnen helfen, durchzuhalten, bis du mit deiner Armee dort ankommst?«

In den Augen des Königs lag Mitgefühl, doch er schüttelte den Kopf. »So funktioniert meine Armee nicht.«

Verzweiflung ließ Ilais Herz schneller schlagen, er ballte die Hände zu Fäusten. »Aber sie haben keine Chance, sie werden von den Solech überrannt. Wir kämpfen dort für dich, ohne Unterstützung!«

Der König drehte sich zu ihm und schwang ein Bein über den Baumstamm, sodass er ihn geradeaus ansehen konnte.

»Nein, das tut ihr nicht«, sagte er sanft. »Ihr kämpft für euch selbst.«

»Aber wir hatten keine Wahl!«, rief Ilai. Er hielt Blickkontakt zum König und hatte das merkwürdige Gefühl, dass der seine Gedanken und Gefühle lesen konnte.

»Doch, die hattet ihr.«

Ilai sackte in sich zusammen. »Der Ruf. Wir hätten ihm alle folgen können.«

Der König nickte, ohne die Augen abzuwenden. Das Leuchten in ihnen wurde noch stärker.

»Ich will nicht einen einzigen Einwohner dieses Kontinents an die Solech verlieren. Ihr könnt sie nicht ohne mich besiegen.«

»Dann komm und hilf uns!«, versuchte Ilai es noch einmal.

»Ich bin nicht hier, um mich euch anzuschließen«, antwortete der König leise, aber seine Worte waren wie Paukenschläge für Ilai. »Die Solech werden durch meine Armee besiegt werden, deren Kraft von mir kommt, weil sie mir folgt und mich kennt.«

Ilai spürte die Hoffnung durch seine Finger rinnen. Sie würden niemals rechtzeitig ankommen, um seine Freunde zu retten und der König würde auch nicht früher aufbrechen oder einen Teil seiner Armee vorschicken. Er hatte versagt.

Plötzlich war er in einer Vision wieder dort im Wald, rannte auf den Weg hinunter auf den Solech zu und spürte einen Moment später dessen Hand an seiner Kehle.

Wie von selbst war er aufgesprungen. Verlegen wollte er sich wieder setzen und unterdrückte dabei einen Schmerzenslaut, als seine Hüfte ihn daran erinnerte, wie übel sie ihm den Gewaltmarsch der letzten Wochen nahm.

Der König hatte ihn die ganze Zeit über aufmerksam angesehen und Ilai wusste, ihm war weder seine Verletzung entgangen noch wie die Erinnerung an sein Erlebnis ihn übermannt hatte. Jetzt musste er nur noch darauf warten, dass der König ihm sagte, dass er in seiner Armee wenig Hilfe sein würde.

Stattdessen streckte der König eine Hand aus und sah ihn fragend an. »Darf ich?«

Ilai nickte zögernd. Der König legte die Hand an seine Hüfte, an die Stelle, wo ihn das Schwert verletzt hatte. Unter seiner Hand wurde es warm und einen Moment später verging der Schmerz. Ilai hob das Bein, ging etwas in die Hocke und sprang auf und ab. Irgendwie wusste er bereits vorher, dass die Verletzung geheilt war, aber er hatte sicher gehen müssen. Er sah den König begeistert an. »Danke! Ich hatte mich schon damit abgefunden, damit zu leben.«

Der König musterte ihn nachdenklich und hob die Hand noch einmal. »Vertraust du mir genug, um mich auch die viel schwerwiegendere Verletzung heilen zu lassen?«

Unwillkürlich machte Ilai einen Schritt zurück. Er wusste instinktiv, wovon der König sprach. Ein Teil von ihm wollte sagen, dass er kein Recht hatte, davon befreit zu werden, während seine Freunde weiterhin um ihr Leben kämpften. Aber er wusste, was Lukan dazu sagen würde. Er würde ihm eine Kopfnuss verpassen und ihn auffordern, nicht so einen Blödsinn zu reden.

Langsam machte er einen Schritt nach vorne, bis die Hand des Königs auf seiner Brust zu liegen kam. Es fühlte sich anders an als zuvor. Die Wärme breitete sich von der Hand über seinen Körper aus, bis sie ihn komplett umhüllte. Er spürte die Hoffnungslosigkeit, die Verzweiflung und die Angst, die ihn jedes Mal begleitet hatten, wenn sie gekämpft hatten. Er spürte den Schmerz, als sein Nachbar in seinen Armen gestorben war, und die Panik, als sich die Hand des Solech um seinen Hals geschlossen hatte.

Auf einmal verblasste alles.

Die Erinnerung und die Gefühle waren noch da. Aber sie waren nicht mehr aufdringlich und schmerzhaft, sondern leicht. Ihm war auf einmal bewusst, dass die Ereignisse der Vergangenheit angehörten und er empfand so etwas wie Akzeptanz und Frieden darüber. Als er die Augen öffnete, bemerkte er erst, dass er sie geschlossen gehabt hatte. Mit einem Seufzen ließ er sich wieder auf den Baumstamm sinken und rieb sich die Stelle auf der Brust, wo der König ihn berührt hatte. Es war fast als könne er das Licht spüren, von dem er wusste, dass es in ihn geflossen war.

Er wollte dem König gerade danken und danach fragen, als die Vision ihn überraschte und mit sich riss. Sie war so intensiv wie zuletzt beim Zusammentreffen mit den Solech. Für einen Moment vergaß er, wo er sich befand. Erst, als er auf der Ebene die Hände über dem Kopf zusammenschlug und in die Knie ging, verblasste sie und er saß wieder auf dem Baumstumpf.

»Was ist diese Vision?«, fragte er, noch immer schwer atmend, während er versuchte, seinen panischen Herzschlag zu beruhigen.

Der König sah ihn mit hochgezogenen Augenbrauen an. Ilai hatte fast den Eindruck, dass er überrascht war. »Das Licht bringt in den Menschen gewisse Begabungen hervor. Obwohl du noch nicht wirklich verbunden damit bist, scheint mein Ruf etwas in dir geweckt zu haben, das jetzt in der Gegenwart des Lichtes sowie der Dunkelheit hervorbricht.«

Ilai rieb sich die Stirn. »Es ist nicht hilfreich, wenn ich ehrlich sein darf. Ich würde es vorziehen, nicht mehr davon überfallen zu werden.«

Der König nickte. »Es wird nicht noch einmal passieren.«

Einfach so?, dachte Ilai und spürte einen merkwürdigen Verlust. »Ich habe jetzt aber nicht eine Begabung abgelehnt oder so etwas?«

Der König lachte. »Keine Sorge. Solltest du dich mit dem Licht verbinden, wird deine Begabung geordneter in dir Raum nehmen und du kannst lernen, sie so zu nutzen, wie es sein soll.«

»Was ist das Licht?«, fragte Ilai neugierig.

In diesem Moment wurde ihm klar, dass er sich nach langer Zeit endlich wieder fühlte wie er selbst. Seit er damals, vor Monaten, zum ersten Mal den Speer gegen einen Solech gerichtet hatte, hatten sich Trauer, Verwirrung und Schuld wie eine Decke auf alles gelegen, was er gedacht und gefühlt hatte. Und er hatte es nicht einmal bemerkt. Noch immer war er über die Lage seiner Freunde und seines Dorfes verzweifelt, doch die lähmende Hoffnungslosigkeit der letzten Wochen war von ihm gewichen.

»Ich bin das Licht«, antwortete der König.

Ilai sah ihn verwirrt an. »Das verstehe ich nicht.«

Bevor der König antworten konnte, räusperte sich jemand höflich hinter ihnen. Der König drehte sich um, während Ilai über seine Schulter sah.

Einige Schritte entfernt stand die Frau, die unten im Lager die Kampfübungen angeführt hatte. Ihr Blick fiel kurz auf Ilai und sie schien ihn ebenso wiederzuerkennen. Sie nickte ihm zu, dann wandt sie sich an den König. »Tut mir leid, dass ich euer Gespräch störe.«

Der König machte eine Geste, die ihr gleichzeitig bedeutete, dass es kein Problem sei und sie näher kommen solle. »Helen, das ist Ilai.« Er legte Ilai kurz eine Hand auf die Schulter. Obwohl die Berührung nur eine Sekunde dauerte, spürte Ilai in diesem Moment die Macht des Königs, und es erinnerte ihn an das Gefühl des Kontrollverlustes, das zuvor immer die nahende Vision angekündigt hatte. Er hielt die Luft an, doch nichts passierte. Erleichtert atmete er wieder aus. Der König warf ihm einen kurzen Blick zu und wirkte erneut fast ein wenig überrascht. Dann wandte er sich Helen zu. »Was ist los?«

»Mein Späher hat wieder einen Erkundungstrupp der Solech gesichtet. Sie sind nur wenige Stunden von hier entfernt, so weit sind sie bisher noch nie gekommen!«

»Sie haben Erkundungstrupps, die bis ins Landesinnere vordringen?«, unterbrach Ilai sie entsetzt.

Helens Blick wanderte erst zu ihm, dann wieder zum König, als warte sie auf etwas. Der König nickte kaum merklich.

»Das geht schon seit Wochen so«, fuhr sie fort. »Wir sind recht sicher, dass wir alle entdeckt haben. Bisher haben sie niemanden angegriffen. Sie scheinen die Vorhut zu sein, die Informationen sammelt, um die Stärke unserer Truppen auszukundschaften und die beste Route für ihren Vormarsch festzulegen. Bisher ist keine dieser Gruppen zurückgekehrt, was vermutlich der Grund dafür ist, dass ihre Armee noch nicht bis hierher vorgedrungen ist. Ihre Überfälle beschränken sich noch auf die Region in der Nähe der Berge des Ostens.«

»Ilai kommt von dort«, erklärte der König.

»Eure Verluste tun mir sehr leid«, sagte Helen und Ilai hörte das Mitgefühl in ihrer Stimme.

»Du kennst unsere Situation?« In Ilai stieg Wut auf. Sie wussten hier alle, was sie durchmachten und kamen ihnen nicht zu Hilfe?

Helen nickte, schien aber zu erraten, was in seinem Kopf vorging. »Die Armee ist noch nicht so weit, Richtung Osten zu ziehen. Wir haben einzelne Einheiten, die die Solech bereits besiegen können, aber die sind damit beschäftigt, die Spähertrupps auszuschalten.«

Ilais Wut verblasste. Er hatte die Schwertübungen gesehen, die Helen beaufsichtigt hatte. Sie hätten keine Chance gegen einen Solech, außer wenn sie in der überwältigenden Überzahl wären und hohe eigene Verluste in Kauf nehmen würden. Er hatte nicht den Eindruck, dass der König dazu bereit war, egal, wie viele Kämpfer er hatte.

Helen wandte sich wieder dem König zu. »Wir werden den Suchtrupp heute Nacht ausschalten.«

»Lasst mich mitkommen!«, sagte Ilai, ohne darüber nachzudenken.

Helen musterte ihn überrascht. »Du bist nicht richtig mit dem Licht verbunden. Du kannst die Solech nicht besiegen.«

»Wir haben ihnen schon auch Schaden zugefügt«, verteidigte Ilai sich und seine Mitkämpfer.

Helens Blick wanderte etwas verwirrt zurück zum König.

»Zu diesem Teil kamen wir noch nicht«, erklärte dieser.

Ilai dämmerte, weshalb Helen erstaunt darüber war, dass er ohne die Verbindung zum Licht mitkommen wollte. Das beantwortete auch die Frage, wie der König überhaupt hoffen konnte, die Bauern und Hirten in seinem Lager in absehbarer Zeit in eine wirksame Armee zu verwandeln. »Ihr bekämpft sie mit dem Licht? Deshalb wollte der Solech von mir wissen, wie er die ›Macht des Lichtes‹ nutzen kann.«

»Das wollte er von dir wissen?«, fragte Helen interessiert. »Wieso dachte er, dass du ihm die Antwort geben könntest?«

»Immer, wenn ich die Vision habe … hatte«, korrigierte Ilai sich, »leuchteten meine Augen offenbar. Er hat es gesehen und wollte Informationen. Die hatte ich nicht, also wollte er mich töten«, fasste er trocken zusammen und berührte unwillkürlich seinen Hals. Helen folgte der Geste und schien zu verstehen.

»Freut mich, dass du überlebt hast«, sagte Helen lächelnd.

Ilai lachte. Es war das erste Mal, dass er über irgendetwas im Zusammenhang mit diesem Erlebnis lachen konnte.

»Was für eine Vision?«, wollte sie wissen.

Ilai ignorierte die Frage und wurde wieder ernst. »Lasst mich euch begleiten. Ich … ich muss es sehen.« Er wusste nicht recht, an wen er die Bitte richtete und sah zum König. Der erwiderte seinen Blick einen Moment lang, dann wandte er sich mit hochgezogenen Augenbrauen an Helen.

»Es ist deine Entscheidung. Könnt ihr einen zusätzlichen Mann mitnehmen, der euch im Kampf keine große Hilfe ist?«

Ilai wollte sich erneut verteidigen, beschloss jedoch, es auf sich beruhen zu lassen.

»Ich werde euch nicht behindern. Vielleicht bin ich nicht mit dem Licht verbunden, aber ich habe Übung darin, nicht entdeckt zu werden, auch wenn ich nicht gut kämpfen kann.« Im Stillen bezweifelte er, dass er im Kampf nicht doch eine Hilfe wäre. Auch wenn er beeindruckt war, dass Helen und ihre Einheit schon mehrere Trupps der Solech ausgeschaltete hatten, vermutete er, dass er mehr Stunden im Kampf verbracht hatte als sie.

Helen nickte. »Du kannst uns begleitet, wenn du bereit bist, im Zweifelsfall meine Befehle zu befolgen.« Ilai hatte den Eindruck, dass sie ein Grinsen unterdrückte.

»Befehle zu befolgen ist nicht mein Problem«, erwiderte er. »Soll ich mein Schwert mitbringen oder es besser gleich hierlassen?« Er überraschte sich selbst mit diesem Satz, denn er hatte fast vergessen, dass er Humor besaß.

Helens Mundwinkel zuckten nun offensichtlich. »Du kannst es gern mitbringen, aber ich übernehme keine Verantwortung für das, was passiert, wenn du es in die Hand nimmst. Wir treffen uns bei Einbruch der Nacht am östlichen Rand des Lagers. Dort ist ein Holzschuppen, in dem die Pferdekarren stehen, du kannst ihn nicht verfehlen.«

Sie deutete eine leichte Verbeugung mit dem Kopf in Richtung Elouan an, der auf die Geste mit einem Lächeln reagierte, dann drehte sie sich um und ging.

Ilai war klar, er musste sich dringend ausruhen, wenn er die Nacht damit verbringen wollte, mit Helens Einheit die Solech zu verfolgen. Doch er wusste nicht, wie schnell er wieder Gelegenheit haben würde, den König alleine zu sprechen. Er hatte noch so viele Fragen. Immerhin musste er sich nun nicht mehr mit den Schmerzen in der Hüfte herumschlagen. Zudem fühlte er sich so ausgeruht wie seit Monaten nicht mehr. Was auch immer der König getan hatte, als er seine Verletzungen geheilt hatte, es hatte offenbar auch die Erschöpfung vertrieben. Zudem war er sich recht sicher, dass er ab jetzt wieder würde schlafen können. Er nutzte deshalb die Möglichkeit, ein paar seiner Fragen direkt auszusprechen. »Wie kannst du das Licht sein? Wer bist du? Warum verleiht das Licht Fähigkeiten?«

Der König stand auf und bedeutete Ilai mit einem Kopfnicken, ihm zu folgen.

»Das Licht ist Leben«, begann er im Gehen. »Jeder von euch

wird durch das Licht geboren, denn außerhalb des Lichtes gibt es kein Leben. Um aber eine Verbindung zum Licht spüren und nutzen zu können, ist eine bewusste Entscheidung nötig.«

»Eine Entscheidung wofür?«, fragte Ilai.

»Eine Entscheidung dafür, mir zu vertrauen und mir zu folgen.«

Ilai brauchte einen Moment, um sich klarzumachen, was das bedeutete. Er zeigte in Richtung Lager. »Das heißt, alle diese Menschen, deren Augen leuchten, haben eine solche Entscheidung für dich getroffen? Aber sie kennen dich gar nicht. Esad wusste praktisch nichts über dich oder das Licht, oder was es mit ihm macht.«

Ilai ging davon aus, dass Elouan von ihrem Treffen mit Esad wusste. Auch wenn das nur neue Fragen aufwarf. Wusste der König alles? Und wenn er eine solche Macht besaß, wieso ließ er dann all die schrecklichen Dinge geschehen, die in seinem Dorf passierten?

»Wie können sie eine solch bedeutende Entscheidung treffen, ohne die Konsequenzen zu verstehen?« Ilai schüttelte den Kopf. »Ich glaube nicht, dass ich das kann. Deshalb muss ich mit auf diese Mission gehen. Ich muss es sehen.«

Der König blieb stehen und sah ihn an. »Du hast es bereits gesehen. Deutlicher als jeder andere hier im Lager.«

»Die Vision?«, fragte Ilai mit einem Stirnrunzeln.

Der König nickte.

»Wie könnte diese Vision mir helfen, dir zu vertrauen? Alles, was ich spüre, wann immer ich sie sehe, ist Angst. Ich sehe die Dunkelheit und ich sehe das Licht, und ich weiß, beides wird mich vernichten. Sie sind zu gewaltig, als dass irgendetwas sie überleben könnte.«

Obwohl es offensichtlich gewesen war, verstand er erst jetzt, was er die ganze Zeit vor Augen gehabt hatte. »Du bist das Licht in dieser Vision?«

Elouan sah ihn nur an, seine Augen strahlten hell und Ilai spürte die gleiche Macht in ihnen wie in der Welle der gleisenden Vernichtung seiner Vision. Er wandte den Blick ab, um nicht in die Knie zu gehen.

»Ich weiß, dass ich diese Macht nicht überleben kann.« Sein Herzschlag raste schon wieder, er spürte keinerlei Vertrauen, nur Angst. Er wollte einen Schritt rückwärtsgehen, Abstand zwischen sich und den König bringen. Doch mit der Erkenntnis vor Augen, dass er die Welle in seiner Vision war, traute er sich nicht einmal das.

»Du hast nie das Ende gesehen«, stellte der König fest.

Ilai hob den Kopf, ohne ihn anzusehen. »Was meinst du damit?«

»Was du fühlst, wenn du die Vision hast, kommt nicht von mir. Ich herrsche über alles, aber meine Macht zerstört nicht. Ich bin Leben. Was du fühlst, ist deine eigene Angst, sie ist nicht im Licht geboren. Sie ist der Grund, warum du nie das Ende gesehen hast. Wenn du sie loslässt, bist du nicht mehr ausgeliefert, sondern Zeuge dessen, was unausweichlich geschehen wird.«

Ilai dachte eine Weile darüber nach, während sie den Pfad um das Schloss herum entlanggingen.

»Ich glaube nicht, dass ich dazu schon bereit bin«, sagte er schließlich. »Im Moment bin ich einfach froh, nicht mehr regelmäßig gegen meinen Willen davon übermannt zu werden.«

Sie hatten das Schloss umrundet und waren wieder am Tor zum Schlosshof angekommen. »Du hast viele Fragen«, sagte der König mit einem Lächeln.

Ilai hatte den Eindruck, dass ihm das gefiel, obwohl es bedeutete, dass er offenbar noch keine Entscheidung treffen konnte. Zumindest war er sich sehr sicher, dass seine Augen nicht leuchteten. Was auch immer dazu nötig war, sich in dieser Weise dem König zu verpflichten, er würde wissen, wenn er es tat.

Ilai lag auf der Zunge, dass er nicht wirklich befriedigende Antworten bekommen hatte. Eigentlich hatte er jetzt nur noch mehr Fragen. Aber er beschloss, die Geduld des Königs nicht noch weiter zu strapazieren. »Danke, dass ich Helen und ihre Einheit begleiten darf. Kann ich in den nächsten Tagen erneut mit dir sprechen, wenn ich überlebe?«

Der König lachte. »Du wirst heute Nacht nicht sterben. Helen kämpft sogar noch besser, als du denkst. Ich freue mich drauf, von dir zu hören, was du davon hältst, wenn du es gesehen hast.« Er zwinkerte Ilai zu, dann drehte er sich um und ging durch das Tor.

Ilai sah ihm noch einen Moment nach. Dieses Treffen war wirklich völlig anders verlaufen, als er es sich ausgemalt hatte. Er hatte zwar keine Zusage erhalten, dass der König seinem Dorf Hilfe schicken würde, aber er war entschlossen, es morgen erneut zu versuchen. Und den Tag darauf und den darauf. So lange, bis er einwilligte. Vielleicht konnte er ja wenigstens mit Helens Einheit zurückkehren. Der König schien ziemlich überzeugt von ihren Kampfkünsten. Heute Nacht würde er sie mit eigenen Augen sehen.

Kapitel 15

Kanan – einen Augenblick später

Umar starrte ihn einen Moment lang an und brach dann in schallendes Gelächter aus. »Meinst du das ernst?«

Kanan verschränkte halb verlegen, halb verärgert über Umars Reaktion die Arme vor der Brust. »Schon. Aber ich sehe, dass ich damit wohl falsch liege.«

Umar gab sich alle Mühe, mit dem Lachen aufzuhören, und grinste nur noch breit. »Ich nehme an, das als Kompliment deuten zu dürfen. Wie kommst du darauf?«

Kanans Ärger verflog. Umar hatte schließlich nichts Falsches getan. Er selbst war derjenige, der offenbar derart verzweifelt nach einem Zeichen suchte, um auf diese Idee zu kommen. Er ließ sich seufzend auf ihren üblichen Platz im Gras mit Blick auf das Tal fallen. Nachdem Umar, der noch immer eher erfolglos versuchte, das Lachen zu unterdrücken, sich neben ihn gesetzt hatte, zuckte er mit den Schultern.

»Für einen Moment kamst du mir erhaben vor. Aber keine Sorge, das ist bereits verflogen«, erklärte Kanan.

Umars Lachen brach erneut aus ihm heraus, und Kanan stimmte ein.

»Nein, im Ernst. Das musst du mir erklären«, sagte Umar schließlich.

Kanan zog verlegen die Schultern hoch. »Na ja, als wir uns zum ersten Mal trafen, war ich ziemlich am Boden. Der Zeitpunkt kam mir rückblickend so auffällig vor. Du hast mir wieder Mut gemacht, das, was mir auf dem Herzen liegt, weiterzuverfolgen. Und dann begegnen wir uns so oft hier oben, obwohl wir uns nie verabreden?«

Umar runzelte die Stirn. »Vielleicht hat Elouan mit dem Zeitpunkt ja tatsächlich etwas zu tun. An dem Tag, als wir uns kennenlernten, war ich zum ersten Mal auf dieser Lichtung. Ich habe sie damals bei meinem Spaziergang entdeckt. Die Aussicht ist einmalig und sie liegt nur eine Wegstunde von meinem Dorf entfernt. Was die Treffen angeht: Seit damals war ich praktisch jeden Tag hier oben. Ich habe um ein paar Monate Pause von meinen Aufgaben gebeten. Dieser tägliche Spaziergang ist genau das, was ich gerade brauche.«

Kanan musterte ihn nachdenklich. »Das hast du mir nie erzählt. Eigentlich hast du überhaupt nichts über dich erzählt. Das war ein weiterer Grund, warum ich plötzlich auf diese Idee kam. Ich weiß nur deinen Namen. Als Jalis dann noch sagte, er kenne dich nicht, konnte ich mir das nicht erklären. Ich muss natürlich zugeben, dass ich auch nie wirklich nachgefragt habe, wer du eigentlich bist.« Er sah Umar etwas zerknirscht an. »Wir haben immer nur über mich geredet. Tut mir leid.«

Zu seiner Überraschung war Umar plötzlich verlegen. Dann kniff er die Augen zusammen und rieb sich die Stirn. »Oh Mann, erzähl das bloß nicht Nour.«

»Wer ist Nour?«

»Meine Schwester. Sie zieht mich immer damit auf, dass ich so wenig rede. Sie meint, ich würde so ein Geheimnis um meine Person machen.« Er grinste, dann wurde er wieder ernst. »Tut mir auch leid, dass ich nie etwas von mir erzählt habe. Irgendwie waren unsere Treffen für mich etwas, das außerhalb meines Alltags stattfand, was mir ganz recht war. Es hat Spaß gemacht.«

Kanan nickte verblüfft. »Für mich war es genauso. Unsere Gespräche waren so schön losgelöst von all den Uneinigkeiten, die mich unten in der Stadt zu verfolgen scheinen.«

Umar schien erleichtert. »Das heißt aber nicht, dass ich dich nicht gerne meiner Familie vorstellen will!« Dann fiel ihm etwas ein. »Was meintest du vorhin damit, dass Jalis mich nicht kennt? Meinst du Jalis, den alten Zeugen?«

Kanan lachte. »Lass ihn das bloß nicht hören, aber ja, den meine ich.«

»Warum sollte er mich kennen? Ich glaube nicht, dass wir schon mal miteinander gesprochen haben.«

»Bist du nicht einer der Zeugen?« Kanan ahnte schon, dass er auch mit dieser Vermutung falsch gelegen hatte. Nun wurde Umar tatsächlich rot.

»Nour wird sich kaputtlachen. Nein, ich bin kein Zeuge. Ich bin Heiler.«

»Und warum hast du darum gebeten, von deinen Aufgaben befreit zu werden?« Kanan genoss es, mehr über Umar zu erfahren, und bereute nun, diese Fragen nicht schon viel früher gestellt zu haben.

Umar kaute nachdenklich auf seiner Unterlippe und schaute ins Tal. »Ich weiß es ehrlich gesagt gar nicht so genau. Irgendetwas fehlt. Obwohl ich mir sicher bin, dass ich für diese Aufgabe gemacht bin, war ich mehr und mehr frustriert. Dabei habe ich eine stärkere Begabung als die meisten meiner Kollegen. Oft sagt mir meine Intuition schon, was den Leuten fehlt, wenn ich sie ansehe. Und ich habe ein außergewöhnlich gutes Gedächtnis, was sehr nützlich ist.« Er zuckte mit den Schultern. »Keine Ahnung, was mein Problem ist. Die Auszeit hat auch nicht wirklich geholfen, die Unzufriedenheit zu beseitigen. Deshalb war ich heute Morgen im Haus der Heiler und habe zugesagt, wieder regelmäßig zu kommen.«

Kanan verschränkte die Arme vor den Knien. »In diesem Fall sollten wir uns womöglich doch mal verabreden. Wenn du nicht mehr jeden Tag hier auftauchst, treffen wir uns am Ende gar nicht mehr. Außerdem muss ich unbedingt deine Schwester kennenlernen. Ich habe eine gute Geschichte zu erzählen.«

Umar stöhnte. »Ich werde das sowieso nicht vor ihr geheim halten können. Ich weiß nicht, wie sie es macht, aber sie findet so etwas immer heraus.« Er verdrehte gespielt die Augen. »Man sollte meinen, eine Zeugin würde sich zurückhalten, ihre Begabung für derlei Dinge einzusetzen.«

»Sie ist also eine Zeugin? Wie alt ist sie?«, hakte Kanan nach.

»Zwei Jahre jünger als ich. Hast du Geschwister?«

Kanan nickte. »Einen Bruder. Er ist Lehrer, wie mein Vater. Ich würde sie dir wirklich gern vorstellen. Vielleicht magst du in den nächsten Tagen zum Abendessen vorbeikommen? Wie weit ist es von eurem Dorf bis in die Stadt?«

»Etwa eine halbe Stunde, ich kann mir bei den Heilern ein Pferd leihen«, antwortete Umar. »Ich komme gern, wenn du dich mit einem Besuch revanchierst.«

Kanan nickte zufrieden. Er klopfte Umar auf den Rücken. »Natürlich werde ich deiner Schwester alles haarklein erzählen, aber keine Sorge; ich bin mir ziemlich sicher, dass die ganze Geschichte für mich peinlicher ist als für dich. Vor allem bei meiner Familie, da lasse ich dann dir den Vortritt zu berichten.«

Umar lachte. »Abgemacht. Zumindest bin ich dann gezwungen, eine Weile am Stück zu reden, würde Nour sagen.«

»Ich bin sicher, du wirst herausfinden, was dich bei deiner Arbeit unzufrieden macht. Du bist ein sehr guter Zuhörer. Vielleicht hilft es dir, wenn wir es auch einmal andersherum versuchen«, sagte Kanan.

Umar nickte. »Danke, darauf werde ich zurückkommen. Im Moment denke ich, dass es das Richtige ist, erst mal weiterzumachen. Was du mir von dir erzählt hast, macht mir aber Mut, herauszufinden, was es ist, das ich suche. Du hast ja auch noch nicht aufgegeben.«

Kanan wurde klar, dass er es war, der sich von den anderen zurückgezogen hatte. Er war nicht der Einzige, der Fragen hatte. Er würde sich bei Dinah und Tamin entschuldigen müssen, dass er sich die letzten Monate so rar gemacht hatte. Eine neue Entschlossenheit keimte in ihm auf. Umar hatte recht, auch wenn er nicht Elouan war, hatte dieser sicherlich etwas damit zu tun gehabt, sie zusammenzuführen.

Eine Woche später

Umar hatte ihn inzwischen schon mehrmals in der Stadt besucht und Kanans Familie sowie Dinah und Tamir kennengelernt. Das Abendessen mit seiner Familie war ein sehr humorvoller Abend gewesen, vor allem auf Kanans Kosten. Er hatte das Gelächter gutmütig über sich ergehen lassen, zum einen, weil er wusste, wie sehr ihn seine Familie liebte, zum anderen, weil er es verdient hatte, aufgezogen zu werden. Inzwischen musste er grinsen, wenn er daran dachte, wie er Umar seine Frage entgegengeschleudert hatte.

Dinah und Tamir hatten darauf bestanden, Umar sofort kennenzulernen, nachdem Kanans Bruder Tamir bei der Arbeit die ganze Geschichte brühwarm erzählt hatte. Trotz Umars stiller Art hatte er sich in die Runde eingefügt, als habe er schon immer dazugehört. Als Kanan am nächsten Tag Dinah und ihren Sohn Ben besucht hatte, um etwas Zeit mit Ben zu verbringen, hatte sie es ebenso formuliert.

»Ich habe das Gefühl, ihn schon ewig zu kennen, er ist eine angenehme Gesellschaft. Jetzt verstehe ich, warum du monatelang mit ihm auf dem Berg gesessen und dir alles von der Seele geredet hast. Er hat so etwas Vertrauenswürdiges, man hat einfach das Gefühl, ihm alles erzählen zu können«, hatte sie gesagt.

Sie hatten nebeneinander an der Wand gelehnt und Ben beobachtet. Der Fünfjährige hatte gerade mit für sein Alter erstaunlicher Detailgenauigkeit eine Blumenwiese gezeichnet.

»Tut mir leid, dass ich mich die letzten Monate so zurückgezogen habe. Ich hätte auch mit euch reden können, aber irgendwie hatte ich mir in den Kopf gesetzt, dass mich keiner versteht«, hatte Kanan sich entschuldigt.

Dinah hatte ihn von der Seite gemustert. »Die Hälfte der Zeit bin ich wirklich nicht ganz sicher, ob ich verstehe, wovon du redest.« Sie hatte gelacht und ihm zugezwinkert. Dann war sie ernst geworden. »Aber ich hätte dir sagen können, dass du nicht alleine bist. Ich kann dir nicht versprechen, dass ich und Tamir immer deiner Meinung sein werden, aber wir werden immer deine Freunde sein. Wir werden immer für dich da sein, wenn du uns brauchst. Und ich hätte dir sagen können, dass deine Gedanken nicht nur im Rat diskutiert werden, sondern auch überall sonst. Seit den Veränderungen beim Unterricht der Zeugen und Wächter gibt es auch in allen anderen Gruppen Diskussionen, ob Teile davon übernommen werden könnten. Tamin hat mir erzählt, dass die Gärtner jetzt auch die Ältesten und Erfahrensten mit den Kindern zusammenarbeiten lassen, sodass sie von ihnen lernen. Und seit die Jugendlichen mehr Einfluss auf ihren Unterricht nehmen können, wissen viele schon viel früher als zuvor, wo ihre Begabungen liegen. Dein Name wird nicht nur mit deinen Überzeugungen, was die Rückkehr Elouans angeht, in Verbindung gebracht. Der Mut für Veränderung, den du ausstrahlst, ermutigt viele dazu, selbst neue Ideen zu entwickeln und im Licht nach neuen Antworten zu suchen.«

Während sie geredet hatte, hatte Kanan Demut in sich aufsteigen gespürt. »Ich hatte keine Ahnung, dass das, was ich im Rat sage, solche … Auswirkungen hat. Es scheint, dass ich mehr in meinem Selbstmitleid gefangen war, als ich dachte.«

Dinah hatte nur mit den Schultern gezuckt. »Das passiert uns allen mal.« Und einfach so hatte seine beste Freundin den erdrückenden Gedanken weggewischt, dass gerade er sich so etwas nicht erlauben konnte.

Er lächelte, als ihm der Abend noch einmal durch den Kopf ging. Die letzten Tage hatten seinen Elan und seine Hoffnung zurückkehren lassen. Dadurch wurde ihm noch einmal klar, wie niedergeschlagen er zuvor gewesen war. Eigentlich hatte sich nichts verändert, aber er hatte seinen Glauben wiedergefunden, dass Elouan einen Plan hatte. Wenn er dem folgte, was das Licht ihm zeigte, konnte er ein Teil davon sein.

Das Dorf tauchte hinter einer Biegung auf. Es bestand aus einigen Dutzend Häusern und lag deutlich näher am Berg der Könige als die Stadt. Direkt hinter dem Dorf stieg der Berg steil und wesentlich felsiger und zerklüfteter an, als Kanan es von dem Abschnitt nahe der Stadt kannte. Vor Jahren war er einmal oben auf Höhe der Grenze um den Berg gewandert. Da hatte er in dieser Gegend nicht direkt an der Grenze entlanggehen können, da sie ohne gefährliche Kletterpartien über Felsspalten praktisch nicht zu erreichen war. Er sah dennoch einen breiten Pfad, der hinter dem Dorf in den Wald führte. Das machte ihm das Dorf gleich sympathisch. Offenbar wohnten hier einige, die sich dem Geheimnis des Berges und der Grenze ebenso wenig entziehen konnten wie er.

Er folgte Umars Anweisungen zum Haus seiner Familie. Als er schließlich in der richtigen Straße war, sah er schon von Weitem zwei Gestalten im kleinen Vorgarten sitzen. Umar saß rittlings auf einem verwitterten Holzstuhl, die Arme locker auf der Rückenlehne verschränkt. Ihm gegenüber an der Hauswand saß eine junge Frau, vermutlich Nour. Sie balancierte ihren Stuhl auf den hinteren beiden Beinen, hatte die Arme verschränkt und den Kopf an die Hauswand gelehnt. Sie lachte laut, was Kanan fasziniert stehen bleiben ließ. Er war nah genug, ihren Gesichtsausdruck zu sehen, und weit genug entfernt, um noch nicht von den beiden bemerkt worden zu sein.

Nour strahlte eine Lebensfreude aus, die Kanan bisher selten bei jemandem erlebt hatte. Sie erzählte Umar etwas und musste dabei immer wieder lachen, was ihre ohnehin hübschen Gesichtszüge noch attraktiver machte. Sie hatte haselnussbraune Haare, die glatt bis auf ihre Schultern fielen und in der Sonne glänzten, wenn sie sich bewegte. Kanan konnte ihre Augenfarbe nicht erkennen, doch der Kontrast zu seinem eigenen Erscheinungsbild war auch von dieser Entfernung deutlich. Sein kräftiger Körperbau, die dunklen, gewellten Haare und seine blauen Augen waren das Gegenteil von Nours eher kleiner, schlanker Statur und ihrem hellen Teint.

Umar hörte Nour grinsend zu, hatte aber bisher nichts gesagt. *Vermutlich ist das bei den beiden meistens so*, dachte Kanan amüsiert. Er und sein Bruder hatten früher viel Zeit zusammen verbracht. Inzwischen hatte es sich so eingespielt, dass sein Bruder mehr mit seinem Vater zusammen war, dessen Beruf er teilte, während Kanan schon allein wegen der Aufgaben als stellvertretendes Ratsmitglied viel Zeit mit seiner Mutter verbrachte. Als er Umar mit seiner Schwester beobachtete, vermisste er plötzlich die Nähe, die er früher zu seinem Bruder gehabt hatte. Er traf ihn zwar oft bei seinen Eltern, aber es war ewig her, dass sie sich zuletzt allein unterhalten hatten. Kanan nahm sich vor, das zu ändern.

Er legte die wenigen Schritte bis an den Gartenzaun zurück. Nour bemerkte ihn als Erste und unterbrach ihre Geschichte. Umar kam zum Gartentor. Er zog Kanan in eine freundschaftliche Umarmung. »Toll, dass du da bist. Es wird auch Zeit, dass ich dich hier endlich allen vorstelle!«

Kanan folgte Umar zur Haustür, den Blick auf Nour gerichtet. Von Nahem war sie noch schöner. Ihre Augenfarbe war ein helles Braun, das zu ihren Haaren passte. Die Grübchen um ihren Mund und ihre Augen verrieten Kanan, dass ihr Lachen keine Ausnahme gewesen war. Sie wirkte älter als Umar, vermutlich, weil sie ein solches Selbstbewusstsein ausstrahlte. Wenn Umar ihm nicht bereits gesagt hätte, dass sie zwei Jahre jünger war als er, hätte Kanan sie eher auf Ende zwanzig geschätzt.

»Das ist Nour, meine Schwester. Nour, das ist Kanan«, stellte Umar sie einander vor.

Kanan war sich wage bewusst, dass er Nour anstarrte, aber für den Moment war ihm entfallen, was er in einer solchen Situation zu tun hatte. Tatsächlich sah ihn Nour ebenso wortlos an. Der Moment dehnte sich aus. Kanan hatte keine Ahnung, wie viel Zeit vergangen war, als Nour endlich eine Hand hob und seinem Gesicht entgegenstreckte. Er hielt die Luft an, aber sie nahm nur eine seiner dunklen Strähnen und ließ sie durch ihre Finger gleiten.

»Das ist echt ungewöhnlich, so dunkle Haare und so hellblaue Augen«, sagte sie schließlich.

Umar sah mit gerunzelter Stirn zwischen Kanan und Nour hin und her, dann verzog sich sein Gesicht zu einem Grinsen. »Na, das kann ja lustig werden«, unterbrach er schließlich lachend den Moment und schob die beiden ins Haus.

Kanan war sich Nours Gegenwart merkwürdig bewusst, als er vor seinem Freund den Gang entlangging, am Wohnzimmer vorbei in die Küche.

»Mutter ist noch arbeiten, aber Vater ist hinten im Garten. Es gibt Kuchen.«

Kanan folgte Nour in den Garten. Dort kniete ein Mann, der wie eine ältere Version von Umar aussah, in einem Beet und jätete Unkraut. Als sie nach draußen kamen, stand er auf und streifte seine Gartenhandschuhe ab.

»Vater, das ist Kanan«, rief Umar ihm zu. »Ihre Begrüßung hat ihm und Nour gerade die Sprache verschlagen, was ja wirklich ein denkwürdiges Ereignis ist.«

Umars Vater lachte, was nun seine Ähnlichkeit zu Nour hervorbrachte. Er strahlte die gleiche Lebensfreude aus. Seine Lachfältchen waren altersbedingt noch tiefer. Kanan mochte ihn sofort.

»Ich bin Noah«, sagte er und streckte Kanan eine Hand entgegen, die dieser ergriff. Der feste Händedruck erinnerte ihn an seinen eigenen Vater. »Ich würde ja auf eure Mutter warten, aber der Kuchen stand schon die ganze Zeit da, während ich im Garten gearbeitet habe. Jetzt kann ich nicht auch noch davorsitzen«, stellte er lachend klar und rieb sich die Hände, während er auf den Tisch in der Mitte des Gartens zuging.

»Meine Rede«, nickte Umar und Kanan musste lachen. Umars Vorliebe für Kuchen hatte er am ersten Abend entdeckt, den Umar bei seiner Familie verbracht hatte. Seine Mutter hatte daraufhin den Ehrgeiz entwickelt, jedes Mal ein neues Rezept auszuprobieren, wenn Umar zu Besuch kam.

Als sie sich an den Tisch setzten und Nour den Faden der Geschichte wieder aufnahm, die sie zuvor Umar erzählt hatte, hörten die drei Männer ihr lachend zu.

Während sie ein Stück Käsekuchen nach dem anderen aßen, war es Kanan plötzlich, als könne er einen kurzen Blick in die Zukunft werfen. Es war nur ein Gefühl, dass ihre beiden Familien auf eine Art miteinander verbunden sein würden, die weit in zukünftige Generationen reichen würde. Er wusste plötzlich, dass dieser Moment im Garten von Umars Elternhaus einer war, an den er noch lange zurückdenken würde, weil er der Anfang von etwas gewesen war.

Nour unterbrach ihre Erzählung mitten im Satz und sah Kanan an. »Was tust du?«

»Was meinst du?«, fragte Kanan verwirrt zurück.

Nour musterte ihn mit gerunzelter Stirn. »Da eben. Es war, als ob du für einen Moment im Licht verschwunden wärst.«

Kanans Herz schlug schneller. Bisher hatte es noch nie jemand bemerkt, wenn er kurz einen Blick in die Weiten des Lichtes warf. Ihm war nicht klar gewesen, dass es überhaupt möglich war, das zu sehen.

»Zu welcher Gruppe gehört deine Begabung?«, fragte Nour, und schob sich, während sie sprach, eine Gabel voll Kuchen in den Mund.

»Ich weiß es nicht«, antwortete Kanan kopfschüttelnd.

»Das ist ja spannend!«

Aus Nours Mund klang das zum ersten Mal, als sei es etwas

Positives, dass er sich bezüglich seiner Fähigkeiten nirgends zugehörig fühlte. Er sah in ihren Augen die Neugier, die er selbst bei diesem Thema verloren hatte. Vielleicht war das ein Grund, mehr Zeit mit ihr zu verbringen? Der Gedanke machte ihn zu gleichen Teilen nervös und euphorisch. Er dachte lieber nicht weiter darüber nach, weshalb das so war. Stattdessen lehnte er sich zurück und genoss die Gesellschaft und die Unbeschwertheit des Nachmittags. Er würde früh genug wieder über ernste Themen nachdenken müssen.

Kapitel 16

Yara – ein Jahr später

Yara hockte im sandigen Feld zwischen den kleinen Pflanzen und wippte nervös auf ihren Fußsohlen auf und ab. Sie streckte unentschlossen die Hände aus, dann zog sie sie wieder zurück und stand mit Schwung auf. Verärgert über sich selbst strich sie sich mit einer Hand über die ungehorsamen Strähnen, die ihrem Zopf entkommen waren. Dann sah sie über das Feld zur Wüste.

»*Nun tu es doch einfach!*«, murmelte sie.

Hätte sie sich jemandem anvertraut, müsste sie jetzt nicht mit sich selbst reden. Aber alle waren so begeistert über den Regen vor zwei Tagen gewesen, dass sie niemanden hatte enttäuschen wollen, wenn es nicht noch einmal geklappt hätte.

Irgendetwas hatte sich im letzten Jahr verändert, daran bestand kein Zweifel. Sie hatten vier weitere Kameraden aus ihrer Runde ziehen lassen, aber es war anders gewesen als bei Silas. Sie hatten ehrlich über ihre Zweifel gesprochen, doch waren sie nicht, wie Silas, alleine und voller Enttäuschung verschwunden. Sie hatten monatelang darum gerungen und nicht darüber nachgedacht, ihre

Verbindung zum Licht lösen zu wollen. Sie konnten sich einfach nicht vorstellen, noch länger hierzubleiben.

»Ich bin nie wirklich hier angekommen«, hatte ihr Soyi anvertraut. »Ich vermisse meine Familie, mein Haus, das Schloss, die grünen Wiesen und Wälder so sehr, dass es wehtut. Es ist nicht einmal so, dass ich nicht glaube, dass dieser Ort hier eine Zukunft hat. Ich bin sehr gespannt darauf, irgendwann zu hören, was ihr hier bewirkt habt. Aber ich gehöre nicht hierher. Ich will einfach nur nach Hause.«

Deshalb waren sie zurückgegangen. Yara hatte keine Zweifel, dass der König sie mit offenen Armen empfangen hatte. Das hier war nie eine Pflichtmission gewesen.

Nun war es zwei Monate her, dass sie sich verabschiedet hatten. Auf dem Rest des Kontinents musste es jetzt Sommer sein. Sie hatten gehofft, dass es die Überquerung der Berge erleichtern würde.

Seitdem hatte die übrige Gruppe eine neue Welle der Zielstrebigkeit erfasst. Es war, als ob sie noch einmal aufgebrochen wären und erneut vor Augen hätten, dass der König des Kontinents ihnen dieses Land übergeben hatte. Sie waren verantwortlich für seine Zukunft.

Und nun hatte es geregnet. Was auch immer das bedeutete. Es war mehr eine Art Gewitter gewesen, das sich an den Berghängen entladen hatte. Die dunkeln Wolken hatten sich innerhalb von Minuten gebildet, während sie alle mit offenem Mund dagestanden hatten, unfähig, daran zu glauben, bis die ersten Tropfen fielen. Yara hatte mit einigen anderen im Regen getanzt, bis der Blitz in einen Baum neben dem Feld eingeschlagen hatte. Durchnässt und lachend waren sie im Dorf angekommen. Dort hatten sich die anderen bereits unter dem Dach auf dem Dorfplatz versammelt, das bisher nur als Sonnenschutz gedient hatte. Dort hatten sie gemeinsam gestanden, in den Regen hinausgestarrt und völlig vergessen, dass es eine Gelegenheit gewesen wäre, Wasser aufzufangen.

Zwei Tage später war der Boden wieder trocken wie eh und je, aber das Wasser hatte ihre Herzen zum Blühen gebracht und ihrem Glauben wieder Leben eingehaucht.

Vielleicht war er der Grund für das, was Yara gestern erlebt hatte. Oder aber, sie hatte im Übermut Teile ihres Verstandes eingebüßt. Sie ging erneut in die Hocke und starrte das Pflänzchen an, als sei es schuld an ihrer Unentschlossenheit. Dann presste sie die Lippen aufeinander und streckte entschlossen die Hand aus.

»Komm schon, versuch es einfach. Was soll schon passieren?«, sprach sie sich selbst Mut zu.

Es passierte rein gar nichts und Yara ließ enttäuscht die Hände wieder sinken.

»Mhpf.« Sie schüttelte den Kopf über sich selbst.

Hinter ihr räusperte sich jemand.

»Redest du jetzt mit dir selbst?« Sie hörte Belustigung in der Stimme ihres Bruders.

In einer fließenden Bewegung stand sie auf und drehte sich um, während sie die Hände hinter dem Rücken verschränkte, wie wenn es etwas zu verstecken gäbe. Als sie es bemerkte, ließ sie sie zur Seite fallen und lächelte. Insgesamt scheiterte sie wohl an ihrem Versuch, normal zu wirken.

Nathan runzelte die Stirn. »Was machst du?« Es war der gleiche Satz und Tonfall, den er immer gebraucht hatte, wenn er sie in ihrer Jugend bei etwas erwischt hatte, das sie lieber bleiben gelassen hätte.

»Gar nichts«, antwortete sie und verdrehte innerlich die Augen über sich selbst. Genau das hatte sie damals auch immer gesagt. Unwahrscheinlich, dass es heute überzeugender wirkte.

»Hast du mich gesucht?«, versuchte sie abzulenken. Zu ihrer Überraschung funktionierte es.

Noch verblüffter war sie, als Nathan etwas unsicher mit einer Hand seinen Nacken rieb. »Ja, habe ich. Kann ich dich kurz sprechen?«

Das war so ungewöhnlich, dass Yara automatisch nickte, dabei war die Frage eigentlich unnötig. Sie standen gegen Abend alleine auf einem Feld und es gab nichts anderes zu tun.

»Ich brauchte deine Meinung zu etwas.«

»Jederzeit«, nickte Yara, als er nicht fortfuhr. Sie hatte keine Idee, worauf das hinauslaufen würde. Normalerweise kam ihr Bruder ohne Umschweife zum Thema. Heute schien er sich damit schwerzutun. Er sah zur Wüste hinaus, als lausche er auf etwas.

»Möglicherweise … werde ich langsam verrückt. Entweder das, oder irgendetwas passiert, das ich noch nicht verstehe. Etwas, das aus dem Licht geboren ist. Ich hoffe, es ist Letzteres und es fühlt sich auch so an. Aber ich brauchte jemanden, der das von außen beurteilt.«

Yara machte verwirrt einen Schritt auf Nathan zu. »Was ist passiert?«

Sie sah ihm seine Anspannung an, als er sich zu ihr drehte und seufzte. »Ich höre Stimmen.«

»Stimmen?«

Nathan sah erneut zur Wüste und schloss die Augen, als lausche er auf etwas. Yara streckte die Hand nach ihm aus, ohne ihn zu berühren.

»Eigentlich eine Stimme. Sie ruft um Hilfe.« Er öffnete die Augen wieder.

Überrascht ließ Yara ihre Hand fallen. »Deine Augen, sie leuchten viel heller als sonst!«

Nathan hob seine Finger ans Gesicht, als könne er das Licht dort spüren. Er wirkte erleichtert. »Das bedeutet hoffentlich, dass die Stimme nicht meiner Fantasie entspringt. Es hat vor ein paar Wochen begonnen. Immer wieder war ich hier draußen und dachte plötzlich, jemand habe nach mir gerufen, aber da war niemand. Irgendwann wurde mir klar, dass die Stimme von dort draußen kommen muss.« Er deutete auf die Wüste. »Sie ist nicht laut, eher ein Flüstern. Ich höre so viel Traurigkeit in ihr. Ihr Schmerz scheint alt zu sein, als wenn sie schon seit Ewigkeiten alleine darauf warte, dass ihr endlich jemand hilft.«

Yara hatte Nathan selten so aufgewühlt erlebt. Auch wenn er sich die letzten Jahre sehr verändert hatte, konnte sie sich vorstellen, wie schwer es für ihn war, so etwas zu erleben. Er hatte immer einen Plan, wusste immer, was zu tun war. Doch jetzt war selbst er ratlos.

»Hast du eine Idee, von wem diese Stimme ausgeht?«, fragte sie ihn.

Er zögerte einen Moment. »Das hört sich jetzt noch verrückter an, aber … ich habe das Gefühl, es ist der Boden, der mich ruft.«

Yara ging in die Knie und nahm etwas Sand in die Hand. Er war warm auf ihrer Haut und die winzigen Körner glitzerten in der Sonne. »Auf eine merkwürdige Weise ergibt das Sinn.«

»Tut es das?«

Yara sah zu ihrem Bruder hinauf. »An dem Tag, als ich mit dem König zum ersten Mal über das Land hier sprach, fragte ich ihn, was hier passiert sei. Er sagte, die Entscheidungen der Solech hätten sie so weit in die Dunkelheit geführt, dass es kein Zurück mehr gab. Sie hätten ihr Land dabei zerstört und er hätte keine Wahl gehabt, als sie alle zu vernichten. Ich fragte ihn nach den Kindern der Solech, und er antwortete, dass hier seit Jahrzehnten keine mehr geboren worden waren, weil sie jede Verbindung zum Licht und damit zum Leben zerstört hatten.« Sie erhob sich. »Er hat geweint, als er das sagte.«

Nathan starrte sie schockiert an. »Er hat geweint? Das hast du nie erzählt.«

»Ich hatte nicht mehr daran gedacht. In den Wochen bis zu unserer Abreise ist so viel passiert.«

Sie standen nebeneinander und blickten dabei nachdenklich auf das Land, das ihnen der König übergeben hatte. »Ist es möglich, dass die Taten der Solech bis heute den Erdboden hier verändert haben? Ihn vom Leben abgetrennt haben?«, fragte sie nachsinnend.

Nathan verschränkte die Arme vor der Brust und legte den Kopf schief. »Das Licht lebt in uns. Falls dieses Land kein Leben hervorbringen kann, können wir das mit seiner Hilfe vielleicht ändern.«

Yara sah die Pflanzen zu ihren Füßen an. »Was das angeht … Ich muss dir etwas zeigen.«

Sie ging zu ihrer Tasche am Rand des Feldes und nahm eine Wasserflasche heraus. Nathan folgte ihr und sah geduldig zu, wie sie mit den Händen eine kleine Kuhle in den Sand formte und etwas Wasser hineingoss. Er ging in die Hocke, als sie die Hände um das wenige Wasser legte, das bereits im Sand versickerte.

Yara versuchte sich zu erinnern, wie es sich vor zwei Tagen angefühlt hatte, als sie sich so über den Regen gefreut hatte. Sie hatte sich vorgestellt, wie es wäre, wenn die Wüste blühen würde und überall Grün hervorsprießen würde. Nur von den bunten Köpfen unzähliger Blumen unterbrochen, die zu der Melodie der rauschenden Gräser und Blätter im Wind tanzten. Sie hatte sich so danach gesehnt, das zu sehen, dass sie in diesem Moment mit jeder Faser ihres Herzens daran geglaubt hatte, dass es passieren würde. Und dann …

Sie hörte, wie ihr Bruder überrascht die Luft einsog. Ohne es zu bemerken, hatte sie die Augen geschlossen und spürte nun weiche Blätter zwischen ihren Händen, bevor sie sie sah. Sie stand auf und machte einen Schritt zurück. Ihr Herz klopfte und ein Grinsen breitete sich auf ihrem Gesicht aus. Es war erneut passiert und Nathan hatte es auch gesehen.

Für einen Moment bewegten sie sich beide nicht, dann streckte Nathan langsam eine Hand aus und strich sanft über die seidige Blüte der zarten Blume. Auf seinen Fingern sammelte sich etwas Blütenstaub, der an den kleinen hellgrünen Blättern hängen blieb, als er sie berührte. Sie sah deplatziert an diesem Ort aus, eine Pflanze, die viel Wasser brauchte und viel zu empfindlich für die raue Wüste war. Doch sie war wunderschön.

»Die letzte hat die Nacht nicht überlebt«, stellt Yara trocken fest und unterbrach damit Nathans Bewunderung.

Er sah zu ihr hinauf. »Das ist schon einmal passiert und du hast niemandem davon erzählt?«

»Warum hast du niemandem von der Stimme erzählt?«, konterte Yara ohne Vorwurf in der Stimme.

Sie ließ sich auf der anderen Seite der Blume im Sand nieder und genoss die dunkelrote Farbe der Blütenglocke, die sanft vom Wind hin und her gewiegt wurde.

»Sie ist so schön und hat mir Hoffnung gemacht. Ich hatte irgendwie Angst, das zu zerstören, wenn ich jemandem davon erzählen würde und es vielleicht nicht wiederholen könnte. Als ich heute wiederkam, war sie vertrocknet. Dabei war die Sonne gerade erst aufgegangen. Wie soll etwas so Zartes hier überleben? Das ergibt keinen Sinn.«

Nathan nickte, schien den Blick aber nicht von dem kleinen Wunder im Sand abwenden zu können. »Wir übersehen irgendetwas. Es muss einen Zusammenhang zwischen dem Regen, dieser Blume und der Stimme geben, die ich höre. Spürst du auch diese … Sehnsucht im Boden?«

Yara schüttelte den Kopf. »Nein. Ich spüre nur den Glauben in mir, dass dieses Land von Grün und all den Farben der Natur voll sein wird, die ich früher so geliebt habe.«

Ihr Bruder legte eine Hand auf den sandigen Boden neben der Blüte. »Vielleicht müssen wir zusammenarbeiten.«

»Um was zu tun?«

Nathan seufzte. »Ich habe keine Ahnung.«

Yara strich noch einmal über den schmalen Kelch und die kleinen, weichen Blätter. Sie wollte die Hand gerade zurückziehen, als sie ein Prickeln auf den Handflächen spürte. Neugierig drehte sie die Hand um, und bemerkte überrascht einen leichten Lichtschimmer, der von ihrer Haut dort auszugehen schien.

»Siehst du das?«, fragte sie Nathan.

»Ja«, antwortete er und streckte vorsichtig seine freie Hand nach ihrer Handfläche aus.

»Ich spüre nichts«, erklärte er stirnrunzelnd, doch der Lichtschimmer blieb und war auch im gleisenden Hell der abendlichen Wüstensonne gut zu erkennen. Er legte seine Hand auf Yaras.

In dem Moment, als sich ihre Handflächen berührten, war Yara, als ob ein Ruck durch ihren ganzen Körper ging. Irgendwo tief in ihrem Inneren öffnete sich eine Quelle, von der sie nicht gewusst hatte, dass es sie gab. Ein Strom von Licht floss durch sie hindurch, direkt in Nathans Hand hinein. Seine Augen strahlten für einen Moment so hell, wie sie es bisher nur beim König selbst gesehen hatte. Nathan erstarrte kurz, dann sah er zu seiner anderen Hand, die immer noch auf dem Boden neben der roten Blume lag. Yara folgte seinem Blick und stieß einen kleinen Schrei der Überraschung aus, als um seine Hand herum plötzlich Gras aus dem Boden zu sprießen begann. Erschrocken hob Nathan seine Hand, aber das Grün schien nicht mehr aufzuhalten zu sein. Es breitete sich weiter aus, sodass sie einen Schritt zurücktaten, um ihm Raum zu geben. Das Gras erreichte sie und wuchs um sie herum weiter, dann wurde sein Wachstum langsamer und versiegte schließlich.

Yara starrte auf den Boden um sie herum. Sie konnte ihre Schuhe nicht mehr sehen, weil dichtes Grün, durchsprengt von winzigen gelben und orangenen Blüten ihr bis zum Knie reichte. Sie beugte sich hinab, um mit den Händen über die Grasspitzen zu fahren, und bemerkte erst da, dass das unbeschwerte Lachen aus ihrer eigenen Kehle kam.

Nathan stand mit offenem Mund da und sah abwechselnd auf das Gras und seine Hand. Er wirkte so verblüfft, dass Yara noch einmal laut loslachte. Er sah auf, und langsam breitete sich auch auf seinem Gesicht Begeisterung aus.

»Lass uns das noch mal machen!«, rief er und klang so jung und voller Tatendrang wie damals, als sie Kinder waren und zum ersten Mal den Sprung vom Felsen über dem Fluss hinter ihrem Haus gewagt hatten.

Sie gingen einige Meter weiter, knieten sich in den Sand und Yara hob eine Hand mit der Handfläche nach oben. Sie suchte nach der Quelle in sich, die zuvor aufgebrochen war, und fand sie ohne Anstrengung. Das Licht floss durch sie hindurch und sammelte sich auf ihrer Handfläche. Wie zuvor berührte Nathan ihre Hand mit seiner, während er die andere auf den Boden legte.

Yara spürte den Sog des Bodens und hielt nichts zurück. Dieses Mal konnte sie regelrecht fühlen, wie das Licht durch sie hindurch in den Boden floss und sich Schicht um Schicht nach unten grub.

Nathan presste seine Hand auf den Boden, während um sie herum, wie zuvor, Grün emporschoss. Das Licht drang tiefer und tiefer. Auf einmal quoll unter Nathans Hand Wasser aus dem Boden hervor.

Es floss nur wenige Minuten lang, doch es reichte, um den Boden um sie herum zu tränken. Sie knieten sprachlos im Nassen und spürten die Feuchtigkeit ihre Kleidung hinaufwandern. Dann ließ sich Yara mit einem Jubelschrei nach hinten fallen. Sie sah zum wolkenlosen Himmel, während um sie herum das Gras wogte, der nasse Sand in ihren Haaren klebte und sie zum ersten Mal seit Jahren wieder die Melodie hörte, die der Wind in den langen Halmen spielte.

Sie hörte Schritte, jemand rannte in ihre Richtung und blieb dann abrupt stehen.

»Was …« Yara erkannte Dianas Stimme.

Sie erhob sich lachend und entdeckte ihre Freundin am Rand der kleinen Oase aus Gras.

Diana starrte auf das Grün und hob dann erstaunt einen Fuß, nachdem sie die Nässe durch das Leder ihrer Schuhe spürte. Ihr Blick wanderte zwischen Nathan und Yara hin und her. »Ich wollte aufregende Neuigkeiten bringen, aber jetzt habe ich irgendwie das Gefühl, eure Geschichte ist noch interessanter.«

Nathan kniete noch immer im Gras, aber seine Haltung wurde wachsam und er hob konzentriert den Kopf. »Was ist passiert?«, fragte er und Yara hörte aus seiner Stimme schmunzelnd den Kommandanten heraus, der einen Lagebericht forderte.

Diana ließ sich davon nicht verunsichern, sondern zwinkerte Yara zu. Es war ihre heimliche Verabredung, Nathan ab und an ein wenig auf den Arm zu nehmen. Bisher war es ihnen allerdings nicht gelungen, ihn auch nur ansatzweise zu verunsichern, wenn er diesen Tonfall auflegte.

Diana salutierte formvollendet und mit einem breiten Grinsen. »Wir haben Besuch.«

Kanan – Sieben Jahre später

Jalis blieb auf seinen Stock gestützt neben einem fast völlig vertrockneten Rosenbusch stehen. Er stand versteckt zwischen einer Hecke und einem Kirschbaum und wirkte irgendwie fehl am Platz. Jalis bedauerte seinen Zustand. Er nahm seine Tasche ab und ließ sich mühsam auf die Knie nieder. Aus der Tasche nahm er seine Wasserflasche. Nachdem er einige der vertrockneten Blätter des Strauches abgezupft hatte, goss er den Inhalt der Flasche auf die Wurzeln. Mit einiger Anstrengung und der Hilfe seines Gehstockes kam er schließlich wieder auf die Füße.

Das geht doch noch ganz gut. Ich habe noch ein bisschen Zeit vor mir, dachte er zufrieden.

Du hast so viel Zeit, wie du willst, antwortete Elouan.

Jalis blieb lächelnd stehen, als er Kanan unter einem Apfelbaum sitzen sah. Er blickte nach oben in die Blätter des Baumes. Seine dunklen Locken ließen ihn jünger als Mitte dreißig aussehen. Deshalb wirkte es noch ungewöhnlicher, dass er schon die Robe eines vollwertigen Ratsmitglieds trug. Endlich hatte Kanan seinen Frieden mit diesem Kleidungsstück geschlossen.

So ändern sich die Zeiten. Vor Jahren kam er zu mir, um sich Rat abzuholen. Heute sehe ich ihn dort sitzen und bin gespannt darauf, von seinen neusten Erkenntnissen zu hören, gestand er Elouan amüsiert. Er beobachtete Kanan einen Moment lang, der sich in Gedanken versunken nicht rührte. Ein Teil von ihm war vermutlich nicht mehr wirklich auf der Bank unter dem Baum, sondern irgendwo tief im Licht.

Er hat eine andere Verbindung zum Licht als ich. Es war mehr eine Frage als eine Feststellung.

Ich bin das Licht, antwortete Elouan.

Ich weiß. Aber ich verstehe es nicht so, wie er das tut. Mit dir zu sprechen, war immer leicht für mich. Doch das Licht zu betreten, so wie er es ohne Nachzudenken tut, ist für mich eine Anstrengung. Für ihn ist es wie atmen. Und er ist nicht der Einzige.

Jalis waren in letzter Zeit noch mehr junge Männer und Frauen aufgefallen, denen er diesen mühelosen Zugang zum Licht anmerkte. Es machte ihn neugierig auf das, was sie dort entdecken und hoffentlich mit allen anderen teilen würden.

Als er schließlich bei Kanan angekommen war, ließ er sich mit einem lauten Ächzen auf die Bank sinken.

Kanan lachte nur. »Gib dir keine Mühe, ich weiß, dass du noch weitaus agiler bist, als du uns alle glauben lässt!«

Jalis zuckte mit den Schultern. »Du wirst doch einem alten Mann nicht die Unterstützung abschlagen, die er in seinem geschwächten Zustand benötigt?«

Kanan nickte äußerst ergeben. »Natürlich nicht. Was kann ich für dich tun? Soll ich dir etwas zu essen bringen?«

Jalis verschränkte die Arme. »Nein danke. In den zweifelhaften Genuss deiner Kochkünste bin ich einmal gekommen und muss das nicht wiederholen. Wenn sie noch hier wäre, würde ich dich zu meiner Frau in den Kochkurs schicken, sie würde dir schon beibringen, wie ein guter Eintopf schmecken muss.«

Kanan wandte sich ihm interessiert zu. »Du redest nicht viel von ihr. Wie alt wart ihr, als ihr euch kennengelernt habt?«

Ein Lächeln glitt über Jalis' Gesicht. »Wir waren zwanzig, als wir geheiratet haben, und wir hatten zweiundfünfzig gemeinsame Jahre.«

»Zweiundfünfzig Jahre?«, wiederholte Kanan beeindruckt. »Das ist eine lange Zeit.« Er schwieg einen Moment. »Aber kannst du dir erklären, warum sie nur zweiundsiebzig wurde, und du noch immer hier bist?«

Das war eine Frage, die sich Jalis auch schon oft gestellte hatte. Genauso wie viele andere vor ihm.

»Es bleibt ein Geheimnis, warum die Verbindung zum Licht für manche von uns das Leben derart verlängert und für andere nicht«, antwortete er und nahm Kanan seine direkte Frage nicht übel. Unter denen auf dem Kontinent, die nicht zu Elouan gehörten, wurden die allermeisten nicht älter als siebzig oder achtzig. In Elouans Volk starben die meisten ebenfalls in diesem Alter. Doch es gab immer diejenigen, die blieben und offenbar so lange weiterleben konnten, bis sie gehen wollten. Auch wenn diese Menschen in den letzten Generationen weniger geworden waren. Jalis selbst spürte noch immer kein Bedürfnis, sich aus dieser Welt zu verabschieden.

»Mia konnte immer besser loslassen als ich. Vielleicht ist es am Ende tatsächlich eine Entscheidung, die wir treffen, ohne es zu verstehen.«

Kanan nickte nachdenklich und sah in Richtung des breiten Weges, auf dem Jalis gekommen war. Eine Gruppe von Schülern lauschte dort den Erläuterungen einer Gärtnerin. Ben, der inzwischen zwölfjährige Sohn von Kanans Freunden Dinah und Tamir, war unter ihnen. Jalis wusste, dass Kanan schon seit einiger Zeit einer von Bens Mentoren war. Auch wenn er Jalis gestanden hatte, dass er gar nicht wusste, was er ihm beibringen sollte. Er erkannte doch einen Teil seiner eigenen Begabungen in dem Jungen wieder, worin Jalis ihm zustimmte. Einfach Zeit mit Kanan zu verbringen, war vermutlich hilfreicher für Ben, als Kanan vermutete.

Jalis spürte, wie Kanan das Licht berührte. Er konnte es nicht anders beschreiben, aber er spürte es jedes Mal, wenn Kanan es in seiner Gegenwart tat. Es hatte schon vor einigen Jahren begonnen, aber in den letzten Monaten war es fast jedes Mal passiert, wenn er ihn getroffen hatte. Doch dieses Mal schwang etwas Aufregung mit. Er musterte ihn von der Seite. »Was ist los, junger Mann?«

Kanan wandte sich ihm mit gerunzelter Stirn zu. »Da ist eine Veränderung im Licht. Irgendetwas hat sich … verschoben. Es betrifft nicht mich oder jemand Einzelnen. Es ist, als ob sich etwas Fundamentales geändert hätte. Kannst du es auch spüren?«

Jalis folgte dem Eindruck, den Kanan beschrieb. Er schloss die Augen und suchte tief in seinem Inneren nach dem Zugang zum Licht. Nach einigen Momenten öffnete er verblüfft die Augen. Kanan sah ihn gespannt abwartend an. »Du hast recht. Irgendetwas ist … anders. Was ist es?«

Kanan zog die Schultern nach oben, doch in seinem Gesicht spiegelte sich nicht wie früher in solchen Situationen Frustration, sondern Neugier. »Ich bin mir nicht sicher. Ich habe eine Theorie, aber über die muss ich erst noch eine Weile nachdenken, bevor ich sie irgendjemandem erklären kann, geschweige denn, dem Rat. Dort stöhnen doch noch immer alle, sobald ich den Mund aufmache, auch wenn sich in den letzten Jahren viel getan hat.«

Jalis nickte. Dann lachte er. »Apropos Rat. Ich höre, deine Mutter beabsichtigt, deine Hochzeit zu einem Staatsakt zu machen?«

Kanan ließ den Kopf stöhnend in die Hände sinken. »Nour und ich waren uns einig, dass wir in kleinem Kreis heiraten wollen. Aber Mutter scheint der Meinung zu sein, die Hochzeit eines Ratsmitglieds sollte quasi ein kontinentweiter Feiertag sein. Ich weiß einfach nicht, was ich ihr sagen soll. Ich will sie nicht enttäuschen, und ich freue mich, dass sie und Vater so stolz auf mich sind. Aber ich will wirklich nicht die ganze Stadt dabeihaben!« Er wandte sich um und packte Jalis am Arm, der noch immer lachte. »Bitte, Jalis, du musst mir helfen. Rede du mit ihr! Dich respektiert sie.«

Jalis hob abwehrend die Hände. »Es ist nicht meine Art, mich einzumischen …«

Kanan schnaubte.

»Aber ich könnte vielleicht mit Mara reden. Wenn du auch etwas für mich tust. Du kennst meinen Preis.«

Kanan sah ihn ungläubig an. »Du willst mich erpressen, Vorlesungen im Unterricht der Zeugen zu halten? Es geht hier um meine Hochzeit!«

Jalis lehnte sich entspannt zurück. »Du bist selbst schuld daran. Warum weigerst du dich jedes Mal?«

Kanan ließ sich seufzend gegen die Lehne sinken. »Ich weiß es auch nicht genau. Ich komme mir immer wie ein Hochstapler vor, wenn ich dort stehe.«

Jalis wischte den Einwand mit einer Handbewegung fort. »Unsinn. Du hast jede Menge zu sagen und sie sind jedes Mal begeistert, wenn du da warst. Du kannst nächsten Monat …« Er unterbrach seinen Satz, als Kanan sich mit ungläubigem Gesichtsausdruck nach vorne lehnte, und folgte dessen Blick den Weg hinab.

Ben kniete vor dem kleinen, vertrockneten Rosenstrauch am

Wegesrand, den Jalis zuvor gegossen hatte. Seine Gruppe war nirgends zu sehen. Für einen Moment sah es so aus, als betrachte der Junge den Strauch nur, dann bemerkte Jalis seine ausgestreckte Hand. Er schien über die vertrockneten Blätter zu streichen, als bedauere er ebenso wie Jalis ihr vorzeitiges Ende. Doch plötzlich bewegte sich der Strauch. Selbst von Weitem war sichtbar, dass sich die braunen Blätter unter Bens Hand in hellgrüne und dunkelgrüne verwandelten. Die Blüten entfalteten sich innerhalb von Sekunden zu vollen Rosen und der ganze Strauch wuchs um mehrere Handbreit.

Ben stand auf, klopfte seine Hose ab, steckte die Hände in die Hosentaschen und schlenderte seiner Gruppe hinterher.

Kanan atmete aus. Jalis bemerkte erst jetzt, dass er ebenfalls die Luft angehalten hatte.

»Sag mir, dass du das auch gesehen hast«, flüsterte Kanan.

»Natürlich. Meine Augen funktionieren noch wunderbar!«

Kanan sprang auf und schlug mit einer Faust auf die ausgestreckte andere Hand. »Ich wusste es!« Er schien vor Begeisterung kaum still stehen zu können.

Jalis sah ihn verwundert an. »Was meinst du?«

»Erinnerst du dich, dass wir vorhin über diese Verschiebung im Licht sprachen? Ich sagte doch, ich hätte eine Theorie.«

Jalis nickte. »Natürlich.«

»Nun, ich kann das Gefühl nicht abschütteln, dass wir als Volk wieder begonnen haben, uns zu bewegen. Das ist die Veränderung. Weißt du, ich habe die letzten Jahre alles über die Zeit vor fast siebenhundert Jahren gelesen, was ich finden konnte. Begonnen mit der Erscheinung Elouan als König bis zu dem Zeitpunkt, als er auf dem Berg der Könige verschwand. Und in all der Zeit waren die Auswirkungen des Lichtes unter denen, die Elouan folgten, immer gewachsen! Doch seit Elouan fort ist, scheint es in jeder Generation weniger Begabungen zu geben, oder sie sind schwächer geworden. Ich glaube, das liegt daran, dass wir uns nicht mehr so sehr nach der Verbindung zum Licht und ihren Geheimnissen ausstrecken. Wir warten auf etwas und bewahren bis dahin das, was ist. Das ist ja auch richtig, aber wir haben aufgehört zu erwarten, dass es noch mehr gibt, seit Elouan als Person nicht mehr unter uns ist!«

»So ähnlich hast du es schon mehrmals formuliert«, stellte Jalis fest.

»Ja, aber genau da spüre ich die Veränderung! Was auch immer gerade in unserem Volk passiert, ich glaube, wir bewegen uns stärker auf das Licht zu. Ich spüre, dass viele wieder nach dem Licht in sich suchen und neugierig sind, was möglich ist. Sie wollen wissen, wer sie sein können, wenn sie sich tiefer ins Licht vorwagen, näher zu Elouan. Schon seit ein paar Monaten höre ich von einigen, dass Begabungen, die sie schon ihr Leben lang haben, plötzlich stärker werden. Und nicht nur das, Vater hat mir berichtet, dass sich bei den Kindern einige Begabungen gezeigt haben, die seit Generationen nicht mehr aufgetreten sind.

Außerdem habe ich beobachtet, dass einige plötzlich mühelos Dinge tun, die sie zuvor noch nicht mal mit großer Anstrengung fertiggebracht haben. Gestern habe ich nach langer Zeit wieder einmal meinen früheren Lehrer Eric in der Trainingshalle der Wächter besucht. Während wir uns unterhielten, habe ich eine Gruppe Schüler beim Training beobachtet. Ihren Fähigkeiten nach zu urteilen, dachte ich, sie seien schon lange dabei, aber Eric meinte, er habe noch nie eine Gruppe von Anfängern gehabt, die so intuitiv wüsste, was sie zu tun habe.«

Jalis musterte Kanan aus zusammengekniffenen Augen. Äußerlich wirkte er nur nachdenklich, doch innerlich begann die Aufregung Kanans auf ihn überzuspringen. Was, wenn der Junge recht hatte? Hatte ihr Volk den Schritt auf eine neue Ebene getan? So schnell und bedeutsam, dass es sich bereits in ihren Kindern zeigte und auch die Erwachsenen sich ganz natürlich in dieser neuen Realität bewegten? Konnte er tatsächlich hoffen, eine solche Veränderung noch mitzuerleben?

Als er Kanan betrachtete, wurde ihm klar, dass auch er verändert wirkte. Er brauchte einen Moment, um zu erkennen, woran es lag. Doch dann bemerkte er den leichten Lichtschimmer, der Kanan umgab, als ob das Licht in seinen Augen sich in seinem ganzen Körper ausgebreitet hatte.

»Was tust du gerade?«, fragte er.

»Was meinst du?«, fragte Kanan zurück und das Licht verblasste.

Jalis beließ es dabei, aber die freudige Neugier in ihm wuchs. Wer konnte wissen, was das Licht noch hervorbrachte? Vermutlich hatten sie noch lange nicht alle Gaben und Fähigkeiten entdeckt, die es gebar. Er lehnte sich zurück und fühlte sich vierzig Jahre jünger. Selbst sein Rücken schien weniger zu schmerzen.

Ich werde definitiv noch eine Weile bleiben. Was du hier vorhast, will ich noch mit eigenen Augen sehen, flüsterte er ins Licht. Elouan lachte.

Kanan kramte in den Taschen seines Umhanges. »Hast du etwas zu schreiben?«

Jalis schüttelte den Kopf und wusste schon, was Kanan als Nächstes sagen würde.

»Ich werde nach Hause gehen und ein paar Gedanken notieren, bevor ich sie selbst nicht mehr verstehe.« Kanan umarmte Jalis, der sich mit einer Leichtigkeit, die sie beide erstaunte, von der Bank erhob.

Jalis zwinkerte ihm zu. »Wie du siehst, beflügeln mich deine Ideen.«

Kanan lachte und eilte dann den Weg in Richtung Stadt hinunter.

Jalis nahm seinen Stock und ging in die Richtung, in der Ben verschwunden war. Nach einigen Minuten entdeckte er die Gruppe, die sich im Kreis auf einer Wiese niedergelassen hatte. Sie erörterten mit dem Gärtner die Wirkweise einiger Heilpflanzen, die dieser offenbar auf ihrem Spaziergang gesammelt hatte.

Als Jalis herantrat, drückte ihm der Gärtner freundlich die Hand. »Jalis. Schön, dich zu sehen. Möchtest du dich uns anschließen?«

Jalis schüttelte lächeln den Kopf. »Vielen Dank, nächstes Mal. Ich wollte fragen, ob ich kurz mit einem deiner Schüler sprechen kann?« Er suchte Ben in der Runde und nickte ihm lächelnd zu. Kanan erzählte ihm seit Jahren von den Fortschritten des Jungen und sie hatten schon öfter Zeit miteinander verbracht. Ben sprang eifrig auf, obwohl Jalis wusste, dass der Unterricht in den Gärten sein liebster war.

»Ist das in Ordnung?«, fragte Ben seinen Lehrer.

Dieser nickte. »Natürlich. Du kannst nachher an der Schule wieder zu uns stoßen.«

Ben hakte sich fröhlich bei dem Älteren unter. Sie gingen eine Weile nebeneinander her und Ben berichtete ihm begeistert von seinem neuen Wissen über die Pflanzen.

»Es ist so erstaunlich, welche Wirkung sie auf uns haben, oder nicht?«, schloss er schließlich.

Jalis nickte. »Andersherum scheint es aber ähnlich zu sein. Du hast eine ebenso erstaunliche Wirkung auf die Pflanzen, nicht wahr? Der Rosenstrauch vorhin war jedenfalls sehr glücklich über deine Zuwendung.«

Ben blieb stehen, sah ihn verlegen an und seine Wangen färbten sich etwas rot. »Das hast du gesehen?«

Jalis nickte und zwinkerte ihm zu. »Es war wunderschön, es mitanzusehen. Klappt das, wann immer du es möchtest?«

Ben schien von seiner Bestätigung sehr ermutigt und sah sich um. Dann ging er neben einer kleinen Pflanze in die Hocke, deren Namen und Wirkung Jalis vergessen hatte. Er legte vorsichtig seine Hände um sie. Schon einen Augenblik später sprießten kleine grüne Blätter oben aus Bens Händen hervor. Voller Freude sah er Jalis an.

Jalis lachte begeistert. »Das ist toll!«

Ben stand auf und sie spazierten weiter. »Hast du denn niemandem davon erzählt?«, fragte Jalis schließlich.

Ben zuckte erneut etwas verlegen mit den Schultern. »Es ist vor ein paar Wochen zum ersten Mal passiert, als ich die Kräuter bei uns auf der Terrasse gegossen habe. Erst war ich erschrocken. Aber wenn es passiert, spüre ich jedes Mal das Licht durch mich hindurchfließen. Also dachte ich, es kann ja nichts Schlechtes sein.

Später hat es mir einfach Spaß gemacht und ich habe gar nicht darüber nachgedacht, es jemandem zu erzählen.«

Jalis lächelte. »Das verstehe ich. Manchmal ist es einfach schön, etwas im Licht zu tun, das sich richtig anfühlt, ohne dass es gleich eine Erklärung dafür geben muss, nicht wahr?« Er neigte den Kopf etwas zu Ben hinunter und flüsterte: »Die Erwachsenen wollen immer alles erklären.«

Ben lachte. »Du bist doch auch erwachsen, Großvater.«

Viele der Kinder nannten Jalis so und er genoss die vertraute Anrede. »Das ist wahr, doch bei mir ist das anderes. Ich bin so alt, dass ich schon wieder jung bin.«

Ben nickte ernst, als ergebe das Sinn. Dann schien ihm aufzufallen, dass er die seltene Gelegenheit hatte, Jalis ganz allein zu sprechen. »Erzähl mir eine von deinen Geschichten, Großvater!«

Es war die Aufgabe der Älteren, den Kindern die Geschichten vorangegangener Generationen zu erzählen. Jalis hatte das immer gern getan. Er dachte an das, was Kanan ihm von seiner Vorfahrin berichtete hatte.

»Habe ich dir schon mal von Yara erzählt? Wie sie mit ihren Freunden das Land des Ostens befreit hat?«

»Ja, aber ich will die Geschichte sehr gern noch einmal hören.«

Kein Wunder, dass er diese Geschichte liebt. Er hat mehr mit Yara gemeinsam, als mir klar war, wandte sich Jalis an Elouan. Dann streckte er Ben seinen Arm hin, der sich wieder unterhakte, und erzählte ihm Yaras Geschichte.

Kapitel 17

Ilai – am nächsten Morgen

Ilai hatte noch zwei Stunden schlafen können und das beste Essen seit Monaten genossen. Er musste zugeben, dass es eine gute Idee von Rani gewesen war, seinen Aufgabenbereich zu wechseln. Die anderen an seinem Tisch sahen das ebenso und aßen mit großer Begeisterung. Ilai kam ohne Mühe ins Gespräch mit ihnen und genoss es, nach Wochen der einsamen Wanderung wieder in Gesellschaft zu sein. Er musste allerdings recht bald aufbrechen, denn die Sonne ging bereits unter.

Er holte nur noch das Schwert aus seinem Zelt, bevor er sich auf den Weg machte. Vermutlich würde er seine Ausrüstung hier im Lager noch verbessern können, doch dafür war heute keine Zeit mehr.

Den Schuppen, den Helen beschrieben hatte, fand er ohne Probleme. Als er ihn umrundet hatte, sah er die junge Frau dort mit zwei Männer stehen. Verwirrt musterte er das Grüppchen, das er sich größer vorgestellt hatte. Helen grüßte ihn mit einem Nicken. Ihre hellen Haare waren von einer dunklen Mütze bedeckt. Sie waren alle drei, genau wie Ilai, in dunkle Farben gekleidet.

»Wo sind die anderen?«, fragte er Helen, nachdem sie ihm die zwei Kämpfer vorgestellt hatte.

»Wir sind vollständig.« Helen zeigte keine Regung, ihr versteckter Humor vom Nachmittag schien verschwunden. Sie war aber offensichtlich auch nicht verärgert über seine Frage.

»Deine Einheit besteht aus drei Personen?« Ilai musterte sie ungläubig. Damit schwand seine Hoffnung, dass sie sein Dorf retten könnten. »Versteht mich nicht falsch, ihr seid offenbar beeindruckende Kämpfer. Aber aus wie vielen Solech besteht der Spähtrupp, den wir angreifen wollen?«

»Sie sind zu fünft«, erklärte einer. Helen hatte ihn als Armin, ihren Späher, vorgestellt. Demnach hatte er sie selbst gesehen.

»Wir sind in der Unterzahl, selbst wenn ich mitkämpfen würde?« Ilai überlegte, einfach ins Lager zurückzukehren. Er hatte an genug Missionen mit geringen Erfolgsaussichten teilgenommen. Doch dann erinnerte er sich an Helens Worte, dass sie schon mehrere Trupps der Solech besiegt hätten. Er seufzte. *Vertrauen*, sagte er sich selbst. Er war sich nicht sicher, in wen oder was genau. Helen? Den König? Das Licht, was auch immer das war?

»Befehle befolgen, schon vergessen?«, kommentierte Helen seine Frage von zuvor und half ihm damit, seine enttäuschte Stimmung abzuschütteln. Er grinste. Aus irgendeinem Grund war er froh, die Helen vom Nachmittag doch so schnell wieder durchbrechen zu sehen.

»Schon gut!« Er hob beschwichtigend beide Hände. »Ich werde mich hinter einem Baum verstecken, während ihr den Feind in der Überzahl besiegt.«

Für mehrere Stunden marschierten sie durch die Wälder und Wiesen, mieden die im Dunkel liegenden Dörfer und machten nur einmal kurz Pause, um etwas zu trinken. Ilai war erstaunt, dass er bei ihrer Geschwindigkeit mithalten konnte. Die Wanderung der letzten Wochen schien ihn stärker trainiert zu haben, als ihm bewusst gewesen war. Viel erleichterter war er jedoch über die Tatsache, dass ihn weder seine Hüfte schmerzte, noch die Erinnerungen ihn übermannten. Während seiner Reise hatte er bei Dunkelheit immer mit Anspannung und Angst gekämpft.

Nun spürte er, wie seine Aufmerksamkeit allein dem Hier und Jetzt galt und alles andere in den Hintergrund rückte. Das Bewusstsein, dass sie demnächst auf die Solech treffen würden, schürte nur seine Neugier, seine drei Begleiter im Kampf zu sehen. Er war dankbar, nicht selbst kämpfen zu müssen.

Armin hatte den Spähtrupp am Vormittag entdeckt, trotzdem suchten sie schon fast die ganze Nacht nach ihnen. Einerseits waren sie froh darüber, denn es bedeutete, dass die Solech nicht wussten, wo das Schloss stand. Andererseits bedeutete ihre langwierige Suche, dass es bereits dämmerte, als Ilai plötzlich die Gegenwart der Dunkelheit vor ihnen spürte. Die Vision blieb aus, was ihn erleichtert aufatmen ließ, doch konnte er spüren, dass sie in der Nähe sein mussten.

»Wir haben sie, sie sind vor uns«, flüsterte er Helen zu.

Sie bedeutete den anderen beiden mit einem Handzeichen, stehen zu bleiben, und musterte ihn ganz erstaunt. »Woher weißt du das?«

»Ich kann die Solech fühlen. Sie sind wie eine dunkle Wolke, die

Verzweiflung und Tod bringt«, versuchte Ilai in Worte zu fassen, was er spürte, wenn er sich den Solech näherte.

Helen zog die Augenbrauen nach oben. »Wie ist das möglich? Du bist nicht mit dem Licht verbunden.«

Ilai zuckte mit den Schultern. »Ich weiß es nicht. Aber ich lag bisher noch nie falsch.«

Helen dachte kurz nach, dann nickte sie. »Kannst du sagen, wie weit sie noch entfernt sind und ob sie sich bewegen?«

Ilai schüttelte den Kopf. »Ich weiß nicht genau, wie weit. Aber ich kann sie erst spüren, wenn nur noch wenige Hundert Meter zwischen uns liegen. Und ich bin recht sicher, dass sie sich nicht bewegen.«

In dem Moment, als er das aussprach, riss er die Augen auf. »Das nehme ich zurück. Sie bewegen sich auf uns zu!«

»Sie haben uns entdeckt«, zischte Armin.

»Vielleicht ein Wachposten, den wir übersehen haben.« Ilai hatte das schon einmal erlebt, was seinem Nachbarn das Leben gekostet hatte.

Ohne weitere Worte zu wechseln, bedeutete Helen den anderen, ihr seitlich durch das Unterholz zu folgen. Erneut war Ilai froh über seine Erfahrungen im Kampf. Es wäre ihm sonst unmöglich gewesen, sich fast geräuschlos vorwärts zu bewegen. Nach einigen Minuten im Laufschritt gingen sie hinter einer Felsansammlung in die Hocke. Helen machte eine Geste und Armin verließ die Gruppe alleine in Richtung der Solech. Verblüfft stellte Ilai fest, dass er nicht das kleinste Geräusch hörte, nachdem Armin ihr Versteck verlassen hatte.

Reglos kauerten sie im Dunkeln, bis Ilai es wagte, Helen zuzuflüstern: »Sie sind stehen geblieben.« Sie nickte nur. Kurz darauf stand Armin auf einmal wieder bei ihnen. Ilai musste einen Schreckenslaut unterdrücken, als er plötzlich geräuschlos hinter einem Baum hervortrat. Er war sich ziemlich sicher, auf Armins Gesicht den Anflug eines Grinsens gesehen zu haben.

Armin senkte den Kopf. »Sie sind am Waldrand stehen geblieben und scheinen dort auf uns zu warten«, sagte er leise. »Sie suchen den direkten Kampf und wirken, als seien sie sich ihrer Überlegenheit sicher. Außerdem haben sie die aufgehende Sonne im Rücken.«

Alle schwiegen. Ilai war sich sicher, die beiden Männer warteten auf Helens Entscheidung. Sie hatte es mit Humor gesagt, doch Ilai zweifelte keinen Moment daran, dass es ihr voller Ernst gewesen war, dass er unterwegs ihre Befehle befolgen solle.

»Das ändert nichts«, sagte sie schließlich. »Wenn wir uns alleine auf unsere Augen verlassen, werden wir sowieso nicht lebend aus diesem Kampf gehen.«

Ilai fragte sich, was sie damit meinte, aber dies war nicht der geeignete Augenblick, um danach zu fragen. Er legte die Hand an seinen Schwertknauf, auch wenn er entschlossen war, es nur zu ziehen, wenn er keine andere Wahl haben würde. Ansonsten würde er sich an die Abmachung halten, nur zuzusehen.

Ohne weitere Worte erhoben sie sich und Armin führte sie in Richtung der Dunkelheit, die auf Ilais Bewusstsein lastete.

Nach wenigen Minuten lichtete sich der Wald. Ein Stück weiter vorne konnte er schon das Ende der Bäume erkennen, hinter denen sich nur noch Felder ausbreiteten. Kurz bevor es kein Zurück mehr geben würde, weil die Solech sie gesichtet hätten, blieben die drei stehen. Sie schlossen die Augen und schienen sich kurz zu sammeln. Das kam Ilai bekannt vor. Er selbst hatte sich auch immer einen Moment genommen, um tief Luft zu holen, alle Angst und Unsicherheit zu verbannen und sich auf den bevorstehenden Zusammenstoß mit dem Feind vorzubereiten.

Doch als die anderen die Augen wieder öffneten, sog er überrascht die Luft ein. Ihre Augen strahlten fast so hell wie die des Königs. Sie gingen die letzten Meter bis zum Waldrand, ohne sich besonders darum zu kümmern, leise zu sein. Ilai blieb hinter einem Baum stehen, während die drei Kämpfer auf die Wiese hinaustraten, die vor ihnen lag.

Wie Armin angekündigt hatte, hatten die Solech die aufgehende Sonne im Rücken. Ilai musste die Augen zusammenkneifen, um die fünf Krieger genauer zu erkennen. Sie standen etwa zwanzig

Meter vom Waldrand entfernt und warteten mit gezückten Schwertern. Ilai hatte den Eindruck, dass sie damit auf ihre Art den Gegner verspotteten. Sie konnten einfach warten, ihre Gegner auf sich zukommen lassen und vernichten. Ilai fühlte genau, was sie mit dieser Strategie bezweckten. Unsicherheit verdrängte auf einmal jede Überzeugung in ihm, gleich eine Niederlage der Solech mitansehen zu können.

Das Einzige, das ihn davon abhielt, die Augen von dem abzuwenden, was vor ihm geschah, war die Selbstsicherheit, mit der seine neuen Mitstreiter auf die Wiese hinaustraten. Der Anblick des Trupps vor ihnen schien sie nicht im Geringsten zu verunsichern. Es wirkte fast komisch. Sie reichten den Solech gerade bis zu den Schultern, ihre Schwerter waren halb so groß und sie waren in der Minderzahl. Die Solech hatten sich in zwei Reihen versetzt aufgestellt, ihre Pferde grasten unbeteiligt etwas weiter entfernt auf der Wiese. Wahrscheinlich waren sie es gewohnt, die stillen Zeugen des Sieges ihrer Herren zu sein.

Helen ging an der Spitze, während die beiden Männer einen Schritt hinter ihr liefen. Seit sie die Lichtung verlassen hatten, waren sie ohne anzuhalten auf die Solech zugegangen, die ihnen gelassen entgegenschauten. Je näher sie ihnen kamen, umso schneller wurden sie. Wenige Schritte vor ihrem Ziel begannen sie zu rennen und ihre Schwerter zu heben. Ilai kniff die Augen noch weiter zusammen. Trotzdem konnte er nicht wirklich einordnen, was er schließlich zu sehen bekam.

Auf den letzten Metern schienen sich die drei Kämpfer irgendwie zu verändern. Ihre Schritte wurden noch sicherer und sie bewegten ihre Waffen flüssig und souverän. Auf eine Weise war Ilai, als sehe er einem Tanz zu. Die Bewegungen der drei wirkten plötzlich wie aufeinander abgestimmt, was er noch nie gesehen hatte.

Auch die Solech schienen zu bemerken, dass sich etwas verändert hatte. Ihre spöttische Fassade bröckelte. Sie griffen ihre Waffen fester und gingen in Kampfstellung.

Ilai hatte im Laufe seiner eigenen Kämpfe festgestellt, dass jeder

Krieger kleine Schwächen hatte, die selbst anhaltendes Training nicht ganz ausmerzen konnte. Doch wie sollte man diese im Kampf nutzen, wenn man seine Gegner vorher nicht hatte studieren können?

Helen traf als Erstes auf den Solech in der Mitte. Sofort erhob dieser seine Waffe gegen sie. Im letzten Augenblick, bevor sie seinen Hieb hätte parieren müssen, machte sie eine Drehung zur Seite, die wie eingeprobt zu dem kleinen Ausfallschritt des Kriegers passte. Sie tauchte unter seinem Arm weg, riss ihr Schwert nach unten und fügte dem Krieger eine Wunde am Bein zu. Kurz darauf stand sie plötzlich hinter ihm, während der Schwung seines eigenen Schrittes und seine Verletzung ihn nach vorne wanken ließen.

Ohne ihre Bewegung zu unterbrechen ging Helen in die Hocke und wich damit dem Schwert des Solech in der zweiten Reihe aus. Ihre eigene Waffe zog sie in einer fließenden Bewegung zur Seite und streifte damit den Arm ihres Gegners auf dem Rückweg von seinem erfolglosen Angriff. Als sein Schwert den Boden erreichte, war sie bereits zur Seite gerollt und überraschte damit den nächsten Solech. Den erwischte sie beim Aufstehen mit einer Aufwärtsbewegung ihres Schwertes am Hals, obwohl er deutlich größer war als sie.

Das alles hatte innerhalb weniger Sekunden stattgefunden.

Ilai hatte noch nie jemanden so kämpfen sehen. Zutiefst beeindruckt stellte er fest, dass Helen bereits drei Gegner verletzt hatte. Während er nur ihr mit den Augen hatte folgen können, standen zeitgleich mit Helen auch Armin und Aaron plötzlich hinter der Gruppe der Solech. Sie schienen unversehrt, während die Solech allesamt verletzt waren.

Dennoch war Ilai klar, dass seine neuen Freunde den Kriegern nur kleinere Verletzungen zugefügt hatten, die sie im Kampf kaum beeinträchtigen würden. Nun war ihnen klar, dass sie ihren Gegner nicht unterschätzen durften. Er erwartete, dass sie sich jeden Moment umdrehen und von Wut angestachelt ihre Waffen erheben würden.

Stattdessen beobachtete er verblüfft, wie ein Krieger nach dem anderen in die Knie ging, als seien sie tödlich verwundet. Sie wirkten genauso überrascht wie Ilai und sahen hilflos an sich hinunter. Noch bevor ihre Knie den Boden berührten, hatten sie ihre Waffen fallen lassen und blickten verständnislos auf ihre leeren Hände und den Gegner hinter sich. Dann sackten sie ganz in sich zusammen. Vor Ilais Augen schienen ihre Körper an Leben zu verlieren. Ihre Haut wurde blass und ihr Haar matt. Statt der muskulösen Kämpfer lagen bald nur noch schmale Körper im Gras, deren Rüstung zu groß neben ihnen lag.

Das Bemerkenswerteste war, dass gleichzeitig die Dunkelheit aus Ilais Empfindung verschwand. Es war, als ob sich die Wolken vor der Sonne verzogen hätten. Erst als sie sich auflösten, spürte Ilai, wie sehr die Dunkelheit ihn belastet hatte. Nun konnte er wieder freier atmen.

Er trat langsam hinter seinem Baum hervor und ging auf den Ort des Kampfes zu, ohne den Blick von Helen, Armin und Aaron zu wenden. Sie hingegen sahen auf die besiegten Gegner am Boden und Ilai war, als sähe er Mitleid in ihren Augen. Er selbst spürte nichts dergleichen, wahrscheinlich, weil er unter den Solech schon so viel gelitten hatte, während diese drei sie offenbar mühelos niederstreckten.

Er blieb vor den am Boden liegenden Körpern stehen und sah zu den Kämpfern des Königs hinüber.

»Was war das?«, fragte er.

»Das war das Licht«, erklärte Helen, während die Intensität des Lichtes in ihren Augen langsam nachzulassen begann.

Ilai schüttelte den Kopf. »Nein, das wart ihr. Aber wie?«

Helen zuckte mit den Schultern. »Das kann ich dir nicht erklären.«

Ilai starrte sie fassungslos an. »Wie könnt ihr euch alle mit so wenig Erklärungen zufriedengeben? Ihr habt gerade einen völlig überlegenen Gegner mit wenigen Schwertstreichen besiegt und ihr wollt nicht verstehen, wie ihr das tun konntet?«

Aaron steckte sein Schwert wieder in die Scheide, nachdem er das Blut vor sich am Gras abgewischt hatte. »Du wirst es verstehen, wenn du mit dem Licht verbunden bist. Nicht jede Erkenntnis kann in Worte gefasst werden. Der Teil von uns, der eins mit dem Licht ist, weiß, was er zu tun hat. Wir erlauben ihm einfach, für einige Zeit unser Handeln zu bestimmen.«

Er und Armin umrundeten die am Boden liegenden Solech und gingen zurück zum Waldrand, um mit kleinen Schaufeln zurückzukehren, die sie offenbar aus dem Gepäck geholt hatten, das sie dort zurückgelassen hatten. Helen blieb neben ihm stehen.

»Es seid also nicht mehr ihr, die da kämpfen?«, fragte er sie.

Sie runzelte nachdenklich die Stirn. »Doch, wir werden nicht vom Licht kontrolliert. Es ist mehr ein Loslassen und Vertrauen in Wissen, das aus dem Licht kommt. Grundlegende Erfahrung darin, eine Waffe in der Hand zu halten, ist schon hilfreich. Wir haben aber schon mehrfach erlebt, dass zu viel Übung im Umgang damit eher hinderlich sein kann. Die Versuchung ist zu groß, sich auf die eigenen Fähigkeiten zu verlassen, anstatt die Führung an das Licht abzugeben. Es ist schwer zu erklären. Ich weiß einfach, was ich zu tun habe, ohne darüber nachzudenken. Und irgendwie funktioniert mein Körper genau richtig, wenn ich ihn lasse.«

Aaron reichte ihnen beiden zwei Schaufeln und sie begannen wortlos, Gräber für die Solech auszuheben. Erneut war Ilai sprachlos. Erst nachdem er bereits knöcheltief in der Erde stand, fragte er. »Warum tut ihr das? Sie begraben?«

»Sie würden sonst einfach hier auf der Wiese liegen. Auch wenn sie den falschen Weg gewählt haben, sollten wir mit ihnen anders umgehen als sie mit uns. Zudem wären die Bewohner dieser Gegend ansonsten nur unnötig verunsichert und müssten sich um ihre Beseitigung kümmern.«

Das leuchtete Ilai ein. »Bei uns wurden die Gefallenen immer von den Solech abgeholt«, murmelte er. »Aber sie sahen nie so aus wie diese.« Er nickte in Richtung der Getöteten. »Was ist mit ihnen passiert, nachdem ihr sie verletzt habt?«

Helen warf die Schaufel aus ihrem Erdloch, das ihr inzwischen bis zur Hüfte ging, und begann, den ersten Solech in Richtung des

Grabes zu ziehen. Er konnte nicht mehr viel wiegen, denn es gelang ihr erstaunlich leicht.

»Die Kraft der Solech kommt aus der Dunkelheit. Wenn wir so kämpfen, wie du es vorhin gesehen hast, ist die Berührung mit unseren Waffen für sie tödlich.«

Sie hielt inne und sah auf den Solech hinab. Erneut schien sie Mitgefühl zu verspüren. »Es ist, als ob sie mit dem Licht infiziert würden. Das Licht besiegt am Ende immer die Dunkelheit. Das hier ist, was von ihnen übrig bleibt, wenn die Dunkelheit aus ihnen gewichen ist.«

Ilai schüttelte erstaunt den Kopf und hieb die Schaufel wieder in die Erde. Er kam wesentlich langsamer vorwärts als die anderen. Er fragte sich, ob das Übung war, oder ob sie auch beim Schaufeln Unterstützung vom Licht erhielten. »Können alle, die mit dem Licht verbunden sind, so kämpfen?«, fragte er stattdessen.

Armin schaufelte bereits das zweite Loch. »Prinzipiell schon. Aber für manche ist es ganz natürlich und mühelos. Andere brauchen länger, bis es ihnen gelingt, ihre Waffen auf diese Weise zu führen. Es kostet sie Überwindung, es überhaupt zu tun. Sie können andere Dinge besser.«

Ilai dachte an Rani, der nun kochte anstatt die Kämpfer zu trainieren. Er hatte keine Idee, was seine eigene Aufgabe im Heer des Königs sein könnte, doch er war sich fast sicher, dass er auch zu denen gehörte, die zwar kämpfen lernen konnten, aber sich damit nie ganz wohlfühlen würden.

»Wie seid ihr auf eure Gabe aufmerksam geworden?«, fragte er in die Runde.

Armin deutete mit der Schaufel auf Helen. »Sie hat das Schwert in die Hand genommen und beim ersten Versuch alle besiegt, die sich ihr beim Training in den Weg gestellt haben«, erklärte er.

Helen zuckte etwas verlegen mit den Schultern. »Es war, als ob ich das schon immer getan hätte. Es kostete mich keinerlei Anstrengung, einfach im Licht zu spüren, was zu tun war.«

Schweigend beendeten sie ihre Arbeit. Sie waren alle müde von der schlaflosen Nacht. Ilai hatte so viele neue Informationen erhalten, dass er erst einmal darüber nachdenken musste, bevor er weitere Fragen stellen wollte.

Den Rückweg schafften sie in wesentlich kürzerer Zeit und waren im Laufe des Vormittags wieder im Lager. Einhellig nahmen sie als Erstes den Weg zu dem runden Platz mit den Tischen, an denen Ilai schon am Vortag Rani getroffen hatte. Dieser warf nur einen Blick auf ihre müden Gesichter, zeigte auf einen Tisch und verschwand in einem großen Zelt. Wenig später trugen ein paar Jugendliche einige Platten mit Brot, Käse und Gurken zu ihrem Tisch und kamen kurz darauf mit großen Tassen gefüllt mit heißem, süßem Tee zurück.

Dankbar bedienten sich die vier am Essen und ließen sich vom Tee aufwärmen. Ilai lauschte dem zwanglosen Geplauder der kleinen Einheit. Alle Anspannung des Kampfes war von ihnen gewichen. Sie unterhielten sich über Dinge, die im Lager vorgefallen waren, und erzählten sich lachend Geschichten von den Streichen der Kinder und Jugendlichen, die sich hier offenbar sehr wohlfühlten. Gleichzeitig schienen sie schnell in Langeweile zu geraten. Dass diese Kombination Ursache mancher nicht ganz durchdachter Streiche war, wusste Ilai aus seinen eigenen Jugendtagen an Lukans Seite nur zu gut. Er musste grinsen, als er einiges in den Geschichten wiedererkannte.

Nebenbei erfuhr er, dass Helen aus einem Dorf nicht weit von hier stammte, aus dem fast alle Einwohner im Lager lebten. Nur wenige waren ins Dorf zurückgekehrt, um die Felder zu bewirtschaften, das Vieh zu weiden und so dafür zu sorgen, dass im Lager genug Lebensmittel vorhanden waren. Unter ihnen waren auch Helens Eltern und ihre jüngere Schwester.

Ilai dachte an seine Eltern und fühlte sich plötzlich schuldig. Er saß hier entspannt am Tisch und lachte über die Geschichten, während seine Familie und seine Freunde vielleicht schon von den Solech überrannt worden waren. Bei der Vorstellung verging ihm jeglicher Appetit und er schob den Teller von sich.

»Gibt es einen Weg, dass ich den König erneut sprechen kann?«, fragte er Helen.

»Ich bin hier, um mit dir zu sprechen«, sagte eine Stimme hinter ihnen, bevor sie antworten konnte.

Erstaunt drehte Ilai sich um. An ihrer respektvollen Haltung und weil sich plötzlich alle erhoben, konnte Ilai ablesen, dass es nicht jeden Tag vorzukommen schien, dass der König sich plötzlich zum Essen dazugesellte.

Hastig erhob auch er sich. Obwohl er nicht den Eindruck hatte, dass der König das erwarte, wollte er ihn nicht vor den Kopf stoßen. Er hatte schließlich noch ein Anliegen. Außerdem war er durchaus der Ansicht, dass ihm als König eine gewisse Ehrerbietung zustand.

Der König sah freundlich in die Runde. »Wie war euer Einsatz?«

Helen fasste kurz zusammen, was geschehen war, und Elouan lauschte konzentriert. Dann nickte er. »Danke, damit habt ihr uns erneut etwas Zeit erkauft.«

Dann wandte er sich Ilai zu. »Geh ein Stück mit mir«, wiederholte er seine Worte vom Vortag.

Die anderen setzten sich und nahmen ihr Gespräch wieder auf. Es schien sie nicht zu verwundern, dass der König extra ins Lager kam, um Ilai zu sprechen, der sich ja noch nicht einmal dem Licht angeschlossen hatte. Ilai hingegen wusste nicht, ob er sich Sorgen machen oder sich darüber freuen sollte, dass er gar nicht erst nach dem König suchen musste, um ihn erneut zu sprechen.

»Wusstest du nicht bereits, wie der Kampf ausgegangen ist?«, rutschte es ihm heraus. In Gegenwart des Königs schien sein Mund etwas die Zurückhaltung zu verlieren. Er sagte sonst selten etwas, ohne vorher darüber nachzudenken.

Der König sah ihn von der Seite an. »Das bedeutet nicht, dass es mir nicht wichtig ist, es von euch persönlich zu hören.«

Sie gingen nebeneinander her, bis sie das Lager verlassen hatten und ohne Zuhörer auf der Wiese standen, die zum Schloss hin anstieg. Erstaunlicherweise hatte niemand die Gelegenheit genutzt und sie angesprochen. Alle hatten den König nur gegrüßt und sich offensichtlich gefreut, ihn zu sehen.

Warum tun sie so, als hätten sie ihn eben erst gesprochen?, fragte sich Ilai und notierte das auf seiner inneren Liste von Dingen, die er in Erfahrung bringen wollte. Aber zuerst musste er endlich wissen, warum der König ihn persönlich aufgesucht hatte. Er sah ihn fragend an.

»Hast du gesehen, was du gehofft hattest?«, fragte Elouan stattdessen.

Ilai nickte. »Ich denke schon. Aber ich habe nicht die Antworten bekommen, die ich erwartet hatte. Jetzt habe ich nur noch mehr Fragen. Hast du mich deshalb aufgesucht?«, wagte er zu fragen.

Der König schüttelte den Kopf. »Lukan wurde im Kampf verletzt«, sagte er ohne Umschweife.

Ilai hatte das Gefühl, als drücke ihn jemand unter Wasser. Er hörte das Blut in den Ohren rauschen, während seine Gedanken durcheinanderwirbelten. *Was war passiert?* Wenn der König es für ernst genug hielt, ihn darüber zu unterrichten, musste es schlimm sein. War Lukan bereits tot? Hatte er seinen besten Freund im Stich gelassen und würde ihn nun nie wiedersehen?

Er musste die Fragen offenbar nicht laut stellen.

»Noch lebt er. Aber seine Verletzungen sind tödlich. Er hat einem eurer Freunde das Leben gerettet und deinem Dorf einen Vorteil im Kampf verschafft, aber er wird dafür mit seinem Leben bezahlen«, erklärte der König mit Bedauern in der Stimme.

Ilai spürte Tränen in seinen Augen. Das klang nach Lukan. »Ich muss nach Hause.« Er ballte die Hände zu Fäusten. Wenn es so schlimm war, wie der König sagte, konnte er kaum hoffen, rechtzeitig wieder zurück zu sein, um Lukan noch lebend anzutreffen.

Der König sah ihn nachdenklich an. »Dein Platz ist hier. Du kannst nicht ändern, was deinem Freund passiert ist. Selbst wenn du geblieben wärst, hättest du das nicht.«

Ilai machte einen Schritt zurück und schüttelte vehement den Kopf. »Nein, ich muss zurück. Ich habe sie im Stich gelassen. Damit kann ich ihnen noch nicht einmal helfen, weil ich ihnen keine

Hilfe schicken kann! Wenn ich nicht zu Lukan gehe, werde ich mir das nie verzeihen.«

Der König verschränkte die Arme hinter dem Rücken und sah zum Lager hinüber. »Er verspürt dir gegenüber die gleiche Loyalität und er macht dir keinerlei Vorwürfe.«

Ilai sah zu Boden und atmete tief ein, um die Tränen zurückzuhalten. »Das weiß ich, aber es ändert nichts.«

Der König nickte und legte ihm kurz eine Hand auf die Schulter. Ilai spürte eine gewisse Ruhe auf sich übergehen. Er fragte sich, ob es nur der Abglanz des tiefen Friedens war, den der König ausstrahlte, oder ob dieser ihm auf irgendeine Weise geholfen hatte, seine Gedanken zu fokussieren. Doch er würde nun keine Zeit damit verschwenden, seine Neugier zu befriedigen. All seine Fragen mussten warten. »Ich werde sofort aufbrechen.«

Der König bedeutete ihm, ihm zu folgen, und führte ihn nach oben zum Schloss. Auch wenn Ilai am liebsten sofort seine Sachen packen und losgehen wollte, vertraute er Elouan bereits genug, um bereitwillig diesen Umweg zu machen.

Im Schlosshof winkte der König einen Mann heran, der in Lederrüstung gekleidet gerade aus einem der Türme kam. »Phillip, bitte sorge dafür, dass Ilai eines unserer schnellsten Pferde mit genug Proviant für eine Woche bekommt«, sagte er.

Ilai spürte etwas Hoffnung aufkeimen. Mit einem Pferd schaffte er es vielleicht doch noch rechtzeitig zu Lukan. Aber selbst damit würde er mindestens eine Woche unterwegs sein. Das war eine sehr lange Zeit für einen tödlich Verwundeten. »Danke«, sagte er an den König gewandt.

Dieser hielt für einen Moment seinen Blick mit seinen leuchtenden Augen. Dann nickte er.

Ilai folgte Phillip zum Tor hinaus. »Ich muss noch meine Sachen packen, es dauert nicht lange.«

Phillip nickte. »Ich kümmere mich um das Pferd und die Vorräte. Weißt du, wo die Ställe sind?«

Ilai schüttelte den Kopf.

»Dann treffen wir uns am Weg nach Osten am Rand des Lagers. Dort steht ein Schuppen mit Wagen, wo ich das Pferd hinbringe.«

Ilai nickte, an dem Schuppen hatte er ja schon Helens Einheit getroffen. Es kam ihm wie eine Ewigkeit vor, dabei war es erst gestern gewesen.

Schnell warf er seine wenigen Habseligkeiten in den Sack, mit dem er gekommen war, und band sich seine alte Decke obendrauf. Er wollte gerade nach Nera suchen, der sich um das Zelt der Neuankömmlinge kümmerte, um ihm mitzuteilen, dass er schon wieder abreiste, als dieser plötzlich neben ihm stand. Er hielt ihm einen schweren Lederumhang hin, der auf der Außenseite mit Wachs behandelt war und innen das Fell der Tiere behalten hatte, die das Leder gespendet hatten.

»Es ist fast Winter«, sagte Nera. »Nimm meinem Umhang mit, ich brauche ihn hier nicht. Du kannst ihn mir wiedergeben, wenn du zurückkommst.«

Ilai wusste nicht, was er sagen sollte. Ihm lag auf der Zunge, Nera zu erklären, dass er gar nicht wusste, ob er zurückkehren würde. Doch Nera schaute ihn so freundlich an, und er war so dankbar für das Angebot, dass er seine Hand ausstreckte und das wertvolle Kleidungsstück in Empfang nahm. »Danke. Ich …«

Nera winkte ab. »Wir sehen uns.« Damit drehte er sich um und ging.

Ilai steckte die Arme durch die dafür vorgesehenen Löcher und legte den Umhang um. Er hatte sogar eine Kapuze, für die er beim Reiten sicherlich dankbar sein würde. Er nahm seinen Rucksack auf und eilte zum Schuppen am Rand des Lagers. Phillip wartete schon mit einer dunkelbraunen Stute auf ihn, die bereits gesattelt war. Die Satteltaschen waren komplett mit Vorräten gefüllt und mehrere Schläuche Wasser waren außen daran befestigt. Phillip nahm ihm den Rucksack ab und band ihn hinter dem Sattel auf die Decke. Dann reichte er ihm die Zügel.

»Kannst du reiten?«, fragte er Ilai, als sei er bereit, ihm eines ihrer besten Pferde mit einer kurzen Einführung zu überlassen, sollte er verneinen.

Ilai nickte. Er nahm die Zügel und schwang sich aufs Pferd. Er spürte sofort, dass sie gut miteinander auskommen würden. Die Stute wartete geduldig, bis er oben war, doch ihre Muskeln waren bereits angespannt, als freue sie sich auf einen schnellen Ritt.

Phillip klopfte ihr den Hals und sah zu Ilai hinauf. »Sei gut zu ihr, dann bringt sie dich überall hin. Mach genügend Pausen, sie braucht sie genauso wie du, sonst gewinnst du nichts.«

Ilai nickte. Er würde den Rat beherzigen, auch wenn er nichts mehr wollte, als ohne Rast zum Dorf zu preschen. Mit einem letzten Blick auf das Lager und das Schloss ritt er los.

Kapitel 18

Kanan – 20 Jahre später

Es war ein merkwürdiges Gefühl, ohne den Ratsumhang in der Versammlungshalle zu stehen. Kanan atmete tief ein und spürte, wie eine Last von ihm fiel. Er schloss die Augen und ließ die Bestätigung des Lichtes durch sich hindurchfließen und jede innere Stimme des Zweifels beruhigen. Vielleicht wusste er nicht, was er hier tat, aber er wusste, dass es das Richtige war.

Er verließ die leere Halle. Draußen stand seine Mutter, das Gesicht der Sonne zugewandt, und wartete auf ihn. Ihre zweiundsiebzig Jahre waren ihr kaum anzusehen. Kanan wagte zu hoffen, dass sie noch genug Zeit hatte, um mitzuerleben, zu welchem Ziel die Herausforderungen der letzten Jahrzehnte sie führen würden. Er hatte aufgehört, sich zu fragen, wie lange es noch dauern würde. Geduld war für ihn eine hart erlernte Tugend.

Nour hatte sein Leben nicht nur erträglich gemacht, sondern ihm gezeigt, wie viel Freude der Alltag bedeuten konnte, egal, wie erdrückend alles manchmal erschien. Sie hatte ihm beigebracht, in den richtigen Momenten loszulassen und zu genießen. Vermutlich war sie auch der Grund dafür, dass er den Mut gehabt hatte, den heutigen Schritt zu gehen. Am Ende hatte er die besten Entscheidungen seines Lebens immer an ihrer Seite getroffen.

»Danke, dass du das tust«, sagte er zu seiner Mutter.

Sie nickte lächelnd. »Ich bin mir immer noch nicht sicher, ob ich es für den richtigen Schritt halte, aber ich verstehe deine Gründe. Noch habe ich genug Energie, um mich wieder ins Getümmel zu stürzen.« Sie zwinkerte ihm zu.

Kanan lachte. Seit seine Mutter ihm den Sitz im Rat vor fünfundzwanzig Jahren übergeben hatte, hatte sie kaum einen Tag stillgesessen. Sie und Kanans Vater waren stattdessen in ein größeres Haus umgezogen, um genügend Platz für all die Personen zu haben, die permanent bei ihnen zu Gast waren. Einige für Stunden, andere für Monate. Seine Eltern hatten ihre Begabung entdeckt, für diejenigen da zu sein, die einen Ort brauchten, an dem ihnen jemand zuhörte und ihnen Trost, Anleitung, Rat oder einfach einen Rückzugsort bot. Kanan war beeindruckt von dem, was sie taten. Umso dankbarer war er seiner Mutter, dass sie nun ohne zu zögern seiner Bitte nachgekommen war.

Für einen Moment standen sie nebeneinander, in angenehm vertraute Stille gehüllt.

»Was wirst du jetzt tun?«, fragte sie schließlich.

»Mit Nour wandern gehen, mit Umar im Garten sitzen, Ben in den Gärten besuchen und die freie Zeit genießen.«

»Ich meinte nicht die nächste Woche, sondern die nächsten Monate«, erklärte seine Mutter lachend.

Kanan verschränkte grinsend die Arme und hielt demonstrativ sein Gesicht in die Sonne. »Ich auch.«

»Na, viel Erfolg. Mal sehen, ob du damit länger durchhältst als ich.«

Kanan wandte sich ihr mit einem spöttischen Lachen wieder zu. »Du hast am ersten Tag den ganzen Garten umgegraben und Ron und mich gezwungen, dir beim Pflanzen von Obstbäumen zu helfen.«

Seine Mutter zuckte mit den Schultern. »Das zählt. Gartenarbeit ist Freizeitbeschäftigung.« Sie lachten beide bei der Erinnerung daran, wie sie voller Elan einen Obstgarten hatte anlegen wollen. Zum Glück hatte ihr Enthusiasmus kurz darauf ein anderes Ziel gefunden. Die wenigen Bäume, die nun den Garten beschatteten, waren in der Erntezeit schon genug Arbeit.

Seine Mutter streckte eine Hand aus und legte sie Kanan an die Wange, so wie sie es immer getan hatte, als er klein gewesen war. »Ich bin stolz auf dich.«

Kanan sah etwas verlegen zu Boden. Er wusste, dass seine Mutter stolz auf ihn war, aber sie sagte es selten. »Danke«, flüsterte er.

Sie nickte und wandte sich dann um. Kanan holte erneut tief Luft und sah noch einmal zum Versammlungsgebäude hinter sich. Dann ging er in Richtung Archiv.

Er fand Arani in der Galerie, wo sie am Rand des Balkons saß und die Beine in Richtung der Ahnentafeln baumeln ließ.

»Arani«, sprach er sie von einigen Metern Entfernung an, doch sie antwortete nicht. War sie so in Gedanken versunken, dass sie ihn nicht hörte? Bei ihr angekommen, ging er neben ihr in die Hocke und berührte ihre Schulter. Als sie noch immer nicht reagierte, setzte er sich neben sie und beugte sich nach vorne, um ihr ins Gesicht zu sehen. Der Anblick verschlug ihm den Atem, wie schon einmal vor vielen Jahren. Inzwischen hatte er sich daran gewöhnt, das helle Aufleuchten des Lichtes in den Augen seines Gegenübers zu sehen, wenn er oder sie seine Begabung in besonderem Maße einsetzte. Es geschah nicht bei vielen, war aber in den letzten Jahren immer normaler geworden. Bei Arani hatte er es schon mehrere Male gesehen. Auch bei Ben und einmal bei Nour. Doch das hier war etwas anderes.

Aranis Augen leuchteten nicht nur strahlend hell, in ihnen bewegten sich lilafarbene Schlieren, die sich mit dem bekannten goldenen Leuchten vermischten und ihre Augen zu einem einzigartigen Kunstwerk machten. Was auch immer sie tat, sie war so darin versunken, dass sie sich noch immer nicht rührte, als Kanan mit einer Hand vor ihrem Gesicht winkte. Er war sich eigentlich sicher, dass ihr nichts passieren würde, solange sie ihrer Begabung folgte. Trotzdem sagte ihm etwas, dass es besser sein würde, sie aus diesem Zustand zu wecken. Nach kurzem Überlegen packte er sie an den Schultern, drehte sie sanft in seine Richtung und rüttelte sie vorsichtig. »Arani? Hörst du mich?«

Erst passierte nichts, dann schüttelte Arani plötzlich leicht den Kopf und schloss die Augen. Als sie sie wieder öffnete, war nur noch das übliche sanfte Leuchten darin zu sehen. Überrascht sah sie ihn an. »Kanan, schön dich zu sehen. Seit wann bist du schon hier?«

»Ein paar Minuten. Du hast überhaupt nicht reagiert und deine Augen sahen … ungewöhnlich aus. Ungewöhnlicher als sonst.«

Arani sah ihn interessiert an. »Tatsächlich? Inwiefern?«

»Sie waren nicht nur hell leuchtend, sondern auch lilafarben. So etwas habe ich noch nie gesehen. Wo warst du?«

Arani runzelte die Stirn.

»Erinnerst du dich an den Tag vor Jahren, als ich plötzlich wusste, dass du Yaras Nachfahre bist?«

»Ja, natürlich. Das war das erste Mal, dass ich gesehen habe, wie die Augen von jemandem aussehen, der gerade sehr stark seiner Begabung nachgeht.«

Arani nickte. »Ich habe dir erklärt, dass ich in den Stammbaum von Personen sehen kann. Und da hast du mich gefragt, ob ich auch in die Zukunft sehen könne.«

»Ja, ich erinnere mich.«

»Über die Jahre habe ich das immer wieder versucht, deine Frage hat mich neugierig gemacht. Es ist nie etwas dabei passiert, aber seit einiger Zeit habe ich gespürt, dass das Ausmaß meiner Begabung zunimmt, wie bei so vielen.«

Außer bei mir, dachte Kanan etwas frustriert. Er konnte zwar weiterhin den Ort des Lichtes betreten, wusste aber immer noch nicht, was es für ihn damit auf sich hatte, außer dass er sich dort wohlfühlte.

»Vor einigen Tagen musste ich dann wieder daran denken«, fuhr Arani fort. »Und zum ersten Mal war etwas anders.«

»Du kannst die Zukunft sehen?«, fragte Kanan gespannt.

»So würde ich es nicht nennen.« Arani hielt inne und suchte nach Worten. »Wenn ich die Vergangenheit von Personen sehe, dann sehe ich nicht, was sie getan haben. Ich sehe keine Szenen ihres Lebens oder so etwas. Es ist eher wie eine Straße, auf der diese Person und ihre Vorfahren gehen. Sie kommen an Kreuzungen, treffen dort Entscheidungen, und die anderen Wege, die sie nicht gegangen sind, verblassen. Was bleibt, ist der eine Pfad durch die Zeit, der zu dem Moment führt, in dem diese Person und ich uns gerade befinden.«

Kanan lauschte konzentriert und versuchte, sich vorzustellen, was sie beschrieb. »Du siehst sozusagen Entscheidungen?«

Arani wiegte nachdenklich den Kopf. »Vielleicht, ich bin mir nicht sicher. Ich habe mit einigen Zeugen gesprochen, die ähnliche Begabungen haben, und sie beschreiben es ähnlich.«

»Und die Zukunft?«

»Als ich vor einigen Tagen zum ersten Mal überhaupt etwas in dieser Richtung wahrgenommen habe, war es völlig überwältigend, und zwar in keinem schönen Sinne. Da waren so viele Entscheidungen, so viele Möglichkeiten, und sie waren alle noch offen. Es war verwirrend und ich hatte das Gefühl, mich darin zu verlieren. Ich dachte, das Problem sei vielleicht, dass ich mich nicht auf eine Person konzentriert hatte. Also versuchte ich beim nächsten Mal, mir eine Zukunft auszusuchen. Eine meiner jüngeren Kolleginnen hat sich mit Begeisterung freiwillig bereit erklärt. Sie hatte gehofft, ich könne ihr sagen, ob sie die Aufmerksamkeit eines bestimmten jungen Mannes erregen würde.« Sie grinste.

Kanan lachte. »Da hätte ich mich auch zur Verfügung gestellt. Wer will nicht einen Blick in die Zukunft werfen?«

»Wie auch immer, es hat nicht richtig funktioniert. Aber es hat geholfen, das Chaos etwas zu sortieren. Noch immer gab es jede Menge Pfade, Kreuzungen und eine verwirrende Anzahl von Möglichkeiten, die ich nicht überschauen konnte. Aber dann ist das eigentlich Merkwürdige passiert. An einem Zeitpunkt in der Zukunft hörte auf einmal alles auf. Da waren keine Wege mehr, keine Möglichkeiten, als wenn es über diesen Zeitpunkt hinaus keine Zeit gäbe. Erst war ich erschrocken, weil ich dachte, dass ihr Leben dort enden könnte. Doch als ich den Versuch mit drei weiteren Personen wiederholte, kamen wir jedes Mal zu demselben Ergebnis: Über einen gewissen Zeitpunkt hinaus, der bei allen derselbe war, scheint es keine Zukunft zu geben.«

Kanan schwieg, während in seinem Kopf mögliche Bedeutungen des Szenarios herumwirbelten.

»Ich konnte die ganze Nacht nicht schlafen. Heute Morgen bin ich hierhergekommen, um meine Gedanken zu sortieren. Dann fiel mir mein erster Versuch ein, bei dem ich nicht den Pfad eines einzelnen Menschen verfolgt hatte. Das habe ich noch einmal probiert.«

Sie kniff die Augen zusammen und rieb sich die Stirn. »Ich hatte das Gefühl, in einem Meer an Wegen zu ertrinken, aber ich wollte unbedingt dorthin schauen, wo es bei den anderen endete.«

»Und?«, fragte Kanan und hielt unwillkürlich die Luft an. Arani sah ihn an und er sah die Furcht in ihrem Blick.

»Dasselbe. Alles endete an diesem Punkt. Was hat das zu bedeuten?«

Kanan hielt Blickkontakt mit ihr und versuchte, ihr die Angst zu nehmen und Hoffnung zu geben. »Ich weiß es nicht. Aber was auch immer es bedeutet, ich glaube nicht, dass es etwas ist, um das wir uns Sorgen machen müssen. Du beschreibst es immer so, dass du die Möglichkeiten und Entscheidungen der Menschen spüren und sehen kannst. Vielleicht kann zu diesem Zeitpunkt keiner von uns mehr beeinflussen, was danach passiert, weil etwas passiert, das von uns nicht verändert werden kann? Oder aber, es passiert etwas so Grundlegendes, dass alles, was danach kommt, davon abhängt? Vielleicht kannst du deshalb nicht über diesen Zeitpunkt hinaussehen.«

Arani legte nachdenklich den Kopf schief. Kanan konnte spüren, wie ihre Neugier zurückkehrte. Er hatte ihr die Furcht genommen, aber sein eigenes Herzklopfen konnte er nicht beruhigen. Er hatte keine Angst. Vielmehr erwachte der Teil in ihm, der sich sein ganzes Leben lang nach genau diesem Zeitpunkt gesehnt hatte, aus einem Dämmerzustand. Er riss all den hart erkämpften inneren Frieden mit sich. Oder war es gar kein Frieden? War es bloß ein erzwungener Tiefschlaf, um das Warten zu ertragen?

»Du denkst, dass unser Volk eine Entscheidung trifft, die so grundlegend alles verändert, dass die Wege des Einzelnen unausweichlich auf einen Pfad münden, den ich nicht sehen kann? Oder …« Sie sah ihn mit großen Augen an. »Oder ist es der Tag, an dem der König zurückkehrt?«, flüsterte sie.

Kanan hielt inne. Dieser Gedanke war ihm noch gar nicht gekommen. Angst machte er ihm nicht. Wenn es so wäre, würde er, genau wie alle anderen, seine Knie vor ihrem König beugen. Der würde ihnen schon sagen, was danach käme. Doch er konnte für diese Möglichkeit keinen Glauben aufbringen. In den letzten Jahren hatte er immer wieder aus voller Überzeugung gesagt, dass es Zeit sei, Elouan entgegenzugehen, anstatt auf ihn zu warten. Doch wenn er wüsste, dass sowieso bald eine Entscheidung fallen würde, wäre vieles einfacher. »Wie lange ist es bis zu diesem Punkt?«

Arani seufzte. »Ich kann es nicht genau sagen, aber nicht lange. Vielleicht zehn Jahre?«

Nicht lange?, wollte Kanan schreien. Dann erinnerte er sich, dass er nicht wusste, was es mit diesem Ereignis auf sich hatte. Unter Umständen konnte er froh für die Zeit sein, die bis dahin blieb. Erst als er hörbar ausatmete, spürte er, dass er die Luft angehalten hatte.

Er legte Arani eine Hand auf die Schulter. Sie war oft sein Ruhepol gewesen und hatte ihn ermutigt, wenn er es gebraucht hatte. Heute konnte er ihr ein wenig davon zurückzugeben. »Was auch immer geschieht, Elouan wird uns nicht im Stich lassen. Ich glaube fest daran, dass dieses Ereignis keine Katastrophe ist, vor der wir Angst haben müssen. Es ist die Verheißung für etwas Großes, das auf uns zukommt. Etwas, das unserem Volk den Weg weist!«

Arani nickte erleichtert und ihr Gesicht bekam wieder mehr Farbe. Kanan ahnte, dass er nicht nachvollziehen konnte, wie es sich anfühlte, dieses *Ende aller Wege* selbst zu sehen.

»Erzähl doch Jalis davon«, ermutigte er sie. »Zu ihm kommen so viele Zeugen mit ihren Anliegen, wenn noch jemand etwas Ähnliches gespürt hat, wird er es sicherlich wissen. Dann könnt ihr euch zumindest gemeinsam darüber Gedanken machen.«

Arani umarmte ihn fest. »Danke Kanan, das Ganze hat mir mehr Angst gemacht, als ich mir eingestanden habe. Es hat gutgetan, mit dir darüber zu reden.« Sie stand auf und blickte in Richtung Treppe. »Ich glaube, ich werde Jalis direkt suchen gehen. Wir sehen uns!«

Mit einem Winken war sie verschwunden.

Yara – zwei Wochen später

Diana und Peter saßen einander gegenüber auf dem Boden am Rande der Wüste. Nathan und Yara hatten sich im Schatten an einen kleinen Baum gelehnt und sahen ihnen zu.

Hinter ihnen breitete sich bis zu den Berghängen die Wiese aus, die ihren Anfang genommen hatte, als Yara und Nathan vor zwei Wochen ihre Hände verbunden und auf die Erde gelegt hatten. Seitdem hatten sie sich Meter um Meter vorgearbeitet. Zwei Stellen, an denen Wasser aus dem Boden hervorgebrochen war, hatten alles bewässert. Der Boden war noch immer sandig, aber feucht genug für das Gras, um der unerbittlichen Sonne zu strotzen. Nur die empfindlichen Blumen waren bereits wieder verschwunden. Die angrenzenden Felder wuchsen ebenfalls deutlich besser, genährt durch das Wasser aus den zwei Quellen.

»Was stellst du dir vor, wenn du es tust?«, rief Diana zu ihnen herüber und klang ein wenig verzweifelt. Sie saßen schon seit einer Stunde dort. Während es Peter wiederholt gelungen war, eine kleine Blume wachsen zu lassen, hatten sie durch ihre Zusammenarbeit bisher noch keine Wiese hervorgebracht. Dennoch war Yara überzeugt, dass Diana die gleiche Begabung wie Nathan hatte. Sie war eine der wenigen, die nachvollziehen konnte, wovon er sprach, wenn er den Schmerz des Bodens beschrieb. Der begleitete ihn inzwischen Tag und Nacht.

Motiviert waren sie, denn die kleine grüne Fläche gab ihnen allen neuen Auftrieb. Yara und Nathan konnten aber nicht die Einzigen sein, die diese Fähigkeit hatten. Die kleine Blume vor Peters Knien bestätigte das.

Nathan war zu den beiden hinübergelaufen und neben Diana in die Hocke gegangen. »Du spürst diese Sehnsucht des Bodens nach Leben?«

Diana nickte abwesend und sah konzentriert nach unten.

»Dann erinnere dich daran, dass das Leben in dir ist. Du musst dem Licht nur den Weg bahnen, damit es von dir in den Boden fließen kann.«

Irgendetwas schien zu passieren. Yara richtete sich auf, um besser sehen zu können. Peters Handflächen begannen zu leuchten. Bevor Yara oder Nathan etwas dazu sagen konnten, packte Diana Peters Hand und legte ihre andere Handfläche auf den Boden. Erst strahlten Peters Augen, dann Dianas. Plötzlich wurden die beiden von etwas nach hinten geworfen, das unter Dianas Hand aus dem Boden schoss.

Yara war erschrocken aufgesprungen, während die anderen drei noch auf dem Boden saßen und einen Baum mit dicken grünen Blättern anstarrten, der in ihrer Mitte stand, als habe er diesen Platz schon immer beansprucht. Er war etwa doppelt so groß wie Yara. Die Rinde seines dicken Stammes war knorrig und sah überhaupt nicht aus, als sei sie vor Minuten aus dem Nichts geboren worden. Yara wusste sofort, dass dieser Baum tiefe Wurzeln hatte, die es ihm erlauben würden, auch mit wenig Regen weiterzuwachsen. Er würde Früchte zur Reife bringen, die im Moment noch als winzige Kugeln unter seinen Blättern hervorschauten.

Nathan war der Erste, der seine Sprache wiederfand.

»Genau so!«, rief er, und klopfte Diana und Peter fest auf die Schulter. Dann packte er mit beiden Händen den Baumstamm und umarmte ihn. Es war ein derart untypisches Verhalten für ihren großen Bruder, dass Yara ein perplexes Kichern entfuhr. Diana stimmte mit ein. Nathan zuckte nur grinsend mit den Schultern. Schließlich verfielen alle vier in ein ausgelassenes, triumphierendes Lachen.

Yara hatte den Verdacht, dass an Nathans gehobener Stimmung nicht nur dieser Erfolg schuld war. Auch eine ganz bestimmte Person schien mit Nathans Wandel zu tun zu haben. Und genau in diesen Augenblick kam sie mit einem Wasserbeutel in der Hand zu ihnen.

Emmi war eine der Neuankömmlinge, die vor zwei Wochen über die Berge gekommen waren. Nach drei Jahren hatte ihre kleine Gruppe Verstärkung vom Schloss bekommen. Zwanzig Personen waren von dort aufgebrochen, um sich ihnen anzuschließen und das Land im Osten zu besiedeln. Auf der anderen Seite der Berge waren sie denjenigen begegnet, die sich zurück auf den Weg nach Hause gemacht hatten. Von ihnen hatten sie alles Wichtige für ihren Weg erfahren und waren auf den Anblick der Wüste vorbereitet gewesen. Doch am Tag ihrer Ankunft hatte das Licht zum ersten Mal Gras durch Yara und Nathan hervorgebracht und neue Hoffnung in allen geschürt.

Peter und Diana hatten nun ebenfalls einen Weg gefunden, das Licht zur Befreiung des Bodens einzusetzen. Nach langen Diskussionen abends am Feuer hatten sie begonnen, es so zu nennen. Es war das Einzige, was Sinn ergab.

Nachdem die erste Aufregung über die Ankunft der Neuen abgeklungen war, hatten Nathan und Yara berichtet, was geschehen war. Sie hatten sich schwergetan, zu erklären, was sie erlebt hatten. Zu ihrem Erstaunen wurden sie von vielen trotzdem verstanden. Manche von ihnen konnten es sogar besser in Worte fassen als Nathan und Yara selbst. Unter ihnen war Jakob, einer der Neuankömmlinge. Er hatte es als Erster auf den Punkt gebracht. »Durch das, was das Volk der Solech damals Jahrzehntelang hier getan hat, wurde das ganze Land mit Dunkelheit vergiftet. Der König hat dies nicht rückgängig gemacht, als er sie damals besiegte. Er hat die Ursache entfernt, doch das Leben hat er nicht zurückgebracht. Diese Aufgabe sollten offenbar wir übernehmen. Wir sind hier, um diesem Boden das Licht wiederzubringen. Wir müssen nur noch lernen, wie das geht.«

Für einen Moment hatte Yara Ärger in sich aufsteigen gespürt. Sie waren seit Jahren hier und hatten all die Entbehrungen und Verluste ertragen. Nun kam Jakob und meinte nach einem Tag zu wissen, was ihrer aller Auftrag war? Ihr Unmut war jedoch schnell verflogen, denn sie hatte immer damit gerechnet, dass sie nicht die einzige Gruppe sein würden, die der König nach Osten schicken würde. Was sie hier erlebt und getan hatten, war der Grundstein für das, was nun kommen würde, daran hatte sie keinen Zweifel.

Außerdem hatte die Verstärkung für ihre Gemeinschaft etwas völlig Unerwartetes mit sich gebracht, das Yara und Diana in den letzten Tagen zunehmend Freude bereitete. Inzwischen war es auch kaum jemandem sonst entgangen, aber jeder hielt sich zurück und beobachtete mit einem Lächeln, wie die Dinge ihren Lauf nahmen.

Yara setzte sich in den Schatten des neuen Baumes und winkte Diana zu sich, die sich nicht zweimal bitten ließ. Schulter an Schulter beobachteten sie, wie Emmi verblüfft den Baum entdeckte und sich von Peter und Nathan berichten ließ, was geschehen war. Diana zog etwas in Leder eingeschlagenes, getrocknetes Fleisch aus der Tasche und hielt es Yara hin, die sich ein Stück nahm. Sie beobachteten gespannt die Szene vor ihnen, während sie kauten.

Nach einigen Momenten gesellte sich Peter zu ihnen und setzte sich im Schneidersitz ihnen gegenüber.

»Hey«, beschwerte sich Diana und die beiden Frauen rutschten etwas zur Seite, um nicht durch Peter der Aussicht auf Nathan und Emmi beraubt zu werden.

Peter verdrehte die Augen und klaute sich ein Stück Fleisch. »Ihr könntet ruhig ein bisschen weniger auffällig sein.«

»Ach, die merken das doch gar nicht«, verteidigte sich Yara mit einem Lächeln.

Diana seufzte glücklich. »Und es ist so süß. Schau dir unseren

Kommandanten an. Wer hätte gedacht, dass wir ihm hier zusehen könnten, wie er sich verliebt?«

»Er ist nicht unser Kommandant. Und abgesehen davon hat er dafür wohl etwas Freiraum verdient«, brummte Peter.

Yara lehnte sich an und verschränkte die Hände hinter dem Kopf. »Weißt du, wie er mich immer aufgezogen hat, als ich nur Augen für Silas hatte? Da darf ich mich ja wohl daran freuen, ihn mal etwas aus dem Konzept gebracht zu sehen.« Sie grinste, als Nathan tatsächlich gerade rot wurde.

Emmi war von Anfang an offensichtlich beeindruckt von ihm gewesen. Zuerst hatte Yara deshalb erwartet, dass Nathan sich von ihr fernhalten würde, weil ihm das unangenehm war. Stattdessen sah er sie an, als sei sie das Wunderbarste, das er je gesehen hatte. Er geriet regelmäßig ein wenig ins Stottern, wenn sie vor ihm stand.

Yara war erstaunt, dass es gerade Emmi war, die ihren Bruder aus der Reserve lockte, auch wenn sie außergewöhnlich hübsch war, mit ihrer dunkelgoldenen Haut und den braunen Locken, die bis zu ihren Schulten reichten. Sie war etwas jünger als Yara, zierlich gebaut und eine der freundlichsten und mitfühlendsten Personen, die Yara kannte. Sie bezweifelte nicht, dass Emmi auch einen Kern aus Entschlossenheit und Stärke hatte, sonst wäre sie wohl kaum hier in den Osten gekommen. Doch sie hatte immer erwartete, dass ihr Bruder sich einmal in eine Frau verlieben würde, die genauso eine Führungspersönlichkeit war wie er selbst. Als sie ihn jetzt mit Emmi sah, wurde ihr jedoch klar, dass sie genau das war, das ihn ergänzen und ihm erlauben würde, er selbst zu sein.

Emmi reichte ihm gerade den Wasserbeutel und berührte ihn nebenbei ermutigend am Arm. Yara wusste, dass sonst niemand auf diese Weise mit Nathan umging. Er entspannte sich sichtlich und beugte sich sogar zu Emmi hinab, als sie ihm lachend die Haare aus dem Gesicht strich.

Peter hatte offenbar genug davon, nur den begeisterten Ausdruck auf dem Gesicht der Frauen vor ihm zu sehen, und drehte sich auch um. Sogar er konnte ein Lächeln nicht unterdrücken.

»Das ist ja wie früher im Palast«, grummelte er und nahm sich das letzte Stück Fleisch.

Auf dem Weg zurück zum Dorf gingen Diana, Peter und Nathan vorneweg. Sie sprachen über den Baum und überlegten, was es bedeuten könnte, dass bei ihnen etwas anderes gewachsen war als bei Yara und Nathan. Yara ging hinter ihnen, neben Emmi. Sie mochte ihre Gesellschaft. Emmi strahlte so viel Vertrauenswürdigkeit aus, dass Yara ihr ohne zu zögern ihre Geheimnisse anvertraut hätte und sie bei ihr gut aufgehoben wüsste.

»Ich freue mich, dass Nathan und du euch so gut versteht«, sagte sie.

Emmi blieb stehen und sah sie erschrocken an. »Ich … ist es so offensichtlich?« Sie wurde rot und strich sich mit den Händen über ihre Wangen.

»Tut mir leid«, beeilte sich Yara zu sagen. »Ich will mich da gar nicht einmischen. Ich wollte nur sagen, dass er glücklicher wirkt, seit du hier bist.«

»Wirklich?« Emmi sah hoffnungsvoll in Richtung Nathan. »Ich habe meine Grundausbildung in der Schlossgarde unter ihm gemacht.«

»Tatsächlich?« Yara war verwundert. Zum einen hatte sie nicht erwartet, dass Emmi bei der Schlossgarde gewesen war, zum anderen hatte Nathan sehr selten die Grundausbildung geleitet.

»Na ja, nur ein paar Mal in Vertretung. Ich glaube, er kann sich gar nicht daran erinnern. Ich war so eingeschüchtert von ihm, dass ich kein einziges Mal mit ihm gesprochen habe. Als ihr dann ein paar Jahre später hierher aufgebrochen seid, wollte ich nichts lieber, als mich dieser Mission anzuschließen.«

»Warum hast du es nicht getan?«

Emmi zuckte mit den Schultern. »Ich bin das einzige Kind meiner Eltern und eine späte Überraschung. Zu dieser Zeit war schon offensichtlich, dass sie nicht mehr lange da sein würden. Ich konnte mich nicht überwinden, sie alleine zurückzulassen. Außerdem …« Sie wurde wieder rot. »Außerdem war ich mir nicht ganz sicher, ob ich nur wegen Nathan mitkommen wollte. Aber in den letzten Jahren wurde mir klar, dass er nicht der Hauptgrund war. Jeden Tag habe ich an das Land hier gedacht und gehofft, dass ich es noch irgendwann hierherschaffen würde. Seitdem ich hier angekommen bin, liebe ich es von ganzem Herzen.«

Sie war stehen geblieben und sah in die Wüste hinaus. Yara musterte sie überrascht. Auf ihrem Gesicht las sie eine solche Verbundenheit und offene Zuneigung, dass sie sich fragte, wie sie im Angesicht einer dürren Wüste so empfinden konnte. Nach nur zwei Wochen hier.

»Du hast ein großes Herz«, rutschte es ihr heraus.

Emmi nickte. »Das ist meine größte Stärke und meine größte Schwäche. Ich liebe ohne etwas zurückzuhalten, das war schon immer so.«

Ihr Blick ging in Richtung Yaras Bruder. »Und ich liebe Nathan auf die gleiche Weise. Ich glaube, das tue ich bereits, seit er zum ersten Mal vor die neuen Rekruten getreten ist. Damals hat er uns erklärt, dass er mehr als unseren vollen Einsatz erwarte, weil es bei der Verteidigung des Schlosses keinen Platz für Fehler gebe.«

Sie lachten beide.

»Ich habe mir keine Hoffnungen gemacht, als ich hierhergekommen bin. Aber als ich ihn wiedersah … Glaubst du wirklich, er könnte auch …« Sie seufzte, als ihr erneut die Röte ins Gesicht stieg. Dann lachte sie. »Es ist ja nicht so, dass man mir nicht jede Gefühlsregung ansehen könnte.«

Yara zog sie spontan in eine Umarmung.

»Ich mag dich. Und glaube mir, Nathan mag dich auch. Er ist mit niemandem so wie mit dir. Er sieht dich an, als seist du das Erstaunlichste, was er je gesehen hat. Die Hälfte der Zeit weiß er nicht, was er sagen soll, wenn du vor ihm stehst. Und mein Bruder ist sonst nie sprachlos.«

Emmi sah aus, als wolle sie vor Aufregung auf der Stelle tanzen. Yara musste erneut lachen. Sie kam für sich zu dem Schluss, dass sie absolut damit einverstanden war, sollten die beiden ein Paar werden.

»Was wir erreicht haben, ist ein Wunder und ich bin so dankbar dafür«, sagte sie zu Emmi. »Doch selbst wenn noch mehr von uns lernen, das Licht auf diese Weise zu nutzen, ist das nur ein Tropfen auf dem heißen Stein, im wahrsten Sinne des Wortes. Wenn wir in diesem Tempo weitermachen, brauchen wir zwanzig Generationen, um die Wüste zurückzudrängen.«

Emmi nickte. »Mir ist, als ob ich das ganze Land fühlen kann, von den Bergen bis zum Meer.« Sie berührte ihre Brust. »Nicht nur dieser Ort hier hat auf uns gewartet, sondern alles, was da draußen ist. Wir werden einen Weg finden, das Licht überall hinzubringen, auch wenn es zwanzig Generationen dauert.«

Yara hakte sich bei Emmi unter und gemeinsam sahen sie in die Wüste hinaus. Emmis fester Glaube war wie ein Raum, den sie betreten und alle Zweifel und Befürchtungen hinter sich lassen konnte.

»Ja, das werden wir«, sagte Yara lächelnd.

Der König hatte ihnen dieses Land übergeben, und sie würden dafür sorgen, dass es zu dem würde, was es einmal gewesen war. Der fruchtbarste Teil des Kontinents.

Kapitel 19

Kanan – am selben Tag nachmittags

Kanan und Nour hatten sich nach der Hochzeit ein Haus im Dorf ihrer Eltern gebaut, da Nour in ihrer Nähe bleiben wollte. Kanan hatte gern eingewilligt. Er mochte das Dorf, das sich so nah an den Berg der Könige schmiegte. Umar lebte mit seiner Frau Clara und ihren beiden Kindern inzwischen nur einige Häuser entfernt.

Am Nachmittag saßen Kanan und Umar bei Umar im Garten

auf der Veranda. Wenn sich die Männer alleine trafen, saßen sie am liebsten dort. Es war ein angenehm warmer Herbsttag. Beide hielten eine Tasse Tee in der Hand und hatten die Füße hochgelegt. Kanan schätzte es sehr, dass Umar sich den Nachmittag freigenommen hatte. Er hatte nicht darum gebeten, aber sein Freund hatte trotzdem geahnt, dass er die Gesellschaft brauchte.

»Du hast es also wirklich getan?«, fragte Umar schließlich. Er schüttelte den Kopf. »Ich weiß noch immer nicht, ob ich das für die richtige Entscheidung halte. Du warst fünfundzwanzig Jahre im Rat, die Zeit als Maras Stellvertreter nicht mitgerechnet. Du hast so viel bewirkt.«

Kanan rutschte tiefer in seinen Stuhl und lehnte den Kopf an. »Niemand behauptet, dass ich nichts bewirkt hätte. Nicht einmal Clay.« Er verdrehte die Augen beim Gedanken an seinen Ratskollegen, der ihm das Leben die letzten Jahrzehnte so schwer gemacht hatte. »Aber die letzten Monate ist eben alles etwas … eskaliert.«

Umar lachte leise. »Kann man wohl sagen. Warum musstest du auch vorschlagen, dass wir als geschlossenes Volk gemeinsam die Grenze übertreten?« Aus seiner Stimme klang der trockene Humor, der Kanan die letzten Jahre manchmal selbst dann zum Lachen gebracht hatte, wenn er nichts Lustiges mehr an einer Situation hatte finden können. »Wie hat Clay das genannt? Massenselbstmord?«

Kanan schloss die Augen. An diese spezielle Ratssitzung dachte er ungerne zurück. Die Sitzungen waren schon lange nicht mehr die einsamen Runden seiner Kindheit. Meist waren die Zuschauerränge gefüllt, nicht zuletzt, weil seine Diskussionen mit Clay offenbar einen hohen Unterhaltungswert boten. Zudem hatten die Begabungen in ihrem Volk so explosionsartig zugenommen, dass sich bei vielen Fragen auftaten und sie den Ratssitzungen mit der Hoffnung auf Antworten beiwohnten. An sich war Kanan sehr froh, dass die Zukunft ihres Volkes keine langweilige politische Angelegenheit mehr war, sondern ein persönliches Anliegen von fast jedem. Er hatte es immer merkwürdig gefunden, dass der Rat Entscheidungen traf, von denen kaum jemand wusste.

An diesem Tag hatten aber zum ersten Mal die Zuhörer angefangen, ihrer Zustimmung und Ablehnung laut Ausdruck zu verleihen. Das allein war nicht das Problem, sie mussten eben neue Regelungen dafür finden, wie alle gehört werden konnten, die etwas sagen wollten. Die Schwierigkeit war vielmehr, dass sich die Gesellschaft seit dieser Versammlung zunehmend in zwei Lager spaltete, die sich genau in dieser Frage unterschieden. Sollten sie bleiben und auf Elouan warten, oder sollten sie die Grenze gemeinsam überschreiten, um ihrem König entgegenzugehen, und damit alles riskieren? Kanan hatte gar nicht die Absicht gehabt, alles an dieser Frage aufzuhängen. Nun befürchtete er, tatsächlich das zu tun, was ihm seine Gegner, insbesondere Clay, immer vorgeworfen hatten: sein Volk zu spalten.

Deshalb hatte er entschieden, seinen Sitz im Rat aufzugeben. Er hatte seine Mutter gebeten, ihn wieder anzunehmen, denn sie war allen als gemäßigte und weise Rätin in Erinnerung. Die Ratsmitglieder waren wohl etwas überrascht, wie vehement sich viele aus dem Volk plötzlich auf eine Seite schlugen. Selbst Clay hatte auf Kanans Entscheidung nicht triumphierend reagiert, eher erleichtert. Kanan mochte ihn inzwischen irgendwie. In all den Jahren hatte er nie bezweifelt, dass Clay genau wie er das Beste für ihr Volk wollte.

»Ich denke, es ist gut, wenn ich mich für einige Zeit etwas zurückhalte. Das Letzte, was wir brauchen, ist, dass sich plötzlich alles an einzelnen Personen entscheidet. Bist du für Clay oder für Kanan? Wenn es das ist, was übrig bleibt, haben wir verloren. Für so etwas haben wir keine Zeit. Wir müssen über das nachdenken, was zählt«, erklärte Kanan seinem Freund.

Umar nickte nachdenklich. »Vor allem, wenn es nur noch wenige Jahre sind, bis sich alles grundlegend ändert.«

Kanan hatte ihm davon berichtet, was er am Morgen mit Arani erlebt hatte. Das brachte ihn zu einer weiteren Neuigkeit. »Hast du es schon gehört? Ben und Rina wissen bereits, welche Begabung in ihrem Sohn am stärksten vertreten ist.«

»Tatsächlich? Mit sechs Jahren?«, fragte Umar erstaunt.

Kanan konnte sich ein Grinsen nicht verkneifen. Die Geschichte hatte ihn selbst *vom Hocker gehauen.* »Offenbar hatte er aus dem Nichts einen Schild aus Licht erschaffen.«

Umar richtete sich auf und starrte Kanan mit offenem Mund an. »Machst du Witze?«

Kanan lachte und schüttelte den Kopf. »Nein. Und weißt du warum? Er hat den Schild erschaffen, um seine kleine Schwester davon abzuhalten, die Burg umzuwerfen, an der er seit zwei Tagen gebaut hatte.«

Umar ließ sich kopfschüttelnd wieder in seinen Stuhl sinken. »Offenbar sind wir die Einzigen, deren Begabung nicht plötzlich unübersehbar zunimmt. Wusstest du, dass die neuen Heiler an ihrem ersten Tag fast alle schon besser waren als ich? Irgendwann war ich einmal etwas Besonderes, weil ich im Licht spüren konnte, was jemandem fehlt. Jetzt muss ich die jungen Heiler dazu zwingen, überhaupt noch etwas zu lernen, weil sie der Überzeugung sind, sie könnten einfach alles durch das Licht erfahren.«

Kanan lächelte über Umars gespielt grummelnden Tonfall. Er wusste, wie stolz Umar auf die jungen Heiler war. Er hatte es sich allerdings zur Mission gemacht, dafür zu sorgen, dass sie deshalb nicht weniger lernten. »Wenigstens weißt du, was deine Begabung ist. Sie ist zwar nicht gewachsen, doch damit bist du nicht alleine. Ich mit meinem merkwürdigen Ort des Lichtes schon. Er scheint zu nichts nütze zu sein, außer mir ein gutes Gefühl zu geben.«

»Na, das hast du die letzten Jahre wohl auch gebraucht. Ich kann ja nicht immer da sein, um deine Stimmung zu heben.«

Kanan lachte erneut laut auf. »Deine Schwester macht das schon ganz gut.«

»Wo ist sie eigentlich?«, fragte Umar. »Ich hatte angenommen, sie hätte vor der Tür gewartete, während du deinen Umhang abgegeben hast.«

»Ich habe sie gebeten, es nicht zu tun. Ich wollte das schnell hinter mich bringen und keine große Sache daraus machen. Sie ist wieder einmal wandern gegangen. Und dann wollte sie noch kurz ihre Freundin Julia besuchen, die etwas weiter draußen auf einem Hof wohnt.«

Er sah zur Sonne. Sie neigte sich schon fast Richtung Horizont. Ein leicht ungutes Gefühl beschlich ihn. »Eigentlich wollte sie schon längst zurück sein.«

»Vermutlich hat sie bei Julia die Zeit vergessen«, schlug Umar vor, aber er schien ebenfalls nicht ganz überzeugt. Gerade an so einem besonderen Tag wie heute war es untypisch für Nour, nicht wie vereinbart zurück zu sein.

In diesem Moment rief jemand vor dem Haus Kanans Namen. Sie standen beide auf und liefen ums Haus, wo Julia außer Atem vor der Tür stand. Die Erleichterung stand ihr ins Gesicht geschrieben, als sie die Männer kommen sah. Kanans Schritte beschleunigten sich. »Julia, was ist los?«

»Ist Nour bei euch?«

»Nein, wir dachten, sie ist bei dir!«

Julia schüttelte den Kopf und gestikulierte wild, während sie versuchte, alles auf einmal zu sagen. »Ich war bei eurem Haus, aber da war niemand. Deshalb bin ich hierhergekommen. Nour ist heute Morgen auf dem Weg zum Berg bei mir vorbeigekommen und wir haben uns kurz unterhalten. Sie sagte, sie wolle auf dem Rückweg noch einmal hineinschauen. Sie wollte nur bis zu ihrem Lieblingsplatz gehen, um rechtzeitig wieder im Dorf zu sein, wenn du nach Hause kommst. Sie war etwas aufgeregt, wegen dem, was du vorhattest. Ich kann das verstehen, bei allem, was gerade los ist, weiß ich manchmal auch nicht mehr, was das Richtige ist, und …«

Kanan unterbrach sie mit einer Hand am Arm. »Wo ist Nour?«

Er musste sich beherrschen, nicht zu fest zuzupacken. Eine wachsende innere Unruhe sagte ihm, dass etwas ganz und gar nicht in Ordnung war. Eigentlich konnte er Nour immer durchs Licht hindurch spüren. Das war ihm nie so richtig aufgefallen, aber nun war plötzlich etwas anders. Die Verbindung war irgendwie … schwächer.

»Sie wollte gegen Mittag wieder bei mir sein. Aber sie kam nicht. Ich dachte, sie sei vielleicht doch so schnell wie möglich ins Dorf zurückgewandert. Aber dann habe ich vorhin im Garten gearbeitet und Jakob ist vorbeigekommen. Er erzählte mir, dass er aus dem Dorf komme, aber Nour nicht gesehen habe. Sie hätten sich begegnen müssen. Erst dachte ich, ihr kann bestimmt nichts passiert sein, sie ist doch so eine erfahrene Wanderin. Aber dann wollte ich sichergehen und kam hierher. Wenn sie nicht bei euch ist, weiß ich auch nicht …«

Kanan hörte sie nicht mehr, das Blut rauschte in seinen Ohren, während sein Herz raste. Der Berg war hier steiler als überall sonst unterhalb der Grenze. Wenn Nour aus irgendeinem Grund den Pfad verlassen und abgestürzt … Ohne nachzudenken, rannte er los.

Umar rannte geistesgegenwärtig hinterher und packte ihn am Arm. »Was tust du? Wir können nicht einfach losrennen! Es wird in weniger als zwei Stunden dunkel und wir wissen nicht einmal, wo wir suchen müssen. Wie sollen wir sie finden?«

Umar hatte recht. Sie mussten überlegt handeln. Kanan fuhr sich durchs Haar und zwang sich, nachzudenken. »Hol Pferde, Seile, einen Wagen, mehr Männer und komm nach. Ich kann nicht warten, ich gehe vor. Wenn ich sie nicht finde, bis es dunkel wird, wird sie die Nacht nicht überstehen. So weit oben gibt es um diese Jahreszeit schon Frost. Wenn sie verletzt ist …« Er konnte kaum atmen, weil er Nour vor sich sah, wie sie alleine und verletzt irgendwo auf dem Berg lag.

Bitte, ich kann nicht ohne sie sein!, flüsterte er ins Licht.

»Hey, wir werden sie finden, gerate jetzt nicht in Panik, sonst bist du ihr überhaupt keine Hilfe!«, hörte er Umars eindringliche Stimme.

Komm ins Licht! Er schüttelte den Kopf.

Umar sah ihn irritiert an. »Was ist los?«

Komm ins Licht!

»Was soll ich dort? Ich habe keine Zeit!«, rief Kanan laut.

Umar schüttelte ihn am Arm. »Kanan, dreh jetzt nicht durch, wovon redest du?«

Komm ins Licht!

Irgendwo in sich fand Kanan den Glauben, zu tun, wozu Elouan ihn aufforderte. Er schloss die Augen, blendete Umars Stimme aus und trat durch die innere Tür, die an den Ort des Lichtes führte, den er so gut kannte. Augenblicklich erfüllte ihn ein wohltuender Frieden, auch wenn er keinen Moment vergaß, was gerade passierte. Er war von Licht umgeben. Doch etwas war anders als sonst. Der Gedanke an Nour war alles, was in seinem Kopf Platz hatte. Plötzlich begann er, sich im Licht zu bewegen. Je mehr er sich auf Nour konzentrierte, umso schneller schien er sich durchs Licht zu bewegen. Schließlich gab es eine weitere Tür. Er ging hindurch, trat aus dem Licht hinaus und stand in der Dämmerung oben auf dem Berg. Ohne Zeit damit zu verschwenden, ergründen zu wollen, was gerade passiert war, begann er nach Nour zu suchen.

Er kannte die Aussicht, es war einer der steilsten Abschnitte des Pfades, den er mit Nour schon oft gegangen war. Unterhalb des Weges war der Abhang kaum bewachsen, nur einige niedrige Büsche und etwas Gras unterbrachen die kantigen Felsen an dieser Stelle. Im Frühling rauschte hier ein breiter Schmelzwasserfluss ins Tal und machte den Weg unpassierbar. Weiter unten fiel der Abhang jäh in die Tiefe. Der Wasserfall war im Frühjahr von Weitem sichtbar, so tief ging es nach unten. Angestrengt suchte Kanan im letzten Licht die Geröllmassen ab. Es musste einen Grund dafür geben, warum er genau hier gelandet war. Nach einigen Minuten entdeckte er das Rot von Nours Winterjacke auf einem Felsvorsprung. Er zwang sich, nicht darüber nachzudenken, was es bedeutete, wenn sie bis dorthin hinabgestürzt war. Er konnte froh sein, dass er sie überhaupt entdeckt hatte.

Danke, dass sie heute Morgen diese Jacke angezogen hat!

Vorsichtig begann er den Abstieg. Ohne Seile und Sicherung würde es später fast unmöglich sein, wieder nach oben zu gelangen, doch Umar würde hoffentlich bald mit Hilfe nachkommen.

Sie lag auf einem kleinen Absatz, direkt vor der Klippe und

rührte sich nicht. Als er nur noch wenige Meter von ihr entfernt war, begann er, ihren Namen zu rufen. Sie reagierte jedoch nicht. Er brauchte weitere kostbare Minuten, bis er es auf ihren Absatz geschafft hatte. Sie lag auf der Seite, ihre Jacke war aufgerissen, ein Bein stand in einem unnatürlichen Winkel ab und in ihren goldbraunen Haaren sah Kanan getrocknetes Blut. Unter ihr breitete sich ein dunkler See aus. Diese Menge an Blut konnte nicht nur von der Kopfwunde stammen.

Nein, bitte nicht. Nicht so!, flüsterte er, während er sie vorsichtig auf den Rücken drehte und ihren Kopf auf seinen Schoß zog. Tränen liefen ihm über die Wangen und er tastete hastig nach ihrem Puls. Sie war am Leben, zeigte jedoch keinerlei Reaktion.

»Komm schon, Nour, ich bin es, wach auf!«

Kanan spürte schon die Kälte der herannahenden Dunkelheit in seinen Körper kriechen. Er hatte keine Jacke an, und zog nun auch noch seinen dicken Strickpullover aus, um seine zierliche Frau damit zusätzlich zu wärmen. Er wollte sie nicht zu sehr bewegen, da er nicht wusste, wie schlimm ihre Verletzungen waren, also schob er ihren Kopf vorsichtig auf seinen Arm und legte sich dann neben sie. Um ihr so viel von seiner Wärme wie möglich abzugeben, schlang er seine Arme und Beine um sie. Sie mussten mindestens eine Stunde durchhalten, bis Umar mit der Rettungsmannschaft hier sein würde. Er konzentrierte sich auf Nours flachen Atem und beschwörte sie, durchzuhalten. Solange sie atmete, war sie noch bei ihm.

Er hatte jedes Zeitgefühl verloren, als er endlich Stimmen hörte. Sie riefen seinen und Nours Namen. Als er den Kopf hob, konnte er oben am Pfad die Fackeln des Suchtrupps sehen. Es war noch nicht ganz dunkel, sie mussten es in Rekordzeit hier hinaufgeschafft haben. Vorsichtig legte er Nours Kopf ab, dann stand er auf und rief so laut er konnte, während er heftig winkte. »Umar, hier unten sind wir!«

Während er ungeduldig Umars Abstieg verfolgte, blieb er neben Nour knien.

Endlich hatte Umar sie erreicht. »Bin ich froh, dich zu sehen!

Du warst plötzlich weg, ich wusste nicht …« Umars Blick fiel auf seine Schwester. »Nour!«, rief er und sank neben ihr auf die Knie. Er legte eine Hand auf ihren Kopf und eine auf ihren Bauch. Kanan sah das leichte Leuchten unter seinen Händen, dann keuchte Umar auf und ließ den Kopf auf Nours Stirn sinken. »Nour«, flüsterte er noch einmal.

»Was? Was ist los?«, rief Kanan und zog Umar von Nour weg. »Du musst etwas tun, komm schon. Du musst sie irgendwie stabilisieren, damit wir sie nach oben bringen können, sie muss …«

Umar unterbrach ihn mit einem Kopfschütteln, während Tränen über seine Wangen liefen. »Kanan, ich kann nicht … es sind zu viele Verletzungen. Ich weiß nicht, was ich tun soll. Ich kann das nicht heilen und in diesem Zustand bekommen wir sie niemals lebend nach oben auf den Pfad.«

Kanan packte ihn an den Schultern und schüttelte ihn. »Nein, du gibst jetzt nicht auf!«, schrie er. »Du kannst sie retten. Tu es!« Er drückte Umar auf die Knie, packte seine Hände und zog ihn in Richtung Nour. »Ich werde das nicht akzeptieren, nicht so … du musst …«

Seine Stimme versagte und er sank neben Umar auf den Boden. Umar zog ihn in eine Umarmung.

»Bitte«, flüsterte Kanan. »Bitte versuch es noch einmal!«

Umar nickte, obwohl in seinen Augen deutliche Zweifel standen. Er wandte sich Nour zu, zögerte, als wisse er nicht weiter. Schließlich sah er Kanan an.

»Ich bin vorhin durchs Licht gesprungen und habe meinen Körper einfach mitgenommen. Wenn ich das tun kann, wenn das im Licht möglich ist, kannst du sie auch zurückholen!«, versuchte Kanan seinem Freund Mut zu machen.

Umar beugte sich über Nour. Anstatt seine Hände auf sie zu legen, wie Kanan es ihn sonst oft hatte tun sehen, zog er seine Schwester vorsichtig in seine Arme und drückte sie an sich. Dann schloss er die Augen und holte tief Luft.

Zuerst geschah gar nichts und die Verzweiflung schnürte Kanan erneut die Luft ab. Doch dann explodierte eine Welle des Lichtes aus Umar hinaus, die die Umgebung für einen Moment taghell erleuchtete. Als sie auch durch Kanan hindurchraste, fühlte es sich an, als ob er in angenehm warmes Wasser getaucht wurde. Es umspülte ihn nicht nur äußerlich, sondern durchdrang ihn vollständig und erreichte jede Zelle seines Körpers. Er taumelte einen Schritt nach hinten.

Gerade rechtzeitig ging er wieder nach vorne, um Nour aufzufangen, die aus Umars Armen glitt, weil dieser ebenfalls nach hinten fiel. Kanan hielt seine Frau in den Armen, während er verblüfft zu Umar hinübersah, der nun auf dem Rücken lag. Nicht nur seine Augen strahlten hell, sein ganzer Körper war in ein Licht getaucht, das nur langsam verblasste.

»Umar?«, fragte er laut.

Kanan kämpfte gerade mit sich, ob er Nour ablegen sollte, um nach Umar zu sehen, als sie sich in seinen Armen bewegte.

»Kanan?«, sie schlug die Augen auf.

Kanan konnte einen kleinen Aufschrei nicht unterdrücken und presste Nour an sich, bis sie sanft die Hände gegen seine Brust drückte. Er ließ sie los, fuhr aber mit seinen Händen über ihren Körper, als müsse er sich vergewissern, dass alles in Ordnung war.

Nour ließ ihn für einen Moment gewähren, dann nahm sie sein Gesicht in die Hände und zwang ihn, sie anzusehen. »Kanan, es geht mir gut!«

»Dir tut nichts weh? Du kannst alles bewegen?«

Nour nahm sich die Zeit, alle Gliedmaßen zu kontrollieren, dann nickte sie.

»Was ist passiert? Ich erinnere mich nur noch, dass ich mit Julia geredet habe und dann den Aufstieg begonnen habe. Danach ist alles dunkel.«

Hinter ihnen bewegte sich etwas und Kanan erinnerte sich etwas schuldbewusst an Umar, der noch immer dort lag. Er war wieder erwacht, setzte sich langsam auf und rieb sich mit einer Hand die Augen, die deutlich heller leuchteten als sonst. Dann fiel sein Blick auf Nour. Seine Augen weiteten sich. Auf Händen und Füßen krabbelte er zu ihr und zog sie an sich.

Über Umars Schulter sah Nour mit fragendem Blick zu Kanan. »Es muss schlimm um mich gestanden haben, so wie ihr gerade reagiert?«

Kanan holte tief Luft, um die Tränen zurückzuhalten. »Das kannst du dir nicht vorstellen!«

Schließlich ließ Umar Nour los und musterte sie von oben bis unten. Er legte eine Hand auf das zuvor völlig verdrehte Bein. Der leichte Lichtschimmer unter seiner Hand verriet Kanan, dass Umar auch sichergehen wollte, dass Nour wirklich vollständig geheilt war. Nachdem er die Hände auch auf ihren Kopf gelegt hatte, ließ er sie sinken und starrte Nour an.

Kanan nahm ihre Hand. Nach der Angst der letzten Stunden ertrug er es nicht, sie nicht zu spüren. Für lange Minuten saßen sie einfach da und Nour schien zu verstehen, dass die beiden Männer einige Momente brauchten, um sich wieder zu sammeln.

Schließlich stand Umar auf. Es war inzwischen vollständig dunkel geworden und mit einem Seufzen suchte er nach dem besten Weg über das von den Fackeln spärlich erleuchtete Geröll.

Die anderen Männer hatten oben am Weg gewartete. Seit ihrer Ankunft war nur etwa eine halbe Stunde vergangen, auch wenn es sich für Kanan anfühlte wie eine Ewigkeit.

Umar wandte sich Kanan zu und fragte hoffnungsvoll. »Kannst du uns einfach ins Dorf … versetzen?«

Kanan schloss die Augen und fand ohne Schwierigkeiten den Zugang zum Licht. Doch er konnte nicht wiederholen, was er zuvor erlebt hatte. Er versuchte, sich auf das Dorf zu konzentrieren und im Licht wieder Geschwindigkeit aufzunehmen, wie er es auf dem Weg zu Nour gatan hatte. Aber nichts geschah. Er öffnete die Augen. »Nein, leider nicht.«

Umar nickte und sah wieder nach oben zu den anderen. »Ich glaube auch nicht, dass ich das von eben auf Kommando wiederholen könnte.« Als er sich Kanan und Nour zuwandte, spiegelte sich sein üblicher Humor wieder auf seinem Gesicht. »Aber es war ziemlich beeindrucken«, stellte er mit einem Augenzwinkern fest.

Kanan lachte laut auf, und es fühlte sich toll an. »Ja, das war es!«

Nour sah zwischen den beiden hin und her. »Ich habe das Gefühl, ihr habt mir einiges zu erzählen.«

»Oh ja. Aber zuerst müssen wir den Berg hier wieder nach oben kommen. Und zwar möglichst schnell, mir ist kalt.« Laut rufend begann Umar mit den Helfern oben am Berg zu besprechen, wie sie die mitgebrachten Seile verwenden konnten, um ihnen beim Aufstieg zu helfen. Erst jetzt bemerkte Nour, dass Kanan nur ein kurzärmeliges Hemd trug. Sie sah zu seinem blutverschmierten Pullover, der auf dem Boden lag.

»Oh. Ist das mein Blut?«

Kanan deutete wortlos zu ihrer Stirn und hob seinen Pullover auf. Es war keine gute Idee, blutverschmierte Kleidung hier draußen liegen zu lassen. Als er sich wieder erhob, befühlte Nour das getrocknete Blut an ihrem Kopf und sah auch die Blutlache am Boden. »Das ist wirklich viel Blut. Auf die Geschichte bin ich gespannt.«

Kanan zog sie noch einmal in eine Umarmung. »Wir haben Zeit«, flüsterte er.

Kapitel 20

Ilai – eine Woche später

Ilai hatte die Strecke in nur sechs Tagen geschafft, sein ganzer Körper schmerzte vom ungewohnten Reiten. Er hatte nachts immer Pausen gemacht und dafür tagsüber nur kurz angehalten. Die Stute hatte alles treu mitgemacht. Ilai bedauerte, nicht nach ihrem Namen gefragt zu haben. Er war ihr sehr dankbar.

Vergangenen Abend hatte er bereits die Landschaft von ausgedehnten Weideausflügen wiedererkannt und wusste, dass es nicht mehr weit sein konnte. Er hatte sich trotzdem gezwungen, nach Sonnenuntergang zu pausieren. Doch als er in der Nacht aufgewacht war, hatte er es nicht mehr ausgehalten und war weitergeritten.

Es mussten noch immer einige Stunden bis zum Morgengrauen sein, als das Dorf schließlich in Sicht kam. Er hatte sich darauf verlassen, dass sein merkwürdiger Instinkt ihn warnen würde, wenn Solech in seine Nähe kämen. Was er nicht erwartet hatte, war, jemanden im Dorf anzutreffen. Als er nun darauf zukam, fiel ihm sofort auf, dass aus dem Schornstein von Lukans Haus Rauch aufstieg. Er wusste nicht, was er davon halten sollte, dass sie offenbar riskierten, von den Solech überfallen zu werden. Zumindest sparte er sich so den Weg durch den Wald zur Lichtung.

Er führte das Pferd zur Schmiede, band es unter dem Dach an und versorgte es. Dann holte er tief Luft und wappnete sich für das, was in Lukans Hütte auf ihn warten würde. Als er sich näherte, sah er einen leichten Lichtschimmer im Fenster. Er ging schneller und war fast angekommen, als plötzlich die Tür aufging.

Für einen Moment hatte Ilai die absurde Hoffnung, dass Lukan heraustreten und ihn erstaunt fragen würde, was er hier tat. Doch es war Lukans Schwester, die mit tränenüberströmtem Gesicht aus der Tür stolperte. Vorsichtig schloss sie sie hinter sich, offenbar bemüht, leise zu sein. Erst dann hörte sie Ilais Schritte und drehte sich zu ihm um.

»Irina«, grüßte Ilai leise, um sie nicht zu erschrecken.

Sie schien nicht erstaunt, ihn zu sehen und warf sich ihm ohne Worte in die Arme. Er hielt sie, und strich ihr über den Kopf, während sie an seiner Schulter weinte. Als sie sich ein wenig beruhigt zu haben schien, schob er sie sanft etwas von sich und sah ihr ins Gesicht.

»Lukan?« Mehr brachte er nicht heraus.

Die Tränen begannen wieder, Irinas Gesicht hinabzulaufen, doch blieb sie gefasster als zuvor, auch wenn Ilai die Verzweiflung in ihrem Blick sah. Ihre Haare waren völlig zerzaust und sie sah aus, als habe sie seit Tagen nicht geschlafen.

»Ich habe unseren Eltern gesagt, ich würde heute Nacht bei ihm bleiben. Sie waren gestern den ganzen Tag hier. Ich war am Morgen nur kurz im Dorf, als sie ihn gebracht haben. Es war so schrecklich, ich konnte gar nicht … Überall war Blut und er sagte nur immer wieder, er wolle in sein Haus. Sie haben ihm den Wunsch erfüllt, weil jedem klar war, dass es keine Rolle mehr spielte.« Sie sprach ohne Pausen.

Ilai konnte ihr kaum folgen, doch ein Detail ließ in stutzig werden. »Gestern Morgen? Wann wurde er verwundet?«

»Vorletzte Nacht im Morgengrauen. Sie sagten, er habe Kaleb gerettet. Unsere Eltern sind so stolz auf ihn. Das bin ich ja auch, aber was soll ich nur ohne ihn tun? Ich wollte heute Nacht bei ihm sein, er soll nicht alleine sein, wenn er … Ilai, er stirbt! Ich kann das nicht, ich kann nicht zusehen, wie das Leben ihn so verlässt. Er ist jede Stunde schwächer, ich wollte Vater holen, vielleicht kann er …« Sie vergrub das Gesicht in den Händen. »Ich bin seine Schwester und sollte für ihn da sein, aber ich will nicht, dass sein Sterben meine letzte Erinnerung an ihn ist. Er ist doch sonst so voller Energie. Er weiß immer, was zu tun ist. Was mache ich nur ohne ihn?«

Ilai zog sie erneut in eine Umarmung. »Keine Sorge, er ist nicht alleine. Ich bin da und ich gehe nicht weg, bis er gegangen ist. Geh zu deiner Familie, ich kümmere mich um ihn«, flüsterte er in ihre Haare. Er spürte sie nicken.

»Danke«, sagte sie leise. Sie umarmte ihn noch einmal kurz und sah ihn an, als wolle sie etwas sagen. Doch dann wandte sie sich einfach um und eilte davon.

Er machte die wenigen Schritte auf Lukans Tür zu. Anstatt sie zu öffnen, legte er seine Handflächen an das Holz und atmete tief ein. Er versuchte, seinen Herzschlag zu beruhigen und die Tränen unter Kontrolle zu bekommen, die sich hinter seinen Augen sammelten. Lukan brauchte ihn zuversichtlich, er sollte nicht am Ende Ilai trösten müssen. Denn das würde er, daran hatte Ilai keine Zweifel.

Die Erkenntnis, dass der König ihn losgeschickt hatte, bevor Lukan überhaupt verwundet worden war, ließ ihn nicht los. Er wusste nicht, was er davon halten sollte. Offenbar hatte ihm der

König Gelegenheit geben wollen, rechtzeitig bei Lukan zu sein, auch wenn er ja deutlich gemacht hatte, dass er gar nicht gewollt hatte, dass Ilai ging.

Ich habe keine Ahnung, ob du mich hören kannst, flüsterte er in die Nacht. *Aber du hast mich über einen ganzen Kontinent hinweg gerufen, also ist es einen Versuch wert. Du hast meine Verletzungen geheilt, du kannst auch Lukan heilen. Ich weiß nicht, wie es gehen soll, und ich weiß nicht, ob du es überhaupt tun würdest, aber ich bin verzweifelt genug, um es zu versuchen. Rette ihn. Ich flehe dich an.*

Er richtete sich auf und legte eine Hand an den Türknauf. Dann straffte er die Schultern und drückte ihn herunter.

Die Hütte war so gut wie leer, vermutlich hatte Lukan die meisten seiner wenigen Habseligkeiten auf die Lichtung geschafft. Ein fast heruntergebranntes Feuer erhellte den kleinen Raum gerade so weit, dass er Lukan im Bett liegen sehen konnte. Sein Freund hatte die Augen geschlossen und bewegte sich nicht, sodass Ilai kurz befürchtete, er sei zu spät.

Doch dann drehte Lukan langsam den Kopf und sah ihn an. Er versuchte ein Lächeln. Ilai eilte zum Bett hinüber, ließ sich dort auf dem Boden nieder und nahm Lukans Hand. Jemand hatte eine Decke über ihm ausgebreitet. Sie war bereits von Blut durchdrungen.

»Ilai.« Er erkannte Lukans Stimme kaum wieder, so leise und kraftlos. »Was machst du hier?«

»Ich habe gehört, du wolltest dich ohne mich zum Helden aufschwingen. Das konnte ich natürlich nicht zulassen. Solche Dinge haben wir bisher immer zusammen gemacht.« Ilai bemühte sich um einen leichten Tonfall, und zwinkerte Lukan zu.

Lukan musste lachen, schnappte dann jedoch nach Luft und hustete. Ilai griff mit der linken Hand die Bettkante so fest er konnte, um seine andere Hand locker auf Lukans liegen lassen zu können. Er fühlte sich hilflos und wollte vor Wut auf irgendetwas eintreten. Stattdessen löste er seine Hand vom Bett und nahm den feuchten Stoff, der neben Lukans Kopf lag, um ihm die Stirn abzuwischen. Schweißperlen standen auf seiner wächsernen Haut, während seine Hand eiskalt war.

Als Lukan die Augen erneut öffnete, schien er sich nur mit Mühe auf Ilai konzentrieren zu können. Sein Blick war gläsern, vom Blutverlust und den Schmerzen. »Ich fürchte, was als Nächstes kommt, werde ich auch ohne dich hinter mich bringen müssen«, flüsterte er mit heiserer Stimme.

Nun verlor Ilai doch die Fassung und legte seine Stirn auf die Schulter seines Freundes, um ihn nicht sehen zu lassen, wie die Verzweiflung ihn übermannte.

»Hast du den König gefunden? Wird er uns helfen?«, flüsterte Lukan.

Ilai holte tief Luft und hob den Kopf. Er brachte ein Lächeln zustande und nickte. »Ja, er wird die Solech besiegen, daran habe ich keinen Zweifel. Und ich werde dafür sorgen, dass er es früh genug tut, um unsere Freunde und Familien zu retten.«

Lukan nickte und schloss die Augen wieder. Ilai dachte schon, er sei eingeschlafen, als er weiterredete. »Seit ein paar Stunden habe ich nicht einmal mehr Schmerzen. Ich glaube kaum, dass das ein gutes Zeichen ist.«

Er sah Ilai wieder an, und ein klein wenig seines alten Humors blitzte auf. »Deine Augen leuchten nicht«, stellte er fest.

Ilai hob abwehrend die Hände. »Mach mir keinen Druck, über wichtige Entscheidungen muss man eben nachdenken. Ich habe immer noch keine Antworten auf die entscheidenden Fragen bekommen.«

Lukan verdrehte lächelnd die Augen. »Du denkst zu viel.«

Er schloss die Augen wieder, doch Ilai spürte, dass er nicht eingeschlafen war. »Geh nicht«, flüsterte er.

Lukan drückte leicht seine Hand und öffnete die Augen. »Ich denke nicht, dass ich eine Wahl habe«, flüsterte er und sein Blick ging abwesend an Ilai vorbei. »Ich bin nicht sicher, ob ich überhaupt noch vollständig hier bin.«

Ilai folgte mit gerunzelter Stirn seinem Blick. Erschrocken sprang er auf die Füße und wäre dabei fast gestolpert. Einige

Schritte hinter ihm, vor der Eingangstür, stand Elouan und sah sie an. Ilai starrte ihn mit offenem Mund an und machte dann einen Schritt auf ihn zu, als wolle er sich vergewissern, dass er keine Illusion war.

»Ich bin hier«, sagte der König. »Ich habe dich gehört.«

Ilais Blick wanderte zum Bett. Trotz seiner Schwäche lag Faszination in Lukans Blick. Der König war einfach gekleidet, dennoch war seine Erscheinung in dem kleinen, nur spärlich erhellten Raum beeindruckend. Seine Augen leuchteten hell und er strahlte Frieden gepaart mit Autorität aus. In diesem Moment erschien es einfach zu glauben, dass er alles gut machen würde.

»Wirst du …«, begann Ilai.

Aber der König ging schon auf Lukan zu. Ilai zog sich zurück und beobachtete mit klopfendem Herzen, was passieren würde.

Der König setzte sich auf die Bettkante und nahm Lukans Hand, ähnlich wie Ilai es getan hatte. Er sah Lukan in die Augen und Ilai hatte den Eindruck, ein Gespräch zu beobachten, obwohl kein einziges Wort fiel. Lukan blinzelte nicht einmal, er erwiderte den Blick des Königs, bis ein leichter Lichtschimmer von der Hand des Königs ausging.

Ilai wollte vor Freude jubeln. Der Lichtschimmer wurde intensiver und mit einem Mal begannen Lukans Augen zu leuchten. Er atmete tief ein und ein erleichtertes Lächeln glitt über sein Gesicht, als könne er zum ersten Mal seit Tagen ohne Schmerzen atmen. Sein ganzer Körper schien für einen Moment an Kraft zu gewinnen. Er drehte den Kopf und lächelte Ilai an. Es war merkwürdig, seinen Freund, den er seit Kindertagen kannte, mit leuchtenden Augen zu sehen. Sein Blick war immer noch seltsam abwesend, doch aller Schmerz war daraus gewichen.

Ilai wollte schon zu ihm rennen, als Lukan die Augen schloss und ausatmete. Mit dem Atem schien seinen Körper alle Kraft zu verlassen. Sein Kopf sank tiefer in das Kissen und seine Hand glitt aus dem Griff des Königs. Dieser stand auf und trat einen Schritt zurück.

Ilai rannte zum Bett und fiel auf die Knie. Er packte die leblose Hand seines Freundes und schüttelte mit der anderen Hand seine Schulter.

»Nein … nein!«, rief er. »Du hast ihn doch geheilt!« Aber er spürte sofort, dass Lukan fort war.

Zornig sprang er auf und drehte sich zum König. Er machte einen Schritt auf ihn zu, bevor er sich wieder zu Lukan umdrehte. Der Schmerz in seiner Brust verschlug ihm den Atem und er spürte die Tränen gar nicht, deren Salz er auf den Lippen schmeckte. Er ging vor Lukan in die Hocke, legte den Kopf auf seine Unterarme und schluchzte.

Als er schließlich wieder aufstand, hatte ihn alle Wut verlassen. Da war nur noch eine Welle von Bedauern, die ihn zu Boden zog. Er konnte nicht fassen, dass er nie wieder mit Lukan scherzen und nie wieder morgens neben ihm sitzen würde, um gemeinsam den Sonnenaufgang zu beobachten.

»Warum hast du ihn nicht geheilt?«, fragte er, ohne sich umzudrehen.

Der König trat neben ihn. »Es war seine Entscheidung.«

Ilai schüttelte verwirrt den Kopf und etwas von seinem Zorn kehrte zurück. »Er hat sich für das Sterben entschieden? Warum sollte er das tun?«

Der König sah zu Lukan hinunter. »Er hat sich für das Licht entschieden.«

Sein leuchtender Blick traf auf Ilais Augen. »Er war schon soweit hinübergegangen, dass es nur noch einen dünnen Faden gab, der ihn mit dem Leben hier verband. Als er sich für das Licht entschied, war er schon mehr dort als hier. Manchmal ist es in solchen Momenten nicht leicht, diesen Ort des ewigen Lichtes noch einmal hinter sich zu lassen. Besonders, wenn man viel Leid erlebt hat.«

Ilai schloss die Augen. Ein Teil von ihm konnte immer noch nicht glauben, dass Lukan freiwillig gegangen war. Dennoch wusste er, dass das, was Elouan sagte, die Wahrheit war. Er hatte sich bis zu dem Moment, als der König ihm den Schrecken der Erinnerungen der letzten Monate genommen hatte, auch oft gefragt, ob es nicht leichter wäre, wenn alles einfach endete.

Wenigstens empfand er keine Schuld am Tod seines Freundes. Er hielt sich nicht für einen so großen Krieger, um zu glauben, er hätte das, was passiert war, verhindern können. Lukan hatte schon immer seine eigenen Entscheidungen getroffen. Er hätte ihn kaum davon abhalten können, seinen Kameraden zu retten.

Er sah auf das Bett mit der Hülle seines Freundes und spürte eine große Traurigkeit darüber, den Rest seines Lebens ohne ihn verbringen zu müssen. Es war wie der Verlust eines Körperteils, von dem er nie gedacht hatte, dass er einmal nicht mehr da sein würde.

Lukans Gesicht sah friedlich aus. Ilais Blick fiel auf die Decke, die ihn bedeckte. Alles Blut war verschwunden. Er sah nicht aus wie nach einem Todeskampf, sondern als ob er eben zufrieden eingeschlafen wäre. Irgendwie wusste Ilai, dass der König das für seine Familie und seine Freunde getan hatte.

Der König ging zur Tür und wandte sich Ilai zu. Ilai sah ihn fragend an.

»Kommst du?«, fragte Elouan.

Ilai sah noch einmal zu Lukan. »Ich sollte helfen, ihn zu begraben.«

Der König schüttelte den Kopf. »Das kann seine Familie tun. Dein Platz ist an meiner Seite.«

Etwas in Ilai hatte sich verändert. Vielleicht war es die Tatsache, dass der König hier war. Vielleicht war es auch Lukans Tod, der ihn entschlossener machte. Ohne einen weiteren Blick auf das Bett folgte er dem König nach draußen und schloss sanft die Tür, durch die er so oft gegangen war. Seite an Seite gingen sie durch das leere Dorf.

»Nun hat er dich letztlich noch auf den entscheidenden Metern geschlagen«, bemerkte Elouan mit einem Augenzwinkern.

Ilai blieb stehen. »Was meinst du?«

Der König deutete auf seine Augen. »Du kannst noch immer nicht den letzten Schritt gehen.« Es schien ihn nicht zu stören, er wirkte eher etwas neugierig.

»Ich habe immer noch so viele Fragen«, sagte er schließlich.

»Du wirst nie alle Antworten haben«, antwortete Elouan. »So funktioniert es nicht.«

Ilai nickte seufzend und konnte endlich seine Kontrolle loslassen. Er hielt den Blick des Königs und versuchte, sich auf das Licht zu konzentrieren. Plötzlich prallte etwas mit solcher Wucht auf ihn, dass er in die Knie ging.

Irgendwo in seinem Inneren ging eine Tür auf, die scheinbar in die Unendlichkeit führte. Sein Geist dehnte sich und für einen Moment war er mit allem verbunden, was existierte. Mit dem Kontinent, allen Menschen darauf und mit dem, was hinter den Sternen war. Er konnte mit seinem Verstand nicht ansatzweise erfassen, was passierte. Er spürte die Macht des Lebens, das immer triumphierte und dessen Personifizierung Elouan war. Und er sah die Welle des Lichtes auf sich zurasen, während er wusste, dass in seinem Rücken die Dunkelheit auf ihn zurollte. Dieses Mal spürte er keine Angst. Durch die gewaltige Kraft der Wellen stellten sich die Haare an seinen Armen auf, dennoch konnte er gelassen beobachten, wie sie dem unvermeidlichen Zusammenstoß entgegengingen. Dieses Mal sah er nicht weg, er spürte die Druckwelle des Zusammenstoßes durch seinen Körper fließen und dann breitete sich das Licht aus. Die Dunkelheit war fort. Er fragte sich, wie er jemals ein anderes Ergebnis hatte erwarten können, während das Licht sich um ihn herum unaufhaltsam ausbreitete.

Das alles sah er im Bruchteil einer Sekunde, und dann kniete er wieder am Dorfrand im Gras und atmete heftig. Das Gesicht des Königs kam in sein Sichtfeld. Elouan hatte sich vor ihn gehockt und den Kopf zur Seite gelegt, um ihn ansehen zu können. Er lächelte ihn begeistert an. In diesem Moment erschien er Ilai so voller Jugendlichkeit, dass er ihn nicht mehr mit der machtvollen Gestalt von Minuten zuvor zusammenbringen konnte.

»Das war bemerkenswert«, sagte Elouan und klopfte Ilai auf die Schulter. Dann erhob er sich und streckte ihm eine Hand hin, um ihn auf die Füße zu ziehen.

Ilai ließ sich von ihm aufhelfen und wollte gerade etwas erwidern, als ihn erneut eine Erkenntnis traf.

»Ich habe alle Antworten«, stellte er dann völlig verblüfft fest und richtete die Aufmerksamkeit nach innen zu diesem Zugang zum Licht, der eben weit aufgesprengt worden war. »Ich verstehe sie nur nicht.«

Der König lachte. »Bemerkenswert«, wiederholte er.

»Weißt du nicht alles? Wie kannst du überrascht sein?«, fragte Ilai. Er hatte das Licht gespürt und er verstand nun, dass diese Person vor ihm zwar aussah wie ein Mensch, aber auf eine Art in der Ewigkeit existierte und alles umspannte, die mit Menschlichkeit nichts zu tun hatte.

Der König zuckte noch immer lächelnd mit den Schultern. »Manchmal ziehe ich es vor, überrascht zu werden.«

Ilai klopfte sich die feuchte Erde von den Knien. Der Schmerz über Lukans Tod war noch so intensiv wie zuvor. Er wusste, was auch immer passieren würde, Lukan würde immer ein Teil von ihm sein.

»Er ist in diesem Licht, nicht wahr?«, fragte er.

Elouan nickte. »Er ist nun Teil davon, auf ewig mit mir verbunden.«

»Was nun?«

Der König wurde ernst. »Nun ziehen wir in den Krieg.«

Vor Ilais Augen wandelte sich sein Aussehen. Er schien etwas größer zu werden. Aus seinen einfachen Kleidern wurde eine lederne Rüstung mit einem dicken, samtig roten Umhang darüber, der bis zum Boden reichte und aufwendig an den Rändern verziert war. An einer Seite war der Umhang zurückgeschlagen und gab den Blick auf ein großes Schwert frei, das in seiner Lederhülle fast den Boden streifte. Auf dem Kopf des Königs erschien eine schmale Krone, die nicht wie der Schmuck für einen Festtag wirkte. In ihrem dunkelgoldenen Metall ohne Verzierungen lag sie fest an der Stirn Elouans an und würde im Kampf deutlich machen, dass dies der Herrscher des Kontinents war.

Die Autorität, die plötzlich vom König ausging, zwang Ilai fast noch einmal in die Knie, doch er kämpfte dagegen an. Er wusste nicht recht warum, aber ihm war klar, dass es nicht seine Aufgabe war, vor dem König im Staub zu knien, sondern seine Macht auszuhalten und an seiner Seite zu stehen.

Auf einmal tauchte Herion wenige Schritte von ihnen entfernt am Waldrand auf. Er musterte Ilai überrascht. Dann fiel sein Blick auf den König, dem er höflich zunickte.

»Lukan?«, fragte er.

Ilai schüttelte den Kopf und hielt die Luft an, um die Tränen zurückzuhalten.

Herion nickte traurig und strich sich mit einem resignierten Ausdruck über das Gesicht. Dann fragte er, an Ilai gewandt. »Du wirst nicht bleiben?«

Ilai schüttelte den Kopf. Es gab so viel zu sagen und gleichzeitig nicht genügend Worte, um zu erklären, was gerade in ihm vorging. Aber Herion nickte nur erneut.

»Ich verstehe«, sagte er und sein Blick wanderte zu Elouan.

Ilai holte Luft, um doch irgendeine Erklärung zu versuchen, aber bevor er dazu kam, sah er sprachlos, wie Herions Augen plötzlich ein leichter Schimmer umgab. Einen Moment später weiteten sich seine Augen und er sog die Luft ein. Dann ging er auf ein Knie und senkte den Kopf. »Mein König.«

Sprachlos sah Ilai zu, wie der König vor Herion trat. Er streckte ihm einen Arm hin, den Herion packte und sich von ihm aufhelfen ließ. Ilai sah das Erstaunen auf seinem Gesicht.

Der König trat einen Schritt zurück.

»Ich kann nicht mitkommen«, sagte Herion an den König gewandt.

»Ich weiß«, antwortete Elouan.

»Wann werdet ihr hier sein?«

Ilai lauschte dem Gespräch der beiden und konnte immer noch nicht verstehen, wie Herion so einfach eine Entscheidung hatte treffen können, die für ihn trotz allem, was er gesehen hatte, ungleich schwieriger gewesen war.

»In drei Wochen«, sagte der König. »Versteckt euch bis dahin. Keine Toten mehr.«

Herion nickte.

Elouan legte ihm eine Hand auf die Schulter. »Pass auf sie auf.«

»Das werde ich.«

Herion nickte Ilai zu, dann drehte er sich um und ging. Der König und Ilai wandten sich wieder dem Weg zu.

»Deine Erscheinung scheint ziemlich überzeugend zu sein«, bemerkte Ilai.

»Ich war nicht der Grund für seine Entscheidung.«

Ilai blieb stehen. »Wie meinst du das?«

»Er hat gesehen, dass du bereit warst, mit mir zu gehen, obwohl gerade dein bester Freund gestorben ist. In einen Krieg, den du von Anfang an abgelehnt hast und den ich nun führen werde. Er hat deinem Urteil vertraut.«

Das erklärte Herions überraschten Ausdruck, als seine Augen zu leuchten begonnen hatten. Er hatte erst verstanden, für was er sich gerade entschieden hatte, als er die Verbindung zu Elouan gespürt hatte.

Sie gingen weiter den Hügel hinauf. Die Bäume lichteten sich und Ilai war nicht einmal überrascht, als er sah, dass sich unterhalb von ihnen das Lager um das Schloss herum ausbreitete. Er hatte so eine Ahnung, dass in diesem Krieg noch viele Überraschungen auf ihn warten würden.

Er war stehen geblieben und der König drehte sich zu ihm um. »Kommst du? Wir haben viel zu tun.«

Ilai beeilte sich, zu Elouan aufzuschließen. Die Sonne ging gerade auf. Noch war kaum jemand im Lager auf den Beinen. Als sie an den ersten Zelten vorbeigingen, wurde Ilai klar, dass sich seit seinem letzten Aufenthalt hier etwas Grundlegendes geändert hatte. Auf einmal wusste er, dass er dort war, wo er hingehörte, was auch immer die nächsten Monate passieren würde.

3 Monate später

Sie waren oberhalb eines steilen Abhangs angekommen, der auf halber Strecke zu der Ebene unter ihnen in eine senkrechte Steilwand überging. Der König stand einige Meter vor ihnen und sah regungslos zu der Armee hinunter, die sich wie ein dunkles Geschwür über das Land des Ostens ausbreitete. Es waren weit mehr, als Ilai und vermutlich auch die Generäle hinter ihm erwartet hatten.

Ilai hörte nur mit halbem Ohr zu, wie sie erregt verschiedene Strategien diskutierten, um dem Feind entgegenzutreten. Herions Stimme, der sich der Armee von ihrem Dorf aus angeschlossen hatte, stach immer wieder heraus. Er argumentierte für einen Angriff in kleinen Gruppen und hatte sich inzwischen mit mehr als einem erfolgreichen Vorschlag den Respekt der anderen Generäle verdient.

Ilai versuchte, mit zusammengekniffenen Augen zwischen der Masse der Krieger auf der Ebene unter ihnen die Landschaft auszumachen. Er hatte Wälder erwartet oder zumindest Felder, aber er konnte nur Geröll und weiter hinten die unzähligen Baumstümpfe eines abgeholzten Waldes ausmachen. Es schien nicht viel übrig zu sein vom fruchtbarsten Teil des Kontinents. Die Schlacht, die ihnen unausweichlich dort unten bevorstand, würde es sicherlich nicht besser machen. Die dunklen Wolken, die den Himmel bedeckten, und der eiskalte Wind, der von den Bergen hinter ihnen kam, vervollständigten das unwirtliche Bild. Immerhin lag hier fast kein Schnee mehr. Obwohl der König ihnen versichert hatte, dass das Gebirge an dieser Stelle am flachsten war und sie alle Wagen und Pferde zurückgelassen hatten, hatte es die Armee ihre letzten Kräfte gekostet, bis hierher vorzudringen.

Ilai steckte die Hände in die Taschen seines verschlissenen Umhangs und kaute nachdenklich auf seiner Unterlippe. Der König stand nun schon seit Stunden dort. Er wirkte müde und strahlte eine gewisse Verzweiflung aus, die nicht nur Ilai beunruhigte. Die Generäle diskutierten schon seit Längerem, doch keiner von ihnen wollte den König unterbrechen, bei was auch immer er dort vorne tat. Ilai stand auf halbem Weg zwischen ihnen und konnte sich denken, dass sie hofften, er würde das für sie übernehmen.

Auch nach all den Wochen war sich Ilai nicht sicher, was eigentlich seine Rolle war. Irgendwie war er einer der engsten Vertrauten des Königs geworden. Elouan hatte ihn gern in seiner Nähe und fragte ihn sogar regelmäßig nach seiner Meinung. Ilai war dankbar, dass er nicht noch einmal das Schwert in die Hand hatte nehmen müssen. Obwohl er sich meistens einfach nur mit dem König unterhalten hatte, konnte er nicht abstreiten, dass sich das genau richtig anfühlte.

Er gab sich einen Ruck und ging die wenigen Schritte bis zu Elouan. Für eine Weile stand er schweigend neben ihm und folgte seinem Blick. Von unten war die Gestalt des Königs zweifellos gut sichtbar, auch wenn von dort nicht erkennbar war, dass seine Kleidung ebenso abgetragen war wie die seiner Armee, und dass sich sogar auf seinem Gesicht die Mühen der Kämpfe der letzten Monate abzeichneten. Es war eine Art unausgesprochener Waffenstillstand, der sich seit Stunden abspielte. Die Armee unten hatte sich nicht bewegt, seit Elouan an die Bergkante getreten war. Beide Seiten schienen auf etwas zu warten. Vielleicht wollten die Solech dem König aber auch nur den ersten *Schachzug* überlassen.

Ilai musterte ihn von der Seite. Er hatte die Arme verschränkt, die Lippen aufeinandergepresst und starrte zur Armee hinunter, als stünde ihr Anführer ihnen direkt gegenüber und der Kampf entschiede sich daran, wer den Blick länger halten konnte.

Nach einer Weile seufzte Ilai und tat wieder einen Schritt zurück. Er hatte keine Ahnung, was gerade passierte und was er sagen sollte.

»Bleib«, sagte Elouan ohne sich zu bewegen. Seine Stimme klang weicher, als Ilai erwartet hatte, fast verletzlich.

Langsam trat er wieder neben ihn. »Du kannst das hier beenden, ohne dass noch mal ein Schwert erhoben werden muss, oder?«, fragte er schließlich.

»Ja.«

»Warum haben wir dann überhaupt gekämpft? Versteh mich nicht falsch, du hast dein Versprechen eingelöst, kein einziger deiner Soldaten ist in diesem Krieg gefallen, seit deine Armee das Lager verlassen hat. Aber warum das alles, wenn du sie schon vor Monaten alleine hättest besiegen können?«

Der König ließ die Arme sinken und sah Ilai an. Trotz seiner angespannten Haltung las Ilai in seinem Blick vor allem Bedauern. »Weil ich Hoffnung hatte. Wenn in all den Kämpfen nur ein einziger der Solech einen anderen Weg eingeschlagen hätte, wäre es vielleicht möglich gewesen, das hier zu verhindern. Dann hätte ich vielleicht einige von ihnen retten können.«

Ilai sah wieder zu der dunklen Masse der Krieger unter ihnen. »Hast du noch immer Hoffnung?«

Elouan rieb sich mit einer Hand über das schmutzige Gesicht. »Vielleicht. Doch auch ich muss eine Entscheidung treffen. Wir können diese Armee nicht besiegen, ohne Verluste auf unserer Seite hinzunehmen. Dazu bin ich nicht bereit.«

Ilai dachte nach. Er kannte den König inzwischen gut genug, dass ihm klar war, wie schwer ihm diese Entscheidung fallen musste.

»Können wir uns zurückziehen? Du hast sie hinter die Berge zurückgedrängt. Glaubst du, sie bleiben jetzt auf dieser Seite des Gebirges?«

Elouan schüttelte den Kopf. »Sie haben dieses Land ausgesaugt und jede Spur von Licht vernichtet, bis nur noch Tod übrig geblieben ist. Dieser Boden kann sie nicht mehr ernähren. Ihnen gehen die Möglichkeiten aus.«

Hinter ihnen wurden plötzlich Stimmen laut und jemand rief nach dem König. Mit einem letzten Blick auf die Ebene drehte sich Elouan um und ging zu der Gruppe der Generäle. Ilai folgte ihm.

Sie standen im Halbkreis um zwei Soldaten, die einen Solech festhielten. Einer der Soldaten drückte ihm die Schwertspitze an den Hals, als er sich gegen die Fesseln wehrte, die seine Hände hinter dem Rücken zusammenbanden. Der Kreis der Generäle teilte sich, als der König kam, und der zweite Soldat sorgte mit einem Tritt in die Kniekehlen des Solech dafür, dass dieser auf die Knie fiel, als Elouan vor ihn trat.

Mit erhobenem Kopf starrte der Solech dem König ins Gesicht. Ilai war hinter den Generälen zurückgeblieben, sah aber auch von dort den Hass in den Augen des Kriegers. Er spuckte dem König verächtlich vor die Füße.

»Ein Kundschafter, mein König«, sagte einer der Soldaten. »Wir haben ihn dort oben überrascht.« Er deutete auf eine Felsgruppe weiter oben am Berg.

»Macht mit mir, was ihr wollt, es ändert nichts. Wir werden uns niemals ergeben«, knurrte der Krieger und riss erneut an seinen Fesseln.

Ilai schob sich an Herion vorbei und ging vor dem Solech auf ein Knie, um ihm in die Augen sehen zu können. Sie waren so dunkel, dass er Pupille und Iris nicht unterscheiden konnte. Er spürte die bedrückende Last der Dunkelheit wie eine Decke, die sich über ihn legte.

»Warum hasst ihr ihn so sehr?«, fragte er und musterte den Krieger mit gerunzelter Stirn. Diese Frage beschäftigte ihn, seit ihm klar geworden war, dass es für die Krieger nicht nur ein Krieg um Land und Vorräte war. Es gab auch eine persönliche Komponente. Sie wollten den König vernichten.

Für einen Moment schien es, als wolle der Krieger sich nicht herablassen, ihm zu antworten. Dann kniff er die Augen zusammen und sah zu Elouan. »Er hat uns und unser Land vergiftet. Er hat uns zum Aussterben verdammt, wenn wir nicht vorher verhungern. Wir werden uns ihm nicht beugen, damit er seine Macht mit uns teilt. Wir werden sie uns nehmen!«

Ilai stand auf und trat zurück.

»Weder eure Unfruchtbarkeit noch die eures Landes sind mein Werk. Sie sind die Folge eures eigenen Handelns«, sagte der König ruhig.

»Ich glaube euch nicht. Ihr lügt, um uns in die Knie zu zwingen!«, schrie der Solech.

Der König bedeutete den zwei Soldaten mit einer Geste, ihn wieder auf die Füße zu ziehen. »Bindet ihn los.«

Er trat direkt vor den Krieger, der sich die Handgelenke rieb. Ilai konnte sehen, wie seine Nähe den Solech erstarren ließ. Auch er hatte immer noch Schwierigkeiten, sich an die Macht zu gewöhnen, die Elouan ausstrahlte und die er körperlich spürte, wann immer er an seiner Seite war. Für den Solech musste es sich ungleich stärker anfühlen. Das Licht war nicht Teil von ihm wie bei Ilai, sondern die eine Kraft, die ihn vernichten konnte.

»Geh zurück zu deinen Anführern und sag ihnen, dass dies ihre letzte Chance ist, die Waffen niederzulegen. Meine Geduld ist am Ende. Ergebt euch oder ihr werdet sterben.«

In der Stimme des Königs lag unnachgiebige Härte, aber Ilai hörte auch die Trauer darin. Sie alle wussten, dass es höchst unwahrscheinlich war, dass dieser Tag ohne einen endgültigen Kampf enden würde, bei dem nur ein Sieger überleben würde.

»Niemals.« Mit einem letzten hasserfüllten Knurren riss sich der Krieger los und drehte sich um. Die Reihen der Soldaten teilten sich, als er in Richtung des Weges den Berg hinab davonrannte.

Elouan seufzte und sah zu Boden. Die Runde um ihn herum wartete geduldig auf seine Anweisungen.

»Fallt zurück«, wies er sie schließlich an und straffte die Schultern.

»Aber mein König«, begann Herion. Elouan unterbrach ihn mit einem Kopfschütteln.

»Wir sind am Ende dieses Krieges angekommen. Was jetzt kommt, muss ich alleine tun.«

Er sah den Generälen einem nach dem anderen in die Augen.

»Ich weiß, ihr alle seid bereit, euer Leben für mich zu riskieren. Ihr habt es bereits getan, genau wie alle anderen, die mir bis hierher gefolgt sind. Und ich werde jeden Einzelnen von euch wieder nach Hause führen. Die Solech haben eine letzte Gelegenheit, von ihrem Pfad umzukehren, doch wir wissen alle, sie werden es nicht tun. Es ist Zeit, die Dunkelheit dort unten auszurotten.«

Die Gestalt des Königs begann zu leuchten. Es war nicht die angenehme Wärme, die seine Augen oft ausstrahlten, sondern das gleißende Licht vollkommener Macht. Ilais Herz begann schneller zu schlagen und sein Mund wurde trocken. Er wusste, dass die Gefahr nicht ihm drohte, aber er musste sich sehr zusammenreißen, um die aufsteigende Angst unter Kontrolle zu bringen.

»Fallt zurück«, befahl der König erneut und dieses Mal ließ sein Tonfall keine Widerrede zu. In seiner Stimme schwang die gewaltige Autorität mit, die von ihm ausging und mit jeder Sekunde wuchs. Sowohl die Generäle als auch die Soldaten in Hörweite setzten sich ohne zu zögern in Bewegung.

Ilais Füße schienen am Boden zu kleben. Ein Teil von ihm wollte, ebenso wie alle anderen, Abstand zwischen sich und das bringen, was der König im Begriff war zu tun. Aber ein anderer Teil konnte den Eindruck nicht abschütteln, dass er bleiben und Zeuge dessen sein sollte, was geschehen würde. Hilflos blickte er zwischen der sich zurückziehenden Armee und Elouan hin und her, der wieder an die Felskante getreten war.

Schließlich schloss er die wenigen Schritte bis zum König auf, auch wenn ihm das Atmen schwerfiel und die Macht ihn fast zu Boden drückte.

»Bleib hinter mir«, sagte der König. Ilai stellte sich schräg hinter ihn, erleichtert, dass er offenbar die richtige Entscheidung getroffen hatte. Er sah am König vorbei ins Tal hinab. Elouan leuchtete inzwischen so hell, dass jeder einzelne Krieger bis in die letzten Reihen es sehen musste. Vermutlich spürten sie auch noch unten in der Ebene die Auswirkungen seiner Macht. Dennoch machten sie keine Anstalten, seiner Aufforderung nachzukommen und ihre Waffen niederzulegen. Stattdessen reckten sie plötzlich geschlossen ihre Schwerter in die Höhe und ihr Kriegsgeschrei hallte von den Bergen wider.

Der König streckte seine Hände mit nach oben gewandten Handflächen aus. Über ihnen begann das Licht, sich zu verdichten und eine hell lodernde Kugel zu bilden, die immer größer wurde.

Als Ilai die Augen fast schon abwenden musste, weil er die Helligkeit nicht länger ertragen konnte, bewegte der König die Hände um die Kugel herum nach oben und schleuderte sie mit einer ruckartigen Bewegung in die Ebene hinunter.

Sie schlug in den ersten Reihen der Armee ein und fraß sich von dort in alle Richtungen durch die Reihen der Krieger. Ihr Geschrei erstarb, als sie zu Boden gingen, sobald das Licht sie erreichte und durch sie hindurchbrach. Innerhalb weniger Momente war die komplette Armee der Solech vernichtet. So weit Ilai sehen konnte, stand kein Einziger von ihnen mehr, während das Licht sich weiter Richtung Horizont ausbreitete.

Ilai hatte in diesem Krieg schon viele tote Solech gesehen, deren Körper verfielen, nachdem die Dunkelheit in ihnen ausgelöscht war. Doch der Anblick eines ganzen Volkes, das niedergestreckt die Ebene bedeckte, war ein Bild, von dem er wusste, dass er es nie würde vergessen können.

Er fragte sich, ob sie sie einfach dort liegen lassen würden auf dem Land, das sie in den Ruin geführt hatte. In dem Moment streckte Elouan erneut seine Hände aus, nun mit den Handflächen nach unten. Etwas floss den Hang hinab, flüssiges Licht, das über alles hinwegströmte und sich ebenfalls in alle Himmelsrichtungen ausbreitete. Es bedeckte die Überreste der Armee. Unter ihm zerfielen die Körper zu Staub, der den kargen Boden bedeckte. Als die Welle den Horizont erreichte, war nichts mehr von dem Feind übrig, der den ganzen Kontinent bedroht hatte.

Langsam verblasste das Leuchten um die Gestalt des Königs und Ilai konnte ihn wieder ansehen. Er wagte es, neben ihn zu treten. Als er ihm ins Gesicht sah, bemerkte er die Träne, die seine Wange hinablief. Es gab nichts zu sagen, was Ilai angemessen erschien, deshalb blieb er einfach an seiner Seite stehen.

Nach langer Zeit nickte Elouan schließlich, trat von der Kante zurück und wandte dem Land des Ostens den Rücken zu. Ilai folgte ihm in Richtung des Heeres, das sich so weit zurückgezogen hatte, dass keiner von ihnen mehr zu sehen war. Vermutlich hatten sie intuitiv verstanden, dass es besser war, nicht in Reichweite des

Lichtes zu sein, das die ganze feindliche Armee in wenigen Minuten ausgelöscht haben würde.

»Was nun?«, fragte er.

Elouan atmete tief ein. »Nun ist Zeit für Frieden.«

»Was wird aus diesem Teil des Kontinents?« Ilai warf noch einen letzten Blick hinter sich auf die ausgemergelte Landschaft.

Elouan sah ihn von der Seite an. »Es wird der Tag kommen, an dem die Kinder deiner Kinder das Licht wieder dorthin bringen werden.«

Ilai lächelte ungläubig. »Damit das passieren kann, muss ich erst einmal eine Frau finden.«

Der König lachte. »Sie ist womöglich näher, als du denkst.«

Ilai wurde rot. »Helen und ich, na ja, wir waren beide beschäftigt, und …«, stammelte er.

Elouan legte ihm eine Hand auf die Schulter. »Der Krieg ist vorbei. Ihr habt nun Zeit.«

Mit einem Augenzwinkern wandte er sich wieder dem Weg zu.

»Lass uns nach Hause gehen«, sagte er über die Schulter und Ilai folgte dem König den Berg hinauf.

Kapitel 21

Yara – ein Jahr später

Yara lag auf dem Rücken im Gras, die Beine aufgestellt und die Hände hinter dem Kopf verschränkt. Auf ihren geschlossenen Augenliedern spürte sie die warme Morgensonne. Ihre nackten Arme und Füße wurden vom Gras gestreichelt. Die von Wind und Sonne gegerbte Haut ihres Gesichts dehnte sich, als sich ein Lächeln dort ausbreitete. Sie streckte ihre Arme rechts und links von sich weg und grub die Hände in den warmen Boden. Der mit Erde durchmischte Sand war noch feucht von der Nacht.

Es beginnt, sich nach Heimat anzufühlen.

Sie spürte Elouans Gegenwart, als läge er neben ihr. Wenn sie sich noch ein wenig streckte, würden ihre Fingerspitzen seine berühren.

Es ist unglaublich, mitzuerleben, wie das Licht das Land hier verändert. Als wir damals losgezogen sind, habe ich von großen Taten geträumt, ich dachte, wir kämen ins Paradies. Stattdessen sind wir diejenigen, die das Leben hierherbringen. Langsam fange ich an zu verstehen, wie viel Bedeutung das hat.

Sie spürte die Freude des Königs.

Dein Urgroßvater stand damals neben mir, als ich gezwungen war, ein ganzes Volk auszulöschen, hörte sie seine Stimme. *Als wir diesem Ort den Rücken zuwandten, sagte ich ihm, dass es die Kinder seiner Kinder wären, die das Leben einmal hierher zurückbringen würden.*

Yara spürte ihren Urgroßvater im Licht, auch wenn sie mit ihm nicht genauso reden konnte wie mit dem König. Aber sie wusste, irgendwie war er Zeuge der Verwandlung des Landes und freute sich mit ihnen.

Wir haben erst so einen kleinen Teil des Landes erreicht, aber wir werden nicht aufhören, bis auch an der Küste wieder Blumen blühen und Bäume wachsen. Je weiter wir vordringen, umso mehr verändert es sich, sagte sie entschlossen zu Elouan.

Es regnete immer noch nicht oft, aber doch in regelmäßigen Abständen, und seit einigen Monaten gab es wieder Vögel. Yara hatte keine Ahnung, wo sie hergekommen waren. Vielleicht hatten sie in den Bergen ausgeharrt, bis es wieder möglich war, hier unten zu überleben. Aber es war wunderbar zu sehen, wie auch die Tiere langsam die Ebene eroberten.

Euer Sieg misst sich nicht daran, wie hart ihr arbeitet. Ihr bringt das Licht, jeder von euch auf seine Weise. Und das Licht ist das Leben. Das Leben wird am Ende immer über den Tod siegen.

Ich weiß, antwortete Yara. *Ich wünschte nur, es würde schneller gehen.*

Das Licht wird nur durch euch begrenzt.

Yara öffnete die Augen und dachte stirnrunzelnd über diesen Satz nach. Nathan und sie hatten alles versucht, den Kreis auszudehnen, den sie auf einmal erreichen konnten. Doch es blieb bei einigen Metern. Bemühten sie sich zu stark? Vielleicht hatten sie sich in ihrer Begeisterung zu sehr auf ihre eigenen Fähigkeiten verlassen, anstatt sich bewusst zu machen, dass es das Licht war, das den Boden aus der Dunkelheit ins Leben führte.

Ein Schatten fiel auf sie und Nathans Kopf schob sich in das Bild des blauen Himmels über ihr. Seine Haare fielen ihm ins Gesicht. Weil es Emmi so gefiel, änderte er nichts daran.

»Warum so ernst?«, fragte er und streckte ihr eine Hand hin, um sie auf die Füße zu ziehen.

Yara winkte ab. »Erzähl ich dir später. Wo ist Emmi?«

»Sie kommt gleich nach. Das hier ist es also?«

Yara drehte sich um und streckte die Arme aus, als präsentiere sie ein Kunstwerk. »Genau richtig, oder nicht?«

Hinter ihr endete der Abschnitt, der bereits in Grün getaucht war, und ging in das eintönige Geröll der Wüste über. Das Dorf war auch nur einige Minuten entfernt und sie befanden sich direkt an der Steilwand des Gebirges, die an dieser Stelle eine sanfte Kurve machte. Die kleine Einbuchtung gab ein wenig Schutz und im dürren Wüstenboden waren zwei kleine Bäume gewachsen. Yara war sich sicher, dass im Boden eine Wasserquelle aufbrechen würde, wenn sie dem Licht Gelegenheit gäben, sie hervorzulocken. Bisher hatte sie mit solchen Vermutungen fast immer richtig gelegen.

»Ich dachte, ihr wollt ein bisschen für euch sein, aber nicht zu weit weg von uns. Schließlich gehört er oder sie uns allen ein bisschen«, sagte sie.

Nathan lächelte und zog Yara an sich. Sie schlang ihre Arme um ihn. Langsam gewöhnte sie sich daran, ihren ernsten Bruder so entspannt und glücklich zu erleben. Sie gönnte es ihm von ganzem

Herzen. Als sie sich von ihm löste, sah sie Emmi in ihre Richtung kommen und lief ihr entgegen.

»Willst du dich bei mir einhaken?« Yara bot Emmi einen Arm an. Emmi nahm ihn dankbar und seufzte.

»Ich weiß nicht, wie ich so noch zwei Monate aushalten soll«, beschwerte sie sich ohne Nachdruck. Ihr runder Bauch war schon von beeindruckender Größe. Die Hitze führte dazu, dass Emmi inzwischen tagsüber fast nur noch im Schatten blieb.

Yara sah auf und bemerkte den weichen Ausdruck auf Nathans Gesicht, während er ihnen geduldig entgegensah. Sie ahnte, dass er Emmi am liebsten entgegengerannt und sie das letzte Stück getragen hätte. Aber seine Frau war bei ihrer ansonsten so liebevollen Art diesbezüglich erstaunlich resolut. Vermutlich wusste sie, dass sie Nathan schon jetzt beibringen musste, sie und ihr ungeborenes Kind auch einmal aus den Augen zu lassen.

Yara grinste, als er ihnen auf den letzten Schritten doch entgegenkam und Emmi einmal kurz musterte, bevor er sanft den Arm um sie legte. Es war der gleiche Blick, mit dem er immer Yara bedacht hatte, wenn sie früher von einer Übung mit Waffen zurückgekehrt war. Er wollte sichergehen, dass es ihr gut ging.

Zu dritt standen sie nebeneinander und ließen den Blick schweifen. Emmi drückte Yaras Hand.

»Ja, das ist der Ort. Hier gefällt es mir.« Sie zuckte zusammen und legte dann lachend eine Hand an ihren Bauch. »Er oder sie stimmt zu. Damit ist es entschieden. Hier wird unser Haus stehen.«

Nathan legte seine Hand an ihren Bauch und gab Emmi einen Kuss, als er ebenfalls Zeuge der Aufregung des Babys wurde. Yara streckte die Hand aus, und berührte nach Emmis zustimmendem Nicken ihren Bauch, konnte aber nichts spüren. Sie beugte sich nach vorne.

»Keine Sorge«, flüsterte sie. »Wenn dir mit deinen Eltern langweilig wird, kannst du immer zu mir kommen, mir fällt schon was Spannendes ein.«

Nathan stöhnte. »Ich darf gar nicht daran denken, was du alles angestellt hast, von dem unsere Eltern zum Glück nie erfahren haben. Ich werde sie niemals unbeaufsichtigt mit dir gehen lassen!«

Emmi stieß ihn mit dem Ellenbogen in die Seite und zwinkerte Yara zu. »Keine Sorge, wir erzählen es ihm einfach nicht.«

»Sie?«, fragte Yara.

Emmi sah lächelnd zu ihrem Mann auf. »Er ist der Überzeugung, es ist ein Mädchen.«

Yara klatschte in die Hände. »Na dann, lass uns dafür sorgen, dass sie mit euch in einem Haus mit mehr als einem Zimmer wohnen kann, wenn sie auf die Welt kommt.«

Seit ihrer Hochzeit wohnten Emmi und Nathan in einer der winzigen Hütten im Dorf. Sie alle hatten ihnen schon vor Monaten angeboten, gemeinsam das erste richtige Haus zu bauen, damit sie mehr Platz hätten. Aber Nathan und Emmi hatten bisher immer darauf bestanden, dass andere Dinge wichtiger waren.

Peter, der neben ihnen wohnte, hatte sie endlich überzeugt. Mit ernster Miene hatte er ihnen mitgeteilt, dass er bei all der körperlichen Arbeit nachts seinen Schlaf brauche und das Schreien eines Neugeborenen dafür sicherlich nicht hilfreich sein würde.

Diana und Yara hatten sich vor Lachen kaum halten können, als Peter ihnen von Nathans Reaktion berichtet hatte, vor allem, als sich die anderen Nachbarn angeschlossen hatten. Erst als auch die Bewohner der Häuser außer Hörweite bestätigten, dass das für sie nicht infrage komme, hatte er Verdacht geschöpft und sich schließlich lachend ergeben.

Natürlich hatte Yara sich angeboten, den richtigen Ort für ihr Haus zu finden. Und das hatte sie, auch wenn er bisher noch der Wüste gehörte.

»Lass uns die Quelle finden!« Sie winkte Nathan, sich mit ihr einige Meter in die Wüste hinauszustellen.

Als sie sich wie immer die Hände entgegenstreckten und in ihr die Bilder von all den Pflanzen aufstiegen, die hier bald wachsen würden, erinnerte sie sich an den Satz des Königs.

Das Licht wird nur durch euch begrenzt.

Sie ließ die Hände noch einmal sinken.

»Vielleicht haben wir uns bei all unseren Versuchen, mehr Boden auf einmal zu erreichen, zu sehr angestrengt.«

»Wie meinst du das?«, fragte Nathan stirnrunzelnd.

»Ich glaube, Elouan wollte mir vorhin sagen, wir sollten loslassen und dem Licht einfach Raum geben. Es fließen lassen, anstatt darüber nachzudenken, was es tun soll.«

Nathan dachte einen Moment nach, dann nickte er. »Die Frage ist nicht, wie viel wir leisten können, sondern wie viel wir zu geben bereit sind.«

Yara streckte erneut die Hände aus. Sie schloss die Augen und spürte die Tür in sich, die dem Licht Eingang gewährte. Plötzlich fragte sie sich, ob es überhaupt eine Tür gab. Vielleicht hatte sie mit diesem Bild selbst ungewollt begrenzt, wie viel Licht durch sie fließen konnte? Anstatt die Tür zu öffnen, wie sie es sonst immer getan hatte, ließ sie einfach die Wand zwischen ihr und dem Ort, dem das Licht entsprang, fallen. Für einen Moment fühlte sie sich schwerelos, als sie das Bekannte verließ, doch dann tauchte sie so tief in die Wärme der Gegenwart des Königs ein wie noch nie.

Sie spürte, wie Nathans Handflächen ihre berührten. Das Licht begann zu fließen, doch nicht wie der stete Strom, der es zuvor immer gewesen war. Es war mehr eine Welle, die in ihnen begann und sich dann nach außen in alle Richtungen bewegte. Sie ging nicht nur in die Tiefe, sie schoss nach oben und von ihnen weg über den Boden. Yara spürte, dass sie nicht wie gewohnt abreißen würde, da sie aus unendlichen Quellen gespeist wurde, die niemals versiegten. Doch etwas fehlte, was dem Licht weiterhin nur eine begrenzte Ausdehnung erlaubte.

Aus einigen Schritte Entfernung beobachtete Emmi, wie Yara und Nathan die Hände aufeinanderlegten und das Licht sich von dort langsam kugelförmig ausbreitete. Das hatte es bisher noch nie getan, etwas war anders als sonst.

Nathan hatte ihr oft erzählt, wie es sich für ihn anfühlte, wenn das Licht sich in den Boden grub. Für sie war es jedoch nie die Tiefe des Erdbodens gewesen, die ihr Herz berührte, sondern die

Weite des Landes. Sie spürte auch nicht den Drang der Pflanzen, endlich wieder hervorzubrechen wie Yara. Bisher hatte sie angenommen, das sei der Grund, weshalb sie nicht zu denen gehörte, die tun konnten, was die beiden taten. Doch als sie ihnen jetzt zusah, zog es sie plötzlich dorthin, als müsse sie sich ihnen bei ihrer Aufgabe anschließen. Sie zögerte nicht, denn ihr Herz war immer der Teil von ihr gewesen, dem sie am meisten vertraute.

Emmi ging auf Yara und Nathan zu, die weiterhin regungslos in derselben Stellung verharrten, ohne dass sich, wie sonst, Gras und Blumen um sie herum ausbreiteten. Sie waren so konzentriert, dass sie nicht darauf reagierten, als Emmi langsam eine Hand ausstreckte und sie auf Nathans legte.

Plötzlich explodierte das Licht in ihr und vermischte sich mit dem, was aus ihrem Mann und ihrer Schwägerin zu ihr hinfloss. Ihr war, als dehne ihr Herz sich aus und flöge über den Boden. Es jubelte in dem Wissen, dass die Freiheit nahe war. Am liebsten wollte es bis zum Horizont, um die Weite in die Arme zu schließen, und flüsterte ihr zu, dass ihre Sehnsucht ein Ende hatte. Das Licht war zurückgekehrt, seine Söhne und Töchter hatten es gebracht und würden nun ihren Besitz in Anspruch nehmen.

Emmi spürte Tränen über ihre Wangen laufen, als die Welle abebbte. Sie öffnete die Augen und ließ langsam ihre Hand sinken. Auch Yara und Nathan trennten die Verbindung nur zögerlich und blinzelten benommen.

Yara blickte zwischen Emmi und Nathan hindurch zur Wüste hinaus. »Wow!« Nathan und Emmi folgten ihrem Blick. Minutenlang standen sie überwältigt nebeneinander.

»Das muss fast ein Kilometer sein«, flüsterte Nathan schließlich. Dann sah er zu seiner Frau. »Was auch immer du getan hast, es hat die Wirkung des Lichtes verzehnfacht.«

Emmi schüttelte den Kopf. »Schon bevor ich dazukam, war es anders als sonst. Ihr standet völlig versunken da und um euch herum ist nicht wie sonst das Gras gewachsen. Es war, als ob ihr auf etwas gewartet hättet.«

Sie sah zum grünen Pflanzenmeer, das sich so weit ausbreitete, dass sie dahinter gerade noch den Beginn der Wüste ausmachen konnte. »Was, wenn das noch nicht alles ist? Vielleicht haben wir nur noch keine Ahnung davon, was möglich ist, wenn jeder von uns seinen Teil dazugibt?«

Nachdem sie ins Dorf zurückgekehrt waren, sprach sich schnell herum, was geschehen war. Wenig später standen sie wieder an dem Ort, den Yara für das erste richtige Haus auserkoren hatte. Nun waren sie umgeben von den anderen, die alle mit eigenen Augen sehen wollten, wie sich fast bis zum Horizot eine flache Graslandschaft ausdehnte. Immer mehr kamen hinzu, bis schließlich alle fünfzig Bewohner der Wüste versammelt waren.

Sie tauschten Theorien darüber aus, was diese neue Entwicklung bedeutete, berichteten einander von ihren eigenen Erfahrungen bei den Versuchen, das Licht zur Veränderung des Bodens einzusetzen, oder genossen einfach gemeinsam das Grün der Natur.

Je länger Yara dort, umgeben von ihren Freunden, ihrer Familie, stand, umso mehr spürte sie Aufregung in sich aufsteigen. Ihr Herzschlag beschleunigte sich und ihre Fingerspitzen kribbelten. Es hatte nichts mit der Temperatur zu tun, dass sie ihre schweißnassen Handflächen immer wieder an ihrer Hose abwischen musste.

Erst nahm sie an, dass sie einfach nur überwältigt von den Erlebnissen am Morgen war. Doch dann erstarb nach und nach jedes Gespräch um sie herum. Eine gespannte Stille entstand. Was nun folgte, war einer dieser wenigen Momente im Laufe der Geschichte, dessen Bedeutung losgelöst von Raum und Zeit war und dessen Auswirkungen noch nachhallen würde, wenn keiner von ihnen mehr hier sein würde.

Auf den Gesichtern um Yara herum spiegelte sich die gleiche Vorfreude und auch Furcht angesichts dessen, was in der Luft lag. Irgendetwas war zu tun, eine Entscheidung zu treffen. Sie hatten geglaubt, für alles bereit zu sein. Doch waren sie es wirklich? Nathans Satz vom Morgen ging Yara durch den Kopf. Wie viel waren sie bereit zu geben? Sie hatte so eine Ahnung, dass sich das bald zeigen würde.

Nach einigen Minuten ebbte die Spannung ein wenig ab. Hatten sie den Zeitpunkt verpasst? Was war es, was sie zu tun hatten?

»Was, wenn es nicht nur zwei oder drei sind, die zusammenarbeiten müssen, um dieses Land ins Licht zu führen? Was, wenn wir es alle gemeinsam tun müssen?«, fragte Emmi in die Stille.

»Ich kann nicht tun, was ihr getan habt. Ich habe alles versucht, aber nichts passiert«, meldete sich jemand aus der Runde.

»Vielleicht musst du nicht tun, was wir tun. Vielleicht musst du das hervorbringen, was das Licht in dich gelegt hat. Vielleicht ist es etwas ganz anderes, das wir noch nicht verstehen«, gab Nathan zu bedenken.

Ein zustimmendes Nicken ging durch die Reihen. Mehr als die Hälfte aller Anwesenden hatte bisher noch keine Pflanzen oder Wasser hervorgebracht. Doch das hatte Emmi bis zu diesem Morgen auch nicht, und nun standen sie auf einer Wiese, deren Ende sie nicht sehen konnten.

»Wir haben nichts zu verlieren, wenn wir es einfach versuchen. Das ist unsere Heimat, dieses Land ist uns übergeben worden. Wir wussten immer, dass dieser Auftrag uns alles abverlangen würde, deshalb lasst uns alles geben und glauben, dass etwas geschieht«, sagte Emmi.

»Jetzt, einfach so?«, fragte Peter.

Emmi zuckte mit den Schultern. »Worauf sollen wir warten? Wir verstehen nicht einmal wirklich, was wir zu tun haben. Das wird morgen oder übermorgen nicht anders sein. Wir müssen uns einfach auf das Licht in uns verlassen.«

Nathan nickte und straffte die Schultern. »Da ist ein Fluss aus Licht in jedem von uns. Lasst uns herausfinden, was passiert, wenn all unsere Ströme zu einem großen werden, den wir ungehindert fließen lassen.«

Es war nicht nötig zu fragen, ob alle einverstanden waren. Yara hatte die Freunde um sich herum noch nie zuvor so intensiv im Licht spüren können. Sie spürte ihre Aufregung, ihre Freude, ihre Zweifel und ihren tiefen Wunsch, diesem Boden wieder Leben einzuhauchen. Auch spürte sie den Schmerz derjenigen, die seine Stimme hören konnten, wie Nathan, und die Liebe derer, deren Herz sich bereits unauflöslich mit ihrer neuen Heimat verbunden hatte. Da waren noch viel mehr Gefühle, die sie nicht in Worte fassen konnte, doch wusste sie, dass sie alle dasselbe Ziel vor Augen hatten.

Sie drehte sich in Richtung der Wüste am Horizont. Ohne nähere Absprache berührten sie einander. Einige gaben sich die Hände, andere legten ihrem Nebenmann die Hand auf die Schulter oder den Rücken. So bildeten sie schließlich ein Netz aus fünfzig Lichtquellen, die im Licht Elouans vereint wurden.

Yara war es gewohnt, den König im Licht zu spüren und sich ihm zuzuwenden. Doch zum ersten Mal spürte sie ihn in den anderen um sich herum. Er war das verbindende Element, das, was sie alle zusammenhielt. Erneut löste Yara alle Grenzen in sich auf und ließ das Licht fließen, wohin es wollte. Für einen Moment war sie eins mit dem Licht, eins mit dem König, eins mit ihrer Familie um sich herum und eins mit dem Land. Für einen Moment konnte sie nicht mehr sagen, wo sie aufhörte und die anderen anfingen. Neben der Kraft des Lichtes, die alles durchdrang, spielte nichts mehr eine Rolle.

Dann verdichtete sich das Licht immer mehr und zog sich in Richtung des Ursprungs aller Dinge zusammen. Die Zeit stand still. Yara wusste nicht für wie lange, ob es Sekunden, Minuten oder Jahre waren. Schließlich explodierte das Licht mit einer Wucht, die den Boden zum Beben brachte und die Luft wie in Flammen setzte.

Yara riss ihre Augen auf und sah, wie sich eine flimmernde Mauer aus Licht von ihnen entfernte. Sie fegte über das Land, bis sie am Horizont verschwand. Ein Teil von ihr war damit verbunden und konnte der Wand aus Energie folgen, während sie sich in alle Richtungen ausbreitete. Zuletzt brandete sie gegen die Steilhänge hinter ihnen und legte gleichzeitig den weiten Weg bis zur Küste innerhalb von Minuten zurück.

Es war, als ob das ganze Land aufseufzte, eine Last von ihm wich und Freude Platz machte. Sie spürte auf der ganzen Ebene die Pflanzen wachsen, Quellen aufbrechen und Bäume aus dem Boden schießen. Um sie herum war dieses Schauspiel für sie alle sichtbar. Die Wiese vom Morgen war plötzlich durchzogen von Blumen, kleinen Büschen und Bäumen, die vor ihren Augen so hoch wuchsen, dass sie sie alle um ein Mehrfaches überragten. Sie hoben den Blick, als ein ganzer Schwarm Vögel von den Bergen her über sie hinwegflog, um das neue Land zu erkunden, das sich aufgetan hatte.

»Ich danke euch«, sagte eine Stimme hinter ihnen. Yara hätte Elouans Stimme überall wiedererkannt.

Die Gruppe teilte sich, als der König langsam durch sie hindurchschritt, den Blick auf das Land vor ihnen gerichtet. Auf seinem Gesicht spiegelten sich die Freude und der Jubel, den Yara in ihrer aller Herzen spürte. Er trat vor die Gruppe und sah für einen Moment mit ihnen zusammen zum Horizont.

Dann schlug er seinen Umhang zurück, ging auf ein Knie und legte eine Handfläche auf den Boden. Ein Ruck ging durch den Boden und es folgte ein Erdbeben von solcher Stärke, dass sie Mühe hatten, auf den Füßen zu bleiben. Am Horizont stieg etwas aus dem Boden auf. Mit Ehrfurcht sahen sie alle der Geburt eines Berges zu. Er brach aus der flachen Landschaft heraus, wuchs immer höher und höher, bis er das Land überragte und seine Spitze den Himmel berührte.

Das Beben nahm ab und beruhigte sich schließlich ganz. Elouan stand auf und drehte sich zu ihnen um. »Das ist der Berg der Könige. Er wird für alle Zeit bezeugen, dass es mein Volk war, das das Leben in dieses Land zurückgebracht hat.«

Eine Gestalt löste sich aus der Gruppe und Yara erkannte Sumaya, eine der stilleren Mitglieder ihrer Gemeinschaft. Yara hatte sie die letzten Jahre sehr schätzen gelernt. Ihr unerschütterlicher Glaube an den Erfolg ihrer Mission war immer sichtbar gewesen, auch wenn sie sich meist eher im Hintergrund hielt. Umso beeindruckter war Yara von ihrem Mut, als sie an ihnen allen vorbei in Richtung des Königs ging. Schließlich ging sie auch an ihm vorbei und betrat die unberührte Landschaft.

Sie holte tief Luft und begann zu singen.

Yara hatte noch nie etwas Schöneres gehört. Ihre Stimme war klar und hell, die Melodie schwang sich die Bäume hinauf in den Himmel und flog von dort über sie alle hinab. Sie berührte Yara auf eine Art, die sie noch nie zuvor bei Musik erlebt hatte, erst recht nicht ausgelöst durch eine einzelne Stimme. Bisher hatte sie nicht einmal gewusst, dass Sumaya singen konnte. Es waren keine Worte und doch wusste Yara, dass ihr Lied von diesem Land, seiner Schönheit, seiner Zukunft und all den Wundern, die noch vor ihnen lagen, erzählte.

Nach einigen Minuten trat Elouan neben sie und stimmte in ihr Lied ein. Er folgte ihrer Melodie und passte ihr seine eigene an. Nach und nach folgten andere aus der Menge. Der mehrstimmige Chor durchflutete die Luft und hallte von den Felsen hinter ihnen wider.

Später konnte niemand sagen, wie lange sie dort gestanden hatten. Irgendwann war der König wieder verschwunden, doch sie spürten noch immer seine Gegenwart. Seine Stimme schwebte über allem und bildete zusammen mit dem Nachhall ihres Gesangs das neue Lied dieses Teils des Kontinents.

Yara wusste, diejenigen, die wie Nathan die Stimme des Bodens hören konnten, würden nun genau diesen Klang wahrnehmen, der sich mit diesem Ort verbunden hatte und, ebenso wie der Berg am Horizont, für alle kommenden Generationen bekunden würde, was hier passiert war.

Sie waren zu Hause angekommen.

Kapitel 22

Kanan – 10 Jahre später

Kanan balancierte drei Tassen Tee und Kuchen auf einem Tablett und schloss hinter sich mit dem Ellenbogen die Balkontür. Er wollte gerade zufrieden seine Fracht auf dem Gartentisch abstellen, als einer der Teller doch vom Stapel rutschte und der Schwerkraft zum Opfer fiel. Clay streckte eine Hand aus und fing den Teller beiläufig auf, ohne sein Gespräch mit Umar zu unterbrechen.

»Angeber«, grummelte Kanan und stellte den Rest auf den Tisch. Clay lehnte sich nur lächelnd zurück.

»Endlich, der Kuchen!«, rief Umar und streckte seine Hand nach einem Teller aus, um sich ein großes Stück daraufzulegen. Er nahm sich eine Tasse und hatte die Hälfte seines Stückes bereits vernichtet, bevor Kanan sich setzen konnte.

Kanan und Clay grinsten sich an. Die gleiche Szene wiederholte sich jedes Mal, wenn sie zusammensaßen.

»Ich hätte erwartet, dass deine Vorliebe für Kuchen mit dem Alter abnimmt.« Kanan rührte Zucker in seinen Tee, während Umar sich noch ein Stück nahm und Clay lachte.

»Was für ein Alter? Ich habe mich nie besser gefühlt. Wenn jemand alt ist, dann er.« Umar deutet mit seiner Gabel auf Clay, der nur gutmütig die Stirn runzelte.

Kanan nickte. »Natürlich, du siehst keinen Tag älter aus als fünfundsechzig, während ich Clay mindestens auf fünfundsiebzig schätzen würde.«

Clay zuckte mit den Schultern. »Daran bist du schuld. Die jahrelangen Streitereien mit dir haben mich vorzeitig altern lassen.«

Kanan machte ein zerknirschtes Gesicht. »Das mag sein. Dafür hat unsere Gesellschaft dich die letzten zehn Jahre jung gehalten.«

Ihre Freundschaft hatte die drei genauso überrascht wie alle anderen. Sie war ein unerwartetes Geschenk, nicht nur an sie, sondern auch an alle um sie herum. Ein lebender Beweis dafür, dass es keine Seiten auf dem Weg gab, den sie als Volk beschritten, nur Überzeugungen, Hoffnung und gegenseitigen Respekt. In ihrem Fall war aus widerwilligem Respekt etwas geworden, was sie nicht erwartet hatten: Familie. Und doch würden sie sich morgen voneinander verabschieden. Jeder würde das tun, was er für das hielt, zu dem ihr König und das Licht sie riefen.

»Dennoch werde ich übermorgen noch hier sein. Ihr nicht«, sprach Clay laut aus, was Kanan gerade durch den Kopf ging.

Sie wurden ernst und sogar Umar schob den Kuchenteller von sich.

»Du wirst nach ihnen sehen?«, fragte er in Clays Richtung.

Clay beugte sich vor und legte Umar eine Hand auf die Schulter. »Wie nach meinen eigenen Kindern.«

Kanan konnte sich nicht vorstellen, wie es für Umar sein musste, seine Tochter Tamara und ihren Mann zurückzulassen. Aber er respektierte ihre Entscheidung ebenso wie Umar. Sie war eine ausgezeichnete Heilerin. Viele von denjenigen mit dieser Begabung hatten sich entschieden zu bleiben.

Nour kam zur Balkontür hinaus und ließ sich mit einem Seufzer auf den Stuhl neben Kanan fallen. Sie hatte noch die letzten Kartons gepackt und auf dem Dachboden verstaut. Nun war das Haus leer und bereit, jemand anderen aufzunehmen, wenn sie fort waren. Sie legte ihre Füße auf Kanans Schoß und nahm sich seine Teetasse.

»Ist es nicht ein merkwürdiges Gefühl?«, fragte Clay. »Nicht zu wissen, wohin ihr geht?«

Auf seinem Gesicht sah Kanan immer noch einen Rest der Sorge, die Clay so viele Jahre zu seinem Gegner im Rat gemacht hatte. Die Sorge, dass sie alle in den Tod gehen würden.

»Clay, wir sind Teil des Lichtes, genauso wie du. Was auch immer morgen passiert, am Ende gehen wir ins Licht. Wir alle«, beruhigte er ihn, wie er es schon so oft getan hatte.

Clay nickte und Kanan konnte sehen, wie er die Sorge um sie losließ. Vermutlich war das die letzten Jahre das Geheimnis gewesen, durch das ihr Volk wieder zusammengeschweißt wurde: Einander loszulassen. Rückblickend war Kanan froh, dass sie dafür noch zehn Jahre Zeit gehabt hatten. Sie hatten sie gebraucht.

Doch nun waren sie bereit, einen neuen Schritt zu wagen. Für einige bedeutet das, morgen an der Grenze zu stehen und alles zu riskieren. Für andere bedeutete es, zurückzubleiben und weiter zu dem Volk zu werden, das Elouan in ihnen sah.

Keiner der Zeugen konnte über den morgigen Tag hinaus irgendetwas sehen oder spüren, was vermutlich der Grund dafür war, dass sich fast alle zum Gehen entschlossen hatten.

»Es ist tatsächlich etwas merkwürdig«, beantwortete Umar Clays Frage von zuvor. »Aber gleichzeitig bin ich erleichtert, dass es endlich so weit ist. Seit Jahrzehnten warten wir auf diesen Tag. Nun erfüllt sich endlich, worauf wir immer gehofft haben.«

Clay nickte nachdenklich.

Sie saßen noch eine Weile zusammen, dann verabschiedete sich Nour, um noch einmal ihre Freundin zu besuchen, die bleiben würde. Umar und seine Frau wollten mit ihren Kindern zusammen den Abend verbringen, sodass nur Kanan und Clay übrig blieben.

Die Sonne war bereits untergegangen und am wolkenlosen Himmel zeigten sich die ersten Sterne. Keiner der beiden machte Anstalten, seinen Sitzplatz zu verlassen.

»Das hättest du vor zehn Jahren nicht gedacht, dass du deinen letzten Abend hier mit mir verbringen würdest, oder?« Clay sah zum Himmel hinauf.

Kanan goss sich noch eine Tasse Tee ein und legte die Füße auf den Stuhl gegenüber. »Und du hättest vermutlich nicht gedacht, dass du bedauern würdest, dass ich gehe.«

Clay lachte auf, wurde dann aber wieder ernst.

Kanan teilte seine nachdenkliche Stimmung. So viele Jahre hatten sie auf diesen Tag gewartet und um den richtigen Umgang damit gerungen, dass sie unterschiedliche Ziele hatten und dennoch alle im Licht miteinander verbunden waren.

»Danke, dass du damals vor meiner Tür standest.« Er sah Clay von der Seite an.

»Danke, dass du mich reingelassen hast. Du hättest allen Grund gehabt, es nicht zu tun.« Clay erwiderte seinen Blick. »Ich hatte dir über die Jahre viele Dinge unterstellt, die nicht wahr waren. Erst, als du von deinem Sitz im Rat zurückgetreten bist, habe ich dir geglaubt, dass es dir nicht um Macht ging. Es tut mir bis heute leid, dass ich das dafür gebraucht habe.«

Kanan winkte ab. »Es war gut so. Was ich auch immer für eine Aufgabe im Rat hatte, sie war erfüllt. Wenn ich nicht gegangen wäre, hätte meine Mutter nicht die Chance gehabt, unser Volk wieder zusammenzuführen. Sie war zur richtigen Zeit am richtigen Ort in den letzten Jahren.«

Clay nickte. »Sie hat ihre Aufgabe schon früher gut gemacht. Außer ihrer Wahl eines Nachfolgers natürlich.«

Kanan warf ihm seine Serviette an den Kopf.

»Aber die letzten Jahre war sie bemerkenswert«, fuhr Clay fort. »Wir haben ihr alle viel zu verdanken.« Er deutete auf den Stuhl, auf dem zuvor Umar gesessen hatte. »Aber Umar hat mich ehrlich gesagt noch mehr überrascht als Mara. Ich hätte nicht gedacht, dass er das Zeug zum Anführer hat. Er und Nour haben die letzten Jahre praktisch im Alleingang die Vorbereitungen für den morgigen Tag in geordnete Bahnen gelenkt.«

Kanan lächelte beim Gedanken daran, welche Fähigkeiten Umar plötzlich an den Tag gelegt hatte, als Kanan einen Schritt zurückgetreten war. In der Zeit danach war klar geworden, dass ein Ansprechpartner für alles gebraucht wurde, was mit ihrem Aufbruch ins Unbekannte zu tun hatte. Nour und Umar hatten die verschiedenen Gruppen vereint. Sie hatten alle praktischen Aufgaben koordiniert und ganz nebenbei waren sie für all diejenigen da gewesen, die mehr Fragen als Antworten gehabt hatten. Und zu Kanans Überraschung hatte er sich in der Rolle als Ratgeber für Umar und Nour sehr wohlgefühlt.

»Lass ihn das Wort Anführer nicht hören. Er behauptet immer

noch, er hätte nur ein bisschen ausgeholfen, als es nötig war«, sagte Kanan mit einem Lachen.

Clay zuckte mit den Schultern. »Keine Sorge. Ich weiß nicht einmal, ob ich ihn noch sprechen werde, bevor ihr morgen geht.«

Kanan drehte sich zu Clay um und beugte sich nach vorne. Er suchte für einen Moment nach Worten.

Clay wandte ihm etwas belustigt den Kopf zu, wurde aber ernst, als er Kanans Blick sah.

»Ich kann nicht anders, als morgen zu versuchen, die Grenze zu überwinden, die uns von unserem König trennt. Mein ganzes Leben war ich der Überzeugung, dass wir das Alte hinter uns lassen und alles riskieren müssen, um dorthin zu gelangen, wo er auf uns wartet. Doch die letzten Jahre sind unter uns so erstaunliche Dinge passiert. Ich habe Menschen aus dem Licht heraus Dinge tun sehen, die ich mir nicht hätte ausmahlen können. Keineswegs bin ich so arrogant zu glauben, dass das alles ein Ergebnis der Diskussionen ist, die ich mit angestoßen habe. Die Zeit ist einfach gekommen. Vor siebenhundert Jahren hat der König sein Volk gerufen. Jetzt tut er es wieder, auch wenn wir es vielleicht anders hören als unsere Vorfahren damals. Trotzdem lag ich manchmal nachts wach und habe mich gefragt, ob es ein Fehler sei, jetzt zu gehen, wo wir gerade so offensichtlich zum Licht hinwachsen. Ich habe fünfundsechzig Jahre hier gelebt. Euch alle zurückzulassen, ist schwerer als alles, was ich jemals getan habe. Nicht zu sehen, was noch kommen wird, ist …«

Er räusperte sich und sah zu Boden. »Wenn ich nicht wüsste, dass du hier bist und zusammen mit den anderen unser Volk zu Größerem führen wirst, als ich mir jemals vorstellen kann, könnte ich nicht gehen.«

Clay legte ihm die Hände auf die Schultern. »Dann bleib. Bleib, und erlebe es selbst.«

Er klang fast etwas verzweifelt. Kanan war klar, dass auch in seiner Stimme eine gewisse Verzweiflung mitschwang. Nicht die Art Verzweiflung, die aus Hoffnungslosigkeit geboren wurde, sondern eine, die aus dem Wissen entstand, dass die Wahl schon längst getroffen war. Und egal wie richtig sie sein mochte, zog sie Konsequenzen nach sich, die unvermeidlich mit Schmerz verbunden waren.

Genau wie alle anderen, die morgen zur Grenze gehen würden, wusste Kanan, dass für ihn die Zeit gekommen war. Sie würden diesen Ort hier verlassen und einen Weg betreten, auf dem sie sich auf eine Art auf das Licht verlassen mussten, wie sie es noch nie zuvor getan hatten.

Er zog Clay in eine kurze Umarmung, dann ließen sie sich wieder in ihre Stühle sinken und sahen zu den Sternen hinauf.

»Ich weiß die letzten Jahre so zu schätzen, Clay. Und dennoch hat die Sehnsucht in den Tiefen meines Herzens nie geschwiegen, sondern ist noch gewachsen. Es ist kein Tag vergangen, an dem ich mir nicht versprochen hätte, dass es nicht mehr lange dauern würde, bis wir endlich loslassen und uns ganz ins Licht fallen lassen würden. Manchmal, wenn Nour und ich nachts nebeneinanderlagen und uns nach dem Licht ausstreckten, hatten wir das Gefühl, wir könnten es einfach tun. Wir könnten einfach den Berg hinaufsteigen und über die Grenze hinausgehen. Ich weiß nicht, was dahinter liegt. Aber ich weiß, dass wir bereit dafür sind.«

»Du weißt, dass ich deine Überzeugung schon lange respektiere«, antwortete Clay nach einem Moment der Stille. »Nichtsdestotrotz erschließt sich mir bis heute nicht, warum Elouan eine unüberwindbare Grenze errichten sollte, wenn er von uns will, dass wir ihm auf den Berg nachfolgen. Darauf hast du mir nie eine Antwort geben können.«

»Ja, das war immer ein berechtigter Einwand.« Kanan schwieg einen Moment nachdenklich. »Was, wenn er es gar nicht war?«

Clay sah überrascht zu Kanan, der noch immer zu den Sternen hinaufblickte. »Was meinst du?«

»Ich habe mein Leben lang dafür gekämpft, dass wir Überzeugungen aufgeben, die unser Leben behindern. Was, wenn eine davon die Überzeugung ist, dass wir ihm nicht folgen können, dass wir nicht tun können, was er getan hat? Was, wenn die Grenze am

Berg aus diesem Glauben geboren und nicht von Elouan errichtet wurde?«

Clay starrte sprachlos das Profil seines Freundes an. Er hatte noch nie Kanans Bedürfnis verstanden, die Grenze um den Berg der Könige zu überwinden. Aber er kannte sehr wohl den tiefen Wunsch, Elouan nahe zu sein und mit ihm eins zu werden. Ebenso wie er die Zweifel kannte, ob sie jemals seiner würdig sei könnten. Ob sie wirklich jemals die Dinge tun können würden, die Elouan getan hatte, als er unter ihnen gewesen war. Dieselbe leise Stimme sagte ihm manchmal, dass es vielleicht besser sei, nicht vor einen König zu treten, der sicherlich Wichtigeres zu tun hatte, als mit ihm zu sprechen. Egal, wie sehr sein Herz wusste, dass Elouan sich immer über seine Gegenwart freute.

Er folgte wieder Kanans Blick hinauf in den Himmel.

»Das sieht dir gleich, mir am letzten Abend eine solche Idee einzupflanzen.«

Kanan lachte.

»Wenn du recht hast«, fuhr Clay nachdenklich fort, »mündet der Weg von uns, die wir bleiben, womöglich am Ende ins gleiche Ziel. Aber was glaubst du, wie ihr es morgen schaffen werdet, sie zu überschreiten?«

Statt einer Antwort drehte Kanan ihm den Kopf zu. »Habe ich dir mal erzählt, dass ich einen Vorfahren hatte, der nicht gestorben ist, sondern am Ende mit seinem Körper ins Licht gegangen ist? Er war ein enger Freund des Königs in der Zeit der Großen Kriege. Seine Urururenkelin hat Tagebücher geschrieben, die ich vor Jahren im Archiv gefunden habe. Seit ich das damals gelesen habe, frage ich mich, ob das der eigentliche Weg von jedem von uns sein sollte. Ich habe diesen Glauben in mir, dass wir mit dem Licht zu weitaus Größerem in der Lage sein könnten, als wir uns vorstellen können. Und das, was morgen passieren wird, ist mein Weg dorthin, das weiß ich einfach.«

Clay schwieg eine Weile.

»Ich fühle dasselbe für die Zukunft unseres Volkes«, sagte er. »Ich weiß, wir können noch weiterwachsen und zu dem Volk werden, das würdig ist, für alle Zeiten an der Seite seines Königs zu stehen.«

Kanan nickte. »Ich weiß. Und deshalb weiß ich auch, dass wir uns wiedersehen werden.« Er grinste und stieß Clay mit einer Hand an. »Vielleicht wirst du in dreihundert Jahren immer noch die Geschicke unseres Volkes mitlenken. Sieh dir Jalis an. Ich könnte schwören, er ist die letzten Jahre wieder jünger geworden. Weiß überhaupt jemand, wie alt er ist?«

Clay lachte. »Nein, aber mehr als hundertfünfzig Jahre sind es bestimmt. Wegen morgen ist er aufgeregter als du. Ich glaube, allein die Vorfreude hat ihn um Jahre verjüngt!« Dann schüttelte er den Kopf. »Aber das ist nichts für mich. Ich habe noch zehn oder zwanzig Jahre vor mir, dann kann ich gehen. Damit habe ich meinen Frieden. Ich weiß, ich habe mein Bestes gegeben, und bin bereit für das, was als Nächstes kommt.«

»Vielleicht sind wir am Ende gar nicht so unterschiedlich«, sagte Kanan mit einem nachdenklichen Blick zu den Sternen.

»Vielleicht. Es ist ein guter Gedanke, dass ich euch alle wiedersehe, wo auch immer das sein wird. Dann werde ich dir von den großartigen Dingen berichten, die unter uns geschehen sind.«

»Ich hoffe, dass ich davon dann schon weiß. Aber wir werden sicher ein Thema zu unserer Unterhaltung finden. Das haben wir bisher immer.«

Sie lachten gemeinsam. Dann saßen sie noch bis zum Morgengrauen im Garten und redeten. Irgendwann gesellte sich Nour dazu. Mitten in der Nacht kamen auf einmal Umar und seine Frau um die Hausecke, als hätten sie gewusst, dass keiner von ihnen Lust hatte, die letzten Stunden mit Schlaf zu vergeuden.

Als sich die Sonne langsam über den Horizont schob, standen Kanan und Umar am Rande des Grundstücks und sahen zum Berg der Könige hinüber. Seine wolkenverhangenen Spitzen waren in die goldenen Töne des Neubeginns getaucht. Kanan spürte Frieden und Aufregung zu gleichen Teilen in seiner Brust. Die Mischung war ausreichend, um die schlaflose Nacht zu kompensieren.

Nach und nach verschwand alles andere aus seinen Gedanken, sodass er sich voll und ganz auf die Aufgabe konzentrieren konnte, die vor ihnen lag. Clay hatte er es zu verdanken, dass er in der letzten Nacht noch vieles in seinem Kopf zum Abschluss hatte bringen können. Er wusste, dass es mehr war als eine Aufgabe. Die Verbindung zum Licht verriet ihm, dass es den anderen genauso ging. Sie würden alles hinter sich lassen, ihr Leben hier loslassen und eine Grenze überschreiten. Vielleicht sogar mehr als eine.

»Bist du bereit?«, fragte er Umar.

»Bereiter kann man nicht sein«, antwortete dieser mit einem Nicken.

Kanan sah zu Umars Tochter Tamara hinüber, die zu ihnen gestoßen war und sich mit Clay unterhielt. Sie sah deutlich entspannter aus, als Kanan es unter diesen Umständen erwartet hatte.

»Sie wird zurechtkommen«, sagte er halb zu Umar, halb zu sich selbst.

Umar nickte. »Das wird sie. Aber sie muss sich heute trotzdem von ihren Eltern, ihren Geschwistern und deren Familien verabschieden. Es wird eine Weile dauern, bis sich die Zurückbleibenden daran gewöhnt haben.«

Keiner wusste, was dies für ihr Volk bedeuten würde, aber Kanan war sich sicher, dass sie darüber hinauswachsen würden. Sie verloren ihre Familien und Freunde nicht an den Tod, sondern hatten sie jahrzehntelang auf ihrem Weg begleitet, der zu ihrem heutigen Aufbruch geführt hatte.

Nour trat zu ihnen. Ihr Blick war etwas abwesend und Kanan wusste, auch ihre Aufmerksamkeit wandte sich bereits von diesem Ort ab, hin zu dem, was vor ihnen lag.

»Es ist Zeit«, sagte sie.

Die Männer nickten und folgten ihr um das Haus herum zur Straße. Sie waren nicht die Einzigen. Das ganze Dorf schien sich zu versammeln. Kanan bemerkte, dass die meisten sich bereits hier zu verabschieden schienen. Es waren keinerlei Regeln für den heutigen Aufbruch aufgestellt worden. Umar und Nour hatten ihm von einigen Diskussionen diesbezüglich berichtet, aber letztlich blieb dies eine unlösbare Aufgabe. Deshalb hatten sie beschlossen, darauf zu vertrauen, dass jeder wissen würde, was zu tun war.

Die Ersten waren schon unterwegs in Richtung des Berges der Könige. Nach und nach schlossen sich ihnen weitere an. Von einigen wusste Kanan, dass sie das Dorf ebenfalls für immer hinter sich lassen würden. Andere begleiteten Freunde und Familien bei ihrem letzten Aufbruch.

Auch Clay hatte bereits angekündigt, bis an die Grenze wandern zu wollen. Er wollte mit eigenen Augen sehen, was dort passierte. Ebenso Tamara. So schloss sich die kleine Gruppe dem immer länger werdenen Menschenzug an, den eine konzentrierte Stille umgab. Als sie eine gewisse Höhe erreicht hatten, sahen sie, dass sich auch aus Richtung der Stadt und der anderen Dörfer von überall Menschenströme dem Berg näherten.

Je weiter sie den Berg hinaufstiegen, umso stärker spürte Kanan das Licht in sich. Er konzentrierte sich immer stärker darauf, denn die Quelle in seinem Inneren schien alles andere in den Hintergrund zu drängen. So, als ob seine Umgebung an Bedeutung verlöre, während der Teil von ihm, der immer im Licht gelebt hatte, sich weiter und weiter ausdehnte. Selbst die Zeit wurde zu einer unbedeutenden Nebensächlichkeit, während die Unendlichkeit des Lichtes ihn anzog.

Clay ging neben seinen Freunden. Er fühlte, wie sie sich immer weiter von ihm entfernten. Er wusste, dass sie bereits fort waren, bevor sie die Grenze überhaupt erreicht hatten. Anstatt dies zu bedauern, freute er sich für sie und war neugierig, wie es sich anfühlen musste, sich derart dem Licht auszuliefern. Er ahnte schon, was geschehen würde, bevor es so weit war.

Auch Tamara war nicht traurig, dass sie keine letzten Worte mit ihren Eltern wechseln konnte. Sie hatten sich genug verabschiedet und Tamara wusste, was sie ihnen bedeutete. Sie ließ sie in die

Zukunft ziehen, die sie zusammen mit dem Rest ihrer Familie gewählt hatten.

Auf dem letzten Abschnitt bis zur Grenze legte sich das Licht wie eine dichte Decke auf alles um sie herum, bis Clay und Tamara von der ungewohnten Gegenwart dessen, was sie sonst nur tief in sich selbst fanden, das Atmen schwerfiel. Clay war sich nicht sicher, ob der Ursprung dieser Kraft in denen lag, die um ihn herum gingen, oder in der Luft und dem Boden selbst. Sie durchdrang alles und ließ sein Herz schneller schlagen. Schon als sie noch außer Sichtweite der Grenze waren und Clay ihre Auswirkungen gerade erst auf der Haut zu spüren begann, sah er, wie Kanan vor ihm an Kontur verlor. Das Leuchten seiner Augen intensivierte sich, bis es sich über seinen ganzen Körper ausbreitete und seine Person umhüllte.

Als sie schließlich an die Grenze kamen, ließ sie der Anblick, der sich ihnen bot, ehrfürchtig erschaudern. Auf der ganzen Bergseite hatten sich an der Grenze entlang Menschengruppen gebildet. Doch die vorderen waren schon nicht mehr als Menschen erkennbar, sondern lösten sich in strahlendem Licht auf. Es schien, als trüge der Berg an der Stelle der Grenze einen gleißend hellen Gürtel, dessen Licht sich immer weiter die Bergspitze hinaufarbeitete.

Auch wenn Clay es geahnt hatte, hielt er gebannt die Luft an. Tamara blieb mit geöffnetem Mund stehen, als ihr Vater zu einem funkelnden Stern wurde, bevor sein Licht durch einen nicht spürbaren Wind nach oben getrieben wurde.

Kurz bevor Kanans Gesicht nicht mehr erkennbar war, drehte er sich noch einmal zu Clay um und zwinkerte ihm zu. Clay lachte. Was auch immer gerade mit ihnen geschah, Kanan war noch er selbst.

Dann waren sie fort und Tamara und Clay standen mit den anderen Begleitern allein am Hang. Sie sahen gebannt den Berg hinauf, dessen Spitze seit Elouans Verschwinden immer wolkenverhangen gewesen war. Auf einmal drängte das Licht die Wolken zurück und zum Vorschein kamen weiße Bergspitzen, die hell funkelten.

Sie standen noch lange dort und sahen dem atemberaubenden Schauspiel zu, bis die Intensität des Lichtes langsam zu verblassen begann. So viele Jahre hatten sie auf diesen Zeitpunkt gewartet und versucht, sich darauf vorzubereiten. Nun war es geschehen. Das Bedauern darüber, ihre Freunde und Familien nicht mehr um sich zu haben, mischte sich in Clays Herzen mit Erleichterung und Freude darüber, wie es passiert war. Dies hatte nichts mit dem Tod zu tun und alles mit dem Leben. Er trat etwas näher zur Grenze hin und streckte langsam seine Hand aus. Die Haare an seinen Armen stellten sich auf. Kanans Worte vom Abend zuvor kamen ihm in den Sinn. Diejenigen, die heute gegangen waren, hatten auf ihre Art die Grenze hinter sich gelassen. Nun war es Zeit für alle anderen, ihren eigenen Weg dorthin zu finden.

»Was jetzt?«, fragte Tamara schließlich.

»Jetzt folgen wir ihrem Vorbild und leben unsere Überzeugungen mit allem, was wir haben. Und glauben und hoffen, dass sich unsere Wege irgendwann wieder kreuzen werden«, antwortete Clay und wandte dem Berg den Rücken zu.

Tamara nickte. Gemeinsam begannen sie den Abstieg zum Dorf.

Damaris Kofmehl

Der weiße Löwe von Thabur

Die Löwenblut-Saga

Leandro stürzt in eine andere Welt und erkennt, dass sein Schicksal in einer alten Prophezeiung liegt. Gemeinsam mit einem geheimnisvollen weißen Löwen soll er das Volk befreien. Ein packender Fantasy-Roman mit geistlicher Wahrheit: Christus lebt in uns wie das Löwenblut in Leandro.

Gebunden, 13,5 x 21,5 cm, 512 Seiten
Nr. 396.027, ISBN 978-3-7751-6027-8
Auch als E-Book

SCM
Hänssler

WAKEFIELD SAGA
IM
TAUMEL
DES
GLÜCKS
GILBERT MORRIS
SCM